CHITRA BANERJEE DIVAKARUNI, escritora y poeta de origen indio, nació en Calcuta en 1957 y emigró a Estados Unidos en 1976 para continuar su formación académica. Actualmente combina su labor como escritora con la enseñanza de escritura creativa. La mayor parte de su trabajo es considerado autobiográfico y habla de las vidas de las mujeres inmigrantes. Es mundialmente conocida por su novela *La señora de las especias*, traducida a treinta lenguas y llevada al cine en el año 2005. Divakaruni es también autora de *Mi hermana del alma*, *Los nombres de las estrellas*, *La hiedra del deseo* y *La reina de tus sueños*.

Título original: *The Palace of Illusions*
Traducción: Julio Sierra
1.ª edición: septiembre, 2015

© Chitra Banerjee Divakaruni, 2008
   Publicado originalmente por Doubleday Publishing Group, una división de
   Random House, Inc., Nueva York.
   Derechos de traducción contratados a través de Sandra Dijkstra Literary
   Agency y Sandra Bruna Agencia Literaria, S.L.
© Ediciones B, S. A., 2015
   para el sello B de Bolsillo
   Consell de Cent, 425-427 - 08009 Barcelona (España)
   www.edicionesb.com

Printed in Spain
ISBN: 978-84-9070-115-7
DL B 15888-2015

Impreso por NOVOPRINT
             Energía, 53
             08740 Sant Andreu de la Barca - Barcelona

El palacio de las ilusiones

CHITRA BANERJEE DIVAKARUNI

Para mis tres hombres:
Abhay,
Anand,
Murthy,

siempre.

Who is your sister? I am she.
Who is your mother? I am she.
Day dawns the same for you and me.

De *Innana's Journey to Hell*,
3.er milenio a. C.
Traducido del sumerio por N. K. Sandars

[¿Quién es tu hermana? Yo soy ella.
¿Quién es tu madre? Yo soy ella.
El mismo día amanece para ti y para mí.]

Agradecimientos

Mi más profundo agradecimiento a:

Mi agente, Sandra Dijkstra, y mi editor, Deb Futter, por los consejos.

Antonia Nelson y Kim Chernin, por el apoyo.

Mi madre, Tatini Banerjee, y mi suegra, Sita Divakaruni, por los buenos deseos.

Murthy, Anand y Abhay, por el amor.

Baba Muktananda, Swami Chinmayananda y Swami Vidyadhishananda, por la bendición.

Nota de la autora

Como muchos niños indios, crecí con los extensos, variados y fascinantes relatos del *Mahabarata*. Situada al final de lo que las escrituras hindúes llaman *Dvapar Yug* o la Tercera Era del Hombre (que muchos expertos datan entre 6000 y 5000 a. C.), una época en la que las vidas de hombres y dioses aún se cruzaban, la epopeya entreteje mito, historia, religión, ciencia, filosofía, supersticiones y el arte de gobernar en sus innumerables historias dentro de otras historias para crear un mundo rico y variado lleno de complejidades psicológicas. Se mueve con elegante fluidez entre el muy reconocible mundo humano y los reinos mágicos por donde vagan *yakshas* y *apsaras*, retratando a estos con tan exquisita seguridad que a menudo me preguntaba si efectivamente no habría algo más en la existencia que lo que la lógica y mis sentidos alcanzaban a comprender.

En el núcleo de la epopeya está la feroz rivalidad entre dos ramas de la dinastía de los Kuru, la de los Pandava y la de los Kaurava. La lucha de toda una vida entre los primos por el trono de Hastinapur culmina en la sangrienta batalla de Kurukshetra, en la que la mayoría de los reyes de ese periodo participaron y murieron. Pero otros muchos personajes pueblan el mundo del *Mahabarata* y contribuyen a su magnetismo y su perdurable relevancia. De estos imponentes héroes, que personifican grandes virtudes y terribles vicios, se me quedaron grabadas muchas moralejas en mi espíritu infantil. Algunos de mis favoritos, que desempeñarán importantes papeles en *El palacio de las ilusiones*, son: Vyasa, el Sabio, autor de la epopeya y a la vez participante en momentos cruciales de la acción; Krishna, amado e inescrutable, encarnación de Vishnú y mentor de los Pandava; Bhishma, el patriarca que, obligado por su promesa de proteger el trono de Kuru, no tiene más remedio que luchar contra sus queridos nietos; Drona, el guerrero-brahmán que se convierte en maestro de los príncipes Kaurava y también de los príncipes Pandava; Drupad, el rey de Panchaal, cuyo deseo de venganza contra Drona pone en marcha la rueda del destino; y Karna, el gran guerrero, condenado porque no conoce su origen.

Pero cuando de niña escuchaba las historias del *Mahabarata* en las noches iluminadas con faroles en el pueblo de mi abuelo, o más adelante, al recorrer absorta los miles de páginas del volumen encuadernado en cuero, en el hogar de mis padres en Calcuta, nunca me quedaba satisfecha con los retratos de las mujeres. No era que la epopeya no tuviera personajes femeninos fuertes y complejos que influyeran en la acción de manera determinante. Ahí estaba, por ejemplo, la viuda Kunti, madre de los Pandava, que dedica su vida a asegurarse de que sus hijos se conviertan en reyes. Y Gandhari, esposa del rey ciego Kaurava, que decide vendarse los ojos al casarse, renunciando así a su poder como reina y madre. Y, sobre todo, ahí estaba Panchaali (conocida también como Draupadi), la bella hija del rey Drupad, que tiene la característica única de estar casada con cinco hombres a la vez: los cinco hermanos Pandava, los más grandes héroes de su tiempo. Panchaali quien, podría decirse, por sus obstinadas acciones ayuda a provocar la destrucción de la Tercera Era del Hombre. Pero, de alguna manera, no dejan de ser figuras desdibujadas, cuyos pensamientos e intenciones resultan siempre un misterio, y cuyas emociones solo se describen cuando afectan a la vida de los héroes masculinos, subordinado en última instancia su papel al de los padres, maridos, hermanos o hijos.

Recuerdo haber pensado que si alguna vez escribía un libro (aunque en aquel momento no creía realmente que ello llegara a ocurrir) pondría a las mujeres al frente de la acción. Dejaría al descubierto la historia oculta entre las líneas de las hazañas de los hombres. Mejor aún, haría que una de ellas la contara, con todas sus alegrías y sus dudas, sus luchas y sus triunfos, sus sufrimientos, sus logros, de la manera particularmente femenina en la que ella ve el mundo y su lugar en él. ¿Y quién más adecuada para ello que Panchaali?

Así pues, invito a los lectores a conocer su vida, su voz, sus conflictos y su visión en *El palacio de las ilusiones*.

Árbol genealógico de los principales personajes de la dinastía Kuru

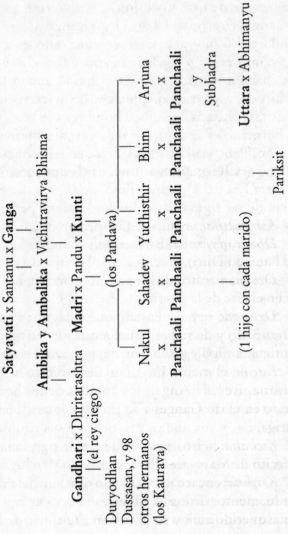

Satyavati x Santanu x **Ganga**

Ambika y **Ambalika** x Vichitravirya   Bhisma

Gandhari x Dhritarashtra   **Madri** x Pandu x **Kunti**
| (el rey ciego)

Duryodhan   (los Pandava)
Dussasan, y 98
otros hermanos
(los Kaurava)   Nakul   Sahadev   Yudhisthir   Bhim   Arjuna
x   x   x   x   x
Panchaali **Panchaali** **Panchaali** **Panchaali** **Panchaali**
y
Subhadra

(1 hijo con cada marido)

Pariksit   **Uttara** x Abhimanyu

Los personajes femeninos están destacados con letras negritas.

Otros personajes importantes

Ashwatthama: hijo de Drona.

Dhristadyumna: hermano de Panchaali (a menudo llamado Dhri).

Drona: maestro de los príncipes Kaurava y Pandava en el arte de la guerra; maestro de Dhristadyumna.

Drupad: rey de Panchaal, padre de Panchaali (Draupadi) y de su hermano gemelo Dhristadyumna. Antiguo amigo y actual enemigo de Drona.

Karna: el mejor amigo de Duryodhan y rival de Arjuna. Rey de Anga; de niño lo encontraron flotando en el río Ganges y fue criado por Adhiratha, el auriga.

Kichaka: hermano de Sudeshna y comandante del ejército de Matsya.

Krishna: encarnación del dios Vishnú; jefe del clan Yadu; mentor de los Pandava y el mejor amigo de Arjuna; querido amigo de Panchaali; hermano de Subhadra, que se casa con Arjuna.

Sudeshna: esposa de Virat; madre de Uttara.

Virat: anciano rey de Matsya, padre de Uttara.

Vidur: ministro principal de Dhritarashtra y amigo de los huérfanos Pandava.

Vyasa: sabio omnisciente y autor del *Mahabarata*, que también aparece en la obra como personaje.

1

Fuego

Durante los largos y solitarios años de mi infancia, cuando el palacio de mi padre parecía oprimirme hasta dejarme sin respiración, me acercaba a mi aya y le pedía que me contara un cuento. Y aunque ella conocía muchos maravillosos y edificantes relatos, el que yo hacía que me contara una y otra vez era el de la historia de mi nacimiento. Creo que me gustaba tanto porque me hacía sentir especial, y en aquellos tiempos había pocas cosas en mi vida que me hicieran sentir de esa manera. Tal vez Dhai Ma se daba cuenta de ello. Tal vez esa era la razón por la que accedía a mis peticiones aun cuando ambas sabíamos que yo debería estar empleando mi tiempo de modo más productivo, más acorde con la hija del rey Drupad, gobernante de Panchaal, uno de los reinos más ricos del continente de Bharat.

Ese relato me llevaba a imaginarme con nombres de lo más fantasiosos, como «Hija de la venganza», o «La Inesperada». Pero Dhai Ma hinchaba las mejillas ante mi tendencia al dramatismo y me llamaba: «La

Niña que no fue invitada». Quién sabe, tal vez el de ella era más acertado que los míos.

Aquella tarde de invierno, sentada con las piernas cruzadas a la escasa luz del sol que se las arreglaba para abrirse paso a través de mi ventana, que más parecía una rendija, ella comenzó así:

—Cuando tu hermano salió del fuego del sacrificio para caminar sobre las frías losas del salón del palacio, todos los allí reunidos gritaron asombrados.

Estaba pelando guisantes. Yo observaba sus veloces dedos con envidia, deseando que me dejara ayudarla. Pero Dhai Ma tenía ideas muy claras acerca de las actividades que eran adecuadas para las princesas.

—Un instante después —continuó—, cuando tú saliste del fuego, nos quedamos con la boca abierta. El silencio era tan grande, que se podría haber escuchado la flatulencia de una mosca.

Le recordé que las moscas no realizan esa particular función corporal.

Dejó ver su sonrisa astuta y de ojos torcidos.

—Hija, las cosas que ignoras llenarían el blanquecino océano donde duerme el Señor Vishnú... y se derramarían por los bordes.

Pensé en darme por ofendida, pero quería escuchar el relato. De modo que me mordí la lengua, y después de un momento reanudó la historia.

—Habíamos estado rezando durante treinta días, desde que el sol salía hasta que se ponía. Todos nosotros: tu padre, los cien sacerdotes a los que había invitado a Kampilya para llevar a cabo la ceremonia del fuego, encabezada por ese par de ojos furtivos, Yaja y Upayaja, las reinas, los ministros y, por supuesto, los sirvientes. También habíamos estado ayunando (no es que tuviéramos elección), con una única comida todas las tardes: arroz aplastado y remojado en leche. El rey Drupad no comía ni siquiera eso. Él solo bebía agua traída del sagrado Ganges, para que los dioses se sintieran obligados a responder a sus oraciones.

—¿Cómo era él?

—Era delgado como la punta de una espada, y duro como ella también. Uno podía contar cada hueso de su cuerpo. Sus ojos, hundidos profundamente en sus órbitas, brillaban como perlas negras. Apenas si podía mantener la cabeza erguida; pero, claro, no se iba a quitar esa monstruosa corona sin la que nadie jamás lo ha visto, ni siquiera sus esposas, según dicen, incluso en la cama.

Dhai Ma tenía buen ojo para los detalles. Mi padre era, y sigue siendo, siempre el mismo, aunque la edad —y la creencia de que estaba finalmente cerca de conseguir lo que había querido durante tanto tiempo— habían suavizado su impaciencia.

—Algunas personas —continuó— pensaban que iba a morirse, pero yo no compartía ese miedo. Nadie que deseara venganza con la desesperación del rey, tu padre, dejaría escapar cuerpo y aliento fácilmente. —Masticó meditabunda un puñado de guisantes.

—Y por fin —la ayudé en el relato— llegó el trigésimo día.

—Y yo, como todos, lo agradecí de corazón. La leche y la cáscara de arroz son buenas para los sacerdotes y las viudas, ¡pero a mí que me den *curry* de pescado con chiles verdes y encurtidos de tamarindo cualquier día! Además, tenía la garganta irritada y me dolía de tanto farfullar todas esas impronunciables palabras en sánscrito. Y tenía las nalgas, lo juro, aplastadas como una tortilla *chapati* de tanto estar sentada sobre aquel helado suelo de piedra.

»Pero yo también estaba asustada, y al echar furtivas miradas a un lado y a otro descubrí que no era la única. ¿Qué ocurriría si la ceremonia del fuego no funcionaba como aseguraban las escrituras? ¿El rey Drupad nos condenaría a todos a muerte, acusándonos de no haber rezado con la suficiente dedicación? En otros tiempos me habría reído si alguien hubiera sugerido que nuestro rey pudiera hacer algo semejante. Pero las cosas habían cambiado desde el día en que Drona se presentó en la corte.

Quise preguntar por Drona, pero ya sabía yo lo que ella me diría.

«Impaciente como las semillas de mostaza que chisporrotean en aceite, eso es lo que tú eres, ¡aun cuando ya tienes edad para casarte en cualquier momento! Cada historia llegará en el momento adecuado».

—Así que cuando el rey, tu padre, se puso de pie y vertió el último pote de mantequilla clarificada en las llamas, todos contuvimos la respiración. Recé con más fuerza de la que nunca en la vida había puesto..., aunque no era por tu hermano por quien yo rezaba, no exactamente. Kallu, que entonces era aprendiz de cocinero, me había estado cortejando, y no quería yo morirme antes de haber experimentado los placeres de tener a un hombre en mi cama. Pero ahora que llevamos siete años casados... —En este punto, Dhai Ma hizo una pausa para resoplar ante la locura de cuando era joven.

Si ella empezaba con el tema de Kallu, yo me quedaría sin oír el resto del relato.

—Entonces se alzó una columna de humo —intervine, con experimentada destreza.

Ella se dejó atraer de nuevo por la historia.

—Sí, y era una columna de humo negro en forma de espiral, de olor desagradable, con voces que venían de dentro. Las voces decían: «He aquí el hijo que has pedido. Él se ocupará de la venganza que anhelas, pero te partirá la vida en dos».

»"Eso no me importa —dijo tu padre—. Entrégamelo".

»Y entonces tu hermano salió del fuego.

Me puse derecha para escuchar mejor. Adoraba esa parte de la historia.

—¿Cómo era?

—¡Ese sí que era un verdadero príncipe! Su frente era noble. Su rostro brillaba como el oro. Incluso sus vestimentas eran de oro. Se alzaba alto y sin miedo, aunque no tendría más de cinco años. Pero me preocupaban sus ojos. Eran demasiado delicados. Me pregunté: «¿Cómo va a vengar este niño al rey Drupad? ¿Cómo va a matar a un guerrero tan temible como Drona?».

A mí también me preocupaba mi hermano, aunque de otra manera. Él lograría cumplir con la tarea para la que había nacido, no me cabía duda. Hacía todo de un modo tan meticuloso... ¿Pero qué efecto tendría en él todo aquello?

No quería pensar en eso.

—¿Y entonces? —dije.

Dhai Ma hizo una mueca.

—¿Acaso no puedes esperar hasta el momento en que tú apareces, doña engreída? —Luego se ablandó—. Antes de que hubiéramos terminado de vitorear y aplaudir, incluso antes de que tu padre tuviera la oportunidad de dar la bienvenida a tu hermano, apareciste tú. Eras tan morena como rubio él, tan impulsiva como él tranquilo. Tosías por el humo y tropezaste con el dobladillo de tu sari, buscando la mano de él y casi haciéndolo caer...

—¡Pero no nos caímos!

—No. De algún modo os las arreglasteis para sosteneros mutuamente. Y luego se oyeron las voces otra vez. Decían: «Mirad, os damos a esta niña, un obsequio más de lo que pedisteis. Cuidadla bien, porque ella cambiará el curso de la historia».

—¡Cambiar el curso de la historia! ¿De verdad dijeron eso?

Dhai Ma se encogió de hombros.

—Eso es lo que aseguraron los sacerdotes. ¿Quién puede saberlo con certeza? Ya sabes cómo retumban y resuenan los sonidos en esa sala. El rey parecía sobresaltado, pero luego os alzó a vosotros dos, apretándote a ti contra su pecho. Por primera vez en muchos años, lo vi sonreír. A tu hermano le dijo: «Te llamarás Dhristadyumna». Y a ti: «Te llamarás Draupadi». Y luego disfrutamos del mejor banquete que se ha visto en este reino.

Mientras Dhai Ma contaba los platos del banquete con sus dedos, relamiéndose los labios con aquellos gratos recuerdos, mi atención se centró en el significado de los nombres escogidos por nuestro padre. Dhristadyumna, Destructor de Enemigos. Draupadi, Hija de Drupad.

El nombre de Dhri estaba dentro de los límites de lo aceptable, aunque si hubiera sido hijo mío yo habría escogido un nombre más alegre, como «Vencedor Celestial» o «Luz del Universo». Pero ¿«Hija de Drupad»? Es verdad que a mí no me esperaba, aun así, ¿no podía haber elegido mi padre algo un poco menos egoísta? ¿Algo más adecuado para una niña que se suponía que iba a cambiar la historia?

Acepté el nombre de Draupadi en el momento porque no tenía elección. Pero, a la larga, no me serviría. Necesitaba un nombre más heroico.

Por las noches, después de que Dhai Ma se hubiera retirado a sus aposentos, yacía yo en mi cama alta y dura, de enormes postes, y observaba la lámpara de aceite que lanzaba sombras inquietas sobre la picada piedra de los muros. Pensaba entonces en la profecía con anhelo y temor. Quería que fuera verdadera. Pero ¿tenía yo lo que se necesita para ser una heroína? ¿El valor, la perseverancia, una voluntad férrea? Y encerrada como estaba dentro de este palacio que parecía un mausoleo, ¿cómo iba a encontrarme la historia?

Pero sobre todo pensaba en algo que Dhai Ma no sabía, algo que me carcomía como el óxido corroe las barras de mi ventana. Pensaba en lo que ocurrió realmente cuando salí del fuego.

Si hubo voces, como aseguraba Dhai Ma, haciendo profecías sobre mi vida en un confuso murmullo, estas todavía no se habían cumplido. Los destellos color naranja de las llamas se fueron desvaneciendo; el aire se puso repentinamente frío. El antiguo salón olía a incienso, y, por debajo de él, un olor más antiguo: sudor de guerra y odio. Un hombre muy delgado, demacrado, refulgente, caminó hacia mi hermano y hacia mí mientras estábamos de pie, tomados de la mano. Alargó los brazos, pero solo hacia mi hermano. Su intención era levantarlo solo a él para mostrárselo al pueblo. Solo quería a mi hermano. Pero Dhri no me soltaba, ni yo a él. Nos aferramos el uno al otro tan tercamente que mi padre se vio forzado a alzarnos a los dos juntos.

No olvidé esa vacilación, aunque a lo largo de los años que siguieron el rey Drupad se cuidó muy bien de cumplir con sus deberes paternales, proporcionándome todo lo que él creía que debía tener una princesa. A veces, cuando lo presionaba, hasta me concedía privilegios que no concedía a sus otras hijas. A su manera, severa y obsesiva, era generoso, tal vez hasta indulgente. Pero yo no podía perdonarle aquel rechazo inicial. Tal vez esa era la razón por la que, cuando dejé de ser una niña y me convertí en una joven mujer, no confiaba del todo en él.

El resentimiento que no podía expresar hacia mi padre lo dirigí a su palacio. Odiaba los gruesos sillares grises de los muros —más adecuados para una fortaleza que para la residencia de un rey— que rodeaban nuestros aposentos, con las torres plagadas de centinelas. Odiaba las angostas ventanas, los mezquinos y mal iluminados corredores, los suelos irregulares que estaban siempre húmedos, los enormes y austeros muebles de anteriores generaciones cuyas dimensiones eran más aptas para gigantes que para hombres.

Odiaba sobre todo el que los terrenos no tuvieran ni árboles ni flores. El rey Drupad creía que los primeros eran un peligro para la seguridad, al ser un obstáculo para la visión de los centinelas. En cuanto a las segundas, no las consideraba de ninguna utilidad..., y todo lo que a mi padre no le parecía útil, lo apartaba de su vida.

Al contemplar desde mis habitaciones el árido recinto que se extendía abajo, sentía que el abatimiento pesaba sobre mis hombros como un chal de hierro. Me prometí que cuando tuviera mi propio palacio, sería muy diferente. Cerré los ojos e imaginé una sinfonía de colores y sonidos, aves cantando en un huerto de mangos y chirimoyas, mariposas revoloteando entre jazmines, y en medio de todo eso..., pero aún no podía imaginar la forma que tomaría mi futura residencia. ¿Sería elegante como el cristal? ¿Exquisita y refinada, como una copa recubierta de piedras preciosas? ¿Primorosa e intrincada, como filigranas de oro? Lo único que sabía era que reflejaría mi ser más profundo. Allí finalmente estaría mi hogar.

Los años que pasé en la casa de mi padre habrían sido insoportables si no hubiera tenido a mi hermano. Nunca olvidé el calor de su mano al sostener la mía, negándose a abandonarme. Tal vez él y yo habríamos estado unidos incluso en otras circunstancias, aislados como estábamos en el ala del palacio que nuestro padre había dispuesto para nosotros... no sé si por cariño o por miedo. Pero aquella primera lealtad nos hizo inseparables. Compartíamos el uno con el otro nuestros miedos al futuro, nos defendíamos el uno al otro con una fiera actitud protectora de un mundo que no nos consideraba del todo normales, y nos confortábamos en nuestra soledad. Nunca hablamos de lo que cada uno significaba para el otro, pues Dhri no era dado a la efusividad. Pero a veces yo le escribía cartas en mi cabeza, entrelazando las palabras con metáforas extravagantes. «Te querré, Dhri, hasta que el gran Brahmán recoja de nuevo el universo en sí mismo, como hace la araña con su tela».

No sabía entonces que ese amor iba a ser sometido a durísimas pruebas, ni tampoco cuánto nos iba a costar a ambos.

2

Azul

Tal vez la razón por la que Krishna y yo nos llevábamos tan bien era porque los dos teníamos la piel sumamente oscura. En una sociedad que miraba con desprecio aristocrático todo lo que no tuviera el tono de la leche y las almendras, eso se consideraba una desgracia, sobre todo para una chica. Yo lo pagué y tuve que pasar horas y horas, a cual más insoportable, aguantando a mi hacendosa aya, que me embadurnaba el cuerpo con ungüentos para blanquear la piel y me restregaba con diversos exfoliantes. Pero al final, desesperada, se dio por vencida. Yo también me habría desesperado si no hubiera sido por Krishna.

Estaba claro que Krishna, cuya tez era incluso más oscura que la mía, no consideraba que su color fuera una desventaja. Yo había oído las historias de cómo se había ganado el corazón de las mujeres de su pueblo natal de Vrindavan, ¡de todas las 16.000! Y luego estaba el asunto de la princesa Rukmini, una de las grandes bellezas de nuestro tiempo. Ella le había enviado una carta de amor de lo más indecorosa en la que le pedía que se casara con ella (a la que él respondió rápida y cortésmente llevándosela en su carruaje). Él tenía otras esposas, unas cien, según un cálculo reciente. ¿Podía la nobleza de Kampilya estar equivocada? ¿Podía el color oscuro esconder su propio magnetismo?

Cuando tenía catorce años, me armé de valor para preguntarle a Krishna si él creía que una princesa cuya piel era tan oscura que la gente la calificaba de «azul» sería capaz de cambiar la historia. Sonrió. Así era como con frecuencia respondía a mis preguntas, con una sonrisa enigmática que me obligaba a buscar una respuesta por mi cuenta. Pero en aquella ocasión debió de haber intuido mi angustia y mi confusión, porque añadió algunas palabras.

—Un problema se convierte en un problema solo si uno cree que lo es. Y a menudo los otros lo ven a uno tal y como uno se ve a sí mismo.

Tomé ese evasivo consejo con una cierta desconfianza. Parecía demasiado fácil para ser verdadero. Pero al acercarse el festival del Señor Shiva, decidí ponerlo a prueba.

Esa noche especial, todos los años, la familia real iba en procesión —los hombres delante, las mujeres detrás— a un templo de Shiva para ofrecer sus oraciones. No tuvimos que ir lejos ya que el templo estaba situado dentro de los terrenos del palacio. De todas maneras, era un espectáculo imponente, con toda la corte y muchos de los ciudadanos ilustres de Kampilya acompañándonos, vestidos con sus mejores y más deslumbrantes galas; era exactamente la clase de acontecimiento que ponía de manifiesto mis peores aprensiones. Había dado la excusa de no sentirme bien para así poder quedarme en mis aposentos, pero Dhai Ma no se dejó engañar y me obligó a participar. Con la sensación de ser insignificante entre un grupo de mujeres que parloteaban entre sí y me ignoraban por completo, trataría de pasar inadvertida. Las otras princesas, con sus alegres rostros y sus divertidas bromas, me hacían sentir doblemente incómoda mientras trataba de no llamar la atención detrás de ellas, deseando que Dhri estuviera conmigo. Si alguien se dirigía a mí —por lo general un invitado o un recién llegado que no sabía quién era yo— tenía la tendencia a ruborizarme y a tartamudear y (sí, incluso a esta edad) a tropezar con el dobladillo de mi sari.

Pero ese año permití a una encantada Dhai Ma que me vistiera con una seda azul mar, leve como la espuma, que tejiera flores en mi trenza, que me pusiera diamantes en las orejas. Observé a la reina Sulochana, la más joven y más hermosa de las esposas de mi padre, mientras caminaba delante de mí, llevando una fuente llena de guirnaldas para el dios. Presté atención al seguro movimiento de sus caderas, a la gracia elegante con la que inclinaba la cabeza en respuesta a un saludo. «Yo también soy hermosa», me dije a mí misma, reteniendo en mi mente las palabras de Krishna. Probé a hacer los mismos gestos y los encontré sorprendentemente fáciles. Cuando las mujeres de la nobleza se acercaban para felicitarme por mi aspecto, se lo agradecía como si estuviera acostumbrada a esos elogios. La gente se apartaba con deferencia cuando yo pasaba. Levanté la barbilla en gesto orgulloso, mostrando la línea de mi cuello mientras los cortesanos jóvenes cuchicheaban entre sí, preguntándose quién sería yo y dónde había estado oculta todos esos años. Un bardo que estaba de visita se quedó mirándome con admiración. Más adelante compondría una canción sobre mi incomparable belleza. La canción se hizo muy popular; luego siguieron otras canciones; la noticia de la asombrosa princesa de Panchaal, tan fascinante como las llamas ceremoniales de las que había nacido, se propagó por muchos reinos. De la noche a la mañana, ¡yo, que había sido rechazada por mi hosquedad, me convertí en una belleza que todos celebraban!

Krishna se divirtió mucho con este giro de los acontecimientos. Cuando venía de visita, me hacía burlas tocando en la flauta las melodías de las canciones más extravagantes. Pero cuando yo trataba de darle las gracias, él actuaba como si no supiera de qué le estaba hablando.

Se contaban otras historias sobre Krishna. La de que había nacido en una mazmorra donde su tío Kamsa había encarcelado a sus padres con la intención de matarlo a él al nacer. Cómo, a pesar de los muchos guardias de la prisión, había sido milagrosamente llevado a la seguridad de Gokul. Cómo también, siendo niño, mató a un demonio femenino que trató de envenenarlo con la leche de su pecho. O esa otra en que levantó el monte Govardhan para proteger a su gente de un diluvio en el que habría perecido ahogada. Yo no prestaba demasiada atención a las historias, algunas de las cuales afirmaban que era un dios que había bajado del reino celestial para salvar a los fieles. A la gente le encanta exagerar, y no había nada como una dosis de lo sobrenatural para sazonar lo tedioso de los hechos. Pero lo que sí reconocía yo era que había algo inusual en él.

Krishna no podía visitarnos a menudo. Tenía que gobernar su propio reino en la lejana Dwarka, y también debía atender a sus muchas esposas. Además, estaba involucrado en los asuntos de otras monarquías. Era famoso por su inteligencia pragmática, y a los reyes les gustaba llamarlo para pedirle consejo. Sin embargo, siempre que tenía alguna cuestión importante, algo que no podía preguntar a Dhri, pues era demasiado directo para los sinuosos caminos de la vida de este mundo, parecía que Krishna siempre estaba ahí para proporcionarme una respuesta. Y ese es otro enigma: ¿por qué permitía mi padre que él me visitara libremente, a pesar de que me había mantenido apartada de otros hombres y mujeres?

Yo estaba fascinada con Krishna porque me resultaba enigmático. Me consideraba una observadora sagaz de los seres humanos y ya había analizado a otras personas importantes en mi vida. Mi padre estaba obsesionado por el orgullo y por el sueño de ajustar cuentas. Tenía ideas absolutas de lo bueno y de lo malo, y se adhería a ellas con rigidez. (Esto lo convertía en un gobernante justo, pero no en uno que fuera amado). Su debilidad era que se preocupaba demasiado por lo que la gente pudiera decir de la casa real de Panchaal. Dhai Ma adoraba los chismes, la risa, la comodidad, la buena comida y la buena bebida, y, a su peculiar manera, el poder. (Aterrorizaba con regularidad a los criados de menor nivel —y sospecho que también a Kallu— con su lengua afilada como una navaja). Su debilidad era la incapacidad para decirme que no. Dhri era la más noble de todas las personas que yo conocía. Sentía un sincero amor por la virtud, pero, lamentablemente, carecía casi por completo de sentido del humor. Era excesivamente protector conmigo (pero yo se lo perdonaba). Su debilidad era que creía totalmente en su destino y se había resignado a cumplirlo.

Pero Krishna era un camaleón. Con nuestro padre era sin duda un político sagaz y lo asesoraba sobre las maneras de fortalecer su reino. Elogiaba a Dhri por su destreza con la espada, pero lo alentaba a pasar más tiempo con las artes. Deleitaba a Dhai Ma con sus escandalosos cumplidos y bromas terrenales. ¿Y conmigo? Algunos días me atormentaba hasta hacerme derramar lágrimas. En otras ocasiones, me daba lecciones sobre la precaria situación política del continente de Bharat, y me castigaba si me distraía. Me preguntaba qué pensaba yo acerca de mi lugar en el mundo como mujer y como princesa, para luego desafiar mis creencias un tanto tradicionales. Me traía noticias del mundo que nadie más se preocupaba de darme, el mundo del que estaba ávida, incluso noticias que yo sospechaba que se considerarían impropias de los oídos de una mujer joven. Y todo el tiempo me miraba atentamente, como si esperara una señal.

Pero de eso me daría cuenta más adelante. En aquella época, solo sabía que adoraba la manera en que se reía sin razón aparente, arqueando hacia arriba una ceja. Con frecuencia olvidaba que era mucho mayor que yo. A veces prescindía de sus joyas reales y llevaba solamente una pluma de pavo real en el pelo. Le gustaba la seda amarilla, que él aseguraba que le iba bien con el color de su piel. Escuchaba con atención mis opiniones, aunque generalmente terminaba por no estar de acuerdo con ellas. Era amigo de mi padre desde hacía muchos años; amaba de verdad a mi hermano; pero yo tenía la impresión de que era a mí a quien realmente visitaba. Me llamaba con un nombre especial, la forma femenina del suyo: Krishnaa. Tenía dos significados: «La oscura», o «Aquella cuya atracción no puede resistirse». Incluso después de que hubiera regresado a Dwarka, las notas de su flauta seguían resonando entre las paredes de nuestros tristes aposentos..., mi único consuelo a medida que Dhri se apartaba de mí cada vez con más frecuencia, llamado por sus obligaciones de príncipe, y yo me quedaba sola.

3

Leche

Me tocaba a mí ser la narradora de cuentos. De modo que empecé. ¿Pero era «empezar» la palabra correcta? ¿Acaso Dhri y yo no habíamos estado contándonos esa historia desde que tuvimos la edad suficiente para darnos cuenta de la amenaza que se escondía en ella?

«Una vez un niño que estaba jugando vino corriendo y preguntó:

»—Madre, ¿qué es la leche? Mis amigos dicen que es cremosa y blanca, y tiene un sabor muy dulce, poco menos dulce que el néctar de los dioses. Por favor, madre, quiero beber leche.

»La madre, que era demasiado pobre como para comprar leche, mezcló un poco de harina y agua, añadió azúcar moreno y se la dio al niño.

»El niño la bebió y bailó con alegría, mientras decía:

»—¡Ahora yo también sé cuál es el sabor de la leche!

»Y la madre, que a través de todos sus años de privaciones jamás había derramado una lágrima, lloró por la confianza de él y el engaño de ella».

Durante horas la tormenta se había abatido contra nuestras murallas. Los postigos que cubrían las ventanas y que cerraban mal no habían logrado impedir que entraran las ráfagas de lluvia helada. El suelo estaba resbaladizo por la humedad y la alfombra que teníamos bajo los pies, empapada. Suspiré, sabiendo que olería a moho durante semanas. Las lámparas parpadearon, amenazando con dejarnos a oscuras. De vez en cuando, una polilla se zambullía en una llama con un chisporroteo y un fugaz olor a quemado. En noches como esa, cuando el súbito estallido del trueno hacía saltar nuestros corazones sorprendidos y alborozados, Dhri y yo nos contábamos cuentos para mantener nuestras mentes ocupadas. Porque aunque nuestros días estaban llenos de lecciones, nuestras noches se estiraban ante nosotros vacías como un desierto. El único que alguna vez rompía la monotonía con sus visitas era Krishna. Pero él venía y se iba sin ningún aviso previo, y se divertía travieso con esa imprevisibilidad. Los relatos nos ayudaban a no preguntarnos demasiado por el resto de la familia de Drupad: sus reinas, y sus otros hijos a quienes veíamos solo en las ceremonias oficiales. ¿Qué estarían haciendo? ¿Estaba nuestro padre en sus alumbrados y alegres aposentos, riéndose? ¿Por qué nadie nos invitaba a que nos reuniéramos con ellos?

Dhri agitó la cabeza.

—¡No! ¡No! El relato debe empezar antes.

—Muy bien —dije, escondiendo una sonrisa—. «Cuando el rey Sagar descubrió que sus antepasados habían sido reducidos a cenizas por la cólera del gran mendicante Kapil...».

Pero aunque otras veces mi hermano aceptaba mis bromas de manera razonable, en esta ocasión se molestó. Era como si el cuento lo hiciera retroceder a un yo más joven y más ansioso.

—Me estás haciendo perder el tiempo —dijo, mirándome con el ceño fruncido—. Sabes que eso es remontarse demasiado lejos en el pasado. Comienza con los dos muchachos, los otros.

«Érase una vez, en un tiempo inocente, el hijo de un brahmín y el hijo de un rey que fueron enviados al *ashram* de un gran sabio a estudiar. Allí pasaron muchos años juntos, convirtiéndose en grandes amigos, y cuando llegó el momento en que cada uno debía regresar a su hogar, lloraron.

»El príncipe le dijo a su compañero de escuela:

»—Drona, nunca te olvidaré. Ven a mí cuando me convierta en rey de Panchaal, y todo lo que yo posea será tuyo también.

»El brahmín abrazó al príncipe y dijo:

»—Querido Drupad, tu amistad significa más para mí que todas las riquezas del tesoro de los dioses. Guardaré tus palabras en mi corazón para siempre.

»Cada uno se fue por su camino. El príncipe, para aprender a vivir según las normas de la corte; el brahmín, para seguir estudiando con Parasuram, el famoso erudito guerrero. Llegó a dominar las artes de la guerra, se casó con una mujer virtuosa, y tuvo un hermoso hijo. Aunque pobre, estaba orgulloso de sus conocimientos y con frecuencia soñaba con el día en que le enseñaría a su hijo todo lo que sabía.

»Hasta que un día el niño volvió a casa después de jugar pidiendo leche, y su esposa lloró».

¿Eran relatos verdaderos los que nos contábamos entre nosotros? ¿Quién sabe? En el mejor de los casos, un relato es algo resbaladizo. Lo cierto es que nadie nos había contado este en particular, aunque se trataba del relato que más necesitábamos conocer. Era, después de todo, la razón de nuestra existencia. Tuvimos que ir armándolo a partir de rumores y mentiras, de las oscuras pistas que Dhai Ma dejaba caer, y de nuestras inquietas imaginaciones. Tal vez era la razón por la que cambiaba en cada narración. ¿O esa es la naturaleza de todos los cuentos, la razón de su poder?

Dhri aún seguía insatisfecho.

—Estás mirando el relato a través de la ventana equivocada —dijo—. Tienes que cerrarla y abrir una diferente. Mira, lo haré yo.

«Un joven príncipe heredó un reino convulso, una corte llena de intrigas, legado de un rey complaciente que había confiado demasiado en sus nobles. Después de muchos conflictos y derramamientos de sangre, cuando el hijo se las arregló para establecer su poder sobre esos mismos nobles, se prometió a sí mismo que no repetiría el error de su padre. Gobernaba bien pero de manera vigilante, haciéndose más amigo de la justicia que de la compasión. Y siempre estaba atento a los susurros y las risas burlonas, que para él eran los precursores de la insurrección».

—Eres demasiado parcial —me quejé—. Siempre estás tratando de hacer que parezca bueno, fingiendo que él no tuvo ninguna culpa.

Se encogió de hombros.

—¡Es nuestro padre, después de todo! ¡Se merece un poco de parcialidad!

—Yo seguiré con el relato —dije.

«Un día, mientras el rey daba audiencia, un brahmín entró en el salón y se detuvo delante de él. El rey se sorprendió al ver que, aunque sus vestimentas estaban desgastadas, el hombre no parecía un suplicante. Se mantenía erguido como una llama, la cabeza en alto, y sus ojos brillaban como ágatas. Al rey le vino a la mente un recuerdo escondido, y volvió a írsele. Pudo oír a su alrededor los murmullos de los cortesanos que se preguntaban quién sería aquel desconocido. Ordenó a un consejero que condujera al desconocido al tesoro, donde todos los días se daban regalos a los necesitados, pero el brahmín apartó con un gesto la mano del hombre.

»—Drupad —dijo, con una voz que reverberó en todo el salón—, ¡no soy un mendigo! Vengo a hacerte cumplir tu promesa de amistad. Una vez me pediste que vinieras a vivir contigo; dijiste que todo lo que tuvieses también sería mío. No quiero tus riquezas, pero te pido que encuentres un lugar para mí en tu corte. Obtendrás mucho provecho de ello, pues compartiré contigo la secreta ciencia de la guerra en la que mi gurú me instruyó. Ningún enemigo se atreverá a acercarse a Panchaal si yo estoy a tu lado».

Hice una pausa, pues sabía que Dhri quería continuar con lo que seguía.

«Como un relámpago, una imagen se le grabó al rey en los párpados: dos muchachos que se abrazan, secándose las lágrimas en el momento de la despedida. Tenía ya en la lengua aquel antiguo y querido nombre, Drona. Pero detrás de él, la gente se estaba riendo, señalando con el dedo al brahmín loco, ¡pues sin duda solo un loco podría hablar al rey con tanta arrogancia!

»Si Drupad lo reconocía, si bajaba del estrado real y le cogía de la mano, ¿se burlarían de él también? ¿Pensarían que era débil y extravagante, incapaz de gobernar?

»No podía arriesgarse a ello.

»—Brahmín —le dijo severamente—, ¿cómo puede un hombre culto, como aseguras ser, decir semejante tontería? ¿No sabes que la amistad solo es posible entre los iguales? Ve a la puerta del tesoro, y el guardián se ocupará de darte la limosna necesaria para que vivas una vida cómoda.

»Drona lo miró fijamente durante un momento. Drupad creyó ver que su cuerpo temblaba de rabia e incredulidad. Se preparó, pensando que el otro iba a gritar, tal vez para lanzarle una maldición, como se sabía que solían hacer los brahmines. Pero Drona simplemente se dio la vuelta y partió. Ningún cortesano, cuando luego se les preguntó, sabía adónde había ido.

»Durante días, semanas, quizá meses, a Drupad no le sabía a nada lo que comía. El pesar recubría su boca por dentro como si fuera barro. Por la noche, mientras yacía insomne, pensó en enviar mensajeros por todo el país, en secreto, en busca de su amigo. Por la mañana aquello siempre le parecía una idea tonta».

Dhri se detuvo. Después de haber formulado las motivaciones de nuestro padre como él deseaba que fueran, estaba dispuesto a dejarme contar el resto.

«El tiempo todo lo borra, tanto la pena como la alegría. En su momento, el incidente se hizo más tenue en la memoria de Drupad. En su momento, se casó y tuvo hijos, aunque ninguno resultó ser tan buen guerrero como él esperaba. Los viejos nobles rebeldes se murieron o se retiraron a sus pueblos ancestrales. Los nuevos, lo respetaban o lo temían, de modo que creía sentirse seguro. Para él, eso era equivalente a la felicidad.

»Hasta que un amanecer, antes de que saliera el sol, lo despertaron los centinelas de las murallas del palacio haciendo sonar sus cuernos. Los ejércitos de Kaurava estaban a las puertas de Kampilya.

»Drupad estaba perplejo. Había tenido poco contacto con el clan de Kaurava, cuyo reino se extendía al noroeste, en Hastinapur. Por lo que sabía, su gobernante ciego, Dhritarashtra, era un hombre tranquilo, cauto. ¿Por qué lo atacaría sin mediar provocación alguna? Reunió sus propias y formidables fuerzas, y cuando marchó contra los intrusos, quedó todavía más perplejo al descubrir que los jefes de la incursión eran meros adolescentes; los príncipes de Kaurava, supuso. ¿Qué locura se habría apoderado de ellos? Fue bastante fácil derrotar a su ejército. Pero cuando giró su carro de guerra para regresar victorioso, otro carro de guerra desconocido se le acercó a tal velocidad que no pudo darse cuenta de dónde venía. Una nube de flechas salió volando de él, oscureciendo el cielo, separando a Drupad de su ejército y haciendo que sus caballos se encabritaran alarmados. Antes de que el conductor de su propio carro de guerra pudiera calmarlos, un joven había saltado del otro carro al suyo. Su espada se detuvo en la garganta de Drupad.

»—No deseamos hacerte daño —dijo el joven—. Pero debes venir con mis hermanos y conmigo como nuestro prisionero».

Dhri me puso un dedo en los labios. Por alguna razón paradójica, él quería narrar el momento que más le dolía, el que desnudaba sus sentimientos.

«Incluso estando en peligro de muerte, Drupad no pudo dejar de admirar al joven, su aplomo, su cortesía, su destreza con las armas. Un fugaz deseo brotó en él: "Ojalá fuera hijo mío"».

—¡No digas eso! —le interrumpí con enojo—. Tú eres el mejor hijo que un padre podría desear. ¿Acaso no estás renunciando a toda tu vida para conseguir lo que el rey Drupad quiere, aunque no tenga sentido?

—Continúa con el relato —dijo.

«—¿Quién eres tú? —preguntó Drupad—. ¿Y por qué me has atacado cuando no tengo ninguna enemistad contigo?

»—Soy Arjuna, hijo del finado rey Pandu —respondió el joven—. Te he capturado por orden de mi gurú.

»—¿Quién es tu gurú?

»Un destello de orgulloso amor iluminó el rostro de Arjuna.

»—Es el más grande maestro del arte de la guerra —respondió—. Nos ha enseñado a nosotros, los príncipes, durante años. Ahora hemos terminado nuestros estudios, y para su *dakshina* nos ha pedido que te capturemos a ti. Debes conocerlo. Su nombre es Drona».

Hice una pausa aquí para imaginar ese momento. ¿Qué aspecto tendría Arjuna? ¿Cómo serían sus movimientos? ¿Sería tan guapo como valiente? Krishna, con quien estaba emparentado a través de algún enredado lazo familiar, había mencionado sus muchos logros de vez en cuando, lo que había despertado mi interés. Aunque nunca le confesaría esto a Dhri (yo percibía sus no expresados celos), para mí, Arjuna era la parte más excitante del relato.

Dhri me dio un codazo con el ceño fruncido. Se le daba bien adivinar mis pensamientos.

—Continúa.

«Un rey fue obligado a arrodillarse a los pies de un brahmín.

»Un brahmín le dijo a un rey:

»—Tus tierras y tu vida me pertenecen. ¿Quién es el mendigo ahora?

»Un rey dijo:

»—Mátame, pero no te burles de mí.

»Un brahmín dijo:

»—Pero yo no deseo matarte. Deseo ser tu amigo. Y como tú dijiste que la amistad era posible solo entre los iguales, yo necesitaba un reino. Ahora te devolveré la mitad de tus tierras. Al sur del río Ganges, tú gobernarás. El norte me pertenecerá. ¿No somos entonces realmente iguales?

»Un brahmín abrazó a un rey, un rey abrazó a un brahmín. Y la cólera que el brahmín había llevado como brasas ardientes dentro de sí todos aquellos años salió de su cuerpo con una exhalación en forma de oscuro vapor, y se sintió en paz. Pero el rey vio el vapor y reconoció de qué se trataba. Abrió la boca con ansiedad y lo tragó. Lo alimentaría por el resto de sus días».

Yo esperaba que Dhri me dejara tranquila, pero él era como un perro de caza haciendo presa en la garganta de un jabalí.

—¿Y entonces?

Repentinamente me sentí cansada y abatida. Pensé que no tendría que haber escogido esa historia. Cada vez que la relataba, se metía muy adentro en la carne de mi hermano, pues una historia aumenta su poder cada vez que se cuenta. Hacía más profunda su creencia en la fatalidad de un destino que él podría haber eludido de alguna manera: matar a Drona. Pero como una costra que los niños se rascan hasta que empieza a sangrar, ninguno de nosotros podía ignorarla.

«Y entonces, Dhri, fuiste llamado al mundo. Para que lo que comenzó con leche pudiera terminar algún día con sangre».

Pero aquella historia no terminaba allí. La sangre de quién, y cuándo, y cuántas veces. Todo aquello, sin embargo, iba a conocerlo mucho más tarde.

—¿Cuál te parece que podría ser el aspecto de Drona? —preguntó Dhri.

Pero yo no tenía la menor idea.

Muchos años más tarde, después de mi matrimonio, conocí a Drona en la corte de Kaurava. Nos cogió las manos —pues Dhri estaba también conmigo— con sus firmes dedos y nos miró con sus inescrutables ojos de águila.

Para entonces él ya conocía las profecías. Todos las conocían. De todos modos, con gran cortesía, dijo:

—Bienvenido, hijo. Bienvenida, hija.

Me sentí incapaz de responder, me faltaba el aliento. Detrás de mí, Dhri hizo un pequeño ruido con la garganta. Y supe que él veía lo que veía yo: Drona tenía exactamente el mismo aspecto de nuestro padre.

4

Cosmología

«¿Qué forma tiene el mundo?».

El príncipe recitó:

—Arriba está el cielo, morada de Indra y de los dioses que se sientan alrededor de su trono. Allí, en el centro de los siete mundos poblados por seres celestiales, está el océano blanquecino sobre el que Vishnú duerme, y solo despierta cuando la tierra se sobrecarga de injusticia. Por debajo se extiende nuestra tierra, que caería en el gran vacío si no estuviera sostenida por las caperuzas de Sesha, la serpiente de mil cabezas. Más abajo está el mundo inferior, donde los demonios, que odian la luz del sol, tienen su reino.

El tutor preguntó:

—¿Cuál es el origen de las cuatro castas?

—Cuando el Ser Supremo se manifestó, Brahmán nació de su cabeza, Kshatriya de su brazo, Vaishya de su muslo y Sudra de su pie.

—¿Cuál es entonces el deber de Kshatriya?

—El guerrero-rey debe honrar a los hombres sabios, tratar a los demás reyes con el respeto debido a los iguales, y gobernar a su pueblo con mano firme y a la vez misericordiosa. En la guerra debe ser feroz e intrépido hasta la muerte, pues el guerrero que muere en el campo de batalla va al más elevado de los cielos. Debe proteger a cualquiera que le pida refugio, ser generoso con los necesitados y mantener la palabra dada aunque lo lleve a la destrucción.

—¿Y...?

Mi hermano vaciló, obligándome a brindarle ayuda desde detrás de la cortina.

—Antepasados —susurré—. Venganza.

—Y, sobre todo —Dhri tomó aliento y continuó—, debe dar renombre a sus antepasados vengando el honor de su familia.

A través de la gasa de la cortina podía ver el ceño fruncido del tutor. El hilo sagrado que le colgaba en su pecho huesudo tembló debido a su agitación. Aunque era extraordinariamente culto, no era mucho mayor que nosotros. La cortina estaba ahí porque, de otra manera, mi presencia lo ponía tan nervioso que le impedía enseñar.

—Oh, gran príncipe —dijo entonces—, por favor, pídele a tu hermana, la princesa, que se abstenga de soplarte las respuestas. No te está ayudando a aprender. ¿Acaso estará ella sentada detrás de ti en tu carro de guerra en la batalla cuando tengas que recordar estos importantes preceptos? Tal vez sea mejor que ella no nos acompañe durante tus estudios.

Él siempre estaba tratando de disuadirme de asistir a las lecciones de Dhri..., y no era el único. Al principio, por mucho que se lo rogué, el rey Drupad se opuso a la idea de que yo estudiase con mi hermano.

¿Enseñarle a una niña lo que se supone que debe aprender un muchacho? ¡Nunca se había visto cosa semejante en la familia real de Panchaal! Solo cuando Krishna insistió en que la profecía de mi nacimiento requería que yo recibiera una educación más allá de la que habitualmente reciben las mujeres, y que era el deber del rey proporcionármela, aceptó entonces con reticencia. Incluso Dhai Ma, mi cómplice en tantas otras cosas de mi vida, veía las lecciones con recelo. Se quejaba de que me estaban volviendo demasiado testaruda y amiga de las discusiones, demasiado masculina en mi discurso. Dhri, también, se preguntaba si no estaría yo aprendiendo lo que no debía, ideas que solo servirían para confundirme cuando me entregara a la vida de una mujer con sus leyes prescritas, a veces restrictivas. Pero anhelaba saberlo todo acerca del mundo asombroso y misterioso que se extendía más allá de lo que yo podía imaginar, el mundo de los sentidos y de lo que había más allá de ellos. De modo que me negué a abandonar las lecciones, aunque hubiera quien lo desaprobase.

En ese momento, como no quería enojar más al tutor, hice que mi voz sonara contrita.

—Respetado maestro, mis disculpas. Prometo no volver a interrumpir.

El tutor miró fijamente al suelo.

—Gran príncipe, por favor, recuérdale a tu hermana que la semana pasada también nos hizo la misma promesa.

Dhri disimuló una sonrisa.

—Sabio maestro, perdónala, por favor. Como bien sabes, al ser chica, tiene mala memoria. Además, es de naturaleza impulsiva, un defecto en muchas mujeres. ¿No podrías tú instruirla respecto a la conducta que se espera de una mujer *kshatriya*?

El tutor agitó la cabeza.

—No es ese un tema que yo conozca, pues no es conveniente que un hombre célibe piense demasiado en las cosas propias de las mujeres, que son el sendero a la ruina. Sería mejor que la princesa aprendiese tales cosas, así como las otras también, con esa dama corpulenta e intimidante que es su aya y quien podría, sería de esperar, disciplinarla mejor que yo. Le recomendaré esta excelente medida a vuestro real padre.

Aquel giro repentino de los acontecimientos me dejó consternada. Sin duda mi padre, aduciendo las quejas del tutor, trataría de disuadirme una vez más de asistir a las clases. Ahora bien, ya habíamos pasado mucho tiempo discutiendo, o, más bien, él gritándome y obligándome a escucharlo. O peor: me ordenaba que me callara y me obligaba a obedecerlo.

Además, me molestó lo que había dicho el tutor acerca de que las mujeres eran la raíz de todos los problemas del mundo. Quizá esa fue la razón por la que, cuando recogió sus manuscritos de hoja de palmera y se puso de pie para retirarse, empujé la cortina para abrirla y le dirigí una espléndida sonrisa mientras hacía una reverencia. El efecto fue mejor de lo que había esperado. Saltó como si algo le hubiera picado; los manuscritos se le cayeron atropelladamente de las manos. Tuve que llevarme un extremo de mi sari a la cara para ocultar la risa, aunque sabía que después habría problemas. Pero por dentro sentí que me invadía una corriente al descubrir un poder que desconocía que tuviera.

Dhri me lanzó una mirada de reprobación mientras lo ayudaba a recoger todo. Después me dijo:

—¿Tenías que hacer eso?

—Se estaba poniendo muy difícil. Y, además, todas esas cosas de las que acusó a las mujeres... ¡Tú sabes bien que no es verdad!

Yo esperaba que mi hermano estuviera de acuerdo conmigo, pero en cambio me dirigió una mirada pensativa. Con sorpresa me di cuenta de que él estaba cambiando.

—Además, ¡fue solo una sonrisa! —continué, pero con menos confianza.

—El problema contigo es que eres demasiado hermosa y no lo sabes. Eso te traerá problemas con los hombres tarde o temprano, si no tienes cuidado. No me extraña que nuestro padre esté preocupado porque no sabe qué hacer contigo.

Estaba sorprendida... Primero por el hecho de que mi padre me dedicara algún pensamiento, y segundo por el cumplido de mi hermano, por irónico que fuera. Dhri nunca hacía comentarios sobre mi aspecto; ni me alentaba a que yo lo hiciera sobre el suyo. Esa cháchara inútil, creía él, hacía que la gente se volviera vanidosa. ¿Era esa otra señal del cambio?

Pero sencillamente dije:

—¿Por qué nuestro padre nunca se preocupa por ti? ¿Es porque eres tan feo?

Mi hermano se negó a morder el cebo.

—Los varones son diferentes de las niñas —dijo con imperturbable paciencia—. ¿Cuándo lo aceptarás?

En venganza, el tutor me disparó un último comentario desde detrás de la seguridad de la puerta que daba al pasillo.

—Príncipe, he recordado una regla de conducta que bien puedes transmitir a tu hermana. El propósito más alto en la vida de una mujer *kshatriya* es apoyar a los guerreros que tenga en su vida: su padre, su hermano, su marido y sus hijos. Si ellos son llamados a la guerra, ella debería sentirse feliz de que tengan la oportunidad de cumplir un destino heroico. En lugar de rezar por su regreso seguro, debe rogar que mueran con gloria en el campo de batalla.

—¿Y quién decidió que el propósito más alto de una mujer es apoyar a los hombres? —Exploté en cuanto nos quedamos solos—. ¡Un hombre, apostaría cualquier cosa! Yo, desde luego, pienso hacer otras cosas con mi vida.

Dhri sonrió, pero sin entusiasmo.

—El tutor no está del todo equivocado. Cuando salga para la batalla final, eso es por lo que quiero que reces.

La palabra me recorrió como un dedo de hielo. No «si», sino «cuando». Con qué fría aceptación la pronunció mi hermano. Salió de la habitación antes de que pudiera contradecirlo.

Pensé en el marido y los hijos que todos suponían que yo tendría algún día. Al marido no podía visualizarlo, pero a los hijos los imaginaba como versiones en miniatura de Dhri, con las mismas cejas rectas y serias. Me prometí que nunca rezaría por sus muertes. Les enseñaría, en cambio, a ser supervivientes. Además, ¿por qué las batallas tenían que ser necesarias? ¿No había acaso otras maneras de alcanzar la gloria, incluso para los hombres? Yo les enseñaría a buscarlas.

Deseaba también poder enseñarle esto a Dhri, pero me temía que ya era demasiado tarde. Él ya había empezado a pensar como los hombres que lo rodeaban, aceptando el mundo de la corte con los brazos abiertos. ¿Y yo? Día tras día yo pensaba cada vez menos como las mujeres que me rodeaban a mí. Día tras día me alejaba más de ellas para refugiarme en una sombría soledad.

Dhri recibía muchas otras enseñanzas, pero que yo no podía compartir.

A última hora de la mañana, él practicaba la lucha con espada, lanza y maza con el comandante del ejército de Panchaal. Aprendió a pelear, a montar caballos y elefantes, a manejar el carro de guerra para el caso en que su auriga muriera en el combate. Del hombre de la tribu *nishad* que era el cazador principal de mi padre, aprendió el tiro con arco y las costumbres de quienes vivían en la selva: cómo sobrevivir sin comida ni agua, cómo leer las huellas de los animales. Por las tardes, se sentaba en la corte y observaba a mi padre cuando administraba justicia. Por la noche —pues un rey debe saber usar su tiempo libre de manera adecuada— jugaba a los dados con otros jóvenes de noble origen, o asistía a peleas de codornices, o iba a pasear en bote. Visitaba las casas de las cortesanas, donde compartía bebidas, música y danzas, así como otros placeres. Nunca hablábamos de esas visitas, aunque a veces lo espiaba cuando regresaba tarde por la noche, con sus labios rojos por la *alaktaka* y una guirnalda alrededor del cuello. Pasaba yo horas tratando de imaginar a la mujer que se la había puesto. Pero por mucho *sura* que bebiera o fibra de loto que comiera, todas las mañanas mi hermano se levantaba antes del amanecer. Desde mi ventana lo veía bañarse, temblando en el agua fría que insistía en sacar él mismo de la cisterna que teníamos en el patio, haciendo caso omiso de las protestas de Dhai Ma. Lo escuchaba canturrear plegarias al sol: «Oh, gran hijo de Kashyap, del mismo color del hibisco, oh, luz de luces, destructor de la enfermedad y el pecado, me inclino ante ti». Y luego, un texto del Manu Samhita: «Si no se ha conquistado a sí mismo, ¿cómo podrá aquel rey conquistar a sus enemigos?».

Algunas noches, Dhri no salía. En lugar de eso, se encerraba con algún ministro para aprender el arte de gobernar, cómo proteger un reino, reforzar sus fronteras, aliarse con otros gobernantes —o dominarlos sin llegar a la batalla—, y cómo reconocer a los espías que pudieran haberse abierto camino secretamente para entrar en el palacio. Aprendía también las diferencias entre la guerra justa y la injusta, y cuándo usar cada una de ellas. Estas eran las enseñanzas que yo más envidiaba, las enseñanzas que proporcionaban poder. Esas eran las que yo tenía que conocer si iba a cambiar la historia. De modo que con zalamerías persuadí desvergonzadamente a Dhri, obligándole a compartir conmigo, a regañadientes, algunos contenidos de aquellas lecciones.

—En la guerra justa, uno lucha solo contra hombres del mismo rango. No se ataca a los enemigos durante la noche, ni cuando se están retirando o están desarmados. No se les golpea por la espalda ni por debajo del ombligo. Uno usa sus *astras* o armas celestiales solo contra guerreros que también tengan esas armas.

—¿Y qué me puedes decir sobre la guerra injusta?

—¡Tú no necesitas saber nada de eso! —contestó mi hermano—. Ya te he dicho demasiado. Y, además, ¿para qué quieres toda esta información?

Un día le dije:

—Háblame de los *astras* celestiales.

No creí que aceptara, pero se encogió de hombros.

—Supongo que no hay ningún peligro si te lo digo, ya que tú nunca tendrás nada que ver con ellos. Se trata de armas que deben ser invocadas con cánticos especiales. Vienen de los dioses y regresan a ellos después de ser usadas. Las más poderosas solo pueden emplearse una vez en la vida de un guerrero.

—¿Tú tienes un *astra*? ¿Puedo verlo?

—No se les puede ver, no hasta que uno los haya llamado. Y entonces hay que usarlos de inmediato; de otra manera su poder podría volverse en contra de uno mismo. Dicen que algunos de ellos, como el Brahmastra, si es usado de manera equivocada, pueden destruir toda la creación. De todas maneras, yo no tengo ninguno..., aún no.

Yo tenía mis sospechas acerca de la existencia de tales *astras*. Parecían más bien historias que los soldados viejos contaban a los novatos para impresionarlos.

—Oh, no —me dijo mi hermano—. ¡Son muy reales! Por ejemplo, cuando Arjuna capturó a nuestro padre, usó el *astra* Rajju para envolverlo en una red invisible. Esa fue la razón por la que las fuerzas de Panchaal no pudieron rescatarlo, aunque estaba apenas a un tiro de lanza de distancia. Pero muy pocos maestros conocen el arte de convocarlas. Por eso nuestro padre ha decidido que, cuando llegue el momento, debo ir a ver a Drona, en Hastinapur, y pedirle que me acepte como su discípulo.

Lo miré sin dar crédito a lo que oía. ¡Seguramente estaba bromeando! Pero mi hermano nunca bromeaba.

Finalmente me las arreglé para decir:

—¡Padre no tiene derecho a humillarte de esa manera! Debes negarte. Además, ¿por qué aceptaría Drona a enseñarte algo cuando sabe que tú usarás esos conocimientos para tratar de matarlo?

—Me enseñará —aseguró mi hermano. Debía de estar cansado, pues su tono era de amargura, lo que en él era raro—. Me enseñará porque es un hombre de honor. Y yo iré porque esa es la única manera en que puedo cumplir con mi destino.

No es mi deseo sugerir que el rey Drupad no se ocupó de mi educación. Un torrente interminable de mujeres pasaba por mis aposentos todos los días, intentando enseñarme las sesenta y cuatro artes que las damas nobles deben conocer. Recibí lecciones de canto, de baile y de música. (Las lecciones fueron penosas, tanto para mis maestras como para mí, pues yo carecía de toda inclinación hacia la música y de cualquier habilidad con los pies). Me enseñaron a dibujar, a pintar, a coser y a decorar el suelo con antiguos diseños de buen agüero, cada uno para ser usado en ocasión de alguna festividad especial. (Pero mis pinturas eran descuidadas y mis diseños estaban llenos de improvisaciones que mis maestras miraban con desdén). Yo era más hábil para crear y solucionar acertijos, para responder a comentarios ingeniosos y para escribir poesía, pero no tenía puesto el corazón en tales frivolidades. Con cada lección yo tenía la sensación de que el mundo de las mujeres iba apretando su nudo a mi alrededor. Yo tenía un destino que cumplir que no era menos importante que el de Dhri. ¿Por qué nadie se preocupaba de prepararme para ello?

Cuando le mencioné esto a Dhai Ma, chasqueó la lengua con impaciencia.

—¿De dónde sacas todas esas ideas? ¡Decir que tu destino es tan importante como el del Príncipe! —Frotó aceite de *brahmi* sobre mi cuero cabelludo para enfriar mi cerebro—. Además, ¿no sabes acaso que una mujer tiene que prepararse para su destino de una manera diferente?

La misma Dhai Ma me enseñó las reglas de comportamiento: cómo caminar, hablar y sentarse en compañía de hombres; cómo hacer eso mismo cuando solo hay mujeres presentes; cómo mostrar respeto a reinas que son más importantes; cómo desairar sutilmente a princesas de menor rango; cómo intimidar a las otras esposas de mi marido.

—¡No necesito aprender eso! —protesté—. Mi marido no tomará otra esposa..., ¡se lo haré prometer antes de casarme con él!

—Tu arrogancia, niña —dijo—, solo es superada por tu optimismo. Los reyes siempre toman otras esposas. Y los hombres siempre rompen las promesas que hacen antes del matrimonio. Además, si te entregan en matrimonio de la misma manera que las otras princesas de Panchaal, no tendrás la menor oportunidad de hablar con tu marido antes de que se acueste contigo.

Respiré hondo para contradecirla. Me dirigió una gran sonrisa desafiante. Ella disfrutaba con nuestras discusiones, en la mayoría de las cuales ella salía ganando. Pero esta vez no me lancé a mis acostumbradas invectivas. ¿Fue el recuerdo de Krishna, el frío silencio con el que se enfrentaba al desacuerdo lo que me detuvo? Vi algo de lo que no me había dado cuenta antes: las palabras malgastaban la energía. Usaría mi fuerza, en cambio, para alimentar mi creencia de que mi vida se iba a desarrollar de manera excepcional.

—Quizá tengas razón —dije dulcemente—. El tiempo lo dirá.

Frunció el ceño. No era eso lo que estaba esperando. Pero entonces su rostro mostró una sonrisa diferente.

—Vaya, princesa —exclamó—, creo que estás creciendo.

El día en que Dhai Ma me dijo que estaba lista para visitar a las esposas de mi padre y poner así a prueba mis habilidades sociales, me quedé sorprendida por la emoción que me invadió por completo. No me había dado cuenta de cuánto ansiaba tener compañía. Hacía mucho tiempo que sentía curiosidad por las reinas —especialmente por Sulochana— que revoloteaban elegantes y enjoyadas en la periferia de mi vida. En el pasado me molestaba que me ignorasen, pero estaba dispuesta a dejarlo pasar. Tal vez, ahora que yo había crecido, podríamos ser amigas.

Sorprendentemente, aunque las reinas sabían que yo iba a verlas, tuve que esperar mucho tiempo en el salón de los visitantes antes de que ellas aparecieran. Cuando finalmente llegaron, me hablaron con frialdad, con breves comentarios tontos y sin mirarme a los ojos. Recurrí a todas mis destrezas de oratoria, pero las conversaciones que yo comenzaba pronto se desvanecían en el silencio. Incluso Sulochana, cuya gracia despreocupada yo había admirado tanto durante el festival de Shiva, parecía una persona diferente. Respondió a mis saludos con monosílabos y mantuvo a sus dos hijas cerca de ella. Pero una de ellas, una niña simpática de unos cinco años con pelo rizado y el cutis brillante de su madre, se escurrió de la cercanía de Sulochana y corrió hacia mí. Debió de sentirse atraída al ver el colgante que yo llevaba, un pavo real con piedras preciosas —me había vestido con cuidado para la visita—, porque de inmediato estiró un dedo para tocarlo. La levanté para colocarla sobre mi regazo y desabroché la cadena para que ella pudiera jugar con el colgante. Pero Sulochana la arrancó de donde estaba y la abofeteó con tanta fuerza que las marcas rojas de sus dedos mancharon la pálida mejilla de la niña. Estalló en lágrimas de perplejidad, sin saber por qué la castigaban. Miré sorprendida a la reina, sintiendo en mi propio rostro el hormigueo de la vergüenza, como si hubiera sido yo la abofeteada.

Al poco, Sulochana se retiró a sus aposentos con la excusa de sentirse mal, lo cual era evidentemente falso.

Cuando llegamos a mis habitaciones, no pude contener las lágrimas.

—¿Qué he hecho mal? —le pregunté a Dhai Ma mientras lloraba sobre su pecho generoso.

—Lo has hecho bien. ¡Perras ignorantes! Simplemente te tienen miedo.

—¿A mí? —pregunté, sobresaltada. No había pensado que yo pudiera ser particularmente temible—. ¿Por qué?

Apretó los labios, más enfadada de lo que nunca la había visto. Pero no pudo —o no quiso— darme respuesta alguna.

Sin embargo, empecé a notar ciertas cosas. Mis doncellas —incluso aquellas que habían estado conmigo durante años— se mantenían a distancia hasta que eran llamadas. Si les preguntaba algo personal —cómo estaba su familia, por ejemplo, o cuándo se iban a casar— se les anudaba la lengua y huían de mi presencia en cuanto podían. Los mejores mercaderes de la ciudad, que visitaban los aposentos de las reinas con regularidad, me enviaban sus mercancías a través de Dhai Ma. Incluso mi padre se mostraba incómodo cuando me visitaba y rara vez me miraba directamente a los ojos. Empecé a preguntarme si el nerviosismo del tutor de Dhri ante mis interrupciones tendría una causa menos halagadora que mi belleza. Y si mi falta de amigos y visitas sería atribuible no a la severidad de mi padre sino a la cautela de la gente ante alguien que no había nacido como una niña normal y que, si la profecía era correcta, no iba a vivir la vida de una mujer normal.

¿Tenían miedo al contagio?

El mundo que yo conocía comenzaba ya a dividirse en dos. La parte más grande, con mucho, estaba constituida por personas como Sulochana que no podían ver más allá de sus pequeñas vidas de placeres y tristezas mundanas. Sospechaban de todo lo que estuviera fuera de los límites de la costumbre. Podían, tal vez, aceptar a hombres como Dhri que habían nacido de manera divina, para cumplir un destino forjado por los dioses. ¿Pero a mujeres?, ¿en particular a mujeres que podrían producir cambios, como una tormenta trae consigo la destrucción del rayo? Me iban a rechazar toda la vida. Pero la próxima vez, me prometí a mí misma, mientras me secaba mis airadas lágrimas, estaría preparada.

El otro grupo se componía de aquellas raras personas que eran ellas mismas precursoras del cambio y de la muerte. O de aquellas que podían reírse de tales cosas. Estas no me temerían, aunque yo sospechaba que bien podrían llegar a odiarme, si ello fuera necesario. De momento, solo conocía a tres personas de esas características: Dhri y Krishna. Y también Dhai Ma, transformada por el cariño que me profesaba. Pero seguramente había otras. Mientras me impacientaba en el palacio de mi padre, anhelaba encontrarlas, porque solo ellas podían suministrarme la compañía que yo ansiaba tener. Me preguntaba cuánto tiempo tendría que esperar antes de que el destino las trajera a mi vida, y esperaba que cuando ello ocurriese, una de ellas se convirtiera en mi marido.

5

Humo

Aprendí muy pronto a escuchar a escondidas.

Me vi obligada a adoptar esta innoble práctica porque la gente rara vez me decía algo que mereciera la pena saber. Mis asistentes estaban entrenadas para hablarme con complejas adulaciones. Las esposas de mi padre me evitaban. El rey Drupad solo se reunía conmigo en situaciones que sirvieran para desalentar preguntas incómodas. Dhri nunca mentía, pero muchas veces me ocultaba cosas, en la creencia de que su deber de hermano era protegerme de los hechos desagradables. Aunque Dhai Ma no tenía ese tipo de reparos, se dejaba llevar por el desdichado hábito de mezclar lo que de verdad ocurría con cosas que, en su opinión, deberían haber ocurrido. Krishna era el único que me decía la verdad. Pero no estaba conmigo con mucha frecuencia.

Así fue como empecé a escuchar a escondidas y descubrí que era una práctica sumamente útil. Funcionaba mejor cuando yo parecía absorta en alguna actividad tonta, como el bordado, o cuando fingía dormir. Me quedé asombrada por todas las cosas que aprendí de esta manera.

Así fue como descubrí al sabio.

La joven de la casta *sairindhri* me estaba trenzando el pelo con el diseño de los cinco ríos cuando escuché a una de las criadas que decía en un susurro chirriante y excitado:

—Y aseguró que me casaría el día de luna llena en el mes de Sravan.

—¿Y qué? —replicó Dhai Ma con tono de desprecio desde la otra habitación, donde estaba ordenando mi ropa—. Los adivinos están siempre pronosticando bodas. Ellos saben que eso es lo que más quieren oír las niñas tontas. Y así es como consiguen pagos más generosos.

—No, no, respetada tía, este *sadhu* no aceptaba dinero. Además, no hacía simplemente promesas vagas. Dijo que me casaría con un hombre que cuida a los animales del rey. ¡Y como sabes, Nandaram, que trabaja en los establos, me ha estado cortejando! ¿Acaso no te mostré el brazalete de plata que me regaló el mes pasado?

—¡Hay una gran distancia entre un brazalete y los fuegos de la boda, niña! Vamos, ya veremos cuán acertadas son las predicciones de tu hombre santo. ¡Y ahora guarda con cuidado ese sari de seda azul! Y pon atención al ordenar las pecheras de la princesa. ¡Las estás aplastando!

—Pero él también me dijo algo sobre mi pasado —insistió la muchacha—. Los accidentes y las enfermedades que tuve cuando era niña. El año en que murió mi madre y cuáles fueron sus últimas palabras. Incluso sabía del tiempo en que Nanda y yo... —aquí bajó la voz tímidamente, dejando que yo adivinara los detalles.

—¡No me digas! —Dhai Ma parecía intrigada—. Quizá vaya a verlo. Le preguntaré si ese inútil de Kallu alguna vez cambiará en algo y, si no, qué debo hacer para librarme de él. ¿Cómo dijiste que se llamaba ese *Babaji*?

—No se lo pregunté. A decir verdad, me dio miedo, con aquella barba que le cubría toda la cara y unos ojos enrojecidos, brillantes. Daba la impresión de que podía echar una maldición a quien lo enojara.

—Princesa —dijo mi *sairindhri*, haciendo una reverencia—. Su pelo ya está listo. ¿Le agrada?

Cogí el pesado espejo con soporte de plata mientras ella sostenía otro detrás de mi cabeza. La trenza de cinco bandas colgaba brillante sobre mi espalda, con los broches de oro lanzando destellos. Podía oler la fragancia de los amarantos tejidos en ella. Era hermosa, pero solo servía para dejarme más insatisfecha. ¿Para qué servía todo ese esmero en la vestimenta si no había nadie que lo admirara? Me sentía como si me estuviera asfixiando en un remoto lugar mientras las cosas importantes del mundo ocurrían en otra parte.

¿Que sucedería si la profecía pronunciada cuando nací estaba equivocada? ¿Y si tal vez las profecías solo se cumplían cuando uno hacía algo al respecto?

Decidí acompañar a Dhai Ma a ver al hombre santo.

—¡De ninguna manera! —exclamó Dhai Ma—. El rey, tu padre, me cortará la cabeza..., o por lo menos me dejará sin trabajo si te llevo fuera del palacio. ¿Acaso quieres que tu vieja y pobre aya muera de hambre al borde del camino en su vejez?

—Tú no te morirás de hambre —le dije—. ¡Kallu te cuidará!

—¿Quién? ¿Ese borracho bueno para nada? Ese...

—Además —interrumpí con astucia—, mi padre no tiene por qué saberlo. Me vestiré como una criada. Solo tenemos que caminar hacia...

—¡Tú! ¡Caminar por una calle cualquiera donde cualquier hombre pueda mirarte a la cara! ¿Acaso no sabes que se supone que las mujeres de la familia real de Panchaal deben esconderse hasta de la mirada del sol?

—Puedes conseguirme un velo. Me protegerá a la vez de los hombres y del sol.

—¡Jamás!

No tuve más remedio que suplicárselo.

—¡Por favor, Dhai Ma! Es mi única oportunidad de saber qué me depara el futuro.

—Yo puedo decirte lo que te depara el futuro. Un severo castigo impuesto por el rey, tu padre, y una nueva Dhai Ma, ya que la vida de esta tendrá un fin prematuro.

Pero tal vez porque yo era lo más parecido a una hija que ella tenía, o porque intuyó mi desesperación detrás de mis zalamerías, o tal vez porque también ella sentía curiosidad, finalmente accedió.

Envuelta en uno de los velos de Dhai Ma y una falda varias tallas más grande, me arrodillé delante del sabio, tocando torpemente el suelo con la cabeza. Me dolía todo el cuerpo. Para llegar al huerto de higueras de Bengala donde residía el sabio habíamos tenido que viajar en un palanquín por toda la ciudad para luego cruzar un lago en un transbordador que hacía agua, después viajamos sentadas durante horas en un destartalado carro tirado por bueyes. Todo lo cual me hizo sentir un renovado respeto por la robustez de los plebeyos.

El retumbar de un trueno en las nubes me sobresaltó. El sabio se estaba riendo. No parecía muy aterrador. En su cara arrugada y agrietada, le brillaban los ojos con malicia.

—¡No está mal, para ser una princesa!

—¿Cómo lo ha sabido? —repliqué con cierto disgusto.

—Tendría que ser ciego para no ver a través de tan espantoso disfraz. ¡La mujer mayor ya podría haberte dado una ropa que te sentara bien! Pero terminemos con esto. Estáis ansiosas por conocer vuestro futuro, ¿no? ¿Alguna vez habéis pensado cuán monótona sería la vida si pudiéramos ver todo lo que nos va a ocurrir? ¡Creedme, yo lo sé! Sin embargo, os daré el gusto..., en parte, al menos. Tú primero, mujer.

Informó a una encantada Dhai Ma que Kallu iba a morir pronto en una reyerta de borrachos, que me acompañaría a mi nuevo palacio después de mi boda, y que criaría a mis cinco hijos.

—Morirás vieja, rica y tan peleona como siempre..., y feliz, porque te habrás ido antes de que ocurra lo peor.

—*Sadhu-baba* —preguntó Dhai Ma preocupada—, ¿qué quieres decir con eso de *lo peor*?

—¡No diré nada más! —replicó él, mientras se le ensombrecían los ojos y ella se encogía de miedo—. Princesa, si quieres que tus preguntas reciban respuesta, debes estar dentro del círculo.

No había visto el delgado círculo marcado en el suelo alrededor de él. Dhai Ma me cogió por la falda, susurrando algo sobre la brujería, pero no vacilé. Dentro del círculo, la tierra se sentía caliente contra las plantas doloridas de mis pies.

—¿Valiente, no? —dijo—. Eso es bueno..., te hará falta. —Lanzó un puñado de polvo sobre un pequeño fuego. Un denso humo lo cubrió todo hasta que no pude ver nada fuera del círculo.

—¿Qué es esto? —le pregunté con voz sofocada.

—¡Y curiosa, también! —El tono de su voz era de aprobación—. Lo hice yo mismo, de resina, hojas de *nim* y algunos otros ingredientes especiales. Mantiene alejados a los mosquitos.

Entre el humo, unas formas —que parecían humanas, pero que no lo eran— se alzaban y caían como atrapadas por una corriente de viento.

—¿Qué es todo eso? —Para mi vergüenza, me tembló la voz.

—Ah, esa es otra de las cosas que provoca la mezcla..., convoca a los espíritus. Puedes hacerles preguntas.

A lo lejos, dentro del huerto de higueras de Bengala, oí el aullido de un chacal. El frío me recorrió la piel como el aliento de un fantasma. Desde hacía varios días yo había estado anhelando este momento.

¿Por qué, entonces, una extraña reticencia me hacía callar? Se me ocurrió que no tenía tanta confianza en el sabio como para revelarle mis deseos más secretos.

Más adelante me preguntaría si fue debido a esta falta de fe por lo que los espíritus me respondieron tan indirectamente, con acertijos que eran más un obstáculo que una ayuda.

—¿Asustada, princesa? —se burló el sabio—. Tal vez sea mejor que salgas y regreses a la seguridad de tu palacio...

—¡No! —grité—. Pregúntale a tus espíritus si conseguiré lo que deseo.

Una sonrisa —¿salvaje o condescendiente?— brilló entre la barba del sabio.

—¿Y sabes al menos lo que es, niña?

Molesta, repliqué:

—¡No soy ninguna niña y sí sé lo que quiero! Quiero dejar huella en la historia, como se me prometió al nacer.

—¡Muy loable! Pero hay otras cosas (tal vez desconocidas para ti) que deseas más. No importa. Los espíritus verán en tu corazón y responderán en consecuencia.

Golpeó las manos y los espíritus giraron más rápidamente. Susurros amarillos vinieron a mí a través del humo.

—Te casarás con los cinco héroes más grandes de tu tiempo. Serás reina de reinas, envidiada hasta por las diosas. Serás una criada. Serás la dueña del más mágico de los palacios y luego lo perderás.

»Serás recordada por provocar la guerra más grande de tu tiempo.

»Provocarás la muerte de reyes malvados... y la de tus hijos, y la de tu hermano. Un millón de mujeres quedarán viudas por tu causa. Sí, efectivamente, dejarás huella en la historia.

»Serás amada, aunque no siempre reconocerás a quien te ama. A pesar de tus cinco maridos, morirás sola, abandonada al final..., pero no del todo».

Después de que las voces se silenciaron, me quedé inmóvil en mi sitio, anonadada. Gran parte de lo que dijeron —lo referente a los cinco maridos, por ejemplo— me confundía. El resto me llenó de desesperación.

—¡Vamos, no te sientas tan abatida! —dijo el sabio—. ¿Cuántas mujeres pueden afirmar que las diosas las envidian? ¿O se convierten en reinas de reinas?

—Eso no me interesa, si quiere decir que todo lo demás también será verdad. ¿De qué me sirve poseer el palacio más maravilloso del mundo si después voy a perderlo? ¡Y todas esas muertes! Me niego a ser la causa de ellas, especialmente de la de Dhri.

—Eso no depende de ti, querida mía.

—¡Me encerraré en una ermita! Nunca me casaré...

Los torcidos dientes del viejo destellaron.

—El destino es poderoso y veloz. No es fácil de engañar. Aun cuando no hubieras venido a buscarlo hoy, con el tiempo, te habría hallado. Pero en tu caso, tu propia naturaleza va a acelerar el proceso.

—¿Qué quiere decir?

—Tu orgullo. Tu temperamento. Tu deseo de venganza.

Lo miré furiosa.

—¡Yo no soy así!

—Incluso los más sabios ignoran lo que hay escondido en las profundidades de su ser. Pero he aquí algo para consolarte. Mucho después de que hayas desaparecido, los hombres te recordarán como la reina más asombrosa que este país haya visto. Las mujeres cantarán tu nombre para que les traiga bendiciones y suerte.

—¡Ah, cuánto bien me hará eso cuando esté moribunda y sola, torturada por la culpa! —repliqué amargamente—. Los hombres pueden valorar la fama por encima de todo lo demás. Pero yo prefiero ser feliz.

—También tendrás felicidad. ¿No oíste que los espíritus te dijeron que serás amada? Además, ¡tengo el presentimiento de que pensarás de manera diferente respecto de la fama!

Su jocosidad me enfadó, pero me controlé porque necesitaba su ayuda.

—He oído decir que los grandes videntes tienen el poder de cambiar el futuro que predicen. Por favor... ¿no puede dar forma al mío para que no dañe a aquellos que más quiero?

Él sacudió la cabeza.

—Solo un tonto interfiere en el Gran Diseño. Además, tu destino nace de las vidas del *karma*. Y eso es algo demasiado fuerte como para que yo pueda cambiarlo. Pero te daré unos consejos. Habrá tres momentos peligrosos en tu vida. El primero será justo antes de tu boda. En ese momento, reprime las preguntas. El segundo será cuando tus maridos estén en lo más alto del poder. En ese momento, reprime la risa. El tercero será cuando te sientas tan avergonzada como nunca imaginaste que fuera posible. En ese momento, reprime la maldición. Tal vez esto sirva para mitigar las catástrofes venideras.

Echó agua al fuego, que se apagó con un chisporroteo, señal de que yo debía partir. Pero luego, al ver mi desdichado rostro, dijo:

—Has soportado bien la dureza de las profecías, de modo que te haré un regalo de despedida..., te daré un nombre. De ahora en adelante serás conocida como Panchaali, el espíritu de esta tierra, aunque en tu vida errante la dejarás atrás.

Se volvió hacia un libro grueso hecho de hojas de palma y lo abrió.

—¿Qué está escribiendo? —No pude evitar preguntarle.

Se pasó la mano por su espesa cabellera.

—La historia de tu vida. Y me gustaría que dejaras de interrumpirme. Y la de tus cinco maridos. Y la de la grande y terrible guerra de Kurukshetra que pondrá fin a la Tercera Edad del Hombre. Ya me has distraído bastante tiempo. ¡Ahora, vete!

—¿Ya has terminado? —preguntó Dhai Ma—. No tenía mucho que decirte, ¿no?

—¿A qué te refieres?

—Vaya, entraste hace un momento y ya has salido. Pero me alegro. —Bajó la voz mientras me arrastraba al carro que nos esperaba—. Estos sabios con sus brujerías..., uno nunca sabe qué podrían hacerle a una joven virgen.

¿Acaso dentro del círculo del sabio, el tiempo tenía un ritmo diferente? Subí al carro, demasiado preocupada como para notar las sacudidas. Espié por entre las sombras de la higuera de Bengala por última vez.

La sombría luz me engañó. Parecía que había dos figuras sentadas dentro del círculo. Una de ellas era la del sabio. La otra..., ¡vaya!, ¡parecía tener cabeza de elefante! El carro dio tumbos al avanzar antes de que pudiera señalársela a mi aya.

—¿Qué te dijo? —La curiosidad dominaba a Dhai Ma—. Nada malo, espero. Te ves tan solemne. ¡Sabía que este calor sería demasiado para ti! Recuérdame que te consiga un poco de agua de coco verde cuando pasemos por el mercado.

Pensé bien lo que iba a decirle.

—Predijo que tendría cinco maridos —dije finalmente.

—¡Cinco maridos! —Se golpeó la frente con disgusto—. ¡Ahora sé que es un mentiroso! ¡Vaya, en todos mis años de vida nunca he oído hablar de una mujer con más de un marido! Tú sabes cómo llaman los *shastras*, nuestros textos sagrados, a las mujeres que han estado con más de un hombre, ¿no? ¡Aunque nadie parece tener problemas cuando los hombres se acuestan con una esposa diferente todos los días de la semana! ¿Puedes imaginar a tu padre, el rey, tan digno él, permitiendo que suceda algo tan escandaloso?

Confiaba en que ella tuviera razón. Si esa parte no se convertía en realidad, entonces quizá las otras tampoco se cumplirían.

Dhai Ma lanzó un suspiro.

—¡Probablemente también inventó lo de la muerte de Kallu! Seguramente yo seré la primera en morir, gracias a la manera en que ese hombre me tortura día y noche. ¡Qué pérdida de tiempo ha sido todo esto!

¡Ah, cómo me duele la espalda! Espera a que regresemos a palacio. Le daré a esa sirvienta una cachetada que no olvidará en lo que le queda de vida.

Todas las noches pensaba en mi nombre. Ya había insistido en que todos se dirigieran a mí de esa manera. «Princesa Panchaali». Un nombre fuerte como el país, un nombre que sabía cómo perdurar. Era lo que yo había estado esperando. Ocurriera lo que ocurriese, siempre le estaría agradecida al sabio por dármelo. También pensaba en el palacio que los espíritus me habían augurado. El «más mágico», lo habían llamado. Me preguntaba de qué manera lograría alguna vez semejante palacio.

No quería siquiera pensar en las otras profecías —eran demasiado desalentadoras—, pero me golpeaban contra el corazón. Comprendí, súbitamente, todas las preguntas no formuladas a las que los espíritus habían respondido: «¿Con quién me iba a casar? ¿Alguna vez sería yo el ama de mi propio hogar? ¿Encontraría el amor?». ¿Era esta la clase de deseos que tenía yo escondidos en mi corazón? ¡Qué infantiles eran; eran las mismas cosas que mis criadas podrían haber deseado! ¿Entonces yo no era mejor que las mujeres que me rodeaban, envueltas en las redes de sus vidas carentes de imaginación, sin siquiera saber lo suficiente como para querer escaparse? Era una idea que me mortificaba.

Otras noches pensaba en el misterio del libro que el sabio me había mostrado, la historia de mi vida. ¿Cómo podía escribirse un libro como ese, antes de que yo hubiera vivido los incidentes allí descritos?

¿Quería esto decir que yo no tenía ningún control sobre lo que iba a ocurrir?

Seguramente no era así. Además, ¿por qué se había molestado en advertirme?

No volví a hablar con el sabio en muchos años, aunque tenía noticias de él de tanto en tanto. Llegué a conocer su nombre: Vyasa el Compendioso, debido a las muchas obras relevantes que había escrito. Vyasa el Vidente, nacido en una isla oscura de la unión entre un asceta y una princesa pescadora. El día de mi boda, iba a verlo en la sala donde se realizaba la ceremonia, sentado a la derecha de mi padre, una ubicación que revelaba una importancia que yo ni siquiera había imaginado. Me miró a los ojos, parpadeando suavemente, como si nunca antes me hubiera visto. Cuando cometiera mi primer gran error, su expresión iba a permanecer inalterada, de modo que yo no me diera cuenta de la enormidad de lo que había hecho hasta que fuera demasiado tarde.

Después, entre mis obsequios de boda, encontraría una caja de madera. Cuando la abrí, del polvo que allí había salió un olor familiar, salvaje y amargo. Lo usaría en Khandav y después en la selva de Kamyak. Al ser arrojado al fuego, me protegería de los insectos, tal y como él lo había prometido, y también de las pesadillas. En esas noches venideras mi tosca cama de madera parecía más suave. Pero por mucho que los llamé —pues ya tenía yo otras preguntas más sabias que hacerles— los espíritus no volvieron a mí nunca más.

6

Reencarnaciones

Todo era agitación en el palacio porque Sikhandi había regresado.

Mis criadas se juntaban en rincones y corredores, ocupadas en cuchichear, pero se dispersaban como gorriones cada vez que yo me acercaba. Dhri estaba encerrado, ocupado en reuniones de consejo con nuestro padre, de modo que tampoco podía preguntarle nada a él. Y Dhai Ma, cuando finalmente apareció, retorciendo las manos, estaba tan perturbada que apenas si pude entender lo que decía.

—¿Pero quién es Sikhandi? ¿Y por qué todos le tienen miedo?

—Ella es..., era..., ¡oh, no sé cómo decirlo!..., la hija mayor del rey, tu padre, entonces ella hizo algo terrible y el rey Drupad la envió lejos. Ahora ha regresado. Dicen que en los últimos doce años estuvo en una selva lejana, viviendo en la más estricta austeridad..., comiendo solo hojas del sagrado árbol de membrillo de Bengala, metiéndose hasta el cuello en agua helada en el invierno y todas esas cosas..., de modo que ahora se ha convertido en una gran guerrera peligrosa.

Me quedé intrigada con esta hermana cuya existencia me había sido tan bien ocultada. (¿Qué otras cosas, me pregunté después, me habían estado ocultando?). Yo nunca había conocido a una mujer que fuera una peligrosa guerrera.

—Me gustaría verla —dije.

—Bien, supongo que eso es bueno —murmuró entre dientes Dhai Ma—, porque Sikhandi también quiere verte a ti. Esta misma tarde, en realidad. Solo que... realmente ya no es una mujer.

—¿Quieres decir que ya no se comporta como una mujer? —pregunté. Dhai Ma tenía una larga colección de reglas respecto a cómo deben comportarse las mujeres. Durante años había tratado de metérmelas en la cabeza. Ya sentía simpatía por la desconocida Sikhandi.

Pero Dhai Ma se alejó a toda prisa, con gran nerviosismo, para asegurarse de que la comida del mediodía se correspondiera con la dignidad de una gran guerrera peligrosa. Solo se detuvo para informarme de que Dhri, que habitualmente comía conmigo, no estaría presente pues Sikhandi había expresado su deseo de hablar conmigo a solas.

Esperé con cierta emoción el encuentro con mi recién hallada hermana. Me preguntaba qué aspecto tendría. ¿Sería su cuerpo duro y musculoso, con los brazos llenos de cicatrices de heridas de arma? ¿O era su corazón lo que había cambiado de modo que ya no temblaba ante la idea de matar? ¿Cómo había sobrevivido en la selva, porque debía de ser apenas una niña cuando partió? ¿Qué crimen terrible podía haber cometido para que nuestro padre la echara a tan tierna edad? ¿Y por qué quería hablar conmigo, a solas? Quizá, finalmente, iba a tener en ella lo que tanto había anhelado: una amiga con quien hablar y reír por cosas tontas, con quien intercambiar adornos y confidencias, a quien contar los secretos..., incluso el de la profecía de los espíritus, que yo guardaba dentro de mí como una roca oscura y áspera.

Sikhandi caminaba con la gracia de una pantera, ligera y segura sobre las plantas de sus pies. Sí, «ligera y segura». Lo que yo había interpretado como una expresión de desaprobación de Dhai Ma era una verdad como un puño: Sikhandi, que había nacido mujer, ¡se había convertido en un hombre! Era evidente que él no quería que hubiera ningún malentendido en ese sentido. Estaba vestida solamente con un *dhoti* de algodón blanco, y mostraba su musculoso torso desnudo, los pezones chatos y bruñidos como monedas de cobre. Llevaba un arco, que dejó apoyado contra la pared antes de acercarse a mí. Sus pómulos eran como cuchillos. Sus ojos con forma de almendra le daban un aspecto extranjero que resultaba atractivo. De su cuello colgaba una guirnalda de lotos blancos.

En silencio alargó las manos para tocar mis mejillas. Yo vacilé —después de todo era un desconocido—, pero enseguida se lo permití. Sus dedos eran delgados, como los de una mujer, y callosos de tanto tensar el arco. Me recorrió un escalofrío cuando me rozaron la cara. Advertí que éramos de la misma estatura, y de algún modo esto me consoló por la pérdida de la hermana que él se suponía que era.

Sonrió por entre las sombras de sus ojos almendrados. Se puso de puntillas para besarme en la frente.

—Hermana menor —comenzó—. Te agradezco desde lo más profundo de mi alma lo que vas a hacer por mí.

Sikhandi se quedó conmigo un día y una noche, y en ese tiempo me contó su historia.

Dijo:

—¿Conoces la fábula del burro que se envolvió en la piel de un león para que de ese modo los otros animales lo temieran? ¿O la del lobo que se escondió bajo la piel de una oveja para poder así mezclarse inadvertido con sus presas? A veces me siento como ambos. Un impostor... o una amenaza encubierta.

»No, no les recé a los dioses para que me cambiaran. Había perdido la fe en ellos hacía ya una vida entera. Esta vez invoqué a un *yaksha*. Este se me apareció en el cielo con su espada de demonio en llamas. Cuando escuchó lo que yo quería, se rio y me clavó la espada. El dolor era insoportable. Me desmayé. Cuando me desperté, yo era un hombre. Pero no lo era del todo, porque aunque mi forma había cambiado, dentro de mí recordaba cómo pensaban y qué anhelaban las mujeres.

»Tenía que ser un hombre, porque solamente un hombre puede hacer lo que yo debo lograr: matar al guerrero más grande de nuestro tiempo.

»Sí, alguien más grande incluso que Drona.

»Su nombre es Bhishma el Terrible. Es guardián de Hastinapur y tío-abuelo de aquel príncipe que derrotó a nuestro padre, y amigo de Drona. ¡Ciertamente están enmarañadas las redes de este mundo!

»¿Ves esta guirnalda? ¿Te has dado cuenta de que no se marchita? La llevo conmigo desde hace ya doce años. Tenía yo seis años cuando la encontré colgada en la puerta del palacio y me la puse alrededor del cuello. Nuestro padre gritó: "¿Qué has hecho, insensata, desdichada de ti?". Pero yo no la había cogido por un capricho infantil, como él suponía, y nada de lo que él hiciese me haría abandonarla. Finalmente, me expulsó para que la mala suerte producto de mi acción no cayera sobre su hogar.

»¡Oh, él y yo somos padre e hijo realmente! Ambos vivimos para la venganza.

»Cuando me puse la guirnalda, mi vida anterior, que apenas recordaba, cayó sobre mí como un torrente de agua.

»Primero recordé mi muerte en una pira: la carne que se calcina, los párpados consumidos por el fuego, el cráneo que revienta. Y, a través de todo ello, desapareció también mi impaciencia. Porque sin la muerte no hay reencarnación, y sin reencarnación no podría matar a Bhishma.

»El dios Shiva en persona me había prometido que en mi próxima vida yo mataría a aquel a quien ningún hombre había derrotado antes.

»¿Mi nombre? En ese cuerpo era Amba, la princesa de Kasi, la rechazada.

»Muy bien. Aquí va la historia desde el principio, entonces. Nosotras, las tres hermanas, las princesas de Kasi, íbamos a casarnos. Mi padre organizó un *swayamvar,* al que invitó a todos los reyes de la región para que nosotras pudiéramos escoger a nuestros maridos. Yo ya conocía al hombre que quería, el rey Salva, que me cortejaba desde hacía un año.

»La guirnalda para Salva estaba en mis manos cuando Bhishma cayó sobre nosotros como una plaga. Nos cogió por la fuerza a las tres y nos llevó a su carruaje para luego partir con nosotras, aterrorizadas, a Hastinapur, para casarnos con su hermano menor.

»Cuando recuperé la calma y el aliento, le dije:

»—Amo a Salva. No puedo casarme con tu hermano.

»El hermano dijo:

»—Una mujer que ha abrazado a otro en su corazón no es casta, no deseo casarme con ella.

»A lo que Bhishma respondió:

»—Muy bien, te devolveré a Salva.

»Pero cuando regresé a este, Salva me dijo:

»—Bhishma te ha tomado de la mano. Has quedado contaminada por su contacto. Ahora le perteneces a él.

»Entonces dije:

»—Si alguien me coge la mano contra mi voluntad, ¿cómo es que ese hecho me hace suya? —Y continué—: Soy yo la que decide a quién pertenezco.

»En los días de sándalo del amor yo creía que si no podía tener a Salva me moriría. Con el tiempo he descubierto que la vida de una mujer es más dura que la raíz de una higuera de Bengala, que sobrevive sin tierra o sin agua. Pues Salva me obligó a regresar con Bhishma, y todavía estoy viva.

»Le dije a Bhishma:

»—Mi felicidad se ha convertido en polvo por tu

culpa. Cásate conmigo para que por lo menos mi honor quede a salvo.

»A lo que él respondió:

»—Perdóname. Cuando era joven le prometí a mi padre que nunca me casaría. No puedo faltar a mi palabra.

»—¿Qué es una promesa muerta, comparada con la ruina de una mujer viva? —protesté.

»No respondió. Cuando lo miré a su cara serena, el odio me llenó con su negra niebla, más odio del que yo jamás imaginé que podía sentir.

»Abandonada y avergonzada, fui de corte en corte en busca de algún campeón que luchara contra Bhishma, pero todos le tenían miedo. En mi desesperación, fui al Himalaya y viví con austeridad para que los dioses me ayudaran. Pasaron muchos años; mi juventud desapareció. Los dioses se mostraban renuentes a inmiscuirse porque Bhishma era hijo de Ganga, la diosa del río sagrado. Finalmente, el dios-niño Kartikeya se apiadó y se me apareció con esta guirnalda. Me dijo:

»—Si encuentras a alguien que se la ponga, derrotará a Bhishma.

»Con mis esperanzas reavivadas, regresé a ver a los reyes con la guirnalda eterna. Pero esos seres cobardes —a pesar de la seguridad ofrecida por un dios— seguían teniendo miedo. Incluso el rey Drupad, conocido en aquel entonces como el campeón de los débiles, no se atrevió a aceptar. Disgustada, la arrojé a la puerta de su palacio y avancé hacia mi muerte.

»El humor de los dioses es cruel; o quizá ven más que nosotros. Yo volví a nacer como la hija de Drupad. En el momento en que puse la vista sobre la guirnalda "que nunca envejece", mi pasado regresó a mí, y con él, mi rabia. Cogí la guirnalda, decidida a hacer lo que ningún hombre se había atrevido a hacer por mí.

»Recuerda esto, hermanita: si esperas que un hombre vengue tu honor, esperarás para siempre».

Más adelante le pregunté a Krishna:

—Lo que Sikhandi dice sobre su vida anterior, ¿es realmente verdad?

Krishna se encogió de hombros.

—Él cree que lo es. ¿No es acaso eso la verdad? La fuerza de lo que una persona cree se transmite a aquellos que lo rodean..., a la tierra y el agua, e incluso al aire..., hasta que ya no hay otra cosa.

¡Vaya, sí que era difícil conseguir una respuesta directa de Krishna!

—¿Podría haber sido realmente Amba en una reencarnación anterior? —insistí—. ¿O pudo ser que él..., por alguna extraña empatía..., sintiera el dolor de ella tan profundamente que resolvió vengarla?

—Todos tenemos vidas anteriores —dijo Krishna, aunque eso no era lo que yo había preguntado—. Los seres más evolucionados las recuerdan, mientras que las almas más pequeñas las olvidan.

—¡Sin duda tú recuerdas las tuyas!

—¡Claro que sí! Una vez fui pez. Yo salvé a la humanidad de la gran inundación. Una vez fui jabalí. Levanté a la Tierra del agua primigenia con mis colmillos. Una vez, como una tortuga gigante...

—¡Espera! —lo interrumpí—. ¡Esas son las encarnaciones de Vishnú! Leí acerca de ellas en los Puranas.

Levantó los hombros y extendió las manos.

—¡No hay manera de engañarte, Krishnaa! ¡En ti he encontrado a un igual!

Lo miré con recelo. Nunca pude darme cuenta de cuándo estaba bromeando.

Luego dijo:

—Recuerdo tu última vida también.

Traté de fingir indiferencia, pero no me duró mucho.

—¡Cuéntamela! —grité.

—Eras igualmente impaciente entonces. Al meditar, invocaste a Shiva. Este vino y permaneció de pie ante ti, silencioso y azul como la luz de la luna. Le pediste que te concediera un deseo. Sonrió. Se lo volviste a pedir otra vez... y otra vez más. Cinco veces se lo pediste antes de que él pudiera siquiera decir que sí. Por lo tanto en esta vida tendrás lo que querías cinco veces más.

Cinco. Esa palabra me golpeó en el corazón, y las advertencias del sabio, que había logrado enterrarlas en el fondo de mi mente en los últimos meses, me acosaron otra vez como si fueran hierbas venenosas.

—¿Cuál era mi deseo? —quise saber. Mi garganta estaba seca.

—¿No te has hartado de las profecías todavía? —replicó Krishna. Sus ojos, brillantes por la diversión que todo aquello le provocaba, eran como abejas negras.

El rey Drupad había invitado a Sikhandi a quedarse con él, pero este se excusó cortésmente. (Drupad trató, sin éxito, de disfrazar su alivio por esa decisión). Sin embargo, cuando Sikhandi dijo que, en cambio, le gustaría quedarse con mi hermano y conmigo, pude percibir el malestar de nuestro padre. ¡Tal vez le preocupaba que Sikhandi fuera una mala influencia! Pero yo estaba encantada. Algo en Sikhandi me acercaba a él. ¿Era acaso la facilidad con que me había aceptado? ¿Su propia vida tan poco común? Cargaba con su destino con tal tranquilidad, que hizo que me preocupara menos por el de Dhri y por el mío. Él hizo que me diera cuenta de la existencia de posibilidades con las que yo ni siquiera había soñado.

El tiempo que duró su breve visita lo pasamos comiendo, contando historias y jugando a los dados (pues Dhri me había enseñado este pasatiempo tan poco adecuado para una dama). Nos reímos muchísimo, a menudo de las cosas más insignificantes. Escribí poemas y compuse acertijos para entretener a mis hermanos y los observaba cuando practicaban con sus espadas.

Dhri venció a Sikhandi fácilmente, y luego le preguntó preocupado:

—¿Cómo vas a derrotar a Bhishma?

—No tengo que derrotarlo —respondió Sikhandi—. Solo tengo que matarlo.

Traté de persuadir a Sikhandi para que se quedara más tiempo, pues no quería que se apartara de mi vida. ¿Era tal vez porque algún día (si la profecía sobre mis maridos resultaba cierta) yo también cruzaría los límites de lo que les estaba permitido hacer a las mujeres? Prometí escribir un poema en su elogio, dejarlo ganar a los dados, hacer que Dhai Ma cocinara su *curry* de pescado favorito. Dhri ofreció enseñarle las últimas llaves de lucha.

Sikhandi sacudió la cabeza, con los ojos apenados.

—Gracias por hacerme sentir tan bienvenido —dijo—. La gente siempre se ha alegrado de verme partir.

Dhri le entregó su caballo favorito y la mejor lanza de la armería. Yo le di dulce *laddus* para comer en el camino, y un chal de pelo de yak para protegerse del invierno que se avecinaba. En sus pliegues oculté monedas de oro. Imaginaba su rostro cuando las descubriera un día con frío y hambriento en un pueblo poco amistoso.

Pero no aceptó nada.

—Para empezar mi penitencia —explicó—, debo viajar ligero de peso, viviendo solo de lo que produce cada región.

—¡Penitencia! —exclamé—. ¿Por qué? Son otros los que deberían estar haciendo penitencia por la forma en que te han abandonado.

—Matar al guerrero más grande de la época es un acto terrible —dijo—, sea cual fuere el motivo. Debilita los cimientos de la sociedad. Y es peor cuando se realiza por medio del engaño... y a eso es a lo que voy a tener que recurrir, porque es indudable que carezco de la destreza para lograrlo de otra manera. Lo estoy expiando con anticipación, ya que es muy probable que también yo muera en el intento.

A la sombra de las puertas del palacio, Dhri dijo:

—Hermano, tú has sido mujer y también hombre. Debes de conocer secretos que otros ignoran. Comparte un poco de lo que sabes con nosotros.

Los labios de Sikhandi se torcieron en una amarga sonrisa.

—Sí, he aprendido algunas cosas a lo largo de mi camino, aunque ahora que no soy ni hombre ni mujer no me sirven para nada. Pero he aquí uno que puede serte útil: el poder del hombre es como la embestida de un toro, mientras que el poder de una mujer se mueve de manera oblicua, como una serpiente que busca su presa. Conoce las características particulares de tu poder. A menos que las uses correctamente, no te servirán para alcanzar tus objetivos.

Sus palabras me desconcertaron. ¿Acaso el poder no era algo singular y simple? En el mundo que yo conocía, los hombres simplemente tenían más de ese poder. (Y yo confiaba en cambiar esto). Tendría que reflexionar sobre las palabras de Sikhandi.

Pero tenía otra cosa que preguntarle antes de que se marchara. Cogí sus manos por última vez, notando aquellas durezas. Había tratado de ablandarlas con una pasta, pero él me había detenido.

—¿Para qué? —me había dicho—. Simplemente, tendré que endurecerme más aún.

—Cuando nos conocimos —pregunté—, ¿por qué me diste las gracias?

—Te di las gracias porque me ayudarás a cumplir mi destino.

—¿De qué manera?

—Tú provocarás la gran guerra en la que me encontraré con Bhishma y lo mataré. —Su rostro se ensombreció—. Pero en lugar de eso debería haberte pedido perdón por toda la humillación que sufrirás antes de la guerra, y por todo el dolor que vendrá después. Y tú sufrirás muchas de estas cosas, hermana, porque tu destino está ligado al mío.

7

Pez

Estaba yo obstinadamente sentada en mi jardín debajo de un árbol, un *jambul,* tratando de concentrarme en un volumen de textos sagrados del país. Era un libro grande y farragoso que contenía las leyes del reino y que mi hermano estaba estudiando en aquel momento. (Poco después de la visita de Sikhandi, mi padre puso fin a mis lecciones con su tutor, manifestando su deseo de que me concentrara en tareas más femeninas). A mi alrededor el verano desplegaba sus pétalos somnolientos en una conspiración para distraerme. Los insectos cantaban. Los morados y suculentos frutos caídos del *jambul* reposaban perezosamente en la espesa hierba. Una sinfonía de gritos de brillantes pájaros resonaban en mi pecho, produciéndome una extraña inquietud. (¿Era esta una tarea femenina?). Mis damas de compañía, todas ellas hijas de cortesanos, se agrupaban bajo baldaquines levantados para protegernos el cutis. (Ellas me habían sido impuestas por mi padre después de la visita de Sikhandi. Esperaba que fueran una buena influencia, pero simplemente me molestaban). Chismorreaban, masticaban hoja de nogal de betel para enrojecer los labios, intercambiaban recetas para filtros de amor, hacían mohínes, se reían tontamente sin razón alguna y emitían grititos muy propios de las féminas cada vez que una abeja volaba demasiado cerca. De vez en cuando me enviaban miradas implorantes. ¡Ojalá me decidiera a volver al interior del palacio! ¡Este sol despiadado —incluso bajo un baldaquín— era tan malo para el cutis! ¡Iban a tener que pasar horas con un ungüento de yogur y pasta de cúrcuma para contrarrestar sus estragos!

Las ignoré por completo y continué leyendo. El libro, que describía minuciosa y prolijamente complejas leyes relacionadas con la propiedad de la familia —incluyendo criados y esposas—, hizo que se me cerraran los párpados. Pero yo estaba decidida a aprender todo lo que se suponía que debía saber un rey. (¿De qué otra manera podía yo aspirar a ser diferente de estas niñas frívolas o de las esposas de mi padre, que pasaban sus días compitiendo por sus favores? ¿De qué otra manera podía yo ser poderosa por mí misma?). De modo que me alejaba de los atractivos del verano para batallar con el libro.

Pero mi destino era el de no terminar nunca de aprender los textos sagrados del reino. Pues apenas si había vuelto una página, cuando Dhai Ma vino desde el palacio, caminando todo lo deprisa que le permitía su volumen. Sin aliento y agitada, con el rostro de un alarmante color púrpura, apartó a mis acompañantes. Luego susurró las noticias en mi oreja (pero en medio de su emoción habló tan fuerte que todos la oyeron): mi padre había decidido que yo me casara el mes siguiente. Seguramente la visita de Sikhandi debió de haber provocado en él un verdadero mar de preocupaciones.

Desde que se pronunció la profecía, había yo pensado en el matrimonio de manera intermitente, a veces con entusiasmo o con resignación, a veces con temor. Intuía, vagamente, que se trataba de una gran oportunidad, aunque no sabía muy bien para qué. Había imaginado que sería similar a las bodas de las otras hijas de mi padre, casamientos arreglados por los mayores. Pero Dhai Ma me informó de que se iba a tratar de un *swayamvar*, es decir, yo iba a elegir marido entre los presentes. Los gobernantes de todos los reinos de Bharat que pudieran ser elegidos como maridos serían invitados a Panchaal. De entre ellos, había anunciado mi padre, yo escogería al hombre con quien me iba a casar.

Después de la conmoción inicial, me sentí eufórica. Corrí a buscar a Dhri.

—¡No puedo creer que vaya a escoger a mi propio marido! —exclamé—. ¿Por qué no me lo dijiste?

—No te entusiasmes tanto —respondió sombríamente—. En un *swayamvar* siempre sale algo mal... mientras se está desarrollando, o después.

Me asaltó un presentimiento, pero me negué a permitir que las palabras de Dhri me arruinaran el estado de ánimo. Él era demasiado cauteloso. A veces le decía que los dioses debían de haberse confundido cuando nos sacaron del fuego. ¡Él tendría que haber sido la niña y yo el varón!

—Ojalá nuestro padre no hubiera tomado esta decisión de manera tan apresurada —dijo.

—Lo que te pasa es que estás celoso de que yo pueda escoger a mi propio cónyuge, cuando tú no puedes hacerlo —bromeé. En realidad, Dhri se sentía muy dichoso con la princesa de un reino vecino con la que nuestro padre lo había prometido en matrimonio. Lo había sorprendido un par de veces mirando embelesado un retrato de ella que guardaba escondido detrás de una pila de rollos de pergamino. Pero una pregunta me intrigaba: ¿por qué nuestro padre, al que le gustaba tener el control de todo, me permitía esa libertad?

»¿Realmente va a ser así? —le pregunté a Dhri—. ¿O va a cambiar de opinión en el último momento?

—Realmente va a ser así. Ha enviado a cien mensajeros para invitar a los reyes más importantes. Ya se están levantando los palacios de placer para ellos y...

Pero Krishna —¿en qué momento había entrado a la habitación?— se rio, sobresaltándome.

—Oh, sí, así será, Krishnaa, pero podría no ser lo que estás imaginando. La verdad, como los diamantes, tiene muchas facetas. Cuéntaselo, Dhristadyumna. Cuéntale lo de la prueba.

Esto era lo que habían planeado mi padre, el rey, junto con sus ministros y sacerdotes, por el bien de Panchaal y el honor de la casa de Drupad: antes de la boda, habría una prueba de destrezas. El rey que la ganara sería a quien yo le entregaría la guirnalda.

—¿Para qué, entonces, molestarse en convocar un *swayamvar*? —exclamé—. ¿Por qué convertirme en un espectáculo ante todos esos reyes? Es mi padre, no yo, quien de este modo va a decidir con quién me casaré.

Dhri se veía apesadumbrado, pero habló con firmeza.

—No, el destino lo decidirá. No es una prueba corriente la que nuestro padre impondrá a tus pretendientes. Deberán atravesar un pez hecho de metal girando a gran altura en el techo del salón donde tendrá lugar la boda.

Su apoyo a nuestro padre me enfadó todavía más.

—¿Qué tiene eso de difícil? ¿No es eso lo primero que los guerreros aprenden, a alcanzar un blanco móvil? ¿O acaso tus enemigos se sientan en el campo de batalla, a la espera de que tu flecha llegue y los encuentre?

—Pero no se trata solo de eso —explicó con mucha paciencia en su tono de voz—. No podrán mirar directamente al blanco sino solo a su reflejo en una piscina de aguas arremolinadas. Deberán arrojar cinco flechas a través de un pequeño agujero en un escudo para dar en el blanco. Y tampoco pueden usar sus propias armas.

—Deben emplear el Kindhara, el más pesado arco que existe —añadió servicialmente Krishna—. Tu padre lo tomó prestado, después de muchas súplicas, de los dioses. En la actualidad solo hay un puñado de guerreros en el mundo lo bastante fuertes como para levantarlo, y son menos todavía los que pueden tensarlo.

Los miré a ambos furiosa.

—¡Estupendo! —reaccioné—. ¡Entonces les ha impuesto una tarea imposible! ¿Está loco?

—No es imposible —intervino Krishna—. Conozco a uno que puede lograrlo. Arjuna, el tercer príncipe de Pandava, mi amigo más querido.

—¿Arjuna? —dije sorprendida—. ¡Nunca nos dijiste que era tu amigo más querido!

—Hay muchas cosas que no te he dicho —explicó Krishna, sin dar muestras de pedir disculpas.

Los ojos de Dhri estaban ansiosos.

—¿Es realmente el mejor arquero de su época?

—Creo que sí —confirmó Krishna—. Además es apuesto, y un pretendiente favorito entre las damas. ¡Creo que a nuestra Krishnaa le gustará!

Sus palabras me habían llenado de curiosidad, aunque no le daría la satisfacción de demostrárselo.

—¿Por qué querría nuestro padre que yo me casara con el hombre que lo humilló? —pregunté.

—¡Arjuna no lo humilló! —se apresuró a decir Dhri—. Él solo cumplía las órdenes de Drona. Un guerrero tiene el mayor de los respetos por el hombre que lo derrota en batalla.

¡Estos hombres! Viven de acuerdo con extrañas reglas. Quise preguntarle a Dhri por qué entonces nuestro padre odiaba tanto a Drona, ya que Drona había sido el artífice de aquella derrota. Pero me permití dejarme llevar por ideas más agradables. Ser amada por el arquero más grande de nuestro tiempo. Ser la mujer cuya sonrisa haría latir más rápido su corazón, cuyo ceño fruncido lo heriría casi hasta matarlo, cuyo consejo guiaría sus decisiones más importantes. ¿Podía ser esta la manera en que se suponía que yo iba a cambiar la historia?

Krishna sonrió disimuladamente, como si supiera lo que yo estaba pensando. Luego dijo:

—Si él viniese, si ganase, ¡qué gran victoria sería para Panchaal!

No me gustaba lo que acababa de oír.

—¿Qué quieres decir con eso de «para Panchaal»?

—¿No te das cuenta? —replicó Krishna—. En cuanto esté casado contigo, Arjuna no podrá luchar contra tu padre. Nunca podrá volver a ser el aliado de Drona.

Fue como un jarro de agua fría. ¡Qué estúpida había sido, soñar con el amor, cuando yo no era más que un gusano que oscilaba en el extremo de una caña de pescar!

—Mi padre diseñó la prueba para atraer a Arjuna a Panchaal, ¿no? —dije—. Como había sido derrotado por Arjuna, no podía enviarle una propuesta de matrimonio directamente sin quedar mal. ¡Pero el *swayamvar*..., la ceremonia en que la novia elige a su futuro esposo entre los presentes, es la oportunidad perfecta! Él sabía que un guerrero como Arjuna no podría resistirse a semejante desafío. El poder..., eso es lo único que le preocupa, no sus hijos. —Hacía mucho tiempo que lo sospechaba. Sin embargo, me sorprendió descubrir cuánto dolía confirmarlo.

—¡Panchaali —empezó a decir Dhri—, eso no es cierto!

—¿Es que nunca vas a aceptar la verdad? —dije con amargura—. No somos nada más que peones que el rey Drupad puede sacrificar cuando más le convenga. A mí, por lo menos, solo me van a casar. A ti... él está muy dispuesto a empujarte a la muerte solo para poder vengarse.

Apenas terminé de pronunciar esas palabras, lo lamenté..., y no solo porque la expresión de Dhri era como si lo hubiera abofeteado. Dhai Ma decía que uno podía atraer la muerte a un hombre con solo nombrarla. ¿Habría yo convocado la mala suerte sobre mi hermano solo porque era incapaz de controlar mi lengua? Recité una oración rápida por su seguridad, aunque no era yo muy devota de las plegarias.

Krishna me tocó el hombro.

—Tu padre no es un hombre tan despiadado como parece, querida mía. Simplemente está convencido de que tu felicidad reside en ser la esposa del más grande héroe de Bharat. Y, para Dhri, está convencido de que su felicidad consiste en vengar el honor de su familia.

Incluso mientras Krishna hablaba, me parecía oler a sangre y fuego. Me avergonzaba de mis insignificantes preocupaciones. ¡El futuro que aguardaba a Dhri era mucho peor que cualquier cosa a la que yo tuviera que enfrentarme! Me preguntaba si eso lo destruiría o lo endurecería, y cuál de ambas cosas sería peor. Me preguntaba si mi plegaria no había estado mal dirigida.

—En cuanto a lo de ser peones —estaba diciendo Krishna—, ¿acaso no somos todos peones en manos del Tiempo, el más grande de todos los jugadores?

Por la noche pensé en lo que Krishna había revelado, y por qué había pinchado la burbuja de mi romance apenas se hubo formado. ¿Estaba tratando de enseñarme algo? ¿Era para que yo tuviese conciencia de las oscuras motivaciones que se escondían detrás de acciones aparentemente benignas? ¿Era acaso para que no me dejase llevar por la emoción y para, en cambio, verme a mí misma como parte de un diseño político más grande que iba a afectar el destino de Bharat? ¿Era para enseñarme a llevar la armadura de la precaución de modo que nadie pudiese atravesarla para romperme el corazón?

Importantes lecciones, sin duda. Pero yo era una mujer, y tenía que ponerlas en práctica —como sugirió Sikhandi— a mi manera. Abordaría el problema de manera indirecta. Cualquiera que fuese la intención de mi padre, yo podía en cualquier caso hacer que a Arjuna el corazón le latiera más deprisa. Yo podía de todas maneras influir en su forma de pensar. Tal vez el Tiempo fuera el máximo jugador. Pero dentro de los límites permitidos a los seres humanos en este mundo que los sabios llamaban «irreal», yo también sería una jugadora.

8

Bruja

Una mañana, la bruja llegó.

¿Pero por qué la llamo de esa manera? No se la veía diferente de las mujeres que vendían sus mercancías en el mercado, con los pliegues de su sari azul recogidos, al estilo campesino, entre las piernas. Un ligero olor a pescado salado flotaba alrededor de ella.

—¿Quién eres? —quiso saber Dhai Ma—. ¿Cómo te dejaron pasar los guardias?

Tenía una estrella tatuada en la barbilla y los brazos musculosos con los que apartó del camino —con delicadeza— a Dhai Ma, quien la miró sorprendida, boquiabierta ante el descaro de la mujer. Imaginé que llamaría a gritos al centinela o que reprendería a la mujer con su acostumbrada agresividad, pero no hizo ninguna de las dos cosas.

—Me han enviado —me dijo la bruja— para llenar algunos de los grandes vacíos que hay en tu educación en gran medida inútil.

No protesté. (En secreto, coincidía con la evaluación que hacía de mi enseñanza). Me interesaba ver lo que venía a ofrecerme.

—¿Quién te ha enviado? —le pregunté. Tenía la sospecha de que había sido Vyasa el Sabio. Él, también, provenía de gente que se dedicaba a la pesca.

Dejó ver una amplia sonrisa. Sus dientes eran muy blancos y destacaban en su rostro oscuro, de bordes afilados y serrados.

—Tu primera lección, princesa, es saber cómo eludir las preguntas a las que no quieres responder. Eso se consigue haciendo caso omiso de ellas.

El resto de la semana me enseñó a arreglarme el pelo. Me enseñó a lavarlo, aceitarlo y trenzarlo de cien maneras diferentes. Me hizo practicar con ella y me reprendía severamente si tiraba con demasiada fuerza o enredaba un mechón. Su pelo era crespo e indisciplinado, difícil de manejar, de modo que recibí muchas de esas reprimendas. Las acepté con inusitada mansedumbre.

Dhai Ma infló las mejillas en un gesto de desaprobación.

—¡Ridículo! —protestó con energía (aunque pude darme cuenta que no lo bastante como para que la bruja pudiese oírla)—. ¿Dónde se ha visto que una reina le trence el pelo a otra persona, o que se lo trence a sí misma? —Pero yo intuía que la bruja tenía sus razones, y trabajé duramente hasta que ella quedó satisfecha.

La bruja me enseñó otras habilidades poco dignas de una reina. Me hizo echarme en el suelo por la noche, con solo mi brazo de almohada, hasta que pude dormir en esas condiciones. Me hizo usar los saris de algodón más barato y más áspero que me raspaban la piel hasta que me acostumbré a ellos. Me hizo comer lo que comía el más humilde de mis criados; me enseñó a vivir de frutas, luego de agua y luego a ayunar varios días seguidos.

—¡Esa mujer te va a llevar a la muerte! —protestó Dhai Ma—. Te está dejando solo con la piel sobre los huesos. —Pero eso no era verdad. La bruja me había enseñado una respiración del yoga que me llenaba de energía de modo que no necesitaba ningún otro alimento. La respiración aguzó mi mente y empecé a vislumbrar sutilezas que antes me eran invisibles. Advertí que sus enseñanzas se basaban en los opuestos. Me enseñó a usar adornos que aumentaban mi belleza. Me enseñó a hacerme ver tan corriente como cualquier mujer, de modo que nadie se volviera a mirarme. Me enseñó a cocinar con los mejores ingredientes y con los más humildes. Me enseñó a preparar pociones para curar enfermedades y pociones para provocarlas. Me enseñó a no tener miedo de decir lo que pensaba, y a ser lo suficientemente valiente como para guardar silencio. Me enseñó cuándo mentir y cuándo decir la verdad. Me enseñó a descubrir las tragedias secretas de un hombre prestando atención al temblor en su voz. Me enseñó a cerrarme al dolor ajeno para poder sobrevivir. Comprendí que me estaba preparando para las diferentes situaciones que iban a aparecer en mi vida. Traté de adivinar qué formas podrían tomar, pero en eso fallé. También fallé en esto: aunque sabía que todo lo que me enseñaba era importante, en mi vanidad solo aprendí lo que me halagaba el ego.

Hacia el final, me enseñó el arte de la seducción, el primer papel que una esposa debe cumplir. Me mostró cómo lanzar una mirada fugaz y deslumbrante desde el rabillo del ojo; cómo morder ligeramente el labio inferior turgente; cómo hacer repicar los brazaletes al levantar el brazo para volver a poner un velo transparente en su sitio; cómo caminar meneando el trasero lo justo para insinuar placeres ocultos.

También me dijo:

—En la cama debes ser diferente cada día, sensible a los humores de tu señor. A veces una leona, a veces una temblorosa paloma, a veces una gacela que responde a la velocidad de su pareja.

Me dio hierbas, unas para la insaciabilidad, otras para la resistencia, otras para los días en que podría querer mantener alejado a un hombre.

—¿Y el amor? —le pregunté.

—El tallo del loto azul, molido en miel, hará que un hombre se vuelva loco por ti —respondió.

—No es eso lo que yo quería decir.

Me dio el nombre de una hierba para despertar mi propio deseo.

—No. Enséñame a amar a mi marido, y cómo hacer que él me ame. —Se rio con ganas.

—Eso no te lo puedo enseñar —dijo—. El amor viene como el relámpago, y desaparece del mismo modo. Si tienes suerte, te golpea bien. Si no, pasarás la vida anhelando a un hombre al que no puedes tener. Te aconsejo que te olvides del amor, princesa. El placer es más simple, y el deber más importante. Aprende a estar satisfecha con ellos.

Debería haberla creído y modificado mis expectativas. Pero no lo hice. En lo más profundo de mi terco corazón estaba convencida de que yo merecía más.

La bruja me hizo dos obsequios finales: una historia y un pergamino. La historia era la de Kunti, la madre de Arjuna. El pergamino era un mapa de los muchos reinos de Bharat.

En su juventud, me contó la bruja, el irascible sabio Durvasa le había concedido una dádiva a Kunti, ya que, de algún modo, se las había arreglado para complacerlo. Siempre que ella quisiera, podía llamar a un dios, y él le regalaría un hijo. Era un extraño regalo, que no dejaba de tener inconvenientes, pero le vino muy bien cuando su marido Pandu no pudo darle hijos. Así pues, su hijo mayor, Yudhisthir, era el hijo del dios de la rectitud; su segundo hijo, Bhim, era hijo del dios del viento, y Arjuna, era hijo de Indra, el rey-dios. En una ocasión, después de que Madri, la otra esposa del rey Pandu, le rogara y rogara, le prestó esta dádiva. Y así fue como nacieron Nakul y Sahadev, hijos de los dioses gemelos de la sanación.

—¿Crees que los hombres pueden nacer de los dioses? —le pregunté.

Me miró fijamente.

—¡Tanto como que pueden nacer del fuego! Pero lo que yo crea no es importante, ni tampoco lo que creas tú. Esa no es la razón por la que a uno le cuentan historias.

La bruja era una buena narradora de cuentos. Hizo revivir la existencia solitaria de Kunti para que yo pudiera espiar en sus más pequeños recovecos. Adoptada por su tío, el rey Kuntibhoj, que no tenía hijos, no contaba con ningún hermano que la cuidara, ninguna hermana en la que confiar, ninguna madre a quien recurrir en busca de consuelo. Su matrimonio con Pandu —una boda de conveniencia política— no era feliz. Casi inmediatamente tomó a la hermosa Madri como su segunda esposa y le prodigó su cariño. Al poco tiempo, Pandu recibió la maldición de un brahmín. Dejó el reino en manos de su hermano ciego, Dhritarashtra, y se fue al bosque para hacer penitencia. Como esposas fieles, Kunti y Madri también dejaron las comodidades de la corte y lo acompañaron (aunque tal vez no deberían haberse preocupado ya que la maldición precisaba que si Pandu tocaba presa de deseo a una mujer, moriría). Pasaron los años. Aparecieron los hijos. Pero un día Pandu, sin poder resistir más, abrazó a Madri. Y murió. Agobiada por la culpa, Madri decidió dejar de vivir. Kunti, aunque debía de estar destrozada tanto por la muerte de su marido como por el último acto de él, hizo acopio de fuerza de voluntad. Llevó a los cinco príncipes a Hastinapur, sin hacer ninguna diferencia entre sus propios hijos y los de su rival. Estaba decidida a que nadie los engañara con su herencia. Durante años tuvo que luchar ella sola como viuda caída en desgracia para mantenerlos seguros en la corte de Dhritarashtra hasta que se hicieron mayores.

Quería decirle a la bruja lo conmovida que estaba por los sufrimientos de Kunti y por su valor, pero ella se me anticipó.

—No dejes que las olas de tu emoción te ahoguen —dijo, clavándome sus ojos fríos como ágatas—.

¡Comprende! Comprende qué es lo que impulsa a una mujer como ella; qué fue lo que le permitió sobrevivir cuando estaba rodeada de enemigos. Comprende qué es lo que hace que una reina sea una reina..., ¡y ten cuidado!

No presté demasiada atención a la bruja. Con la arrogancia de la juventud pensaba que los motivos que impulsaron a Kunti eran demasiado simples como para requerir un cuidadoso estudio.

Solo cuando nos conocimos me daría cuenta de que era muy distinta a como me la había imaginado. Y mucho más peligrosa.

El mapa era una gruesa hoja arrugada del color de la piel. Antes de ese momento (aunque el tutor nos había hablado de ello) nunca había visto la forma del país en el que vivía, un triángulo que se estrechaba hacia abajo en una cuña que se metía en el océano. Estaba formado por tantos reinos que yo creía que nunca los aprendería todos. Los ríos y las montañas eran más fáciles. Pronunciaba sus nombres a medida que los seguía con el dedo. Cuando tocaba los picos del Himalaya, sentía un hormigueo en la mano, y yo sabía que esas cadenas heladas serían importantes en mi vida. Miré con asombro el reino de Panchaal y el punto que era Kampilya. Era una extraña sensación la de situarme a mí misma por primera vez en el mundo.

—Me hicieron este mapa justo antes de venir —explicó la bruja—. Pero ya está anticuado. —Pasó la mano sobre el pergamino, y pareció que los límites de los reinos cambiaban, algunos haciéndose más grandes, otros achicándose. Unos pocos desaparecieron totalmente, mientras que otros cambiaron de nombre.

—Los reyes están siempre peleando —continuó—. Lo único que quieren es más tierras, más poder. Gravan a la gente corriente hasta dejarla en la miseria y la obligan a pelear en sus ejércitos.

—Sin duda hay algunos reyes buenos —sugerí— que aman a sus súbditos. —Estaba pensando en Krishna, aunque poco era lo que yo sabía acerca de cómo gobernaba sus tierras.

—Muy pocos —dijo—, y están cansados de las luchas. En esta Tercera Edad del Hombre, los dioses son en su mayoría débiles. Esa es la razón por la que la Tierra necesita la Gran Guerra, para así volver a empezar.

Allí estaba otra vez: la Gran Guerra, palabras que me arañaban los pulmones. Vacilando, dije:

—Se me ha dicho que yo seré la causa de la guerra.

Me miró. Me pareció ver compasión en sus ojos. Pero simplemente dijo:

—Son muchas las causas de un acontecimiento tan grande.

Insistí.

—Me dijeron que un millón de mujeres enviudarían por mi culpa. Se me parte el corazón al pensar que causaré tanto sufrimiento a quienes son inocentes.

—Siempre ha sido así. ¿Cuándo no han sufrido los inocentes? De todas maneras, estás equivocada al pensar en la mujer como un ser inocente. —Movió otra vez la mano y se vieron destellos en el mapa. Me pareció estar observando el interior de cientos de hogares, tanto humildes como nobles. Escuché las voces y los pensamientos de las mujeres, resentidas y peleonas. Unas deseaban la muerte y la enfermedad para sus rivales, otras querían el control de su familia. Algunas reprendían a los niños con palabras que dejaban cicatrices en sus corazones. También las había que golpeaban a las criadas o las echaban, sin un centavo, a las fauces de un mundo hambriento. Y había otras más todavía que susurraban su malestar en los oídos de sus maridos dormidos toda la noche, para que los hombres, al despertar por la mañana, mostraran la cólera que ardía dentro de sus esposas.

—Como verás —continuó la bruja—, las mujeres contribuyen a los problemas del mundo de cien insidiosas maneras. Y tú, que serás más poderosa que la mayoría, puedes causar los más grandes estragos si no tienes cuidado. Te he enseñado algunas alternativas mejores... ¡Si es que puedes tenerlas en mente y no te dejas llevar por la pasión!

—¡Claro que puedo! —exclamé, con la confianza de los inexpertos. Yo sabía que era inteligente... ¿Acaso Dhai Ma no se pasaba la vida quejándose de lo muy astuta que era yo? Sabía lo suficiente como para controlar la pasión. Me imaginé a mí misma como una gran reina, dispensando sabiduría y amor. Panchaali la Conciliadora, me llamaría la gente.

La bruja se rio. Este es el último recuerdo que tengo de ella, inclinada y sujetándose el cuerpo con las manos hasta que le brotaron las lágrimas.

9

Retrato

Cuando entré en el salón, el artista ya había preparado los cuadros, todos ellos cubiertos con velos de seda. Dhri, sentado, me estaba esperando con la frente arrugada en un gesto tenso, y aunque inclinó la cabeza para saludarme, no sonrió. No había probado el zumo de mango que Dhai Ma había puesto junto a él. Palpable como el calor, su ansiedad me puso ansiosa a mí también. Pero tendría que esperar hasta que estuviéramos solos para descubrir cuál era el problema.

El artista ya había estado antes en Kampilya. Cuando llegó el momento de casar a las otras hijas de Drupad, fue él quien vino a pintar sus retratos con el fin de enviarlos a los reyes con los que mi padre deseaba establecer alianzas. Pero ese día había traído consigo los retratos de los principales reyes de la región para que yo los examinara. De esta manera, cuando me encontrara cara a cara con mis pretendientes en el salón de la boda, yo sabría quién era cada uno de ellos.

Confiaba en encontrar allí a Krishna. Esperaba que él me revelara los secretos que una futura esposa tiene que saber, información que sin duda omitía el artista, ya fuera por ignorancia o por miedo. Qué rey tenía una enfermedad oculta, quién vivía acosado por una maldición familiar, quién de ellos era avaro, quién se había retirado del campo de batalla y quién era demasiado obstinado como para hacerlo. Era asombroso que Krishna supiera todas esas cosas. Pero no aparecía por ninguna parte. Probablemente, pensé con un poco de fastidio, estaba en su palacio a orillas del mar, disfrutando de la compañía de sus esposas.

El artista descubrió el primer retrato.

—Este es el noble Salya, gobernante del reino meridional de Madradesh —recitó—, y tío de los príncipes Pandava.

Miré detenidamente al rey, cuya elaborada corona no escondía del todo la blancura de su pelo. Su rostro era afable, pero su cintura revelaba su amor por la vida fácil. Bajo sus ojos, la piel formaba bolsas.

—¡Es viejo! —le susurré a Dhri con desagrado—. Probablemente tiene hijas de mi edad. ¿Por qué querría acudir al *swayamvar*?

Mi siempre ecuánime hermano se encogió de hombros.

—Es un desafío, como tú misma dijiste, y a los hombres les resulta difícil rechazar los desafíos. Pero no representa ningún peligro para nosotros. No va a ganar.

Valoré la elección de pronombre hecha por Dhri que unía nuestros destinos, pero su confianza era un pobre consuelo para mí. Si Salya llegaba a ganar, pensé con un estremecimiento, me reclamaría como esposa y yo tendría que ir con él, tan muda y dócil como la bolsa de oro que el ganador se lleva al final de un combate.

El artista descubrió otros retratos. Jarasandha, rey de Magadha, con sus ojos como carbones encendidos. (Le había oído decir al tutor de Dhri que a cien reyes derrotados los tenía encadenados en un laberinto debajo de su palacio). Sisupal, su amigo de barbilla afilada coronada con una boca desdeñosa, que reinaba en Chedi y tenía una larga historia de disputas con Krishna. Jayadrath, señor de los Sindhus, con sus siniestros y sensuales labios. Vi a un rey tras otro hasta que sus caras se volvieron borrosas. Muchos, yo lo sabía, eran hombres decentes. Pero los odiaba a todos por codiciarme, y recé para que todos fallaran.

La larga tarde fluctuó entre el aburrimiento y el temor. Yo solo esperaba una cara. Quería ver si la había imaginado con exactitud. Probablemente no. ¿Acaso la imaginación no exagera —o disminuye— siempre la verdad?

Cuando el artista descubrió el último y más grande de los cuadros, me incorporé en mi asiento, segura de que se trataba del retrato de Arjuna.

Pero él anunció:

—He aquí al poderoso Duryodhan, príncipe heredero de Hastinapur, con los nobles jóvenes de su corte.

¡Así que ese era el famoso príncipe Kaurava, el primo de Arjuna! El tutor había susurrado a Dhri que aquel había odiado, desde el día en que habían llegado a la corte, a los hermanos Pandava, los hijos de su tío muerto, competidores por el trono que él consideraba suyo por nacimiento. Había rumores de que había tratado de ahogar a uno de ellos cuando no eran más que unos niños.

Duryodhan era apuesto, si bien demasiado musculoso, y no me gustó el gesto obstinado de su boca. Cubierto de joyas, estaba sentado en un trono decorado con lotos de oro. Algo en la manera en que se inclinaba hacia delante, su mano derecha cerrada en un puño, transmitía descontento. A su izquierda se sentaba un hombre que era una copia pálida y petulante de él.

—Su hermano menor, Dussasan —explicó el artista.

Los hermanos me hicieron sentir incómoda, aunque no habría sabido decir por qué.

—Retira el retrato —ordené, pero entonces me llamó la atención la figura que estaba a la derecha de Duryodhan—. ¡No, espera!

Mayor que el príncipe y de rostro severo, el hombre se sentaba erguido, con el cuerpo enjuto, en tensión, como si supiera que el mundo era un lugar peligroso. Se le veía completamente solo, aun estando en medio de una corte. Sus únicos ornamentos eran un par de aretes y una armadura, ambos de oro, de curioso diseño que no se parecía a nada que yo hubiese visto antes. Sus ojos estaban llenos de una tristeza antigua. Me arrastraban hacia ellos. Mi impaciencia desapareció. Ya no me importaba ver el retrato de Arjuna. En cambio, quería saber cómo serían aquellos ojos cuando el hombre sonriera. De manera absurda, yo quería ser la razón de su sonrisa.

—Ah, estáis mirando a Karna —dijo el artista con voz reverente—, gobernante de Anga y el mejor amigo de Duryodhan. Se dice que es el más grande...

—¡Basta!

Esa sola y sonora palabra nos sobresaltó a todos. Krishna estaba erguido en la entrada a la sombra. Nunca lo había visto con aspecto tan enfadado.

—¿Por qué estás mostrando a la princesa el retrato de ese hombre? Él no es un príncipe.

Con gran nerviosismo, el artista cubrió el cuadro con manos temblorosas mientras pedía perdón a Krishna.

Yo estaba perpleja. ¿A qué se debía tanta vehemencia por parte de Krishna? ¿Qué tenía aquel hombre que lo hacía reaccionar de aquella manera tan poco habitual? Algo en mí me impulsaba a defender a Karna, el de los ojos tristes.

—¿Por qué dices eso? ¿Acaso no es el rey de Anga?

—Es un reino que Duryodhan le regaló —explicó Krishna con voz grave—, como un insulto a los Pandava. Él no es más que el hijo de un auriga.

Por primera vez, sus palabras no llegaban a convencerme. Un hombre que se sentaba con tanta indiferencia entre príncipes, un hombre que tenía el poder de perturbar a Krishna, debía ser algo más que el hijo de un auriga. Me volví hacia Dhri para verificarlo. Sus ojos parpadearon y se cerraron. ¡Ah, había un secreto, algo que Krishna no me estaba diciendo! Tendría que sacárselo a mi hermano después.

Krishna dijo bruscamente:

—¿Tienes otros retratos?

—Tengo el retrato de su majestad —tartamudeó el artista, retrocediendo al abandonar la sala— y el de su ilustre hermano, Balaram. ¡Mil perdones! ¡Los traeré de inmediato!

Sentí calor en el rostro. ¿Quería Krishna ser uno de mis pretendientes? Nunca había pensado en esa posibilidad. Todos esos años él había sido para mí como el aire que respiraba: indispensable e impensado. Pero intuí que escondía en él algo más que el personaje bromista que había decidido, hasta el momento, revelarme. Este nuevo Krishna, de ojos dominados por la cólera, y voz como una flecha..., estaba segura de que podría pasar la prueba del *swayamvar* si quisiera.

¿Cómo sería tenerlo a él de marido? Una cierta inquietud creció en mí mientras le daba vueltas a la idea. Lo quería..., pero no de esa manera.

Krishna sonrió, con su sonrisa burlona de siempre.

—No te preocupes, Panchaali —dijo—. No voy a competir contra mi amigo Arjuna. Ni tampoco lo hará Balaram. Sabemos que tu destino te lleva en otra dirección.

Resultaba incómodo ser tan transparente. Bajé la mirada en dirección a los dibujos del pavimento de mármol, decidida a no dejar traslucir nada más.

—Pero estaré allí —dijo—. En ese día crucial, estaré ahí... para evitar que elijas de manera inadecuada.

Mis ojos volaron hacia su rostro. ¿Qué quería decir? Atada como estaba al concurso, ¿qué quedaba para que yo eligiera?

Sus ojos siguieron fríos e inescrutables. Detrás de él, Dhri tenía los suyos puestos en el bruñido atardecer y disimuló un bostezo. ¿Había yo imaginado las palabras de Krishna? ¿O él las había pronunciado dentro de mi cabeza, para que solamente yo las oyera?

El artista volvió a entrar, inclinado bajo el peso de dos retratos con marco de plata que Krishna rechazó con un gesto impaciente.

—¿Por qué no le has mostrado los retratos de los Pandava a la princesa? —preguntó.

El artista vaciló, era obvio que temía la ira de Krishna, pero finalmente susurró:

—Su alteza, están muertos.

Se me desbocó el corazón, falto de ritmo. ¿Qué estaba diciendo? ¿Y por qué Krishna o Dhri no lo contradecían? ¿Podía ser eso verdad? ¿Era por eso por lo que Dhri se había mostrado tan preocupado?

—¿Qué es lo que te han dicho? —preguntó Krishna, con demasiada tranquilidad.

—Hubo un incendio —respondió el artista—. Todos los mercaderes hablaban de eso en el camino. En Varanavat, donde los cinco príncipes habían ido a descansar con su madre, la pobre viuda Kunti. La casa de huéspedes donde se alojaban quedó totalmente destruida. ¡Solo se encontraron cenizas... y seis esqueletos! La gente del pueblo piensa que fue un asesinato. Algunos dicen que la casa estaba hecha de madera resinosa, a propósito para que se incendiase con facilidad. ¡Pero, por supuesto, nadie se atreve a culpar a Duryodhan!

—Eso es lo que yo he oído también —se lamentó Dhri—. ¡Qué pérdida para todo Bharat!

Me daba vueltas la cabeza. Una parte de mí estaba desolada por la terrible desgracia que había caído sobre los Pandava y su madre, pero, en gran medida, solo podía pensar en mí misma. El miedo nos hace egoístas. Si Arjuna estaba muerto, ¿qué pasaría conmigo? Si ningún rey podía superar la prueba, el *swayamvar* sería un fracaso. Mi padre sería calumniado por imponer una tarea imposible a sus invitados. Me vería forzada a vivir el resto de mi vida como una solterona. Pero podían ocurrir cosas peores. Los reyes ofendidos podrían decidir aliarse en una guerra contra mi padre y repartirse el botín del reino caído —incluyéndome a mí— entre ellos.

—Krishna —la voz de Dhri temblaba ligeramente—. ¿Qué podemos hacer? ¿Es demasiado tarde para cancelar el *swayamvar*?

—¡Mi querido muchacho! —respondió Krishna, con un inexplicable buen humor—, ¿acaso ese serio brahmín que controla tus estudios no te ha enseñado nada? Los príncipes no deben dejarse llevar por el pánico mientras no hayan comprobado la verdad de un rumor por sí mismos.

—Pero los esqueletos...

Krishna se encogió de hombros.

—Los huesos pueden pertenecer a cualquiera. —Hizo señas al artista para que trajera los retratos de los Pandava.

—¿Cómo puedes estar seguro? —inquirió Dhri. Luego abrió los ojos—. ¿Te han enviado ellos algún mensaje?

—No —respondió Krishna—. Pero si Arjuna hubiera muerto, me lo anunciaría el corazón.

Yo quería creerle, pero me atormentaba la duda. ¿Puede el corazón anunciar esas cosas? Yo estaba segura de que el mío era incapaz de reparar en percepciones tan sutiles.

—He aquí los cinco hermanos Pandava —anunció el artista, descubriendo el retrato con un ampuloso gesto, mostrando al hombre que todos esperábamos que fuera mi marido.

Más tarde, Dhai Ma dijo:

—Es demasiado moreno, y sus ojos tienen una expresión obstinada. El hermano mayor, Yudhisthir creo que se llama, ese sí que se veía mucho más calmado. ¿Te fijaste en cómo estaba sentado en el cuadro, rollizo y principesco, sonriente con esos dientes de un blanco uniforme? Tal vez sea mejor que te cases con él. Va a ser el rey, después de todo... siempre que su viejo tío ceda el trono alguna vez.

—¡Arjuna es más alto! —dije con astucia impertinente, tratando de disipar otro rostro de ojos tristes y antiguos que no dejaba de acudir a mi mente—. ¿Y no has visto sus cicatrices de batalla? Eso demuestra lo valiente que es.

Dhai Ma arrugó la nariz.

—¿Cómo no verlas? Allí estaban como lombrices cubriéndole los hombros. Si altura es lo que quieres, me parece mejor que vayas a por el segundo hermano, el que se llama Bhim. ¡Esos músculos eran realmente un espectáculo! Me han dicho, también, que es fácil de complacer. ¡Dale una comida abundante y sabrosa, y será tuyo para toda la vida!

—¿No dijiste que así fue como Duryodhan lo engañó cuando era niño? Le dio arroz con leche envenenado y luego, cuando cayó inconsciente, lo arrojó al río, ¿no es verdad? Arjuna habría sido más listo. Se le nota en su nariz afilada, en su barbilla cincelada.

—¡Cincelada! —Dhai Ma hizo un ruido descortés—. Está partida en dos, y ya sabes lo que eso significa: que se le van los ojos tras las faldas. Tales hombres son un problema desde el principio. ¡Vaya si lo sabré yo! Si lo que buscas es la hermosura física, ¿por

qué no eliges a uno de los dos más jóvenes, los gemelos? Tienen ojos como pétalos de loto, piel dorada,
cuerpos como jóvenes árboles de sal. —Chasqueó la
lengua en señal de aprobación.

—¡Por el amor de Dios, Dhai Ma! ¡Son demasiado jóvenes para mí! Prefiero el tipo de hombre madu-
ro y dominante.

El aya dejó escapar un exagerado suspiro.

—Entonces debo suponer que estás decidida por
tu Arjuna. Por lo menos trata de no ser tan tonta
como para darle poder sobre ti. Pero lo más probable
es que tengas el cerebro demasiado confundido por el
romanticismo como para retener algo de lo que te estoy diciendo.

—Sospecho que tendré que llevarte conmigo
cuando me case para que puedas recordármelo —le
dije, y ambas nos echamos a reír. Pero la risa se disipó
rápidamente. Dejamos las bromas, y nos quedamos
con las incertidumbres que habíamos tratado de esconder bajo ellas. Dhai Ma me abrazó. ¿Acaso adivinó de qué manera se me resistía el corazón como un
caballo que se niega a seguir las órdenes de su jinete?
¿Cómo anhelaba hablarle de ese otro nombre prohibido, «Karna»? Fuera, las aves nocturnas se llamaban
unas a otras mientras revoloteaban por la noche oscura como la tinta. Sus melancólicas llamadas se oían
cerca, luego lejos, y después inesperadamente cerca
otra vez.

10

Nacimientos

Yo quería saber qué aspecto tenía Kunti. Pensé que sería prudente anticiparme, en caso de que resultara ser mi suegra. Quizá su rostro me daría una pista respecto de lo que había dentro. (No había yo olvidado la advertencia de la bruja). Pero el artista no tenía ningún retrato de ella. Me envió, con sus disculpas, un retrato diferente: el de la madre de Duryodhan, Gandhari, y tía de Arjuna.

El retrato era pequeño, más o menos como la superficie de la palma de una mano, y mal realizado, como si lo hubiera pintado un aprendiz. Tal vez no había mucha demanda de imágenes de mujeres, una vez que estaban casadas, aun cuando fueran reinas. Dhai Ma y yo lo examinamos detenidamente, tratando de descubrir sus facciones, pero estaban en gran parte oscurecidas por una gruesa venda blanca.

—Ya conoces la historia —dijo Dhai Ma—. Cuando se enteró de que iba a casarse con el ciego Dhritarashtra, ella cubrió con la venda sus ojos, asegurando que no quería disfrutar de los placeres que le estaban vedados a su marido. Dicen que desde entonces nunca más volvió a quitársela.

Yo conocía la historia, mejor dicho, conocía la canción que había sido compuesta en honor a la devoción por su marido. (De vez en cuando, mi padre enviaba bardos a mis aposentos, con la esperanza de que sus canciones me inculcaran actitudes apropiadas y me advirtieran contra aquellas que eran peligrosas. Hasta ese momento, me habían importunado con relatos sobre la vida de Savitri, que salvó heroicamente a su marido de las garras del Señor de la Muerte; sobre la de Sita, que fue eternamente fiel a su marido, incluso cuando fue secuestrada por un demonio rey; y sobre la de Devyani, quien, a pesar de las advertencias de su padre, insistió en enamorarse del hombre equivocado y terminó con el corazón destrozado). Entre nosotras, sin embargo, Dhai Ma y yo estábamos de acuerdo en que el sacrificio de Gandhari no era particularmente inteligente.

—Si mi marido no pudiera ver, me aseguraría muy bien de mantener mis propios ojos bien abiertos —señalé—, para poder informarle acerca de todo lo que estuviera ocurriendo.

Dhai Ma no pensaba lo mismo.

—Tal vez la idea de casarse con un hombre ciego le repugnaba..., pero por ser una princesa no podía liberarse del compromiso. Tal vez hizo eso para no tener que verlo todos los días de su vida.

El retrato debía de ser antiguo. En él, Gandhari parecía bonita, de una manera aniñada. Le caían pequeños rizos de pelo sobre la frente, y tenía un aire atento, como si tratara de compensar su vista perdida.

Me pregunté si habría ocasiones en las que lamentara haber optado por la virtud de la esposa en lugar del poder que podría haber obtenido como guía y consejera del rey ciego. Pero había hecho un voto y estaba atrapada en la red de sus propias palabras. Sin embargo, la expresión de su boca era enérgica y sus labios pálidos y hermosos compensaban la desilusión con determinación.

El matrimonio de Gandhari, a pesar de que ella había dejado tantas cosas por él, no era —al igual que el de Kunti— feliz. (Más adelante me preguntaría si ese no sería el motivo que les había dado fuerza a estas dos reinas. ¿O estaría yo confundiendo la causa con el efecto? ¿Tal vez las mujeres fuertes tenían tendencia a encontrar matrimonios desdichados? Semejante idea me preocupaba). Dhritarashtra era un hombre amargado. Nunca pudo superar el hecho de que había sido ignorado por los mayores —solo porque era ciego— cuando decidieron cuál de los hermanos debía ser rey. Aunque afirmaba amar a su hermano menor —y posiblemente fuera cierto, ya que era un hombre extraño y contradictorio—, debió de sentirse encantado cuando Pandu, abrumado por la maldición, se retiró a la selva. El objetivo de la vida de Dhritarashtra era tener un hijo que pudiera heredar el trono. Pero había un problema, porque a pesar de los pertinaces intentos de él, Gandhari no concibió durante muchos años. Cuando finalmente lo logró, ya era demasiado tarde. Kunti ya estaba embarazada de Yudhisthir.

Pasaron los meses. Y nació Yudhisthir. Como era el primer varón de la siguiente generación, los mayores declararon que el trono sería suyo. Los espías de

Dhritarashtra trajeron de nuevo malas noticias: Kunti estaba embarazada otra vez. Con ello, ya había dos obstáculos entre Dhritarashtra y lo que él deseaba. El vientre de Gandhari se agrandó como una colmena gigante, pero su cuerpo se negó a prepararse para el parto. Tal vez el frustrado rey la despreció, o tal vez el hecho de que él hubiera tomado a una de sus damas de compañía como amante hizo que Gandhari se entregara a un acto de desesperación. Golpeó su vientre una y otra vez hasta que lo hizo sangrar y, sangrando, dio a luz a una enorme y deforme bola de carne.

—Todo fue alboroto en el palacio —continuó Dhai Ma—, la gente iba de un lado a otro retorciéndose las manos, gritando que aquello era obra de los demonios, mientras el rey ciego quedó anonadado en su trono y Gandhari yacía desmayada. Pero afortunadamente apareció un hombre santo. Cortó la bola en cien partes y pidió vasijas de mantequilla, una para cada parte, donde los encerró. Señaló asimismo que debían permanecer cerradas durante un año. Y de este modo nacieron Duryodhan y sus hermanos, así como su hermana Duhsala. Tal vez esta sea la razón por la que él es tan buen amigo de Karna, que también llegó al mundo de una manera extraña.

El calor me subió al rostro ante la súbita mención del nombre de Karna. Para esconderlo, bromeé:

—¿Es que nadie nace ya de parto normal?

Dhai Ma me miró con severidad. Pero si quería hacer alguna pregunta, no la hizo. ¿Sería tal vez porque no iba a saber qué hacer con la respuesta?

—¡Sí que eres buena para hablar! —resopló, y luego siguió con la historia—. Casi toda la gente piensa que Adhiratha, un auriga, es el padre de Karna. Pero uno de nuestros mozos de cuadra que trabajó en Hastinapur hace tiempo nos contó una historia diferente. Adhiratha encontró a Karna en el río Ganges una mañana cuando había ido allí para orar, flotando en una caja de madera. Apenas si tenía una semana de vida.

»Esta parte de la historia no es tan insólita. Cada cierto tiempo, alguna dama de origen noble se mete en problemas y se deshace de las pruebas de esa manera. Pero había algo especial en este niño. Tenía aretes de oro en las orejas, y una armadura de oro le cubría el pecho... y, vaya sorpresa, era imposible quitársela. Era parte de su cuerpo. Adhiratha creyó que los dioses habían respondido a sus plegarias y le habían enviado a Karna porque él no tenía hijos.

Tal vez Adhiratha no estaba del todo equivocado. Yo recordaba la expresión del rostro de Karna en el retrato, y parecía pertenecer a otro mundo. Tenía el aspecto de haber sido tocado, en algún momento, en algún lugar, por una mano divina. Deseé haber tenido alguna manera de comprar ese retrato para esconderlo, para mirarlo siempre que quisiera. Pero por supuesto tal cosa era imposible. Una princesa no tiene privacidad.

Dhai Ma me lanzó otra mirada antes de levantarse del suelo.

—Mejor me pongo a trabajar. Y tú, vas a llegar tarde a tu lección de baile, como de costumbre. —Al llegar a la puerta se detuvo. Esta vez el tono de advertencia en su voz era incontestable—. A veces hablo demasiado. Si sabes lo que te conviene, te olvidarás de esta historia y actuarás de manera que no avergüences al rey, tu padre.

Yo sabía a qué se estaba refiriendo, y ella tenía razón. Pero mi desobediente corazón insistía en regresar a Karna, a aquel desafortunado momento de su vida. Ambos habíamos sido víctimas del rechazo paternal —¿sería por eso por lo que su historia tenía aquellas resonancias en mí?—, pero mi sufrimiento no podía compararse con el suyo. Una y otra vez imaginaba yo a la madre que lo había abandonado..., porque estaba segura de que fue ella y no los dioses quien lo puso a flotar en el río. Contra mis párpados cerrados, la veía cuando se inclinaba sobre el agua para entregar al niño —una criatura dulce y dormida, su propia sangre— a las corrientes nocturnas. En mi imaginación, ella era muy joven, y la curva de su rostro que miraba a otro lado era un poco como la de Gandhari, aunque pensar tal cosa era una tontería. No lloraba. Ya no le quedaban lágrimas. Solo la dominaba el miedo por su reputación, lo cual hizo que ajustara un poco más el chal sobre la cabeza mientras miraba la caja. Solo por un momento; luego tendría que regresar rápidamente. Había dejado todas sus joyas en el dormitorio, se había vestido con su sari más viejo. De todas maneras, se vería en apuros si el vigilante de la ciudad la descubriera tan lejos de la mansión de sus padres, a una hora en que solamente las prostitutas están fuera. Ahogó un grito cuando la caja que se balanceaba desapareció en una curva del río. Luego caminó hacia su casa, con pasos apenas vacilantes, mientras pensaba: «Por lo menos, ya está hecho».

Me dolía el corazón tanto por la madre como por el hijo, porque incluso yo, que sabía tan poco de la vida, podía suponer que tales cosas nunca debían hacerse. Por el resto de sus días ella no dejaría de preguntarse dónde estaría su hijo. Al pasar junto a cualquier apuesto desconocido, ella iba a preguntarse (como haría él al pasar junto a mujeres desconocidas): «¿Será esta persona...?». Todas las mañanas cuando ellos despertaran —en la misma ciudad, o en reinos distantes—, sus primeros pensamientos estarían dedicados al otro. Enojados y apesadumbrados, ambos desearían que ella hubiera tenido el valor de haber tomado otra decisión.

11

Escorpión

Dhri dijo:
—Te cuento esto en contra de los deseos de Krishna.
—¿Por qué no quiere que yo lo sepa?
—Pronto lo verás. Ahora, escucha.

La historia empieza con el gran torneo en Hastinapur, donde Drona ha decidido que los príncipes, que ya han llegado a la mayoría de edad, están listos para demostrar su destreza en la lucha.

El lugar de la competición vibra lleno de expectación; la gente de la ciudad, nobles y plebeyos, está ansiosa por ver de qué son capaces los príncipes. Después de todo, alguno de ellos será su futuro rey. Se van formando grupos de apoyo. Algunos gritan el nombre de Duryodhan, porque es elegante, valiente y extremadamente generoso. Incluso ese mismo día, al dirigirse al torneo, había lanzado puñados de monedas de oro a la multitud hasta que la bolsa se le quedó vacía. Pero otros ruegan en secreto para que, en ausencia de su padre, el premio principal vaya a alguno de los cinco hermanos Pandava, esos muchachos sin padre criados al margen de la corte por un tío que solo finge desear su bien.

Y parece que los dioses no son tan sordos como habitualmente los acusamos de ser. Pues hete aquí que, finalmente, el nombre de Arjuna se anuncia como el más grande de los contendientes. Arrojó al aire flechas de fuego para luego apagarlas con flechas de lluvia. Arrojó flechas de serpientes que se deslizaron hacia la multitud, y luego, justo antes de que atacaran a los espectadores aterrorizados, las arrancó del suelo con flechas de águila. Sus flechas para dormir los envolvió en sueños; sus flechas de cuerdas ataron sus manos y sus pies; sus flechas de encantos los aterrorizaron con monstruos más terribles de lo que nadie podría haber imaginado. ¡Lleno de orgullo, su maestro aseguró que esas eran solo las armas menores de todas las que había aprendido a usar! Las otras eran demasiado poderosas, demasiado sagradas, como para ser usadas salvo en las batallas cruciales.

Pero precisamente cuando su tío, el rey ciego, se pone de pie (muy lentamente, observaron algunos) con la guirnalda de premio, un joven desconocido con armadura dorada sale al campo. Pide permiso para participar en el torneo, y luego repite hábilmente todas las hazañas de Arjuna. La multitud, asombrada, guarda silencio. Luego estalla en aclamaciones y los gritos de Duryodhan son los más fuertes.

El desconocido junta las palmas y vuelve el rostro al cielo, ofreciendo plegarias al sol. Da las gracias a la multitud con una modesta inclinación. Luego, con elegantes palabras, invita a Arjuna a un combate singular. El ganador, sugiere, será el campeón.

La multitud lanza gritos de aprobación ante la perspectiva de ese gran espectáculo. Los tres ancianos sentados junto al rey en el estrado real —Bhishma, el abuelo, Drona, el maestro, y Kripa, el tutor de los príncipes— se miran unos a otros consternados. Aquel era un peligro imprevisto, un riesgo que no deseaban que Arjuna corriera, pues para sus experimentados ojos resultaba claro que el desconocido era comparable —y quizá superior— al príncipe Pandava, cuya reputación esperaban poder consolidar ese día.

Bhishma pregunta si alguien conoce a ese joven. Kripa sacude la cabeza, pero Drona hace una pausa, con una expresión pensativa en el rostro. Susurra algo.

—Que comience el combate —dice el rey ciego, levantando su cetro, pero Kripa se pone de pie.

—Primero hay que cumplir con ciertas normas de procedimientos —dice—. Debe establecerse el linaje de los concursantes, pues un príncipe solo puede ser desafiado a combate singular por otro príncipe. Todos conocemos el origen de Arjuna. De modo que, valiente extranjero, dinos por favor cuál es tu nombre, y de qué casa principesca desciendes.

El desconocido se ruboriza.

—Me llamo Karna —responde. Luego, en voz tan baja que todos en aquella reunión tienen que esforzarse en oír—, pero no provengo de ninguna casa principesca.

—Entonces, de acuerdo con las reglas de un torneo real, tú no puedes combatir con el príncipe Arjuna —explica Kripa con voz amable. Si se siente triunfante, nadie se da cuenta; hacía mucho tiempo que había aprendido a esconder tales emociones.

—¡Esperad! —grita Duryodhan, levantándose de un salto, indignado—. Evidentemente este hombre es un gran guerrero. ¡No voy a permitir que lo insultéis de ese modo, sirviéndose de una ley anticuada como excusa! Un héroe es un héroe, sea cual fuere su casta. La destreza es más importante que el accidente del nacimiento.

El pueblo comparte esos sentimientos. Y aclama con fuerza.

Duryodhan continúa:

—Si vosotros insistís en que es necesario que Karna sea un rey para combatir con Arjuna, ¡entonces compartiré mi propia herencia con él! —Pide agua sagrada y la vierte sobre la cabeza del desconocido. Ante las aclamaciones de la multitud, dice—: Rey Karna, te nombro gobernante de Anga, y amigo mío.

Karna lo abraza con fervor.

—Jamás olvidaré tu generosidad —le responde—. Has salvado mi honor. La Tierra podría romperse en pedazos, que yo no te abandonaré. Desde este momento, tus amigos son mis amigos, y tus enemigos, mis peores enemigos.

La multitud brama de admiración. ¡Así, se decían unos a otros, es como se comportan los héroes!

Los tres ancianos intercambian miradas de consternación. Las cosas no han resultado como ellos habían planeado. El aclamado Karna se ha convertido en un héroe incluso sin vencer a Arjuna. Y Duryodhan ha encontrado un poderoso aliado. Luego ambos arqueros, en fiera actitud de lucha, se encuentran cara a cara en la liza. ¿Quién sabe cuál será el resultado de ese torneo?

Se produce una ligera conmoción en la tienda preparada para las damas del palacio. Una de las reinas se ha desmayado..., tal vez por el calor, tal vez por la prolongada tensión. ¿Se trata de Gandhari, la esposa del rey ciego? ¿Se trata de Kunti, angustiada ante este desafío a su hijo? Antes de que la verdad pueda establecerse, a la gente le llama la atención un anciano que entra cojeando en la liza. Por su ropa es evidente que pertenece a una casta inferior. ¿Es un herrero? No, dicen quienes saben de esas cosas. Es un auriga.

Se dirige hacia Karna y, maravilla de maravillas, Karna deja a un lado su arco para tocar los pies del anciano.

—¡Hijo! —grita el recién llegado—. ¿Eres tú realmente, que has regresado después de tantos años? ¿Pero qué estás haciendo aquí, tú entre estos nobles príncipes? ¿Por qué llevas una corona en la cabeza?

Con infinita amabilidad, Karna coge la mano del anciano y lo conduce a una esquina, dándole explicaciones mientras caminan.

La multitud está anonadada, en silencio. Luego empiezan a oírse susurros y abucheos, especialmente entre los seguidores de los Pandava.

—*Sutaputra!* —dicen las voces—. ¡Hijo de un auriga!

Desde el estrado, la voz de Bhim retumba con desdén.

—¡Arroja tu arco, pretendiente! ¡Ve a buscar más bien un látigo de las cuadras reales!

La mano de Karna se tensa sobre su arco.

—¡Arjuna! —grita. Pero Arjuna le da ya la espalda y se aleja. Karna lo mira fijamente. Es el insulto máximo, por el que nunca perdonará a Arjuna. A partir de ese momento, serán archienemigos.

Quién sabe lo que podría haber ocurrido entonces, pero el sol escoge ese momento para hundirse en el horizonte. Un aliviado Drona da la señal para que termine el torneo, y las trompetas hacen oír la llamada que pone fin al encuentro. La multitud se dispersa de mala gana, llena de insatisfacción y haciendo comentarios malévolos. Los tres ancianos se reúnen con los hermanos Pandava; juntos, se dirigen al modesto lugar donde Kunti estaba descansando (fue ella quien sufrió el desmayo), hablando de lo extraño de aquella jornada mientras caminan. Duryodhan se lleva a Karna para pasar una noche de juerga en su palacio. Más tarde, aquella noche, le pondrá a Karna su propio collar, una sarta de perlas y rubíes, alrededor del cuello, mientras dice con voz espesa:

—¡Te declaro verdadero campeón! Si esos cobardes no hubieran abandonado la pelea, habrías arrastrado la cara de Arjuna por el barro. ¡Ah, esos gusanos Pandava, que están siempre tramando algo para robarme mi reino! ¡Ojalá tuviera un amigo que pudiera librarme de ellos!

Y Karna se levantará muy erguido para responder:

—Cuando llegue el momento, lo haré por ti, mi señor y amigo... o moriré en el intento.

—De modo que así fue como Karna se convirtió en rey —dije—. ¿Por qué Krishna no quería que yo lo supiera?

A lo que Dhri respondió:

—Le pareció que eso te pondría demasiado a favor de Karna. Y eso sería peligroso.

—¿Peligroso? ¿Por qué?

—Arjuna no es el único que puede pasar la prueba del *swayamvar*.

Empezó a acelerárseme el pulso en el cuello. Me sentí culpable y me volví para mirar hacia el jardín oscuro.

—¿Quieres decir que Karna también podría ganar?

—Sí. Tiene pensado acudir al *swayamvar*, junto con Duryodhan. Y se ha propuesto ganar. No debemos permitirlo.

Yo quería preguntar: si él resultaba ser, efectivamente, tan gran héroe como Arjuna, ¿qué importancia tendría que me casara con él en lugar de hacerlo con el príncipe Pandava? ¿No sería también un gran aliado para Panchaal? ¿Por qué Krishna se opone tanto a él? ¿Era solo porque apoyaba a su amigo Arjuna? Había otros secretos en todo ello. Pero intuía que mi poco complicado hermano no los conocía. Así que, la pregunta que hice fue esta:

—¿Cómo puedes impedírselo? Si gana, ¿no nos obliga el honor a cumplir con el juramento de nuestro padre?

—El honor de la familia es más importante que cualquier otro honor —dijo mi hermano. Esperó un momento, como desafiándome a contradecirlo—. Ya pensaré en algo. Krishna me ayudará. Tú, también, tendrás que hacer tu parte.

No quería discutir con Dhri, pero no estaba dispuesta a volverme contra Karna, ni siquiera por el bien del honor de la familia. En cambio, pregunté:

—Adhiratha dijo que Karna había estado ausente durante muchos años. ¿Sabes dónde estuvo?

Dhri asintió con un grave movimiento de cabeza.

—Los años perdidos de la vida de Karna. Esa es la parte más importante de la historia, y la razón principal de que te la esté contando.

Muy pronto en la vida, Karna da muestras de su pasión por el tiro con arco. A los dieciséis años —todavía creyendo que era hijo de Adhiratha— acude a Drona, el más grande maestro del país. Confiesa que es de humilde cuna y pide ser aceptado como discípulo. Pero Drona dedica todo su tiempo a los príncipes. «No educaré al hijo de un auriga», le dice. Desilusionado, ofendido, Karna jura aprender con alguien más grande que Drona. Abandona la ciudad para dirigirse a las montañas y, finalmente, después de grandes esfuerzos y de una suerte más grande todavía —aunque determinar si la suerte es buena o mala, es algo que no está claro— encuentra el *ashram* de Parasuram.

—El propio maestro de Drona... —susurré—. ¿No fue él quien borró de la tierra la raza entera de los *kshatriyas* porque se habían vuelto corruptos?

Dhri asintió con la cabeza.

Como decir la verdad no le ha servido de mucho, Karna no se arriesga otra vez y le dice a Parasuram que es un brahmín. Al ver su potencial, el sabio acepta enseñarle. Con el tiempo Karna se convierte en el mejor de sus discípulos, el más amado, el único al que Parasuram le enseña la invocación para el Brahmastra, el arma que nadie puede resistir.

El día antes de abandonar el *ashram* de Parasuram, Karna acompaña a su maestro a dar un paseo por el bosque. Cuando Parasuram, cansado, quiere descansar debajo de un árbol, Karna le ofrece su regazo como almohada. Mientras el anciano duerme, un escorpión de montaña sale de su agujero y pica a Karna varias veces en el muslo, haciéndole sangrar. El dolor es intenso, pero Karna no quiere perturbar a su maestro. Sigue sentado, inmóvil..., pero la sangre salpica el rostro de Parasuram, despertándolo. Enfurecido, Parasuram maldice a su discípulo favorito.

Me impresionó tanto, que me vi obligada a interrumpirlo.

—¿Pero por qué?

La respuesta de Dhri fue:

—Parasuram se dio cuenta de que un brahmín nunca podría haber soportado tanto dolor en silencio. Solo un *kshatriya* era capaz de tal cosa. Acusó a Karna de haberlo engañado. Y aunque Karna le dijo que no pertenecía a la casta de los guerreros, sino que era simplemente el hijo de un auriga, Parasuram no lo perdonó y le dijo: «Así como tú me has engañado, así te engañará tu mente a ti. Cuando más necesites el Brahmastra, olvidarás el mantra que necesitas para invocarlo. Lo que has tomado de mí no te servirá a la hora de tu muerte».

Yo estaba indignada.

—¿Acaso los años de dedicación y servicio de Karna no significaron nada para Parasuram? ¿Y su amor por el maestro, debido al cual soportó la picadura del escorpión? ¿Acaso todo eso no valía alguna forma de perdón?

—Ah, el perdón —replicó Dhri—. Esa es una virtud que incluso a los grandes se les niega. ¿No es acaso nuestra propia existencia una prueba de ello?

Desconsolado, Karna regresa por el sendero de la montaña, después de haber ganado y luego perdido aquello en lo que había puesto el corazón. Cae la noche. Mientras descansa en la selva, en las afueras de un pueblo, oye a una bestia que se mueve pesadamente hacia él. Con la mente alerta y agitada, dispara una flecha hacia el lugar de donde proviene el ruido. Por el grito agónico de la bestia se da cuenta de que ha matado a una vaca, el más sagrado de los animales.

Cerré los ojos. No deseaba seguir escuchando más esa historia. Quería que Karna se alejara del animal caído antes de que se descubriera que él la había matado. Yo sabía que no lo haría.

Por la mañana encuentra al dueño de la vaca, confiesa su acción, y le ofrece una compensación. Pero el enfurecido brahmín le dice: «Has matado a mi vaca cuando estaba indefensa. Tú, también, morirás cuando no tengas modo de protegerte». Karna le suplica que cambie su maldición. «No tengo miedo a morir», dice. «Pero permíteme morir como un guerrero». El brahmín se niega.

—¿Cómo pudo Karna soportar seguir viviendo después de todas esas desgracias? —susurré.

Dhri se encogió de hombros.

—El suicidio es el camino del cobarde. Y sean cuales fueren sus faltas, Karna no es un cobarde —hizo una pausa—. Te he contado esta historia, en contra del consejo de Krishna, por dos razones. Una, porque lo desconocido es siempre más fascinante que lo conocido.

Pero en esto mi hermano se equivocaba. Nada tiene más poder sobre nosotros que la verdad. Cada doloroso detalle de la historia de Karna se convertía en un gancho en mi carne, ligándome a él, haciéndome desear una vida más feliz para él.

—Pero también —continuó Dhri— quiero que te des cuenta de que Karna está maldito. El que se una a él también será maldito. No quiero que eso te ocurra a ti... porque eres mi hermana, pero también porque has nacido para cambiar la historia. No puedes permitirte el lujo de actuar como una muchacha cualquiera que se ha quedado deslumbrada con algún galán. Las consecuencias de tus acciones pueden destruirnos a todos nosotros.

Me enojaba sentirme presionada de ese modo. Pero más todavía me asustaba la convicción que había en su voz. Todo este tiempo, había ignorado que él se tomara mi destino tan seriamente como el suyo. De todas maneras, hablé con ligereza.

—¡Me alegra que tengas tanta confianza en mi poder! ¿Pero recuerdas lo que dijo Krishna? ¡No somos más que peones en manos del Tiempo!

—Incluso un peón puede elegir —dijo mi hermano—. El día que Sikhandi partió hacia el bosque, yo ansiaba ir con él. Dejar el palacio sin mirar atrás siquiera. Para vivir mi vida en paz debajo de los árboles. Para escapar del destino sangriento hacia el que he sido empujado en todo momento desde que nací. Pude haberlo hecho. Sikhandi me habría escondido con tal habilidad que ni el ejército entero de Panchaal podría haberme encontrado. Pero decidí no hacerlo.

—¿Por qué? —Tenía la garganta seca. ¡Qué equivocada había estado todo este tiempo, pensando que conocía a mi estoico, resignado hermano!

—Dos razones me retuvieron —respondió Dhri—. Una fuiste tú.

—Con gusto habría ido contigo —protesté con fuerza—. Ojalá me lo hubieras pedido...

—La otra —me interrumpió, su áspera voz me arañaba los oídos—, yo mismo.

Durante toda la larga noche, por el amor que yo sentía hacia Dhri, traté de borrar a Karna de mi pensamiento con más fuerza que nunca. ¿Pero puede un cedazo frenar el viento? En mi cabeza flotaban fragmentos de historias de mujeres que habían salvado a sus maridos contrarrestando su mala suerte con su virtud. ¿Podría yo tal vez hacer lo mismo por Karna? En medio de esa esperanza, un pesar me asaltó como un leopardo. ¿Por qué Dhri no había eludido su destino cuando tuvo la oportunidad? Lo imaginé despreocupado bajo las ramas de gigantescos árboles de caoba, su frente libre de los pliegues que afeaban sus hermosas facciones. Pero un instante después me sentía orgullosa de su decisión..., igual que me había sentido orgullosa de Karna por haberse enfrentado al enfadado brahmín. Sabía que no debía compararlos, que mi lealtad solo debía estar dirigida hacia mi hermano. De todas maneras, mientras me deslizaba entre el sueño y la vigilia, ambos hombres empezaron a convertirse en uno en mi mente. ¡Qué similares eran sus naturalezas y sus destinos, empujándolos a ambos hacia la tragedia, forzándolos a realizar actos de peligrosa heroicidad! Por muy hábiles que fueran en la lucha, eso no los ayudaría porque, en última instancia, se veían derrotados por su conciencia. ¿Qué dios cruel había modelado la red de sus mentes de esa manera, para que nunca pudieran escapar de ella?

¿Y qué trampas me había tendido a mí?

12

Canción

Enrollada sobre la bandeja de plata como una serpiente blanca, la guirnalda de boda era tan gruesa como mi antebrazo. La miraba con cautela, como si pudiera, en cualquier momento, decidirse a atacar.

—¿Qué pasa ahora? —preguntó Dhai Ma—. ¿Por qué tienes esa cara que parece una olla renegrida?

—Pesa demasiado —respondí. La imaginé alrededor de un cuello. Podía ver con claridad los músculos tensos, estirados, aunque el resto del rostro permanecía, a mi pesar, sin expresión.

—¡Ridículo! —dijo Dhai Ma—. Si es un verdadero héroe, podrá soportar su peso... Y el tuyo también —añadió con un guiño.

Mis doncellas zumbaban a mi alrededor. Un poco más de polen de loto para lustrar las mejillas de la novia; el borde del sari de boda, dorado y blanco, con una caída apropiada para acentuar la prominencia del pecho a la vez que creaba un efecto virginal. Una anciana frotó pasta de sándalo en mi ombligo con una sonrisa pícara. Brazaletes, cinturón, ajorcas, un anillo de nariz enjoyado de tal manera que había que sujetarlo con una cadena a mi peinado.

—Me siento como dentro de una armadura de guerra —le dije a Dhai Ma.

—Lo estás —dijo—. ¡Y basta ya de vacilaciones! Su alteza, tu hermano, va a terminar por desgastar el suelo del corredor con tanto ir y venir.

Dhri esperaba fuera de mis habitaciones para llevarme al salón de la boda, donde ya se encontraban reunidos los reyes. Tenía un aspecto severo con sus ropajes ceremoniales. Vi la vaina de su arma sobre su cadera, tallada con bestias voladoras.

—¿Por qué la espada? —pregunté.

—¡Vaya una pregunta! —replicó Dhai Ma—. ¿No sabes que es el deber sagrado del hermano proteger la virtud de su hermana? Va a tener una ardua tarea hoy, con todos esos viejos obscenos a los que se les cae la baba por ti.

—Tu vulgaridad nunca dejará de asombrarme —le dijo Dhri. Ella se rio y le dio un golpecito en las orejas, luego salió deprisa para abrirse paso con fuerza y conseguir el mejor asiento en la zona de los sirvientes reales.

Pero él conocía la verdadera razón para llevar la espada. Imaginaba que habría problemas.

Lo oí por debajo del estruendo y la música, de los anuncios de los que iban llegando, de los relinchos, de las trompetas, del tintineo de las armas.

Dhri dijo:

—Los reyes han traído a sus guerreros. Están alineados fuera. Pero no te preocupes. Todo el ejército de Panchaal también está armado y listo.

—Gracias por hacérmelo saber —dije—. Ahora me siento totalmente tranquila.

—¿Nunca te ha dicho nadie —me respondió— que el sarcasmo es poco adecuado para las novias?

Cuando entré en el salón para la boda, se produjo al instante un silencio total. Como si yo fuera una espada que hubiera cortado simultáneamente todas las cuerdas vocales. Detrás de mi velo sonreí sombríamente. «Saborea este momento de poder —me dije a mí misma—. Puede que sea el único que tengas».

Primero Dhri me mostró a los reyes que habían venido solamente a observar, aquellos a los que no tenía que temer.

—Mira, Krishna.

Allí estaba mi amigo, mi exasperación, conversando con su hermano como si se hallara en una feria campestre. La airosa pluma de pavo real que tenía en la corona se le bajó cuando levantó la mano en un ademán que tanto podía ser una bendición como un despreocupado saludo.

Al otro lado del salón, los presentes se agrupaban de acuerdo con la casta. El sector *vaisya* estaba señalado por un estandarte azul con un buque mercante pintado en él. El estandarte *sudra* mostraba a agricultores cosechando trigo. Los brahmines tenían los mejores asientos, delante, con mullidos cabezales adornados de borlas sobre los que podían apoyarse. Su estandarte, un sacerdote haciendo una ofrenda de fuego, era de seda blanca.

Luego Dhri señaló a los pretendientes importantes. Traté de relacionarlos con sus retratos, pero parecían más viejos, más gruesos, con sus facciones achatadas por la edad y tal vez por la ansiedad. Perder delante de esa gran asamblea —si bien todos menos uno iban a perder— sería un gran deshonor público. Eso les llenaría la boca de amargura durante años. Por el tono de ásperos ribetes de mi hermano, podía distinguir a los más peligrosos..., no porque pudieran ganar, sino por lo que serían capaces de hacer cuando perdieran.

—¿Arjuna? —pregunté finalmente.

—No está aquí. —Me maravillaba la manera en que había aprendido a hacer que su voz careciera de expresión. Pasó a mencionar los otros nombres.

Cuando se detuvo, pregunté:

—¿Eso es todo?

Él comprendió el interrogante que había detrás de la pregunta. Los ojos de él indicaban su desagrado.

—Karna ha venido.

Dhri no lo señaló, pero yo lo encontré. Junto a Duryodhan, medio escondido detrás de una columna de mármol. El corazón me latía con tanta fuerza que estaba segura de que Dhri podía oírlo. Ansiaba mirar el rostro de Karna, ver si esos ojos eran efectivamente tan tristes como el artista los había retratado, pero hasta yo sabía cuán impropio sería eso. Me concentré, en cambio, en sus manos, en las muñecas desdeñosamente desprovistas de adornos, en los poderosos y maltratados nudillos. Si mi hermano hubiera conocido mi enorme deseo de tocarlos, se habría puesto furioso. Duryodhan hizo un comentario, probablemente sobre mí, y sus compañeros se golpearon las rodillas y rieron a carcajadas. Solo Karna —advertí con gratitud— continuó sentado firme como una roca. El muy leve afinamiento de sus labios era lo único que demostraba su desaprobación, pero fue suficiente para hacer callar a Duryodhan.

Dhri me estaba llamando al estrado, con voz tan enérgica que mis doncellas miraron sorprendidas. Allí me dirigí, pero en todo el camino la lealtad y el deseo se batían a duelo dentro de mí. ¿Si Arjuna no estaba allí, qué derecho tenían Krishna y Dhri para insistir en que no escogiera a Karna?

Sonó una trompeta. La competición había comenzado.

Más adelante, mucho después de que un bosque fuera arrasado y un palacio lleno de maravillas se levantara en su lugar, después de las partidas de dados, después de la traición y la pérdida, del destierro y el regreso, después de la guerra con sus cegadoras montañas de huesos, los bardos iban a inmortalizar el *swayamvar* en el que, algunos afirman, todo empezó. Esto es lo que cantarían:

«En aquel salón perfumado con esperanzas y decorado con ansiedades, donde el orgullo tocó la flauta de la boda y la cólera el tambor, los más grandes reyes de Bharat fueron incapaces de levantar del suelo el arco Kindhara. Del puñado que pudo apuntar y disparar, ninguno logró perforar el ojo del pez. Jarasandha falló por el ancho de su dedo meñique, Salya por el ancho de una semilla de frijol y Sisupal por el ancho de una semilla de sésamo». Cuando Duryodhan disparó su flecha, una aclamación surgió entre los presentes, pero el encargado de los blancos lo revisó y anunció que el príncipe Kaurava había fallado por el ancho de una semilla de mostaza.

Para entonces el único que quedaba era Karna. Se puso en pie como un león. La luz destelló sobre su armadura como sobre una crin dorada. Se volvió hacia el este para orar al sol. Se volvió hacia el norte para inclinarse ante su maestro, pues su grandeza era tal que a pesar de su maldición no le guardaba ningún rencor. Unió las palmas en señal de respeto cuando se acercó al extraordinario Kindhara, y cuando lo levantó —fácilmente, como si fuera el arco de bambú de un niño— corrió un murmullo de asombro entre todos los presentes. Cuando tiró de la cuerda del arco para probar su resistencia, una profunda y musical vibración se extendió por el salón, como si el arco estuviera cantando. Incluso Draupadi contuvo la respiración, encantada. Y entonces, como si fuera una respuesta, se oyó un ruido como el del trueno. La tierra misma empezó a temblar y podían oírse, en la distancia, los gritos de los chacales y los buitres. Los brahmines sacudieron la cabeza ante tales señales y murmuraron entre sí: «¿Qué calamidad nos azotará si este hombre gana la competición?». El mismo Krishna se incorporó en su asiento, y el gran Vyasa quien, se dice, había visto la historia entera del país mientras meditaba, miró a Karna con atención, porque reconoció ese momento como uno en el que el curso de la historia se debate entre el bien y el mal.

Pero Dhristadyumna, que estaba al lado de Draupadi, dio un paso adelante y dijo: «Famoso como eres por tu destreza, Karna, mi hermana no puede tener como pretendiente a un hombre de una casta inferior. Por lo tanto, humildemente te pido que vuelvas a tu asiento».

Los ojos de Karna brillaron como el hielo a la luz del sol, pero había aprendido mucho desde el torneo en Hastinapur. Su voz sonaba calmada cuando respondió: «Es verdad que me crie con Adhiratha, pero yo soy un *kshatriya*. Mi gurú, Parasuram, lo vio con su ojo interior, y me maldijo por ello. Esa maldición me da el derecho de estar aquí hoy entre estos reyes guerreros. Voy a participar en esta competición. ¿Quién se atreve a impedírmelo?».

En respuesta, Dhristadyumna sacó su espada, aunque tenía el rostro pálido como una noche de invierno y le temblaba la mano, porque sabía que no era contendiente para Karna. Pero el honor de su casa estaba en peligro, y no podía hacer otra cosa.

Entonces, en medio del silencio que envolvía el salón de la boda, se alzó una voz, melodiosa como el canto del cuclillo, firme como el pedernal. «Antes de que trates de derrotar a los míos, rey de Anga —dijo—, dime el nombre de tu padre. Pues seguramente una futura esposa, que debe separarse de su familia y unirse a la de su marido, tiene el derecho de saberlo».

Era Draupadi y, mientras ella decía eso, se interpuso entre su hermano y Karna, y dejó caer su velo. Su rostro era tan sorprendente como la luna llena después de un nublado mes de tinieblas. Pero su mirada era la de un espadachín que ve una grieta en la armadura de su adversario y no vacila en hundir su hoja allí. Y cada hombre presente, aun cuando la deseara, agradeció a su destino no hallarse delante ella.

Ante aquella pregunta, Karna guardó silencio. Derrotado, la cabeza gacha por la vergüenza, abandonó el salón de la boda. Pero nunca olvidó la humillación de aquella ocasión a la vista de todos los reyes de Bharat. Y cuando llegó el momento para que él se lo hiciera pagar a la arrogante princesa de Panchaal, lo hizo multiplicado por cien.

No culpo a los bardos por lo que cantan. En cierto modo, las cosas ocurrieron tal y como ellos las cuentan. Pero en otro sentido, todo fue completamente distinto.

Cuando Karna lanzó su desafío y mi hermano se adelantó con la mano sobre su espada, una cortina de pánico me oscureció la visión. Algo terrible iba a ocurrir. No había nadie, salvo yo, que pudiera impedirlo. ¿Pero qué debía hacer? Miré a Krishna, a la espera de alguna orientación. Me pareció que hacía un movimiento con la barbilla, ¿pero qué estaba sugiriendo? Detrás de él, Vyasa frunció el ceño. Me había advertido sobre este momento, aunque con la mente dándome vueltas a toda velocidad no podía recordar sus palabras. ¿No había dicho que yo sería la causa de la muerte de mi hermano? Apreté los dientes y respiré hondo. No me iba a rendir ante el destino tan fácilmente.

Dhri desenvainó la espada y afirmó los hombros. Karna apuntó con su flecha —la que había escogido para perforar el blanco— al pecho de mi hermano. Sus ojos eran hermosos, tristes, decididos; eran los ojos de un hombre que siempre da en el blanco al que apunta.

La mente se me quedó vacía, salvo por un recuerdo: el momento en que había salido caminando del fuego, no deseada, y Dhri me había cogido de la mano, reclamándome. Él había sido el primero en quererme. Todo carecía de importancia ante ese hecho: el recién nacido temblor en mi corazón cuando miraba a Karna, el anonadamiento que lo sustituiría cuando él se apartara de mí, furioso.

Más tarde, algunos me elogiarían por tener el valor suficiente como para poner en su lugar al arribista hijo de un auriga. Otros dirían que yo era arrogante, obsesionada por la casta. Dirían que me merecía todos los castigos que recibiera. Y otros más me admirarían por ser leal al *dharma*, significara lo que significase. Pero lo hice solo porque no podía soportar ver morir a mi hermano.

¿Pueden nuestras acciones cambiar nuestro destino? ¿O son como arena amontonada contra la rotura de un dique, que simplemente retrasan lo inevitable? Salvé a Dhri, sí, para que él pudiera luego llevar a cabo actos heroicos y terribles. Pero no es tan fácil hacerle trampas a la muerte. Cuando vino por él otra vez, lo hizo de tal modo que deseé habérmelo dejado arrebatar en el *swayamvar*, donde por lo menos habría muerto con honor.

De esto estoy segura: algo, en efecto, cambió en el momento en que hice a Karna la pregunta que yo sabía iba a herirlo más, la única pregunta que le haría dejar el arco. Cuando me adelanté y lo miré a la cara, había una luz allí..., podía ser admiración, o deseo, o los melancólicos comienzos del amor. Si yo hubiera sido más sabia, habría sido capaz de hacer surgir ese amor y, de esa manera, desviar el peligro del momento..., un momento que iba a resultar ser mucho más importante de lo que imaginaba. Pero yo era joven y estaba asustada, y mis desafortunadas palabras —palabras que lamentaría toda mi vida— apagaron para siempre esa luz.

13

Cicatriz

Me sangraban los pies. Nunca había caminado descalza por calles vulgares, sobre espinas y piedras. Tenía los ojos puestos en el hombre que daba zancadas delante de mí, en el chal blanco barato que le cubría la espalda flaca y tensa, y me preguntaba si era quien yo sospechaba. Hacía una hora le había puesto una guirnalda de boda alrededor del cuello. El sol extenuante me daba de lleno en la cabeza, y estaba mareada. No habíamos hablado desde que salimos del palacio. Tenía la garganta reseca. No había comido nada en todo el día, como acostumbraban todas las novias, y después él se había negado a quedarse —groseramente, pensé— al banquete de boda.

—Tengo que volver con mi familia —había dicho él—. Estarán preocupados. —En respuesta a las preguntas de mi padre, dijo que no podía hablar de ellos, ni darnos su nombre.

Con esfuerzo, mi padre dominó su enojo.

—Que venga aquí tu familia —sugirió—. Pueden vivir en cualquiera de mis palacios que tú desees para ellos. La mitad del reino, después de todo, es tuyo, según el contrato nupcial.

El hombre dijo que no necesitaba palacios. Pidió que me despojara de mis galas, inapropiadas para la esposa de un pobre brahmín. Las doncellas me trajeron un sari de algodón. Entregué mis adornos de oro a Dhai Ma, que estaba llorando. Conservé solamente el collar de conchas que él me había puesto alrededor del cuello.

—Por lo menos, permítenos ofrecerte un carro —gritó mi hermano consternado—. Panchaali no está acostumbrada a...

—Tendrá que aprender —respondió él.

Cada paso sobre el agrietado y ardiente sendero era una agonía. Yo era demasiado orgullosa como para pedirle que caminara más despacio, incluso cuando tropecé y caí. Me lastimé las rodillas con la grava, que traspasó el delgado algodón de mi sari. Tenía las palmas magulladas. Me mordí los labios para no mostrar lágrimas de dolor, de indignación ante la indiferencia de mi marido. Una voz insidiosa dentro de mí decía: «Karna nunca te habría dejado sufrir de ese modo». Pero eso ya no era cierto. Si me viera en aquel momento, se reiría con amarga satisfacción.

Me puse de pie y apreté los dientes. Moví un pie detrás del otro. «Puedo sobrellevarlo», me dije a mí misma, tal y como hubiera hecho Dhri. Pero me dolía mucho. No podía soportarlo. Además, lo que estaba tratando de hacer era ridículo. Yo era una mujer. Tenía que usar mi poder de otra manera.

Encontré una higuera de Bengala a un lado del camino y me senté a la sombra. Estiré mis pies palpitantes. Tal vez fuera bueno que me sintiese tan exhausta. El cansancio era una pantalla que me protegía de mi miedo, de tener que preocuparme por lo que mi marido (qué extraña palabra esta) pudiera pensar. Respiré hondo y crucé los brazos. Me quedé mirando su espalda que se alejaba y esperé a ver cuándo se daría cuenta de que no estaba siguiéndolo... y qué haría entonces.

Así es como llegué a verme en tal aprieto:

Karna se había marchado. Había inquietud en el salón debido a la insatisfacción de los reyes que habían fallado. Duryodhan gritó que la prueba era injusta. Imposible. Y, además, no iba a tolerar ese insulto a su amigo.

—Vayámonos en señal de protesta —les gritó a los otros reyes.

Pero otra persona —creo que fue Sisupal, con rostro indignado— gritó:

—¿Por qué vamos a retirarnos tan fácilmente, sin dejar a Drupa algo para que se acuerde de nosotros?

Dhri tensó la espalda. Lo vi hacer una seña al comandante del ejército de Panchaal.

Entonces el brahmín dijo:

—¿Puedo intentarlo?

La cabeza aún me daba vueltas por lo que le había hecho a Karna. Me dolía el pecho, como si alguien me hubiera arrancado el corazón con las manos y lo estuviera estrujando. Advertí, sin mucho interés, que el hombre tenía el pelo largo recogido sobre la cabeza a la manera tradicional. Un sencillo chal blanco le cubría los esbeltos hombros. Parecía joven. Su sonrisa revelaba una dentadura sana y fuerte, una rareza entre los pobres. Los reyes se rieron burlonamente, pero los brahmines lo aclamaron.

—Un brahmín es, por nacimiento, superior a cualquier príncipe —manifestó uno de ellos—. Tiene derecho a participar.

Otra persona gritó:

—¡Y no subestiméis el poder de la oración! ¡Muy bien puede imponerse donde los músculos fallaron!

Hubo un intenso intercambio de miradas entre los brahmines y *kshatriyas* en una antiquísima lucha por el poder.

Un aliviado Dhri hizo que el joven se adelantara.

El brahmín cantó algo; tal vez una oración, aunque su tono no era de súplica. Con un movimiento tan rápido que su brazo fue como un rayo de luz, levantó el arco. Disparó. Antes de que yo pudiera respirar otra vez, el escudo se partió en dos y cayó con un sonido metálico, y el pez, todavía girando lentamente, colgaba oblicuo del techo, con el ojo de bronce perforado por la flecha del brahmín.

Los plebeyos estallaron en vítores, pero los reyes guardaron un ominoso silencio. Dhri le agarró las manos al hombre; mi padre abandonó su trono; los sacerdotes se apresuraron a llegar al estrado; mis doncellas se abalanzaron, desparramando flores y farfullando canciones nupciales. Alguien puso la guirnalda en mis manos. El brahmín era muy alto. Tuvo que agacharse para que yo pudiera levantar la guirnalda sobre su cabeza. ¿Quién era? Krishna seguramente lo sabía, pero en el tumulto de gente, no pude encontrarlo. ¿Cómo era posible que un brahmín fuera tan hábil con el arco? Traté de ver si tenía alguna cicatriz de lucha, pero el chal le cubría los hombros. Dhai Ma contaba historias en las que los dioses bajaban a la tierra, disfrazados, para casarse con princesas virtuosas, pero yo dudaba si sería suficientemente virtuosa como para eso. Traté de verle el rostro, pero estaba deliberadamente mirando hacia otro lado. Uno de los reyes hizo sonar su cuerno de batalla. Los demás se hicieron eco.

—Apresúrate, Panchaali —susurró Dhri.

¿Por qué el hombre no me miraba a los ojos? Estaba de puntillas y torpemente dejé caer la guirnalda alrededor de su cuello. ¿Podría llamarse a esto una boda propiamente dicha, realizada con tan improcedente premura? Él hizo pasar sobre mi cabeza una cadena hecha de conchas de cauri, como las que usan las mujeres pobres del pueblo. Contra mi piel, las conchas eran como puños fríos, diminutos. Y ya estaba casada.

La pelea empezó casi de inmediato. Veinte reyes, quizá más, se lanzaron contra mi desconocido marido. Este desapareció bajo el brillo rápido de las espadas. Me quedé mirando la confusión de hombres y armas amontonados. Debería haberme preocupado por mi nuevo marido tanto como por mí misma, pero no lo lograba. Dhri gritaba órdenes mientras esquivaba y empujaba, pero un grupo de reyes había obstruido la puerta de entrada impidiendo que entraran nuestros soldados.

De manera increíble, el desconocido emergió intacto del mar de armas. Incluso el chal que llevaba sobre los hombros había permanecido en su sitio. Esperaba verlo con aspecto sombrío. Pero, en lugar de eso, un intenso regocijo le cubría el rostro. Me empujó detrás de él y apuntó una flecha hacia el tumulto. Me pareció oírlo decir algo. La flecha se dividió en cien puntos de luz y los puntos de la luz se unieron unos con otros. Una red zumbó al caer sobre los reyes. Grande fue la agitación entre estos y empezaron a tropezar entre sí, como ebrios. Era el castigo perfecto. Cuando apuntó otra vez, los reyes que vigilaban la entrada rompieron filas y huyeron.

—Señora —dijo el desconocido, con la mirada cortésmente baja—, le pido disculpas por el susto que esto debe haberle causado.

No era un brahmín, estaba segura de ello. En mi mente todo eran conjeturas. Agucé la vista para examinarlo mejor.

—No me asusto tan fácilmente —repliqué.

Al poco de haberme sentado debajo del árbol, mi marido volvió presuroso. Tenía el ceño fruncido. Empezó a formular una pregunta, entonces me vio los pies. Se ruborizó. Se arrodilló y me examinó las plantas de los pies, inesperadamente sus manos se volvieron delicadas, seguras de lo que estaban haciendo. Hizo una taza con hojas y me trajo agua de una laguna cercana para beber y lavarme los pies. Trajo más agua para seguir lavándome los pies, luego arrancó una tira de su chal y los vendó. Se disculpó por no haberse dado cuenta de mis molestias. Estaba absorbido por sus muchas preocupaciones. Cuando le pregunté cuáles eran, sacudió la cabeza.

Lo miré a la cara, tratando de compararla con la que había visto en un cuadro hacía ya una eternidad. Pero aquel rostro lucía un bigote, una corona, aretes enjoyados, largos y sueltos rizos en el pelo aceitado y perfumado. Esta cara, delgada y quemada por el sol, con los pómulos altos y severos, el pelo sujeto de una forma sobria hacia atrás, me confundía. Solo se me ocurría una cosa que pudiera hacer.

Rápidamente, antes de que me faltara el coraje, le arranqué el chal de los hombros. ¡Allí estaban, las cicatrices de batalla! Osadamente, le toqué una que discurría por la parte superior de su firme brazo. Volvió los ojos hacia mi rostro. Qué extraño..., ¡se parecían demasiado a cualquier otro par de ojos! ¿Cómo podía ser eso? Pero no, no tenía derecho a plantearme siquiera esa pregunta. Había destruido esa parte de mi vida. Este era ahora mi destino. Por el bien de mi familia y de la profecía de cuando nací, tenía que sacar el mayor provecho de la situación.

—¿Eres Arjuna? —pregunté.

No respondió, pero sonrió, y parte de su seriedad se desvaneció. Eso tendría que haberme complacido, pero mi corazón me pesaba en el pecho como algo muerto. De todas maneras, me obligué a no retirar la mano. «Soy su esposa», me dije. En contacto con mis dedos, la cicatriz parecía más rugosa y dura de lo que había imaginado, como si aún tuviera un fragmento de flecha metido bajo la piel. Pasé la uña sobre ella, como me había enseñado la bruja y oí cómo se le alteraba la respiración. ¿Por qué iba aquello a ruborizarme y hacerme sentir culpable?

Él dijo:

—Si fuera Arjuna, ¿te haría eso más feliz?

Logré darle un tono indiferente a mi voz.

—Ya no soy una princesa. Soy tu esposa, y feliz con lo que me toque, quienquiera que tú seas.

—Muy loable. —Había una chispa burlona en sus ojos.

Me arriesgué con las siguientes palabras, entrando en el peligroso territorio de las verdades a medias.

—Pero he pensado con frecuencia en Arjuna, desde que Krishna me habló de sus poderes.

Apartó la vista de mí para mirar a un lado. Tenía la frente arrugada, la línea de sus labios era dura. ¿Y si no fuera Arjuna, como yo había supuesto tan apresuradamente? ¿Por qué no había prestado atención a la advertencia de Dhai Ma de que la osadía sería mi perdición? La mayoría de los guerreros, después de todo, tenían cicatrices de batalla. ¿Quién podría criticar a mi desconocido marido si se enfureciera en aquel momento, después de escuchar el elogio de otro hombre en labios de su nueva esposa?

Pero cuando habló, lo hizo con cortesía y un cierto encanto, y me di cuenta de que fuera lo que fuese lo que le preocupaba, no tenía nada que ver conmigo.

—No puedo revelar mi identidad sin el permiso de mi familia. Pero te diré algo: ¡yo también he pensado en Panchaali desde que Krishna me describió sus muchas virtudes!

Durante el resto del camino me agarró del brazo, proporcionándome apoyo mientras yo renqueaba. No habló más, y yo agradecí su silencio. Mi mente estaba tratando de comprender todo lo que había ocurrido en las últimas horas. En aquel momento en que estaba segura de la identidad de Arjuna, sabía que todos los que se preocupaban por mí —Dhri, Dhai Ma, mi padre, Krishna— estarían encantados por la manera en que habían resultado las cosas. Estaba casada con un hombre que era el guerrero más grande de su generación. Se iba a convertir en uno de los aliados más incondicionales de mi padre. En la Gran Guerra, iba a proteger a mi hermano mientras este trataba de cumplir con su destino. Cortés, noble, apuesto, sería un marido adecuado para mí (y yo, una compañera adecuada para él) cuando juntos dejásemos nuestra huella en la historia. Tal vez construyera el palacio con el que yo soñaba, un lugar definitivo para mí.

Ya no malgastaría mi tiempo con lamentos. Volvería la cara hacia el futuro para moldearlo de la manera en que yo quisiese. Me contentaría con el deber. Si tenía suerte, llegaría el amor.

Eso era lo que me decía mientras caminábamos y caminábamos, mientras el caluroso día se marchitaba a nuestro alrededor y el sendero de espinas y piedras me llevaba cada vez más lejos de todo lo que me había sido familiar.

14

Berenjena

Me incliné sobre un fuego humeante alimentado con estiércol de vaca, cocinando *curry* de berenjena bajo la mirada atenta de mi suegra. La cocina era diminuta y mal ventilada. Me dolía la espalda. El humo me quemaba la garganta. El sudor se me metía en los ojos. Me lo sequé con furia. No le iba a dar a mi suegra la satisfacción de pensar que me había hecho llorar, aunque la verdad era que estaba a punto de sollozar de pura frustración.

Ella estaba sentada, inmaculada con su sari blanco de viuda, el pelo más negro y más brillante de lo que tenía derecho a tener (era vieja, después de todo, con cinco hijos adultos), separando las piedras del arroz rojo barato que sus hijos habían conseguido como limosna. El calor no parecía afectarla. Al principio pensé que era porque se había colocado delante de la única pequeña ventana que había. Pero quizá contaba ella con recursos interiores que iban más allá de lo que mis ojos podían ver. Un desdén sutil brillaba por debajo de la serenidad que caracterizaba su rostro. Parecía decir: «¿Esto te parece difícil? Vaya, vaya, entonces nunca habrías sobrevivido a la centésima parte de lo que yo he vivido».

Había yo entrado en una familia llena de misterios y de secretos de los que nadie hablaba. Tendría que apelar a todos mis recursos para tratar de descifrarlos. Pero había una cosa que yo ya sabía: desde el momento en que me vio el día anterior, mi suegra me consideró su adversaria.

Ya era de noche cuando Arjuna y yo entramos a un pequeño establecimiento en los límites del pueblo, con ruinosos muros de barro que se hallaban contiguos unos a otros. Yo creía que estaba preparada para aceptar cualquier privación. Pero se me cayó el alma a los pies cuando percibí esos callejones hediondos llenos de desechos, los perros extraviados con sus llagas abiertas. Fue lo único que pude hacer para no taparme la nariz con la mano.

Al doblar una esquina, cuatro jóvenes, todos vestidos como Arjuna, como brahmines pobres, se unieron a nosotros. Sabía que debían de ser los otros Pandava. Desde detrás de mi velo, lancé miradas a sus rostros, pero no pude reconocer a ninguno de ellos. ¿Qué arte del disfraz habían aprendido?

Los hermanos abrazaron a Arjuna y le dieron palmadas en los hombros, regañándolo por no haber permitido que ellos lo ayudaran en la pelea. Cuando se volvieron para darme la bienvenida, sus ojos estaban iluminados por la curiosidad y —pensé— la admiración. No muy segura de cómo debe actuar con sus cuñados una recién casada, incliné la cabeza y uní decorosamente las palmas, aunque yo sentía igual curiosidad. Eran un grupo vivaz, los dos más jóvenes imitaban la manera en que los reyes derrotados habían huido de mi marido, el más grande y musculoso se golpeaba las rodillas y se doblaba de risa, mientras el mayor miraba con indulgencia. Mi marido estaba encantado con las alabanzas, aunque no habló mucho. Cuando los otros se acercaron, me soltó el brazo, cosa que no me gustó.

El mayor de los hermanos, que debía de ser Yudhisthir, nos instó a que nos apurásemos.

—¡Vamos a llegar tarde! —dijo—. Y ya sabes cómo se preocupa nuestra madre.

Doblamos la última esquina y allí estaba su cabaña, la más humilde de todas. De la pequeña ventana de la cocina salía un tintineo de ollas.

El más alto de ellos —creía recordar que se llamaba Bhim— le hizo un guiño a Arjuna.

—¡Nuestra madre siempre está tan seria! Hagámosle una broma. —Antes de que los otros pudieran detenerlo, gritó—: Madre, ven y mira lo que hemos traído hoy a casa.

—Hijo —dijo la voz de una mujer con tono aristocrático—, no puedo ir en este momento pues se me quemará la comida. Pero como siempre, sea lo que sea lo que hayas traído, tienes que compartirlo a partes iguales entre todos mis hijos.

Los hermanos se miraron entre sí, incómodos.

Yudhisthir frunció el ceño a Bhim.

—¡Tú sí que siempre encuentras la manera de meterte en problemas... y de arrastrarnos a nosotros! Entraré yo a explicárselo.

Desapareció por una puerta baja que servía de entrada. Pensé que regresaría pronto, pero tardó un buen rato. Los hermanos esperaron en un extraño silencio. Me pareció que vacilaban antes de invitarme a entrar sin el permiso de su madre. Miré a Arjuna, pero él —quizá deliberadamente— estaba observando una columna de humo que salía de una cabaña cercana. Me quedé en la entrada sintiéndome muerta de sed e inoportuna; los pesares que yo había tratado de ahuyentar volvían a abatirse sobre mí como buitres. Cuando las piernas me dolían ya demasiado, me senté en el suelo, apoyé la espalda contra la pared de la cabaña y cerré los ojos. Debí de quedarme dormida. Cuando los abrí otra vez, tenía a mi suegra delante. Parecía una estatua esculpida en el hielo. Y aunque había tenido dudas acerca de la identidad de sus hijos, supe de inmediato que ante mis ojos tenía a la reina viuda Kunti.

Kunti no era partidaria de usar especias. O quizá no era partidaria de permitir que su nuera tuviera ninguna. Me había dado una berenjena pulposa, junto con un poco de sal y una ínfima cantidad de aceite, después de decirme que la preparara para el almuerzo. Le pregunté si podría darme un poco de cúrcuma y algunas guindillas. Quizá un poco de comino. A lo que respondió:

—Esto es todo lo que hay. ¡Este no es el palacio de tu padre!

No creí en sus palabras. En el hueco detrás de ella podía ver tazones y tarros, y una petaca. En el suelo había una piedra para moler, manchada de amarillo de la última vez que se usó. Me tragué mi enojo y troceé la berenjena sobre la oscura tabla de cortar. La froté con la sal y la puse en una cacerola. Había muy poco aceite. El fuego del estiércol de vaca era demasiado fuerte y yo no sabía cómo conseguir brasas. En pocos minutos todo empezó a quemarse. Estaba a punto de abandonarlo todo y dejar que se quemara hasta carbonizarse cuando, al volverme, vi una ínfima sonrisa en su rostro. Comprendí. Si el pez había sido la prueba de Arjuna, esta era la mía.

Esto es lo que Kunti les había dicho a sus hijos el día anterior, antes de dirigirme a mí una sola palabra:

—A lo largo de toda mi vida, aun en los momentos más difíciles, me aseguré de que todo lo que yo dijera, se realizara. Me dije a mí misma que os iba a educar como príncipes en los salones de vuestros antepasados, y a pesar de los inconvenientes que se me presentaron, mantuve mi promesa. Hijos, si valoráis lo que he hecho por vosotros, ahora debéis cumplir con mi palabra. Vosotros cinco debéis casaros con esta mujer.

La miré estupefacta, mientras mi cerebro trataba de asimilar lo que ella había dicho. ¿Estaba bromeando cuando dijo que todos ellos debían casarse conmigo? No. Su cara lo dejaba muy claro. Quise gritar: «¿Cinco maridos? ¿Está loca?». Quise decir: «¡Yo ya estoy casada con Arjuna!». Pero la profecía de Vyasa volvió a mí, acallando mis protestas.

Reconocí, también, el insulto mal disimulado que había en las palabras de Kunti. «Esta mujer», como si yo fuera una criada sin nombre. Me molestó, y también me dolió. Por las historias que me habían contado de Kunti, la había admirado. Había imaginado que si efectivamente se convertía en mi suegra, ella me querría como a una hija. Ahora veía qué ingenua había sido yo. Una mujer como ella nunca toleraría a alguien que pudiera llevarse a sus hijos.

Los hermanos me miraron pensativos. No protestaron. Tal vez no estaban acostumbrados a contradecir a su madre. O tal vez la idea no era tan repugnante para ellos como lo era para mí. Solo Arjuna espetó:

—Madre, ¿cómo puedes pedirnos que hagamos tal cosa? Es contrario al *dharma*.

—Ahora vamos a comer —dijo Kunti. Tras aquella aparente serenidad, su voz era como el acero. ¡Esto sí que era demostrar el poder de la mujer! A pesar de mi enojo, a mi pesar sentí admiración—. Es tarde. Estás cansado. Podemos hablar de eso mañana.

Arjuna respiró hondo. Esperaba que él me defendiera, que le dijera a su madre que él y yo ya éramos marido y mujer, que estábamos comprometidos el uno con el otro; que no tenía derecho a destruir eso.

Para mi decepción, no dijo nada.

Una vez que obtuvo lo que quería, Kunti se volvió hacia mí. Se permitió sonreír cuando me dio la bienvenida con un ramillete de gentiles palabras. Pero sentí las espinas por debajo.

Cuando llegó el momento de ir a la cama, los hermanos desenrollaron sus esteras y se echaron, uno al lado del otro. Kunti puso su estera a la cabecera y me dio la última estera, mordisqueada por las ratas, para que me acostara. Yo tenía que dormir cerca de los pies de los hermanos, a una prudente distancia. Pensé en negarme, pero estaba demasiado cansada. Me guardaría mis rebeliones un día más.

Pasé toda la noche en un agitado duermevela, oyendo el grito plañidero de los búhos, mirando la luna que se arrastraba al otro lado de la ventanita. Estaba incómoda, me sentía triste, desilusionada y, sobre todo, estaba enfadada con Arjuna. Había esperado que él fuera mi campeón. Era lo menos que podía haber hecho después de arrancarme de mi hogar. Cuando dentro de mí una voz susurró: «Karna nunca te habría decepcionado de ese modo», no la hice callar.

La noche parecía interminable. Alguno roncaba. Otro gritaba enfadado en sueños. En un momento dado, creí ver a un hombre que miraba por la ventana. A mis ojos empañados de lágrimas y añorantes del hogar, su cara parecía la de Dhri, aunque eso era imposible. Y, también era una suerte, pues Dhri se habría enfurecido al verme de aquel modo, echada en el suelo, a los pies de aquellos hombres... en mi noche de bodas, nada menos, cuando mi cama debería haber estado cubierta con sedas perfumadas. Cuando tendrían que haberme abrazado y querido. Pero yo ya no era la protegida de mi hermano, quien además de protegerme me mimaba, pensé, con los ojos llenos de lágrimas de autocompasión. Había puesto una guirnalda alrededor del cuello de un hombre que ni siquiera se había preocupado por decirme su nombre, y eso lo había cambiado todo.

Estaba a punto de caer en la desesperación cuando de pronto pensé: «¡Eso es lo que ella espera!». El hecho de comprenderlo hizo que desaparecieran las lágrimas. Respiré hondo y con decisión, como habría hecho

Kunti si hubiera estado en mi lugar. Aflojé los músculos, usando las técnicas que la bruja me había enseñado.
Ya no soportaba el suelo, pero dejé que mi cuerpo se
hundiera en él. Poco a poco, me dije a mí misma: «¿Qué
sentido tenía preocuparse por el futuro, que podía adquirir una forma muy diferente de lo que Kunti o yo
quisiéramos?». Y entonces me vino el sueño.

—Se te está quemando la berenjena —dijo Kunti,
con voz amable—. También has puesto demasiada
sal. ¡Oh, mira qué ojos más enrojecidos tienes! Debería haber imaginado que una princesa como tú, criada
en el lujo, no tendría ninguna experiencia en la cocina.
—Dejó escapar un paciente suspiro—. No importa.
Puedes fregar las ollas mientras yo termino de preparar el *curry*.

Pero yo ya estaba preparada.

—Respetada madre —le dije, haciendo una reverencia—, al ser yo mucho más joven, sé que mis destrezas culinarias no pueden igualarse a las tuyas. Pero
es mi deber aliviarte de tus cargas cuanto sea posible.
Por favor, déjame hacerlo. Si a tus hijos les desagrada
la comida, aceptaré la culpa gustosamente.

Me volví hacia la olla y la cubrí con un plato bastante desportillado; me concentré en lo que la bruja me
había enseñado. Deseé que el aceite burbujeara, que la
berenjena se ablandara. Recé para que el fuego dismi-
nuyera su fuerza. Cerré mis ojos e imaginé que una
pasta sabrosa de semillas de amapola y canela recubría
los trozos. No los abrí hasta que el aroma satisfizo a mi
nariz.

Cuando a la hora de comer los hermanos elogiaron la berenjena por su gusto delicado y pidieron más, me quedé en la cocina y dejé que Kunti sirviera a sus hijos. Seguí con una expresión cuidadosamente impasible, baja la mirada. Pero las dos sabíamos que yo había ganado la primera vuelta.

15

Resina

Aquella primera noche, con las esperanzas truncadas, soñé con el palacio de madera resinosa, donde se suponía que mis maridos habían muerto quemados. Soñé con la manera en que había sido construido.

En mi sueño, yo era un insecto de la resina. Como mis cien hermanas, me aferré a una nueva ramita y bebí su savia. No tenía ojos, así que concentré toda mi apasionada energía en beber. Bebí, crecí y segregué resina roja como el barro hasta que quedé cubierta por ella, hasta que todas quedamos cubiertas. Dentro de mi concha permanecí inmóvil y crecí, como mis cien hermanas, y dentro de mí crecieron huevos. La luna se hizo luna llena una vez, dos veces, tres veces. La resina se derramó y se extendió por las ramas, volviéndolas rojas hasta que el árbol pareció ser una llama danzante. Los lugareños que estaban a la espera asintieron con la cabeza. «Sí, pronto». Los huevos maduraron, y cien nuevos insectos se aferraron a otros árboles. Los lugareños arrancaron las ramas y rasparon la resina hasta dejarlas limpias y la enviaron a Varanavat donde Duryodhan había ordenado que se construyera un palacio para sus cinco primos.

(¿Y yo? Había muerto. No había necesidad de llorarme. Mi trabajo estaba hecho).

Los palacios siempre me han fascinado, incluso una construcción como la de mi padre que era una carcasa llena de tristeza adecuada para su obsesión de venganza. ¿Porque acaso no es eso lo que nuestras casas son en última instancia, nuestras fantasías corporeizadas, nuestro yo secreto expuesto? Lo contrario es también verdadero: crecemos para convertirnos en aquello dentro de lo cual vivimos. Esa era una de las razones por las que ansiaba librarme de los muros de mi padre. (Pero, sin que yo lo supiera, para cuando me marché, ya era demasiado tarde. El credo según el cual él se conducía en la vida ya estaba impreso en mi alma).

A menudo imaginaba mi propio palacio, el que yo construiría un día. ¿De qué estaría hecho? ¿Qué forma tendría? El palacio de Krishna en Dwarka era de arenisca rosada, rodeado de arcos como olas del océano. Parecía hermoso, pero sabía que el mío tendría que ser diferente. Tendría que ser particularmente mío.

Cuando le pregunté qué clase de palacio pensaba que yo debía tener, Krishna dijo:

—Ya vives dentro de un palacio de nueve puertas, la estructura más maravillosa de todas. Compréndelo bien: será tu salvación o tu caída.

A veces sus acertijos eran fatigosos. Suspiré. Tendría que esperar que el tiempo revelara las respuestas que él no me daba. Pero yo ya sabía algo: mi palacio no se parecería a ningún otro.

Sin embargo, aquella noche, tendida en una casucha, soñé con el palacio de resinas, bruñido como alas. Había dioses y diosas esculpidos en sus alféizares para que sus habitantes se creyeran a salvo. ¿Cuándo descubrieron los Pandava que era inflamable? No se lo dijeron a nadie. Tan amarga traición por parte de su propio primo, su compañero de juegos de infancia, tuvo que doler, pero lo escondieron en lo más profundo de sí mismos. Continuaron riendo, cantando y paseando en bote en el lago de Varanavat. Invitaron al guardián del palacio, el traidor Purochan, a un banquete, y no envenenaron su comida. ¿Qué les dio tanta fuerza?

Muchos años después, Sahadev, el hermano más joven, el amable cronista de sus vidas, me contó el resto de la historia.

Dijo:

«Cuando ella se dio cuenta de que Duryodhan nos había ofrecido estas vacaciones en Varanavat para matarnos, nuestra madre entró en sus aposentos y lloró durante toda una noche y todo un día.

»Nos paseábamos de un lado para otro delante de su habitación, sin saber qué hacer. Ella siempre había sido tan fuerte, nuestra piedra angular. Cuando salió, nos apresuramos a confortarla. Pero sus ojos estaban secos. Nos dijo:

»—He usado todas las lágrimas de mi vida para que no vuelvan a distraerme otra vez».

(En esto, sin embargo, se equivocaba. Una mujer nunca puede usar todas las lágrimas de su vida. ¿Cómo lo sé? Porque Kunti iba a llorar otra vez... y yo lloraría con ella).

«Envió un mensaje a Vidur, el primer ministro del rey ciego, que estaba a favor de nuestra causa. Nos aconsejó que caváramos un túnel que fuera de la casa al bosque, que se derrumbaría después de que lo hubiéramos usado, sin dejar ningún rastro. Pero ella no debía permitirnos escapar hasta que sintiera que era el momento adecuado. Mientras tanto, todos los días daba limosna a los pobres y abría nuestras puertas a viajeros sin hogar para que pudieran tener un lugar donde dormir.

»Una noche, la mujer *nishad* llegó con sus cinco hijos. Viajaban a la feria con sus canastas tejidas y flechas de plumas. Mi madre les ofreció comida y todo el vino que desearan. Les invitó a que durmieran en el salón principal, aunque ellos habrían preferido las cuadras. Cuando se durmieron, ella nos pidió que incendiáramos la casa. Vimos la perfección de su plan: los esqueletos carbonizados de los *nishad* serían identificados como los nuestros; Duryodhan iba a creer que había conseguido librarse de nosotros. Pero estábamos perturbados también. Eran nuestros invitados. Habían comido nuestra comida; se habían ido a dormir confiando en nosotros. Matarlos era un gran pecado.

»Nuestra madre nos miró a los ojos.

»—He echado una droga en el vino —dijo—. No sentirán dolor. En cuanto al pecado de matarlos, juro que no será una tacha para vosotros. Haré que recaiga todo sobre mí. Por la seguridad de mis hijos, renunciaré al cielo gustosamente».

A Sahadev se le humedecieron los ojos al hablar. Había olvidado que Kunti no era su verdadera madre. Nunca me había ofrecido a mí nada tan tierno como la mirada que había en su rostro en aquel momento. Pero por una vez no culpé a Kunti. ¿Podía yo haber hecho ese sacrificio final, aceptando la condena eterna para salvar a mis hijos?

¡Oh, Sahadev, si me hubieras contado esto antes! Porque para entonces Kunti y yo (uncidas ambas, y molestas por tal unión, al yugo de nuestro deseo por alcanzar la gloria de los Pandava) nos habíamos endurecido en nuestra posición de desconfianza mutua. Pero si hubiera conocido antes la historia, habría tratado con más ahínco de ser su amiga.

En mi sueño, Bhim acerca la antorcha al palacio, a sus puertas y ventanas, al porche. Por último, la lanza al tejado de la cabaña del guardián donde duerme Purochan. Los otros ya están en el túnel. Salta hacia dentro tras ellos, cierra la puerta secreta con ruidos metálicos. El fuego zumba como las abejas. El techo del túnel está caliente al tacto. Las paredes del palacio se doblan y retuercen. Lágrimas de resina caen por las mejillas de los dioses. Los Pandava gatean sobre manos y rodillas en el barro, atentos por si oyen gritos. Pero el bendito rugido del fuego ahoga todos los demás ruidos. El palacio estalla, como un corazón oscuro que revienta. Aquellos que se acercan corriendo a mirar, afirmarán después que vieron mil insectos elevarse hacia el cielo con las alas en llamas.

16

Favor

—¡Casarse con vosotros cinco a la vez! —farfulló mi padre—. ¿Cómo podéis vosotros, príncipes de una casa tan noble, sugerir algo tan atroz?

En la sala del trono se palpaba la tensión. Mi padre y Dhri estaban sentados en tronos de oro. Los cinco Pandava se hallaban sentados frente a ellos en asientos de plata, para recordarles que eran honorables invitados, pero menos poderosos. En un rincón, detrás de una cortina bordada, Kunti y yo estábamos sentadas en sillas de sándalo. Con gran amabilidad, yo le ofrecí la más grande. Ella aceptó con un leve fruncimiento de la frente, no muy segura de si mi acto era de respeto o una trampa. Pero el tamaño de un asiento tiene poco que ver con el poder de la persona que lo ocupa. Todos lo sabíamos.

A primera hora de la mañana, Dhri había llegado con palanquines y músicos para llevarnos a palacio. (Efectivamente era él a quien yo había visto en la ventana la noche anterior; él y sus hombres habían estado recorriendo la ciudad buscándome). Trajo vestimentas, joyas y caballos. Espléndidas armas que produjeron un brillo especial en los ojos de los hermanos. Y una invitación del rey Drupad, que quería celebrar el casamiento de su hija (que había sido tan apresurado y tan poco festejado como correspondía) con un gran banquete donde pudiera presentar a su nuevo yerno.

—Estamos encantados de que los Pandava sean ahora parientes nuestros —dijo Dhri con una elegante reverencia. Traté de atraer su mirada para indicarle que yo no estaba tan encantada, pero estaba ocupado con sus gentilezas. Él adoraba la cortesía y había tenido pocas ocasiones para ponerla en práctica. Los hermanos parecían aliviados al tener que despojarse de sus disfraces. Camino del palacio, sus reales vestimentas les otorgaban cierto brillo en el rostro. Incluso yo tuve que admitir que montaban como dioses.

—Indudablemente se trata de un arreglo inusual. ¿Pero cómo el hecho de obedecer a la madre de uno puede ser algo atroz? —preguntó Yudhisthir—. ¿Acaso no dicen nuestras escrituras: «El padre es igual al cielo, pero la madre es más grande»?

No muchos hombres habrían sido capaces de hacer que tales declaraciones sonaran convincentes, pero de algún modo Yudhisthir lo logró. Tal vez fue porque todos podíamos ver que él creía en lo que decía.

—Si no podemos ponernos de acuerdo —continuó tranquilamente— en que Panchaali se case con nosotros cinco, entonces nosotros, todos los hermanos, debemos retirarnos, devolviendo a tu hija a tu cuidado.

Le dirigí una mirada de indignada conmoción. El rey Drupad se puso tenso, y mi hermano cerró la mano alrededor de la empuñadura de su espada. Ser devuelta a la casa del padre era la peor desgracia que podía sufrir una mujer. Cuando se trataba de una mujer de noble casa, tal insulto podía dar lugar a una disputa de sangre entre las familias. ¿Era Yudhisthir ajeno al peligro en el que sus palabras habían colocado a los Pandava?

—¡No puedes hacerlo! —exclamó Dhri airadamente—. ¡La vida de mi hermana quedaría destrozada!

Arjuna lanzó una mirada a su hermano. Tenía la mandíbula tensa. Se podía ver que no estaba de acuerdo con Yudhisthir. Pero por respeto a su hermano —o quizá porque sabía que debían mantenerse unidos en aquello— no dijo nada. Yo me sentía decepcionada, pero a la pragmática luz del día, no lo culpé tanto como lo había hecho la noche anterior. La lealtad familiar era lo que había salvado a los Pandava durante todos aquellos precarios años. ¿Cómo podía yo esperar que él la ignorara por una mujer a la que había conocido el día anterior?

—¡Por no hablar de la reputación de la casa real de Panchaal! —añadió mi padre—. Muy probablemente Draupadi se vería obligada a quitarse la vida, y luego tendríamos que perseguiros y mataros en venganza.

—La decisión es tuya —dijo Yudhisthir, sin demasiado énfasis. (¿Era aquella calma una fachada, o era él realmente inquebrantable ante las amenazas?)—. Una vida honorable para la princesa como nuera de Kunti... o una muerte que tú le impones.

—¿Honorable? —estalló mi padre—. ¡Quizá en Hastinapur tal comportamiento es considerado honorable, pero aquí en Kampilya los hombres dirán que Draupadi es una ramera! Y si yo os la entregara a vosotros cinco, ¿cómo me llamarán a mí? Quizá la muerte sea una alternativa mejor.

Yo no temía el destino que ellos imaginaban para mí. No tenía intención de cometer una inmolación honorable. (Abrigaba otros planes para mi existencia). Pero me afligía la frialdad con la que mi padre y mi potencial marido hablaban de las opciones que yo tenía, pensando solamente en cómo los beneficiarían —o dañarían— a ellos esos actos. Mi hermano protestó ferozmente, pero los demás ignoraron sus juveniles palabras. ¿Por qué Arjuna no tomó la palabra en mi defensa? Sin duda, en ese momento en que estaban considerando mi posible muerte, tuvo que haber sentido alguna responsabilidad, ¿no? ¿Quizá cierta ternura?

¡Ah, Karna! ¿Este era mi castigo por haberlo tratado tan cruelmente? ¿Y dónde estaba Krishna, cuyo desafortunado consejo me había conducido a aquella situación?

El resto de los Pandava, impasibles en su silencio, no parecían preocuparse por lo que pudiera ocurrir conmigo. (En esta suposición estaba equivocada. Uno de ellos ya había empezado a enamorarse de mí. Más adelante me diría: «Creí que iba a estallarme el pecho por el esfuerzo de contener mis palabras de ira. Si las cosas hubieran ido más lejos, me habría levantado contra mi hermano por ti, aun cuando eso me convirtiese en un traidor a mi clan». Pero en mi agitada preocupación por Arjuna, fui incapaz de verlo).

Mientras los hombres negociaban —mi padre furiosamente, Yudhisthir con indiferencia— observé a Kunti desde detrás de mi velo. (No era obligatorio llevar velo en la casa de mi padre, pero resultaba útil).

Una leve y triunfadora sonrisa brilló en sus labios cuando oyó a Yudhisthir citar las escrituras, que elogiaban la maternidad. Pero una arteria delatora le palpitaba en el cuello. Los Pandava —escondidos como habían estado del alcance largo y letal de Duryodhan— tenían mucho que ganar constituyendo una alianza con el poderoso Drupad. Y todo que perder si lo hacían enfurecer. Sabiéndolo, ¿por qué Kunti no se había reído de su comentario diciendo que era un error y permitido que mi matrimonio con Arjuna siguiera como estaba? Yo no creía en su afirmación de que todo lo que ella dijese debía hacerse en realidad, porque, de otro modo, perdería su honor.

Había algo más en juego allí, algo que yo tendría que descubrir.

Mi padre fue el primero que bajó la mirada.

—Informaré a Vyasa, el más sabio de los sabios —farfulló—. Él conoce tanto el futuro como el pasado. Obedeceremos su consejo.

Yudhisthir accedió amablemente; Kunti secó una diminuta gota de sudor de su sien; los Pandava se retiraron a sus habitaciones. Yo me retiré a mi dormitorio, alegando que me dolía la cabeza para librarme de las ansiosas preguntas de Dhai Ma a propósito de mi noche de bodas.

Vyasa envió pronto su veredicto: yo debía casarme con los cinco hermanos. Mi padre no debía afligirse por la manera en que tal cosa pudiera afectar a su reputación. Ese arreglo marital nunca antes visto iba a hacerlo más famoso que un montón de batallas victoriosas. Si la gente hacía preguntas incómodas, podía echar la culpa de ello a los dioses, que lo habían decretado muchas vidas atrás.

Para mantenerme casta y no alterar la armonía en el hogar familiar de los Pandava, Vyasa diseñó un código especial de conducta marital para nosotros. Yo sería la esposa de cada hermano por periodos de un año, empezando por el mayor hasta llegar sucesivamente al más joven. Durante ese año, los otros hermanos deberían mantener la mirada baja cuando hablaran conmigo. (Lo mejor sería que no me hablaran en absoluto). No podían tocarme, ni siquiera la punta de los dedos. Si alguno invadía nuestra privacidad cuando mi marido y yo estuviésemos juntos, sería expulsado durante un año del hogar familiar. En una posdata, añadía que me iba a conceder un favor para compensar el hecho de tener cinco cónyuges. Cada vez que pasara de un hermano a otro, volvería a ser virgen.

No puedo decir que el veredicto de Vyasa me sorprendiera. (¿Acaso sus espíritus no me habían amenazado con aquel destino hacía muchos años?). Pero en ese momento, en el que se convertía en una realidad inminente, me sorprendió el enojo que me producía..., además de la sensación de indefensión. Aunque Dhai Ma trató de consolarme diciendo que, en definitiva, yo gozaba de la libertad que los hombres habían tenido durante siglos, mi situación era muy distinta de la de un hombre con varias esposas. A diferencia de él, yo no tenía la posibilidad de elegir con quién me iba a acostar, y cuándo. Como una sola copa común para beber, pasaría de mano en mano, sin importar lo que yo quisiera.

Ni tampoco estaba particularmente encantada con

que se me concediera el favor de recuperar la virginidad, que parecía diseñado más en beneficio de mis maridos que en el mío propio. Esa parecía ser la naturaleza de los dones otorgados a las mujeres: nos eran entregados como regalos, aunque nunca los hubiéramos querido. ¿Kunti había sentido lo mismo cuando le dijeron que los dioses estarían felices de dejarla embarazada? Por un momento, me inundó la compasión. Luego se perdió bajo una oleada de resentimiento. (Si no hubiera sido por ella, yo no estaría en aquella triste situación).

Si el sabio se hubiera preocupado de preguntar, yo habría pedido el don de olvidar, de modo que cuando pasara de un hermano a otro, estuviera libre del recuerdo del anterior. Y, junto con eso, habría pedido que Arjuna fuera el primero de mis maridos. Él era el único de los Pandava del que yo sentía que podría haberme enamorado. Si él me hubiera amado a su vez, yo podría haber sido capaz de olvidar mis lamentos por Karna y de encontrar algo parecido a la felicidad.

Me casé con los otros cuatro Pandava, uno tras otro, en una larga y tediosa ceremonia. Puse mi mano en la de cada hombre mientras el sacerdote cantaba los mantras apropiados y esparcía arroz amarillo sobre nosotros. Una parte de mí advertía las leves diferencias: la palma de Yudhisthir era la más suave; la de Bhim estaba endurecida de tanto empuñar la maza, que me había enterado de que era su arma favorita, y, para mi sorpresa, tembló al tocar la mía; las manos de Nakul estaban perfumadas con almizcle; la de Sahadev tenía una mancha de tinta en el dedo medio de su mano derecha. Traté

—sin demasiado éxito— de interpretar aquellas pistas. Me sorprendió que, durante nuestra apresurada ceremonia en el *swayamvar*, no hubiera habido oportunidad para que Arjuna y yo nos cogiésemos de la mano.

La ironía de aquel hecho hizo que quisiera localizar a Arjuna, para ver lo que hacía. Moviendo discretamente la cara debajo del velo, lo descubrí sentado a un lado, apartado, observando a distancia como si se negara a tomar parte en aquellos festejos. Me impresionó el amargo gesto de su boca. No esperaba que a él le preocupara tanto el hecho de que yo no le perteneciera solo a él. Debí de hacer algún movimiento involuntario, porque giró la cabeza para mirarme. Sus ojos mostraban enfado, ¡como si fuera yo quien hubiera decidido casarse con sus hermanos, traicionándolo a él de aquella manera!

Me levanté el velo y le devolví la mirada, sin importarme lo que pudieran pensar sus hermanos de mi indecoroso comportamiento. Le había enviado un mensaje a Arjuna y sabía que esta podría ser mi última oportunidad en mucho tiempo. De acuerdo con lo dispuesto por Vyasa, ni siquiera podríamos hablar en privado durante los próximos dos años. Deseaba desesperadamente que se diera cuenta de que aquella situación me desagradaba tanto como a él. Que conservara en la mente, durante los próximos dos años, lo que habíamos compartido, por frágil que hubiera sido aquel momento de ternura en el camino, con sus gentiles manos sobre mis pies lastimados. Solo entonces podía yo esperar salvar nuestra incipiente relación. «Te esperaré», traté de decirle con los ojos. Pero él apartó la mirada. Se me cayó el alma a los pies al ver que me había convertido en blanco de la rabia frustrada que no podía expresar contra sus hermanos ni contra su madre.

Culpé a Kunti por lo que estaba ocurriendo. Ella conocía la psicología de su hijo: si no podía tenerme toda para él, no me querría en absoluto. Cumpliría con los deberes propios del matrimonio, pero mantendría su corazón lejos de mí. ¿Y no eran esas, precisamente, las intenciones de ella?

Después Dhri, diplomáticamente, llevó a los cuatro hermanos menores a una cacería de tigres, mi padre envió fastuosos anuncios de boda a todos los que conocía, y Yudhisthir se vino a vivir a mi palacio. Fui a él de mala gana, todavía obsesionada por la injusta cólera de Arjuna. Pero tal vez mi propia situación me hizo más paciente con mi marido de lo que hubiera sido de otra manera. Cuando él hizo insinuaciones cariñosas, me contuve para no apartarme. No iba a convertirlo en víctima de mi decepción, me dije a mí misma. Amable, cortés y culto, era fácil llevarse bien con él, aunque descubrí que no tenía sentido del humor. (Más adelante descubriría otras facetas: su terquedad, su obsesión por la verdad, su insistencia en moralizar, su implacable bondad). En la cama, para mi sorpresa y regocijo, era tímido y se alarmaba con facilidad. Poco a poco me di cuenta de que tenía un compendio de ideas en su cabeza (¿acaso Kunti las había puesto ahí?) acerca de lo que consideraba el comportamiento sexual propio de una dama, y —esta era una lista más larga— de lo que no lo era. Me di cuenta de que iba a tener que dedicar una importante cantidad de energía para reeducarlo.

Iba a ser un largo año.

17

Abuelo

Dhri envió un mensaje urgente: Yudhisthir y yo debíamos reunirnos con él en la torre del vigía, en las murallas de la ciudad. Cuando subimos, vimos que un ejército inmenso se acercaba a Kampilya.

Me sentí aturdida por el miedo. Apenas habían pasado dos semanas desde mi *swayamvar*. ¿Habían regresado los fracasados pretendientes en busca de venganza? Pero Yudhisthir dijo:

—Mirad, ¡allí está el estandarte de Hastinapur!

—¡Parece que tu tío ha enviado un séquito para darte la bienvenida al hogar! —dijo Dhri con una sonrisa irónica.

—¿Qué otra cosa puede hacer, ahora que se ha enterado de que los sobrinos están vivos y bien de salud, en lugar de reducidos a cenizas y esqueletos, y además aliados con el poderoso Drupad? —dijo Yudhisthir, con una sonrisa igualmente irónica. Estaba sorprendida. Con sus hermanos, él era siempre el razonable, el que los contenía, reprendiéndolos cuando maldecían a sus primos Kaurava. ¡Así que mi casi perfecto marido tenía también su lado oscuro!

Pero en ese momento estaba apoyado sobre el borde de las almenas, encantado como un niño en su primera feria.

—¡Mira, Panchaali! ¡El abuelo mismo ha venido a buscarnos!

A la cabeza del ejército vi a un hombre sobre un caballo blanco, con la barba como la corriente de un río de plata. El sol, al reflejarse en su armadura, cegaba la vista. Empequeñecía a todos los que lo rodeaban.

De modo que ese era Bhishma, el guardián de terribles votos, el guerrero a cuya destrucción Sikhandi había dedicado la vida. Desgarrada entre el aborrecimiento y la fascinación, no podía apartar los ojos de él.

Yudhisthir me miró con una gran sonrisa orgullosa y jovial.

—Impresiona, ¿verdad? Le deja a uno sin aliento.

Como de costumbre, me había malinterpretado.

Bhishma levantó la mano para saludar (debió de reconocer a Yudhisthir). Incluso a esa distancia sentí su amor, pesado y penetrante como una jabalina.

Mi padre recibió a Bhishma de manera bastante respetuosa, pero no midió sus palabras.

—Duryodhan casi los mata la última vez —dijo—. ¿Quién puede decir que no tendrá éxito la próxima? No quiero que mi única hija tenga que volver a mí con las vestimentas blancas de una viuda. —Parecía más preocupado por la posibilidad de perder a sus nuevos aliados que por mis desventuras maritales.

A Bhishma le brillaron los ojos ante aquel insulto. Pero lo único que dijo fue:

—Mi vida por su seguridad. —Habló con una fuerza tan simple que incluso Krishna, a quien mi padre había invitado a la reunión, asintió con la cabeza.

—Que vayan —dijo a mi padre—. Con el abuelo para velar por ellos, Duryodhan no intentará nada... al menos durante una temporada. Además, ¿cuánto tiempo es posible mantenerlos enclaustrados? Son héroes, después de todo.

Cuando mi padre y sus cortesanos abandonaron la sala, Bhishma abrazó a Krishna. No me había dado cuenta de que se conocían tan bien. Mi ignorancia me molestó.

—Ahora comienza, Govinda —dijo Bhishma, llamándolo por un nombre que yo no había oído nunca. (¿Cuántas facetas tenía Krishna? Sentí, con cierta desesperación, que nunca las conocería todas). Los dos hombres se miraron, envueltos en un secreto que no compartirían con nosotros. Me hicieron sentir como una niña.

Luego Bhishma se volvió hacia Yudhisthir, tirándole de la oreja.

—¡Sinvergüenza! —lo reprendió—. ¿Por qué no me hiciste saber que estabas vivo? Cuando pensé que vosotros, mis muchachos, habíais muerto en la casa en llamas, ¡por poco me muero solo de pensarlo! —Su tono era jocoso, pero en su rostro se veía la hondura de sus sentimientos. Tenía profundos surcos marcados alrededor de la boca. De repente, su edad se hizo evidente. Cuando se secó los ojos, no pude dejar de mirarlo. Nunca había visto a un hombre, y menos todavía a un guerrero famoso, derramar lágrimas.

Pero en el lapso de un suspiro, se quitó de encima

la pena y cogió mis manos entre las suyas. Se le iluminó el rostro con auténtica alegría.

—Mi queridísima nieta —exclamó—, ¡te doy la bienvenida a tu nuevo hogar con todo mi corazón! —Nadie me había invitado a entrar en su vida de manera tan convincente. Nadie se había mostrado tan ansioso por encontrar un lugar para mí en su hogar.

Todo este tiempo, por el bien de Sikhandi, había decidido odiar a Bhishma. Pero estaba descubriendo que no podía resistirme a su caprichoso encanto. Sentía que mi desconfianza se derretía en la tibieza de su sonrisa. Quizá, pensé, estaba yendo por fin a mi casa.

Los Pandava regresaron a Hastinapur triunfantes, escoltados por soldados a pie, elefantes pintados y músicos que soplaban conchas y cuernos. Kunti y yo viajamos en un carruaje resplandeciente, con almohadas de seda y telas de oro como cortinas. Detrás de nosotros iban cien hombres que llevaban cofres llenos de oro, el regalo de despedida de mi padre. Kunti tenía una ligera sonrisa de satisfacción en su cara..., ¿y por qué no iba a tenerla? Sus hijos estaban más seguros y eran más ricos que nunca, con parientes poderosos a los que Duryodhan no se atrevería a enfurecer. Todo Bharat estaba alborotado con la historia de mi casamiento con cinco hermanos cuya devoción filial era tal que preferían compartir a una esposa antes que quebrantar la palabra de su madre. En nuestra lucha de ingenios, ella también había salido triunfante al destruir el vínculo que podría haberse formado entre Arjuna y yo si hubiéramos tenido la ocasión..., un vínculo que, con el tiempo, podría haberlo hecho acudir a mí, en lugar de a ella, a pedir consejo.

Me tragué la amargura que me llenó la boca como si fuera bilis. Nuestra guerra no había terminado aún. Me tomaría mi tiempo para observarla, para conocer sus defectos. Mientras tanto, desempeñaría a la perfección mi papel de nuera.

—¿Cómo es el palacio de Hastinapur? —pregunté con mi tono de voz más refinado.

—De lo más grandioso —dijo ella con voz desdeñosa. Al no haber nadie más cerca de nosotras, no necesitaba aparentar ninguna simpatía—. Probablemente es más grandioso que cualquier cosa a la que estés acostumbrada.

Aunque dudaba de las palabras de Kunti, estas provocaron mi entusiasmo por ver mi nuevo hogar. Fantaseé con una construcción que, en todos los sentidos, fuera lo contrario de la fortaleza de mi padre: abierta y luminosa, con ventanas por todas partes y puertas que dieran a amplios balcones. Con murallas de arenisca de un tono rojo brillante. Los jardines serían una fiesta de colores y cantos de pájaros. Situados sobre el piso más alto, mis aposentos se verían acariciados por brisas que traerían la fragancia distante de las flores de mango. Desde un balcón con incrustaciones de mármol yo podría mirar toda la ciudad y saber lo que estaba ocurriendo, de modo que cuando Yudhisthir se convirtiera en rey, pudiera aconsejarlo con prudencia.

Si Dhai Ma (a quien Kunti había cogido antipatía, desterrándola a la parte posterior de la procesión con los demás criados) hubiera estado en el carruaje, ella habría sabido de inmediato lo que yo estaba pensando. Habría chasqueado la lengua a la vez que adelantado el labio inferior mientras me advertía con uno de sus refranes favoritos: «Las expectativas son como rocas escondidas en el camino, para lo único que sirven es para hacerte tropezar».

Nada podría haber sido más diferente de lo que yo imaginaba que los aposentos que nos asignaron a Yudhisthir y a mí en Hastinapur. Un bloque de habitaciones situadas directamente en el centro del palacio (para que estuviéramos seguros, afirmó Kunti), que daban a un patio lleno de estatuas de mujeres que danzaban inmóviles en posturas complicadas. Las habitaciones mismas, aunque espaciosas, me parecieron incómodas. Estaban llenas de cortinajes de colores chillones, cabezales excesivamente grandes, alfombras demasiado blandas en las que se me hundían los tobillos, y mucho más mobiliario del que pudiéramos necesitar. Intrincados artefactos ocupaban cualquier espacio disponible. Una multitud de criadas estaba siempre moviéndose de un lado a otro, quitándoles el polvo y mirándome con la boca abierta. Casi me hizo sentir nostalgia por la penumbra severa de la corte de mi padre. En una ocasión sugerí que podría simplificarse la decoración. Pero Kunti (cuyas habitaciones debieron de ser aquellas mismas cuando llegó por primera vez siendo una joven novia a aquel palacio) me informó con frialdad de que cada objeto allí era sagrado, pues había pertenecido en algún momento al rey Pandu.

Aunque me ahogaba en mis aposentos, me sentía extrañamente reacia a dejarlos. El palacio mismo era una curiosidad, con sus prominentes cúpulas de oro y molduras con volutas, las puertas recubiertas de metal batido, con un mobiliario de enormes dimensiones, suficientemente grande como para albergar a gigantes. Pero debajo de la festiva pompa se agazapaba algo inquietante y sinuoso que deseaba el mal a mis maridos. Y en ese momento había volcado su atención sobre mí para averiguar si era yo el eslabón más débil en la cadena de los Pandava. Se estaba acercando, aunque no imaginaba desde qué dirección. Deseé hacer un túnel bajo tierra y esconderme allí..., ¡yo, que había pateado el suelo con tanta impaciencia por abandonar la seguridad de la casa de mi padre y lanzarme a la historia!

Pero como nuera real recién llegada, no me era permitido esconderme. En las ceremonias oficiales, tenía que estar al lado de Yudhisthir en su carro de combate. (En esas ocasiones, para mi sorpresa, descubrí que yo era popular. Al parecer, mi boda atraía a la gente. Mis apariciones eran recibidas con muchas aclamaciones, un hecho que hizo que Kunti vacilara entre sentir orgullo o fastidio). Había interminables banquetes con todos los parientes, incluso los lejanos (a los Kaurava les encantaban las juergas), a los que se esperaba que yo asistiera (apropiadamente cubierta por un velo y acompañada), aunque tenía que abandonar esas reuniones, junto con las otras esposas, antes de que comenzaran las bebidas y el juego y las cosas se pusieran interesantes. Por las tardes, Kunti me arrastraba con ella a visitar a las otras mujeres del palacio. En esas reuniones, las mujeres pasaban mucho tiempo haciendo informales exhibiciones de joyas y ropa, o discretas referencias a las hazañas de sus maridos. Cuando no participaba, cuchicheaban maliciosamente acerca de ciertas personas que pensaban que eran mejores que los demás porque estaban casadas con más de un hombre. Habría sido divertido, si no me hubiera sentido tan sola.

Ansiaba tener a alguien con quien mantener una conversación inteligente y franca. Dhri nos había acompañado a Hastinapur, pero en cuanto conoció a Drona y lo convenció para que fuera su maestro, mi padre lo llamó de nuevo a Kampilya. Fue nuestra primera separación, y lo extrañaba terriblemente. Extrañaba su paciencia, su habilidad para comprenderme sin palabras, su apoyo inquebrantable y definitivo, incluso cuando desaprobaba mis acciones. Extrañaba hasta su exasperación. Extrañaba a Krishna, también..., el modo en que su risa ayudaba a suavizar la gravedad de mis problemas. Deseaba que nos visitara. Aunque por los comentarios de Kunti deducía que aquí en Hastinapur a una esposa no se le permitía reunirse con hombres, salvo en compañía de su marido, yo sabía que iba a encontrar una manera de verlo en privado. Hablar con Dhai Ma me habría ayudado a desahogarme, pero Kunti se aseguró de mantenerla ocupada con diversas obligaciones. No podía contradecirla sin provocar una discusión, y aún no estaba lista para eso. Me encontraba tan desesperada que hasta le habría dado la bienvenida a Yudhisthir, que tenía muchas ideas interesantes, aunque poco realistas, acerca del mundo, pero él estaba ocupado con sus propias obligaciones y lo veía solamente en el dormitorio.

De las personas que conocí desde que me mudé a aquel lugar, la mayoría se pierde en el anonimato, pero algunas destacaban. El rey ciego hacía grandes aspavientos cada vez que nos encontrábamos, abrazando a mis maridos y rogando en voz alta a los dioses que los colmara de buena fortuna. También me bendecía con trivialidades tales como: «que seas la madre de cien hijos varones» o «que el *sindur* nupcial brille siempre en tu frente». (Sabíamos, por supuesto, que nada le gustaría más que hacer que el linaje de los Pandava desapareciera). Mis otros maridos apenas si eran capaces de tolerar su hipocresía (Arjuna murmuraba mientras que la cara de Bhim adquiría un alarmante tono púrpura), pero Yudhisthir tocaba los pies del anciano y preguntaba por su salud con auténtico cariño. ¿Acaso era un santo, o simplemente carecía de sentido común? De cualquier manera, resultaba sumamente molesto.

Luego estaba Gandhari, la de los ojos vendados, sobre cuya virtud de esposa tantas canciones se habían compuesto. Al principio la descarté por considerarla dócil y excesivamente tradicional. En las reuniones de las mujeres no expresaba ninguna opinión; en los banquetes de familia, centraba toda su atención en las necesidades de su marido ciego. Pero después de algunas semanas de mirar y preguntar por ahí, Dhai Ma dijo:

—¡No te dejes engañar por su silencio! Es peligrosa, tiene más poder de lo que la mayoría de la gente se da cuenta, y uno de estos días sencillamente puede decidir usarlo. —Pasó a decirme cómo fue que algún dios, complacido por la devoción de Gandhari por su marido, le había concedido un don. Si alguna vez se quitaba la venda y miraba a alguien, podía curarlo... o reducirlo a cenizas.

Me quedé impresionada. No me habría molestado gozar de un don como ese. Era más útil que los que yo había recibido, y mucho menos embarazoso.

—Ten cuidado con su hermano, también —me advirtió Dhai Ma.

—¿Quién? ¿Ese Sakuni? —Lo había visto en la corte, sentado entre los amigotes de Duryodhan, mayor, delgado, encorvado, con párpados pesados sobre los ojos. Me había dirigido una sonrisa lasciva. Por los chismorreos de las criadas me había enterado de que tenía predilección por los dados y las bailarinas jóvenes—. Te preocupas demasiado —le dije a Dhai Ma.

—Alguien tiene que hacerlo —respondió con aspereza—. Y ciertamente ese alguien no es el mayor de tus maridos, que vive con la fantasía de que todo el mundo lo ama.

Un hombre al que no había visto desde que llegué a Hastinapur era Karna. Me había enterado de que a petición de Duryodhan, que lo consideraba su amigo más íntimo, Karna había pasado buena parte del año en Hastinapur, dejando Anga al cuidado de sus ministros. Sabía también que poco después de mi *swayamvar*, Duryodhan había tomado una esposa y había instado a Karna a hacer lo mismo. Pero en este asunto no siguió el consejo de su amigo. Cuando oí a mis maridos preguntarse por qué, tuve que poner en práctica todo mi autocontrol para que no se me alterase la expresión y mi respiración siguiera pausada e inalterable.

Lo confieso, a pesar de los votos que hacía todos los días para olvidarlo, para ser la mejor esposa de los Pandava, anhelaba verlo otra vez. Cada vez que entraba a una sala, miraba desde detrás de mi velo..., no podía evitarlo..., con la esperanza de que estuviera ahí. (Era una tontería. Si él hubiera estado presente, seguramente me habría dado la espalda, pues en su mente mi insulto seguía siendo una profunda herida abierta). Escuché desvergonzadamente y a escondidas a las criadas, tratando de descubrir su paradero. A punto de pedirle a Dhai Ma que averiguara dónde se había metido (porque ella tenía sus artimañas parar descubrir secretos), me mordí la lengua cien veces. Si ella llegaba a oírme pronunciar su nombre, sabría de inmediato cómo me sentía. Y ni siquiera a ella, que me quería como a nadie, me atrevía yo a revelar esta flor oscura que se negaba a ser arrancada de mi corazón.

18

Río

Un día el abuelo me invitó a dar un paseo con él a lo largo de las orillas del Ganges.

—Es muy bonito ese lugar —dijo, mostrando esa sonrisa suya, simpática y engañosa—. Además nos dará la oportunidad de llegar a conocernos mejor, lejos de las distracciones de la corte.

Asentí, pero con reticencia. Las primeras semanas después de mi llegada a Hastinapur, cuando la soledad me envolvía como una coraza de hierro alrededor del pecho, había esperado que él se pusiera en contacto conmigo (pues seguramente él sabía que las reglas me prohibían a mí acercarme a él). No lo hizo. Incluso cuando nos encontrábamos en los banquetes, no me prestaba demasiada atención, aparte del saludo, afable por supuesto. Estaba sorprendida y dolida. Yo creí en su afectuosa bienvenida en nuestro primer encuentro; creí que había encontrado a un aliado en una casa de desconocidos. Pero él simplemente había hecho uso del lenguaje de la cortesía. Me sentía como una tonta, y decidí no volver a confiar en él. Así que para cuando llegó esta invitación, yo ya no quería que me conociera mejor. Y en cuanto a él, estaba segura de que era demasiado astuto como para abrirse a mí.

Pero aparte de mi decepción personal respecto a su persona, el abuelo me incomodaba. Habría deseado tener a alguien a quien confiarle eso, pero mis maridos lo adoraban. Incluso a Kunti se le ponía una expresión beatífica en su rostro impasible cuando hablaba de las muchas maneras en las que él la había ayudado.

—Es el padre que nunca tuvimos —me dijo Yudhisthir una vez en un inusitado arrebato de emoción—. Nos mantuvo a salvo durante los años de nuestra infancia. Éramos una molestia para el rey ciego, una espina, un recuerdo de que él no era más que un regente. A él le habría encantado escondernos en algún pueblo de provincia, criarnos como a hijos de tenderos. Nuestra madre sola no podría habérselo impedido. Pero Bhishma luchó por nosotros.

—Si no hubiera sido por él, Duryodhan habría hecho que nos asesinaran en nuestras camas hace mucho tiempo —añadió Bhim.

Tenía tantas preguntas. ¿Era realmente el hijo de una diosa del río, como me habían contado, y ella realmente ahogó a sus siete hermanos mayores al nacer? La historia decía que estaba a punto de ahogarlo a él también, cuando su padre, el rey, la detuvo. Entonces ella los abandonó a ambos, a su marido y a su hijo recién nacido, para desaparecer en el agua. Cuando creció, ¿qué sentía el niño hacia su madre..., soledad y melancolía, o un confuso resentimiento? ¿Odio?

¿Odiaba a todas las mujeres? ¿Volcó todo su amor en su padre, su rey y salvador?

Su padre volvió a enamorarse, como suele ocurrirles a los hombres. Pero la mujer no quería casarse con él a menos que le asegurara que los hijos de Bhishma no disputarían el derecho al trono de sus hijos. Para que su padre pudiera cumplir con su deseo, Bhishma juró permanecer célibe toda su vida. También juró proteger el trono de Hastinapur, hasta el último suspiro. Los dioses, a quienes parece gustarles que los seres humanos hagan sacrificios fuera de lo normal, le concedieron un don: nadie podría matarlo a menos que estuviera listo para morir.

Quería advertirles a mis maridos que uno no podía confiar en un hombre que arrancaba la debilidad y el deseo tan fácilmente de su corazón. ¿Cómo podía sentir compasión por los defectos de los otros, o comprender sus necesidades? Mantener su palabra era más importante para él que una vida humana. Esa había sido la razón por la que había alejado a Amba sin un instante de vacilación. Podría llegar el día en que hiciera lo mismo con nosotros.

Entonces Arjuna dijo:

—Él nos amaba.

Estábamos en la sala donde Yudhisthir y yo recibíamos a los invitados. Él estaba de pie junto a una ventana que daba a una antigua higuera de Bengala que codiciosamente restaba luz a la habitación, y cuyas raíces aéreas colgaban como pelo enmarañado. No podía ver la cara de Arjuna, pues los ornamentados cortinajes me obstaculizaban la visión. Pero no importaba. La bruja me había enseñado bien. Por el tono profundo de su voz supe lo que él nunca admitiría: que durante toda su infancia mis maridos estuvieron ávidos de afecto. Kunti les había entregado toda su férrea dedicación, pero sin ninguna ternura. Quizá la había arrancado de su naturaleza cuando se quedó en la selva, viuda y sola. Quizá esa fue la única manera que conocía para sobrevivir.

Entonces Bhishma entró en sus vidas con su risa de león grande. Los llevaba a hombros y escondía frutas confitadas en sus habitaciones para que ellos las encontraran. Les contaba historias maravillosas, terroríficas hasta tarde en la noche. Elogiaba sus pequeños logros, aquellos que Kunti no llegaba a percibir, y les compraba juguetes tan valiosos como los que Duryodhan no quería compartir con ellos. Cuando Kunti los azotaba por su rebeldía, en secreto, él frotaba ungüento sobre sus heridas.

¿Cómo podían no rendirse a él?

Amor. No hay argumento, por fuerte que sea, que pueda vencer a esa palabra. Yo estaba celosa de Bhishma por inspirar tal devoción en mis maridos..., pero él me había ayudado a comprender algo sobre los Pandava, algo crucial. Esa avidez que se siente en la infancia no nos abandona nunca. Por famosos o poderosos que llegaran a ser, mis maridos anhelarían siempre ser amados. Ansiarían siempre sentirse valorados. Si una persona pudiera hacerlos sentir así, se sentirían ligados a él —o a ella— para siempre.

Me aferré a este conocimiento como el viajero en un desierto cierra su mano sobre una roca con vetas de oro con la que ha tropezado, sabiendo que llegará algún día en que resultará valiosa.

El abuelo pidió al conductor del carruaje que nos llevara a una parte retirada del río, bastante lejos de Hastinapur. Iba sentada muy erguida en mi rincón durante el viaje, deseando que Dhai Ma estuviera con nosotros. Traté de que nos acompañara, pero con un gesto él le indicó que se fuera. «¡Estoy demasiado viejo como para que necesites una carabina, querida mía!». Se rio con tantas ganas que el pelo, que le caía por los hombros, se le onduló como el agua movida por el viento.

Empezamos a caminar. Las flores silvestres abundaban a lo largo del río, redondas y amarillas, con centros negros. Había, aquí y allá al azar, montones de piedras blancas. Incluso yo, que prefería los jardines a la tierra virgen, podía ver su belleza extraña y asimétrica. Las cúpulas del palacio brillaban contra un cielo que se hacía color púrpura, más pintoresco a distancia. No podía apartar los ojos de la espumosa corriente del río. ¡Cuántas cosas habían ocurrido aquí! Niños ahogados, niños salvados.

Mientras pensaba las palabras, vi un cajón que se movía sobre las aguas, un niño adornado con oro deslizándose rápidamente sobre la espuma que se arremolinaba. Ya entonces había aprendido a no llorar. Al pasar ante nosotros, abrió los ojos y fijó su mirada en mí, aunque, seguramente, un recién nacido no podría haber hecho eso.

Bhishma me dirigió una fulgurante mirada.

—¿Qué ocurre, nieta?

—Me ha parecido ver... —Me interrumpí, sacudí la cabeza. Era muy difícil de explicar. Temía revelar demasiado de mí misma.

Pero Bhishma hizo un gesto de comprensión con la cabeza.

—El río tiene demasiados recuerdos. Te ofrece los que más ansías conocer. Pero es traidor como sus corrientes. A veces te muestra lo que deseas ver, y no la verdad exacta.

Él esperaba una respuesta, pero me salvé gracias a un grupo de mujeres de una tribu que aparecieron por el sendero, manteniendo en equilibrio grandes cargas sobre la cabeza. Cuando reconocieron al abuelo, la excitación se apoderó de ellas.

—¡Bhishma Pitamaha! —gritaron con voces encantadas—. ¡Abuelo!

Seguramente él paseaba a menudo por allí, ya que las mujeres no estaban sorprendidas de verlo ni, para mi asombro, excesivamente impresionadas. Le ofrecieron pequeños plátanos verdes de sus canastas y le preguntaron por su salud. ¿Su gota estaba mejor? ¿Las hierbas que le dieron habían ayudado? Él les preguntó por sus hijos, cuyos nombres conocía, y les dio unas monedas de plata. Después, compartió los plátanos conmigo. Estaban llenos de largas semillas negras y no del todo maduros. A mí me hicieron fruncir la boca, pero Bhishma masticó imperturbable unos cuantos.

Las mujeres me miraron con gran curiosidad. Después de pasar junto a ellas, se reunieron bajo un árbol de *mohua* para señalar con el dedo y dejar escapar risitas tontas, hablando en el dialecto local. Me pareció que decían: «¿Cinco? ¿Estás segura? ¡Cinco!». Había envidia en sus ojos. Pero podría haberme equivocado. Tal vez era compasión.

No era que dudara del amor del abuelo por los Pandava —así pues, también por mí— o de su promesa de protegerlos con su vida. ¿Pero qué ocurriría si en algún momento tuviera que escoger entre este voto y ese otro más antiguo con el que había vivido toda su vida, el de proteger a Hastinapur contra todos sus enemigos?

«Un hombre bienintencionado es más peligroso porque cree en la rectitud de lo que hace», le gustaba decir a Dhai Ma. «¡A mí dame a un granuja sincero en cualquier momento!».

—Mi madre —dijo el abuelo, mirando al río— solía llamarme Devavrata.

—¿Tu madre? —La sorpresa me hizo hablar con fuerza—. Pero yo creí...

Sonrió.

—¿Que mi padre me había criado él solo? No del todo, aunque esa es la historia que él prefería contar. Estuvo conmigo hasta que cumplí ocho años..., creo que fueron los años más felices de mi vida. Ella me enseñó todo lo bueno que sé. Ella todavía viene a mí a veces, aquí en el río, si tengo algún problema muy serio o necesito su opinión.

No estaba segura de cómo tomar sus palabras. ¿Las empleaba de manera literal? ¿O el río le calmaba la mente, ayudándolo a pensar mejor? Había un gran deseo juvenil en su cara envejecida. Me daba la impresión de que no hablaba de aquel modo a menudo. Bien a mi pesar, consiguió que bajara la guardia, de modo que cuando me preguntó si me gustaba vivir en Hastinapur, le dije la verdad.

—El palacio me inquieta. Hay demasiada gente allí que odia a mis maridos. Nunca será mi hogar.

Se mesó la barba. Creí que lo había ofendido. Pero quizá sabía lo que era ser odiado, porque dijo:

—Tú necesitas un palacio propio. Debería haberlo pensado antes. Hablaré con Dhritarashtra al respecto. Ya es hora, de todos modos, de que anuncie un heredero del reino.

En nuestro viaje de regreso, pregunté, un poco tímidamente:

—¿Le hablaste a tu madre sobre mí?

—Así es —me respondió—. Dijo que eras una gran llama, capaz de iluminar nuestro camino a la fama... o de destruir nuestro clan entero.

Se me secó la boca. Una vez más, cuando menos lo esperaba, volvían a perseguirme las profecías de Vyasa.

—¿Por qué diría eso? ¿Cómo puedo destruir la gran casa de los Kuru, y por qué lo haría cuando soy parte de ellos?

Bhishma se encogió de hombros. No parecía inquietarle en exceso.

—No sé. Le encanta tomarme el pelo con acertijos. ¡No pongas esa cara de preocupación! A veces lo que ella dice no hay que tomarlo de manera literal.

Su bondad sin pretensiones me tranquilizó.

—Yo también conozco a alguien así —repliqué con cierto sarcasmo, y me sorprendí al darme cuenta de cuánto tiempo había pasado desde que había visto a Krishna por última vez.

Bhishma dejó escapar encantado su risa estentórea.

—Son gente imposible, ¿verdad? Lo vuelven loco a uno, pero resulta imposible imaginar la vida sin ellos.

Mientras me ayudaba a subir al carruaje con galantería a la antigua usanza y me decía que debíamos repetir pronto aquel paseo, sentí que entre nosotros se había abierto una puerta. Creí que de alguna manera inexplicable yo lo comprendía mejor que gente que había pasado la vida entera cerca de él. Lo que yo percibía me gustaba y me inspiraba confianza. Y así (sin saber que un día lo lamentaría amargamente) me relajé, dejándolo entrar en mi corazón.

Bhishma era, efectivamente, un hombre de palabra. El mismo día siguiente, en una reunión abierta de la corte, dirigió un duro discurso al rey ciego hasta que el abrumado Dhritarashtra aceptó conceder sus derechos de nacimiento a Yudhisthir. Dividiría el reino en dos, anunció con voz trémula por la generosidad, y le daría a los Pandava la mitad más grande, dejando la parte más pequeña para su propio hijo. Detrás del cortinaje donde se sentaban las mujeres, yo me sentía eufórica, y más todavía por haber sido el catalizador de nuestra buena fortuna. (Debía asegurarme de que mis maridos se enteraran de la participación que yo había tenido en este asunto). Pero Kunti, que conocía mejor al rey ciego, frunció los labios. Y con toda razón. Al día siguiente descubrimos que había entregado Khandav, la parte más árida y desolada del reino, a mis maridos, conservando Hastinapur para su hijo Duryodhan. Los Pandava más jóvenes clamaban por luchar contra aquella injusticia, pero Yudhisthir dijo:

—¿No prefieres vivir en tu propia casa, aun cuando sea un desierto? Además, es una oportunidad para que nosotros hagamos algo de la nada. Para demostrar nuestra valía.

Dhritarashtra organizó una apresurada ceremonia de coronación para Yudhisthir, y de inmediato nos envió a nuestro nuevo reino. Tal vez temía que cambiáramos de idea en cuanto a ir allí.

—Después de todo —le dijo a Yudhisthir—, ahora es tu deber gobernar a tus nuevos súbditos.

—¿A qué súbditos se refiere? —preguntó Bhim cuando subimos al gran carruaje ornamentado que el rey nos había dado como regalo de despedida—. ¿A las cobras o a las hienas?

Nuestra partida fue silenciosa; apenas un minúsculo séquito nos acompañaba. (Khandav tenía mala reputación entre los criados). Para mi alegría, Kunti quedaba atrás. No sé qué había deducido Bhishma de nuestra charla en el río, pero la persuadió —y solo él podía haberlo hecho— de que el viaje sería demasiado extenuante para ella. Mientras agitaba la mano diciéndonos adiós en la puerta del palacio, parecía asombrada por el hecho de que sus hijos pudieran marcharse para hacer su vida sin ella. Enmarcada por la gigantesca puerta de entrada, su figura se veía tan pequeña que me avergoncé de mi júbilo. (Pero no por mucho tiempo. Quizá en venganza, Kunti insistió en que Dhai Ma se quedara con ella. «Ella me acompañará hasta que pueda reunirme con vosotros», dijo. No podía negarme, salvo que me arriesgara a cometer un delito de desobediencia).

Al tercer día, el carruaje, que no era el mejor de los vehículos para aquellos yermos desiertos, se rompió en medio de un camino irregular y lleno de hoyos, dejándonos varados junto a una zona de cactus. Pero, asombrosamente, unas horas después, Krishna se reunió con nosotros. (¿Cómo se había enterado de que necesitábamos ayuda?). Trajo consigo soldados, comida, tiendas y varios caballos robustos, y no mostró ninguna sorpresa por las cosas que habían sucedido recientemente. Me saludó con calidez pero muy rápidamente, por lo que todo lo que yo deseaba decirle se me quedó esperando en la boca. Al mirarlo mientras cabalgaba a la cabeza, bromeando con Arjuna y Bhim, me sentí feliz e insatisfecha a la vez, además de celosa de mis maridos. En el pasado, cada vez que nos visitaba, Krishna me había dedicado toda su atención. ¿Por qué las cosas tenían que ser diferentes ahora, solo porque me había convertido en esposa? La vieja insatisfacción de niña pequeña que yo creía que había superado —«¿por qué no habré nacido varón?»— volvió a surgir en mí al verlos darse palmadas en la espalda. Traté con firmeza de apartar ese deseo. Semejante ilusión era una locura. Para bien o para mal, yo era una mujer. Tendría que encontrar como mujer la manera de obligarlo a que se fijara en mí.

El paisaje cambió; los árboles eran enanos; bajo nuestros pies la tierra se volvió amarilla y pestilente. Cabalgaba yo a sentadillas detrás de Yudhisthir en un gran caballo de guerra. Casi no podía creer la enorme transformación que había sufrido mi vida... o que yo hubiera ayudado a provocar este nuevo destino que estábamos viviendo. Si unos días antes alguien me hubiera dicho que me libraría de Hastinapur y que viajaría hacia mi nuevo reino con mis maridos, con Krishna y sin mi suegra, ¡me habría vuelto loca de la emoción!

Pero la verdad, cuando uno la está viviendo, es menos glamurosa que nuestras fantasías. Yudhisthir no era el mejor de los jinetes, y el animal, al darse cuenta de eso, tiraba de la brida, se encabritaba, pateaba y se detenía cuando quería. De tanto en tanto mostraba los dientes y trataba de morderle el brazo a mi marido. Me consolé con la idea de que Yudhisthir era un buen hombre. La rectitud en persona, decían. No se podía esperar que tan virtuoso personaje fuera un experto jinete también.

Verdaderamente vivíamos en un mundo fugaz. Ayer en un palacio, hoy en el camino, mañana... ¿quién podía saberlo? Quizá ahora encontraría el hogar que nunca había tenido. Pero una cosa era segura: las corrientes de la historia finalmente me habían atrapado y me arrastraban de manera inexorable. ¿Cuánta agua tendría que tragar antes de llegar a un lugar de reposo?

En medio de mi júbilo, me asaltó una idea: a cada momento que pasaba, más me alejaba de Karna. Muy probablemente nunca volvería a verlo.

En mi mente oí la voz de Dhai Ma..., y tal vez porque añoraba su amor prepotente, reconocí que tenía razón.

«Es lo mejor que podría ocurrirte», dijo.

19

Palacio

El bosque todavía ardía a nuestro alrededor cuando mis maridos me llamaron a la tienda improvisada que nos había servido de hogar desde que llegamos a Khandav. Pensé en hacerles caso. Tenía calor y estaba irritable, y en medio de la preparación de una comida hecha con alimentos silvestres recogidos por ahí. Nuestro séquito —soldados, principalmente— no era de mucha ayuda. Además, me sentía inquieta. No dejaba de oír gritos de animales, aunque sabía que eso no podía ser. No había quedado ningún animal en las tierras vírgenes de Khandav... al menos, no después de que Arjuna incendiara el bosque. Los más afortunados, habían huido. El resto había muerto.

El viento arremolinaba la ceniza en el suelo. El humo me irritaba los ojos y se me metía en la boca. Busqué a Krishna, pero luego recordé que se había marchado a caballo en busca de algo. Mis maridos estaban hablando con un hombre a quien no había visto antes. ¿De dónde había salido? Estaba en cuclillas en el suelo. Alrededor de él había dibujado líneas con un palo. No me daba cuenta de qué se trataba. Lo observé. Era bajo y regordete, vestido con pieles. Anillos de hueso y oro alargaban los lóbulos de sus orejas hasta los hombros. Me devolvió la mirada, sin pestañear, como si yo no fuera la reina de aquellas tierras sino una intrusa.

—Ven, Panchaali —dijo Yudhisthir. Cuando me reuní con él sobre la tabla de madera donde estaba sentado, vaciló antes de poner un brazo alrededor de mi hombro. Los otros hermanos apartaron la mirada, incómodos. ¿Estaban pensando que el próximo año, o el siguiente, uno de ellos estaría haciendo lo mismo conmigo?

Mejor no pensar en esas cosas.

Arjuna estaba apoyado contra su carro de combate, el rostro rojo como el fuego.

—Respetada señora —dijo—, este es Maya. —Mantuvo los ojos sobre una distante columna de humo y usó el estilo formal en el trato. La furia que había sentido por mi boda con sus hermanos todavía le bullía por dentro, aunque lo disimulaba tan bien que solo yo me daba cuenta de ello. Si yo le hablaba respondía de manera cortés, con monosílabos. Si me acercaba a donde él estaba, encontraba una excusa para irse a otro sitio. Yo quería infundirle un poco de juicio, pero además de exasperación, sentía compasión por él. A veces, cuando no sabía que lo estaba mirando, me daba cuenta de que había algo áspero en su rostro, era la mirada de un hombre consumido por los celos y que se odiaba a sí mismo por ello.

Arjuna tenía las puntas de su larga cabellera chamuscadas. Aún llevaba el arco gigante que el dios del fuego le había dado. Tenía un nombre, nos había dicho: Gandiva. De vez en cuando, acariciaba su curva con la mano como si se tratara de una mujer. Sentí una punzada y luego me castigué por eso. Debería estar agradecida de que en lugar de buscar a una nueva esposa se estuviera consolando con una nueva arma, me dije a mí misma.

—Construye palacios para los dioses —continuó Arjuna—, y para los reyes asura del mundo inferior. Va a hacernos uno a nosotros también...

—... porque Arjuna lo salvó del fuego —añadió Sahadev con orgullo.

—¡Un palacio como nadie ha visto nunca! —dijo Bhim, abriendo los brazos con entusiasmo—. Le he pedido que me construya una cocina donde puedan encenderse cien fuegos a la vez, sin necesidad de combustible.

A Bhim le gustaba cocinar tanto como adoraba comer. Para mi sorpresa, había sido él quien más me ayudó los días anteriores, haciendo el trabajo pesado, limpiando los cuerpos de los animales y asándolos sobre el fuego abierto mientras yo hervía arroz y cortaba frutas. Cuando yo trataba de levantar una olla pesada del fuego, él lo hacía por mí, sin que le importase si nuestras manos se tocaban. Nuestro primer día en Khandav había dejado claro que las leyes de Vyasa, que eran para la vida de palacio, resultaban ridículas en aquella situación en que estábamos viviendo en el desierto, dependiendo unos de otros y nada más. Él iba a tratarme como cualquier hombre debe tratar a la esposa de su hermano, pero no podía seguir todas aquellas reglas estrictas. Cada vez que yo necesitara ayuda, él iba a dármela. Si descubría alguna manera de hacer que la vida en aquella selva calurosa, húmeda y plagada de insectos fuera un poquito más llevadera para mí, ciertamente iba a hacerlo. Y si Yudhisthir tenía algún problema al respecto, le apartaría en ese mismo momento. A mi marido, que era tan cumplidor de la ley, no le había gustado mucho aquello, pero en última instancia aceptó lo que su hermano decía. Yo, por otro lado, estaba muy agradecida por haber encontrado un defensor tan devoto. En silencio le pedí disculpas a Bhim por haberlo despreciado antes ya que lo consideraba un patán, y cuando llegaba la hora de las comidas, llenaba más su plato que el de los otros.

—Y establos con paredes construidas con tanto ingenio como para que nuestros animales no tengan frío en invierno ni calor en verano —dijo Nakul. Ya había visto yo en el viaje cuánto amaba a los caballos. Nos hacía detener a intervalos regulares para que nuestras monturas pudieran beber agua y alimentarse. Por la noche, caminaba entre ellos, dándoles terrones de azúcar de palma, asegurándose de que fueran bien cepillados. Incluso el caballo de batalla de Yudhisthir, tan rebelde, lo empujaba suavemente con su enorme cabeza mientras relinchaba, y Nakul sonreía como si comprendiera lo que le decía. Una vez, por casualidad, le oí decir que incluso confiaba más en una bestia salvaje que en cualquiera de los cortesanos que conocía.

¿Acaso la masacre en la selva de Khandav lo atormentaba? Nunca me enteraría. Aunque seguramente no siempre estaban de acuerdo, mis maridos no revelaban sus diferencias ante extraños. (Y, en este tema, yo aún seguía siendo una extraña). Kunti los había entrenado bien.

—Necesitamos una gran sala de cristal y marfil donde los reyes puedan hablar del arte de gobernar o escuchar música —propuso Yudhisthir.

—¿O jugar a los dados? —bromeó Sahadev, porque esa era la única debilidad de Yudhisthir.

—Debemos tener una cúpula que ascienda hasta el sol, para asombrar a todos los hombres y proclamar la gloria de los Pandava —dijo Arjuna, mirando a lo lejos como si pudiera ver cosas que eran invisibles para el resto de nosotros. Sostenía su arco como si nunca fuera a dejarlo.

Bhim me dirigió una tímida mirada.

—¿No deberíamos preguntarle a Panchaali qué es lo que ella quiere?

Y en ese momento vi lo que en mi distracción no había visto antes: que estaba enamorado de mí. Descubrirlo me resultó extrañamente doloroso.

Yudhisthir asintió con la cabeza, razonable como siempre, aunque a él no se le habría ocurrido pedir mi opinión.

—Tienes razón, hermano. Dinos algo, Panchaali.

Pero cuando abrí la boca para hablar, me quedé en blanco. Se me vino ceniza a la cara, y se me depositó en la piel, arenosa como hueso molido. Llevaba días sin bañarme. ¿Por qué no podía haber sido Arjuna quien se enamorara de mí? Él podría haberme quitado de la cabeza los pensamientos de aquel que no dejaba de ocuparla aunque nunca más volviera a verlo.

Después, cuando le pregunté por qué había matado a todos aquellos animales, Arjuna me diría:

—Agni quería que yo incendiara el bosque para él. No podía negarme a un dios, ¿no?

Pero Krishna dijo:

—¿De qué otra manera podrías haberte asentado aquí; construir tu reino; adquirir toda esa fama? ¿Cambiar la dirección de la rueda de la historia? Alguien tiene que pagar el precio de eso. Tú, precisamente, deberías saberlo, Krishnaa.

Tenía razón. Para que se produzca una victoria, alguien tiene que perder. Para que una persona satisfaga su deseo, muchas debían sacrificar los suyos. ¿Acaso no era mi propia vida —y la de mi hermano— una prueba de ello? Pero me negué a estar de acuerdo, a darle esa satisfacción a Krishna. Además, también estaba mi deseo de querer creer que a veces el bien puede ocurrir sin que el mal esté mordiéndole los talones. Quería creer que a veces los dioses nos obsequian sin pedir nada a cambio.

Me miró con un suspiro, en parte de compasión, en parte de exasperación.

—Querida mía —dijo—, el tiempo te enseñará lo que te niegas a aprender de quienes te quieren bien.

Estaban esperando una respuesta, así que dije la primera palabra que me vino a la cabeza mientras miraba aquel paisaje muerto.

—Agua. Quiero el agua. Por todas partes. Fuentes y estanques, lagunas para que jueguen los pájaros.

No creía que el hombre pequeño y feo sentado

delante de mí pudiera hacerlo en realidad, pero él asintió con la cabeza y en los ojos se le vio una chispa que parecía decir que lo tendría en cuenta.

—Quiero una corriente de agua zigzagueando a través del palacio, con lotos que florezcan todo el año —añadí. Me estaba excediendo, pero ¿por qué no? Todos los demás estaban pidiendo cosas imposibles: fuegos sin combustible, torres que llegaran al sol. («Pero ¡agua en movimiento dentro de una casa!», exclamaría Kunti cuando la viera. «Niña tonta, ¿nadie te enseñó que se lleva la buena suerte?»).

—¡Puedo hacerlo! —respondió Maya. Una abertura brilló entre sus dientes torcidos cuando se le abrieron los labios en una gran sonrisa—. Te daré más: suelos que parecen ríos, cascadas que parecen paredes. Umbrales que brillen como hielo derretido. Solo las personas sabias pueden ver la verdad de Maya. Pero ¡son tan pocos los sabios! Todos exclamarán: ¡qué grandes son la familia real de los Pandava que viven en semejante palacio! ¡Qué grande es Maya, constructor del palacio! Pero primero debéis darme el nombre adecuado para este palacio.

Mis maridos discutieron. Yudhisthir quería ponerle al palacio el nombre de su padre muerto, pero los otros no compartían su devoción filial por un hombre al que no recordaban. Arjuna quería darle un nombre en honor a Shiva, dios de la caza, su deidad favorita. Nakul sugirió que deberíamos llamarlo Indrapuri, porque, ¿no iba a ser un palacio digno del rey dios? Sahadev temió que eso denotara demasiado orgullo.

—¿Qué piensa Panchaali? —preguntó Bhim.

Miré a Maya. Sus moteados ojos marrones lanzaban destellos. Después me pregunté, ¿era malicia lo que había vislumbrado en ellos? Además de gratitud, debía de abrigar rabia y pena también, por su casa reducida a cenizas ahí cerca, por sus compañeros muertos o dispersos para siempre.

Inclinó la cabeza como si supiera lo que yo estaba pensando y lo aprobara. Pero quizá era él quien enviaba esas palabras a mi mente.

Si el presentimiento voló sobre mí con alas quemadas, llorando por su compañero muerto, no lo oí. Sonreí con repentina alegría al pensar: «¡Esto es lo que llevo esperando toda la vida!».

Dije:

—A esta creación tuya que va a ser la envidia de todos los reyes de Bharat la llamaremos... el Palacio de las Ilusiones.

Maya se superó a sí mismo a medida que avanzaba la construcción. Multiplicó por cien lo que mis maridos querían, y además le dio una pátina mágica para que todo cambiara de manera extraña, haciendo que el palacio pareciera nuevo cada día, incluso para nosotros, los que vivíamos allí. Había corredores iluminados solo por el brillo de las gemas y grandes salones para reuniones tan llenos de árboles en flor que incluso después de horas de asistir a reuniones de consejo uno se sentía como si hubiera estado relajándose en un jardín.

Casi todas las habitaciones tenían una piscina con agua perfumada. Pero no toda su magia era benéfica. Cuando empezamos a ocuparlo, antes de que nos acostumbráramos a mirar las cosas de cierta manera, chocábamos contra paredes construidas de cristal tan puro que eran transparentes, o tratábamos en vano de abrir ventanas que solo estaban pintadas. En varias ocasiones nos metimos en estanques que estaban disimulados como prolongaciones de los pisos de mármol y echamos a perder nuestras complicadas vestimentas de corte. En esas ocasiones me pareció escuchar la risa incorpórea y burlona de Maya. Pero todo contribuía al encanto de aquel palacio que realmente no se parecía a ningún otro.

El día en que el palacio estuvo listo, Maya se llevó a Arjuna a un lado para hablar con él.

—Tú salvaste la vida de Maya —le dijo—, de modo que voy a hacerte una advertencia. Vive en el palacio. Disfrútalo. Pero no invites a nadie a que venga a verlo.

Mis maridos reflexionaron sobre aquellas crípticas palabras. ¿Qué había querido decir Maya? ¿Era una trampa? ¿Había deslizado una maldición en los cimientos? No se podía confiar en *asuras*, todos lo sabían. De todas maneras, eran reacios a tomarlo en serio. Habían esperado mucho para tener un lugar al que pudieran considerar su hogar, un sitio que proclamara su valía (¡Qué bien comprendía yo ese anhelo!), y deseaban mostrarlo tanto a amigos como a enemigos. (Yo también deseaba hacerlo, pero solo un hombre me venía a la mente).

Pero Krishna dijo:

—Maya tiene razón. Todo el que vea este palacio lo querrá para sí. La envidia es peligrosa. Al final tendréis que enfrentaros a ella, ¿pero para qué atraerla antes de tiempo?

No nos gustó lo que dijo Krishna, pero confiábamos en su sabiduría. Así que, de mala gana, cancelamos las grandes celebraciones que habíamos planeado. Sin duda, algunas personas hablaron mal de nosotros, sorprendiéndose de nuestra falta de hospitalidad. (Eso perturbó a Yudhisthir; las opiniones de los demás eran importantes para él). De todas maneras, aquellos que nos amaban vinieron a visitarnos, aun sin invitación, y regresaron a sus hogares con relatos tan asombrosos que otros los imitaron. Muchos se quedaron, porque Yudhisthir era un gobernante justo y amable. Pronto una próspera ciudad creció alrededor de Khandav. La gente la llamó Indra Prastha..., tan impresionante era. Los trovadores comenzaron a componer canciones acerca de la grandiosidad sin par de la corte de los Pandava. Poco a poco, las advertencias que habíamos recibido —de Maya, de Krishna, de Vyasa hacía ya tanto tiempo— se nos fueron retirando a los más remotos pliegues de la memoria.

Aquellos fueron buenos años para mí. Adoraba mi palacio, y a cambio sentía su tibio abrazo como si la construcción tuviera vida. Algo de su serenidad se filtró en mí, algo de su sabiduría, de modo que aprendí a ser feliz con lo que me había tocado en el mundo. (Y una vez que tuve un palacio como aquel, ¿cómo podía sentirme de otra manera?). Ocupé mi lugar junto a cada uno de mis maridos en el momento adecuado y consideré nuestras uniones como los movimientos de una elaborada danza. Vi a mis maridos, también, de manera diferente. Todos juntos formaban una unidad, cinco dedos que se complementaban para constituir una mano fuerte, una mano que me protegería cuando fuera necesario. Una mano que me había regalado aquel hermoso palacio. ¿No era eso suficiente para estar agradecida?

Mis maridos, también, aprendieron a apreciar mis virtudes. Todos se mostraron sorprendidos al descubrir que tenía buen sentido para los asuntos del gobierno. Cada vez con más frecuencia, Yudhisthir empezó a pedirme consejo cuando había que tomar una decisión difícil. Y yo, que ya había aprendido más sobre el funcionamiento del poder de las mujeres, me cuidaba de ofrecer mi opinión solamente en privado, obedeciéndole siempre a él delante de otros.

Aquellos fueron los años en que di a luz a mis cinco hijos, uno de cada marido: Prativindhya, Sutasoma, Srutakarman, Satanika y Srutasena. (Los nombres los eligió Yudhisthir, que prefería los nombres largos, de muchas sílabas. A veces, cuando estaba aturdida por el griterío de los niños, confundía sus nombres). Los amaba con ternura, pero no era muy maternal. O tal vez el hecho de ser cinco veces esposa, y reina además, consumía todas mis energías. Afortunadamente, a Dhai Ma, a quien había rescatado de las tiránicas garras de Kunti, le encantaba quitármelos de las manos. Corría tras ellos día y noche, regalándoles toda clase de invectivas, pero la verdad es que era mucho más indulgente con ellos de lo que lo había sido conmigo..., ¡algo de lo que yo me aprovechaba al máximo!

Dhri, que estaba ocupado ayudando a mi padre, ya anciano y cada vez más arisco, a gobernar su reino, me visitaba siempre que podía. Aquí, durante un tiempo, podía dejar de lado sus preocupaciones mientras cazaba, cabalgaba y discutía bulliciosamente con mis maridos acerca de las estrategias de la caza, o jugaba con mis hijos colmándolos con demasiados obsequios, o paseaba conmigo por los jardines, que eran mi deleite. En una ocasión en que estábamos solos, me elogió por la manera en que manejaba mi poco convencional situación doméstica.

—No creí que pudieras hacerlo —dijo—. Eras tan quisquillosa con las pequeñas cosas, siempre dispuesta a protestar. ¡Ahora eres realmente una reina!

Sonreí.

—Si lo soy, se lo debo a mi palacio.

Cuando le repetí esto a Krishna, frunció el ceño.

—No estés tan apegada a lo que no es, después de todo, más que piedra y metal, y prestidigitación de *asura*. Todas las cosas de este mundo cambian y desaparecen..., algunas después de muchos años, otras de la noche a la mañana. Valora el Palacio de las Ilusiones, por supuesto. Pero si te identificas con él tan profundamente, te colocas en una posición que te hará sufrir.

Debido al cariño que sentía por él, no discutí. Pero en mi fuero interno sabía que yo tenía razón. Maya nos había asegurado que ningún ser humano podría dañar nuestro palacio, ningún desastre natural podría destruirlo. Nadie podría arrebatárnoslo. Mientras nosotros —o nuestros descendientes— viviéramos en él, era indestructible, y a su vez, nos protegería.

Aquello era lo más cercano a la inmortalidad que podía imaginar..., y suficiente para satisfacerme.

Temía traer a Kunti a mi palacio e inventaba excusas para retrasarlo todo lo posible. Pero, finalmente, llegó. Bajó del carruaje, soltando un complicado gruñido y la desaprobación prendida en sus remilgados y fruncidos labios.

Mientras mis maridos la guiaban por todo el palacio, me preparé para recibir las críticas. Pero el palacio debió de ejercer su magia en ella, porque después de algunas pequeñas quejas guardó silencio, y una expresión de asombro infantil apareció en sus ojos. Una o dos veces oí su risa encantada cuando Sahadev o Nakul —extrañamente, aquellos que no habían nacido de ella eran sus favoritos— le explicaban una de las ilusiones de Maya. Y aunque nunca me elogió por la planificación del palacio, el placer que le producía derritió parte de la aversión que yo había tenido incrustada en mi corazón durante tanto tiempo.

Kunti era una mujer sabia..., ¡más sabia que yo, a decir verdad! En aquellos primeros días, sus astutos ojos observaron mucho más que las curiosidades del palacio. Vio que en aquel lugar, yo era el ama. Si bien mis maridos habían dependido de ella alguna vez, ahora dependían de mí. Ella no podía alterar esa situación sin causar una gran infelicidad a sus hijos. Quizá el palacio le impuso sus tranquilizantes dedos, haciendo que se diera cuenta de que los quería a ellos más de lo que me despreciaba a mí. Si nos hubiéramos quedado en Hastinapur, en el palacio de su marido, estoy segura de que habría luchado ferozmente contra mí para conservar el control. Pero el Palacio de las Ilusiones era mi dominio, y ella lo aceptó así, pasando sus días en la frescura del fragante jardín (porque allí siempre hacía fresco), escuchando cantar al ruiseñor.

¿O era ella mejor actriz de lo que yo creía y dejaba pasar el tiempo, a la espera de los errores que ella sabía que yo iba a cometer?

20

Esposas

No gané todas las batallas. Mis maridos tomaron otras esposas: Hidimba, Kali, Devika, Balandhara, Chitrangada, Ulupi, Karunamati. ¡Qué ingenua había sido al pensar que yo podría haberlo impedido! A veces había razones políticas, pero principalmente se trataba de deseo masculino. Me desquitaba encerrándome con llave en mis aposentos, negándome a comer y arrojando costosos objetos a mis maridos cuando se atrevían a acercarse a mí. Mis berrinches se hicieron casi tan famosos como la rectitud de Yudhisthir, y con el paso de los años se compusieron no pocas canciones sobre los celos de Panchaali.

Pero la verdad es que no estaba ni remotamente tan molesta como daba muestras de estarlo. Era una mujer práctica. Sabía que no podía esperar que mis maridos permanecieran célibes mientras aguardaban su turno de cónyuge. También sabía que yo era especial de una manera que ninguna de las bellezas dulzonas con las que se casaron después podía llegar a ser. Yo había estado a su lado cuando eran jóvenes y se hallaban en peligro. El matrimonio conmigo los había protegido de la ira asesina de Duryodhan. Yo había tenido un papel crucial en la realización de su destino. Había compartido sus privaciones en Khandav. Los había ayudado a diseñar aquel asombroso palacio, que tantos ansiaban ver. Si ellos eran perlas, yo era el hilo de oro en el que estaban ensartadas. Solos, se habrían separado, cada uno a su polvoriento rincón. Se habrían ocupado de cosas distintas, habrían depositado su lealtad en mujeres diferentes. Pero, juntos, formábamos algo valioso y único. Juntos éramos capaces de lograr lo que ninguno de nosotros podía hacer por sí solo: cambiar la historia. Finalmente empecé a ver lo que la astuta Kunti tenía en mente cuando insistió en que yo debía casarme con todos ellos, y aunque nunca consiguieron que mi corazón latiera de manera salvaje, como había deseado de niña, me entregué totalmente a la búsqueda del bienestar de los Pandava.

De todas maneras, nunca es buena idea dejar que los maridos que una tiene se vuelvan demasiado autosuficientes. Mis despliegues de mal humor aseguraban que los Pandava siguieran mirándome con un saludable respeto. Cuando finalmente los perdonaba, se mostraban apropiadamente penitentes. Eso mantenía el número de sus esposas en un mínimo y —lo que era más importante— hacía que las esposas fueran reacias a visitar el palacio.

Solo una vez me sentí realmente irritada, cuando Arjuna escogió a Subhadra, la hermana de Krishna, de compañera y se la llevó a una loca y romántica carrera de carros de combate, con un Balaram indignado persiguiéndolos. Una vez que estuvieron casados, Arjuna la trajo para que ella me presentara sus respetos. La había hecho vestir con un simple sari de algodón, pero que no ocultaba su belleza translúcida. Sus labios temblaban con el nerviosismo. (Había oído hablar de los berrinches). Gotas de sudor le brillaban en las sienes como una corona de perlas. De todas maneras, nada podía apagar el amor ebrio que mostraban sus ojos..., una expresión que se reflejaba en el rostro de Arjuna. Él nunca me había mirado de esa manera, y nunca lo haría. Sentí una punzada, recuerdos de otro hombre a quien había apartado con éxito durante tanto tiempo que creí que lo había olvidado. Y aunque una parte de mí se compadecía del miedo de Subhadra, otra parte se enfurecía por el hecho de que ella hubiera conseguido tan fácilmente y sin esfuerzo lo que a pesar de todo mi renombre como reina principal de los Pandava jamás iba a poseer. Y así me aparté de ella, haciendo comentarios deliberadamente mordaces sobre la seducción y la traición hasta que no pudo contener las lágrimas.

Más que Subhadra (quien después de todo no me debía nada), más que Arjuna (a cuyas perfidias ya estaba acostumbrada), era Krishna quien yo sentía que me había traicionado. Pero cuando lo acusé de haber alentado a su hermana para que me quitara a Arjuna, se mantuvo imperturbable.

—Arjuna no es como un anillo de nariz que cualquiera puede arrebatarte —dijo con dureza—. Él hace lo que su voluntad le dicta. Además, sabes que se case con quien se case, su compromiso contigo sigue siendo el mismo. Y, lo que es más importante, de esa unión saldrá un gran guerrero, y de él saldrá un rey todavía más grande. —Me tocó el hombro para, tal vez, suavizar la dureza de sus palabras—. ¿Acaso eso no es más importante que el pasajero dolor que sufres?

Con el tiempo, me descubrí haciéndome amiga de las esposas. (A eso contribuyó el hecho de que todas ellas decidieron quedarse con su propia gente, en los reinos donde habían nacido. La distancia en gran medida favorece la armonía, un hecho que las mujeres que se encuentren en situaciones similares a la mía deben tener presente). Sorprendentemente, Subhadra se convirtió en mi favorita. En sus visitas, soportaba mis mezquinas tiranías sin una queja —me traía agua, me cepillaba el pelo, e incluso me abanicaba en las tardes calurosas—, hasta que la vergüenza me hizo desistir. Aunque nadie podría acusarla de debilidad, era más tolerante que yo. Quizá fue por eso por lo que, cuando la tragedia cayó sobre nosotras dos, ella la iba a manejar con más elegancia. En los años de mi desgracia, ella se llevó a mis hijos a su casa, tratándolos igual que a su hijo, manteniendo con habilidad el equilibrio entre el afecto y la disciplina. Llegaría a amarla por ello. Pero no, ella se había abierto camino hacia mi corazón mucho antes. Muchos de sus gestos —la manera en que levantaba una ceja, o rompía a reír, o sacudía la cabeza ante una manifestación de estupidez— eran los de Krishna, y al mirarla me hacía sentir como si él estuviera a mi lado.

Así pasó una década, como en un sueño. Y como en un sueño recuerdo aquellos años muy vagamente, como uno recuerda los colores de una serena puesta de sol. ¿Siempre es así cuando la vida transcurre de la manera en que queremos? Mis maridos y yo nos hicimos más viejos, más ricos, más cómodos con nuestra buena fortuna. Y más tolerantes los unos con los otros, de modo que cuando al final de cada año yo pasaba de una cama a la del siguiente, ya no nos causaba ninguna molestia. El comercio, la industria y el arte prosperaban en nuestra ciudad. Nuestra reputación se extendió por todos los reinos. Nuestros súbditos, al prosperar, nos bendecían en sus oraciones. Teníamos en las palmas de nuestras manos todas las cosas que habíamos anhelado. Pero, en el fondo, aunque nadie lo admitiera, nos sentíamos un poco inquietos, un poco aburridos. La corriente del destino parecía habernos lanzado a tierra firme antes de retirarse. Sin saber que ella se estaba preparando para un cataclismo, nos irritábamos por tanta calma, preguntándonos si alguna vez vendría a buscarnos de nuevo.

21

Vida en el más allá

Los límites de la vida después de la muerte son aún más complicados que las reglas que nos ligan a la tierra. Según los actos que cada uno haya realizado, los muertos pueden ser enviados a muchas moradas diferentes. A los brahmines afortunados se les envía a Brahmaloka, donde pueden aprender la sabiduría divina directamente del Creador. El mejor de los *kshatriyas* va a Indraloka, lleno de placeres tanto artísticos como hedonistas. Los guerreros menos importantes deben contentarse con las cortes del dios de la muerte, o de las deidades del sol y de la luna. Para los malhechores, hay ciento treinta y seis niveles de infierno que corresponden, cada uno, a un pecado en particular, y cada uno con su propio grupo de torturas, como que le arranquen la lengua, ser hervido en aceite, o ser devorado por aves hambrientas, todas las cuales están descritas en nuestras escrituras con gran deleite. El tutor de Dhri opinaba que las mujeres virtuosas eran enviadas directamente a su siguiente nacimiento, donde, si tenían suerte, se reencarnaban como hombres.

Pero yo pensaba que si esos *lokas* realmente existían, las buenas mujeres seguramente iban a uno donde no se permitía la entrada a los hombres, para que ellas pudieran, por fin, verse libres de las exigencias de los varones. De todas maneras, prudentemente me guardé para mí esta teoría personal.

En todo caso, sabía lo suficiente como para darme cuenta de que habría problemas cuando el sabio Narad, que nos había hecho una visita sorpresa, le dijo a Yudhisthir:

—No, gran rey —dijo—, cuando visité la corte de Indra, no vi allí al espíritu de tu respetado padre.

Habíamos disfrutado de la comida más exquisita que nuestros cocineros pudieron elaborar con tan poca antelación (pues Narad tenía un paladar exigente): desde melones amargos fritos y berenjenas rellenas, a lentejas cocinadas hasta convertirse en una pasta mantecosa que se derretía en la boca y arroz con leche espesado rebosante de almendras. Después de haber comido abundantemente, los hombres reposaban sobre almohadones de seda. Me senté detrás de Yudhisthir, pasando una fuente de plateadas hojas de nogal de betel y especias digestivas, a la vez que observaba al sabio desde detrás de mi velo.

Con su físico poco robusto y sus sencillas ropas blancas, Narad parecía inofensivo, pero tenía una gran reputación. Tenía poderosas conexiones de familia (que provenían, según se decía, directamente del cerebro de Brahma) y era un gran devoto del Señor Vishnú. Su actividad favorita era viajar de corte en corte y de mundo en mundo, recogiendo chismes y difundiendo el desorden. Ya había colaborado en la caída de varios regímenes, y se lo conocía adecuadamente como Narad el Alborotador. Me preguntaba qué estaría planeando.

—Pero sí lo vi en la corte del dios de la muerte —añadió, inclinando su cabeza como un cuervo travieso.

—¿Pero por qué está mi padre en la corte de Yama y no en la de Indra? —preguntó Yudhisthir, enojado por aquel insulto al honor de la familia.

—Tu abuelo también está ahí —dijo Narad, bostezando con delicadeza detrás de su mano—. Pero no dejes que esto te perturbe. Estaban muy cómodos, aunque los tronos allí no son tan magníficos como los de la corte de Indra, ni los almohadones tan confortables para el trasero. Sin embargo...

—¿Qué podemos hacer para asegurar que nuestros antepasados entren en la corte de Indra? —interrumpió Yudhisthir.

—Por una coincidencia extraña —replicó Narad—, eso es precisamente lo que yo les pregunté. Dijeron que si realizas el sacrificio de Rajasuya, serían enviados allí.

—¡Entonces sin duda que lo haremos! —decidió Yudhisthir—. Dinos cómo hay que hacerlo.

Narad arrugó la frente, fingiendo preocupación.

—¡Es demasiado peligroso! Primero debes hacer que todos los reyes de Bharat te paguen tributo. Y si no lo hacen, debes combatir con ellos y derrotarlos. Y luego debes realizar una gran ceremonia del fuego a la que todos ellos tienen que asistir.

Yo era escéptica respecto de todo aquel asunto. Incluso aunque los *loka* existieran, ¿qué prueba había de que los muertos podían ascender de uno al otro según lo que nosotros hiciésemos aquí en la tierra? Yudhisthir, también, vaciló. Era un hombre amante de la paz. Pero los ojos de Arjuna emitieron destellos y Bhim levantó los puños al cielo. Sahadev y Nakul permanecieron sentados e inmóviles. Yo dudaba de que se preocuparan por los antepasados o creyeran más que yo en los *loka*. De todas maneras, la historia de Narad les brindaba la oportunidad perfecta para sacudirse la inactividad, poner al día sus poco utilizadas habilidades guerreras, llenar las arcas reales y adquirir renombre, además de ser elogiados como hijos cumplidores al mismo tiempo.

—¿Cuándo empezamos? —preguntó Arjuna.

—¡No nos precipitemos! —reaccionó Yudhisthir—. Haremos venir a Krishna. Él nos aconsejará.

—¡Ah, Krishna, el maestro estratega! —exclamó Narad, batiendo palmas—. ¡Qué afortunado eres de tenerlo como amigo! Tú sabes que es la encarnación del mismo Vishnú, ¿no? —Me lanzó una mirada sigilosa, tratando de ver si yo creía en esa escandalosa pretensión.

—¿Es realmente una reencarnación? —preguntó Arjuna con curiosidad—. Parece tan... normal, siempre bromeando con nosotros...

—Él solo revela su divinidad a aquellos que están listos para ello —informó Narad, y aunque hablaba con Arjuna, fue a mí a quien dirigió la mirada.

Había desestimado las palabras de Narad como otro de sus molestos trucos, pero después, cuando me quedé sola, no pude dejar de pensar en ellas. ¿Y si yo estaba equivocada? ¿Y si de verdad había mundos sobre mundos invisibles a los simples mortales, como son invisibles las estrellas durante el día? ¿Y si los dioses bajaban, de vez en cuando, para vivir entre nosotros y guiar nuestros destinos? Más allá de la silueta dormida de Nakul, mi marido en ese momento, más allá de la ventana oscura de mi dormitorio, una pálida luna amarilla colgaba baja en el firmamento. ¿Qué misterios se escondían detrás de su cara llena de hoyuelos? No podía precisar si las leyes de esos mundos debían ser superiores a las nuestras. Si debíamos inclinarnos ante el consejo de un dios-hombre, aun cuando fuese en contra de todo lo que creemos que es correcto.

Observé con cuidado a Krishna cuando llegó. No actuaba de una manera particularmente divina. Bromeó conmigo como de costumbre, diciéndome que había aumentado de peso (una mentira flagrante). Insistió en que cocinara para él y luego alegó (otra mentira) que mis dulces hechos con leche no eran de verdad tan buenos como los que había probado de joven en Vrindavan. Cuando mis maridos le preguntaron sobre el Rajasuya, se mostró sorprendentemente a favor de la idea. Dijo que el país estaba lleno de corrupción y necesitaba limpieza. Un cuidadosamente controlado derramamiento de sangre en ese momento podría prevenir una gran carnicería más adelante. Parecía haber olvidado sus advertencias anteriores sobre la envidia.

Krishna ayudó a mis maridos a crear una estrategia. Empezaron matando a Jarasandha, el más temido gobernante de la época... y, a propósito, un enemigo de mucho tiempo de Krishna. (Bhim le partió en dos en una lucha cuerpo a cuerpo, una hazaña que después me describió encantado con horribles detalles). Liberaron luego a los muchos reyes a quienes Jarasandha había encerrado en sus laberintos y los devolvieron a sus reinos. Esto hizo que mis maridos se volvieran tan queridos por todos que, dondequiera que fuesen después de aquello, eran bien recibidos con señales de amistad. ¿Quién sabe qué hubiera ocurrido en el reino de Anga, el reino de Karna? Pero Krishna evitó con habilidad el problema ordenando a Yudhisthir que enviara una cortés carta al rey ciego, diciendo que por respeto a su tío, los Pandava no iban a desafiar a ninguno de sus aliados. Para no ser superado en elegante hipocresía, el rey ciego envió una florida misiva diciendo que estaría encantado si los Pandava lograban conseguir el apoyo de todos los reyes de Bharat y aumentaban la fama de su padre. En tal caso, aunque él mismo no podía viajar debido a su salud, Duryodhan y sus amigos estarían encantados de asistir a los festejos en aquel palacio nuestro del que todos hablaban tan bien.

La carta de Dhritarasthra nos lanzó a una actividad desenfrenada. Estábamos preparados para una gran reunión, pero no habíamos pensado que vendrían los Kaurava. El hecho de saber que ellos estarían presentes lo cambió todo. Mis maridos recorrían una y otra vez el palacio, revisando todo con ojo cada vez más crítico, tal como pensaban que haría Duryodhan. Incluso el afable Yudhisthir se puso irritable. Era imperioso que todo estuviera perfecto para cuando llegaran los Kaurava. Entonces se verían obligados a reconocer lo bien que les había ido a sus primos pobres, a los que siempre habían insultado y ridiculizado.

¿Y yo? Me metí de lleno en los preparativos, sin olvidar nada, como debe hacer una buena esposa. No era difícil. Yo también quería que Duryodhan se quedara con la boca abierta ante lo que ellos habían hecho en aquellas inhóspitas tierras. Yo también quería que quedara deslumbrado por todos sus tesoros, incluyéndome a mí misma, su posesión principal. Era lo menos que mis maridos se merecían después de todos aquellos años de lucha y vergüenza, de huir temiendo por sus vidas. Si había otra razón por la que obligué a mis criadas a trabajar hasta altas horas de la noche, a sacar lustre y a lavar, o incité a mis cocineros a crear nuevos platos exóticos para cada banquete que íbamos a ofrecer, o le encargué al sastre real que diseñara la ropa más elaborada que jamás hubiéramos llevado, o les ordené a los jardineros que convencieran a cada planta en mi jardín para que floreciera, me cuidé muy bien de no analizarla.

22

Disco

Las celebraciones comenzaron bien. Mis maridos fueron gentiles y modestos en su triunfo, y dieron la bienvenida a los reyes que nos visitaban con gran entusiasmo. Aquella era su primera oportunidad de ser anfitriones, y estaban decididos a hacerlo bien. Por su parte, los reyes agradecían la cortesía —y mucho más los costosos obsequios que les ofrecimos— y se dispusieron a disfrutar de los festejos. Pero más adelante nos íbamos a dar cuenta de que el descontento había estado fermentando en muchos corazones desde el principio mismo. Raro es el hombre —y aún más raro el gobernante— que puede permanecer inmune a los celos ante la repentina prosperidad de un semejante. Todos nosotros (excepto quizá Yudhisthir) conocíamos esa verdad. Tendríamos que haber estado más atentos, pero a todos nos distrajo, de maneras diferentes, la presencia del contingente de los Kaurava.

El día en que me enteré de que aquello que tanto temía y anhelaba a la vez estaba a punto de ocurrir —que Karna sería parte del cortejo de Duryodhan—

fui al pequeño patio privado al que daba mi dormitorio y me senté entre las plantas de *ashwagandha* con la espalda contra el muro de piedra tibia. «Dame fuerza para hacer lo que es correcto», susurré, aunque no sé a quién iba dirigido mi ruego. No tenía mucha confianza en los dioses. Estaban demasiado ocupados con sus propias peleas y también eran capaces de usar el engaño para conseguir lo que querían. Una suave brisa vespertina sopló a mi alrededor; las amarillas flores de *ashwagandha* temblaron, liberando su olor acre y húmedo; me pareció que mi palacio me estaba aconsejando mientras me envolvía en su abrazo. Me pareció que decía que la visita de Karna sería mi oportunidad para la expiación.

Así pues, cuando Karna llegó, dejé de lado la pasión, la locura y la incomodidad que va con ello. Me mantuve junto a mis maridos y le di la bienvenida de la misma manera en que di la bienvenida al resto del grupo de los Kaurava, sin que me temblara la voz ni se me nublara la mirada. Creé oportunidades para ser hospitalaria con él. Estaba decidida a borrar mi insulto anterior por medio de la gentileza. Me convencí a mí misma de que ninguno de nosotros era ya joven y tonto como en la época de mi matrimonio. Podíamos dejar atrás el pasado.

Pero Karna no iba a complacerme. Le había yo asignado uno de nuestros más grandes aposentos para huéspedes, con un balcón que daba a un lago que adquiría un brillo plateado todas las noches a la luz de la luna, pero se lo cedió a Dussasan, escogiendo en cambio para sí una habitación pequeña, desocupada, que daba solo a los muros de un patio. A los ojos de todos los demás, su comportamiento era impecable. Acompañó a Duryodhan en todos los actos públicos —ceremonias de sacrificio, espectáculos de danza, discusiones de asuntos de la corte— y los presenció con gran paciencia, ya que no con placer. Pero cada vez que Yudhisthir organizaba una reunión íntima en la que yo iba a estar presente —una cena en las salas privadas de la familia, o una velada en la que se recitaría poesía—, Karna se excusaba. Si por casualidad nos cruzábamos en algún sendero del palacio, él respondía a mis más cálidos saludos con corrección... y nada más. Poco a poco me fui dando cuenta, con dolor en el alma, que él no iba a permitir que me redimiera.

El último día del *yagna*, después de que Yudhisthir fuera coronado como el más grande entre los reyes de Bharat, se esperaba que eligiera a un invitado de honor entre los gobernantes allí reunidos. Durante muchas noches mis maridos habían tratado de determinar quién debería ser. ¿Debían privilegiar al de mayor edad? ¿Al que poseía el territorio más grande? ¿Al más conocido por sus actos de caridad? ¿Al que ellos más querrían como aliado? Pero no se ponían de acuerdo.

Ya en la reunión, Yudhisthir dijo a Bhishma:

—Abuelo, todos aquí estarán de acuerdo en que tú eres el más sabio de nosotros. Es por lo tanto adecuado que seas tú quien elija a nuestro invitado de honor.

De pie detrás de él, pude ver lo que Yudhisthir era demasiado ciego como para darse cuenta: no todos estaban de acuerdo con él. Aunque no decían nada abiertamente contra Bhishma, este tenía muchos enemigos. Algunos desconfiaban de él por el juramento que había hecho, que ellos consideraban terrible y antinatural. Otros estaban resentidos con él porque les impedía repartirse el reino de Kaurava entre sí. Y otros simplemente lo odiaban porque nos amaba.

Cuando me di cuenta de esto último, empezaron a temblarme las manos. Durante todos esos años, encerrada en la seguridad de mi palacio, había creído que estábamos a salvo. Había creído que mientras no deseáramos ningún daño, ningún daño nos alcanzaría. Pero la envidia se había estado ocultando fuera de nuestros muros, y en aquel momento le habíamos dado la oportunidad perfecta para que se nos colara dentro. Ese terrible sentimiento desfiguró los rostros que tenía delante de mí, mientras los reyes murmuraban entre sí y su superficial amistad para con mis maridos desaparecía con cada palabra.

—¡Krishna! —anunció Bhishma—. Krishna debe ser el invitado de honor.

Sus palabras fueron como una piedra arrojada a un nido de avispas. Los allí reunidos estallaron en gritos. Unos cuantos se mostraron satisfechos (mis maridos no podían contener sus sonrisas), muchos más dieron muestras de enfado, pero la mayoría estaba perpleja. Yo también lo estaba, por mucho que amara a Krishna. Él era un rey relativamente menor, a pesar de las pintorescas historias que lo rodeaban. ¿Qué sabía Bhishma de él que yo ignorara?

Krishna, que había estado sentado en medio del salón con el resto del clan Yadu, se puso de pie. No parecía particularmente entusiasmado. Siempre me había resultado difícil interpretar sus expresiones de camaleón, pero me dio la impresión de que parecía resignado. Unió sus palmas a modo de aceptación de aquel honor y caminó serenamente hacia el estrado. Su aspecto impresionó a los presentes; ellos también, empezaron a calmarse. Yudhisthir dio un suspiro de alivio.

Entonces Sisupal, el rey de los Chedis, saltó de su asiento con el rostro encendido. Yo lo recordaba del *swayamvar*... Él había estado en la primera línea de los pretendientes descontentos que habían tratado de matar a Arjuna. Era un maestro en el arte de incitar a otros, al legitimar los vergonzosos pensamientos que estos llevaban dentro. Se me encogió el corazón, preguntándome qué iría a hacer en aquel momento.

Sisupal se golpeó las manos en un aplauso burlón.

—¡Esto es realmente maravilloso! Con tantos grandes héroes en esta asamblea, ¡el premio va a un pastor de vacas que se convirtió en rey matando traicioneramente a su tío! ¡El hombre a quien mi amigo Jarasandha sacó corriendo del campo de batalla muchas veces! ¡El hombre que cumplió su venganza instigando a Bhim a matar a mi amigo por medio de engaños! ¡Ese es el hombre que es honrado hoy por encima de todos nosotros! ¿Pero qué otra cosa se puede esperar en la corte de un rey bastardo?

Se oyó un grito entrecortado de todos los presentes. No me atreví a mirar la cara de Yudhisthir. Arjuna dio un paso adelante, con la mano en la espada.

—Sisupal —dijo Bhishma, controlándose con gran esfuerzo—, aquí eres un invitado, aunque es obvio que has olvidado la cortesía que debes brindar a tus anfitriones. No quiero que los Pandava incurran en el pecado de matarte, de modo que te pido que retires tus gravemente ofensivas palabras.

—Yo no retiro lo que digo —replicó Sisupal—, particularmente cuando es verdad. Fue de lo más conveniente, ¿verdad?, que todos aquellos dioses visitaran a Kunti y a ese pobre eunuco, Pandu, en la selva. Y hablando de eunucos, ¿alguna vez os habéis preguntado, vosotros, grandes reyes, por qué Bhishma decidió hacer el juramento por el que se ha hecho tan famoso con tanta rapidez?

Con un rugido, Bhim se abrió paso hacia la parte delantera del estrado. Pero Bhishma cogió del brazo a Bhim. Ya no se veía enfadado. Señaló hacia donde estaba Krishna, junto al estrado. Como siempre, no llevaba espada, pero en la mano derecha tenía algo que nunca había visto, un disco con bordes dentados. El sol se reflejó en su superficie, deslumbrándome, creando la ilusión de que giraba muy rápidamente alrededor de su dedo índice.

—Me prometí perdonarte cien insultos —le dijo Krishna a Sisupal en un tono de voz coloquial—. Tú ya superaste esa cantidad hace mucho tiempo, pero fui paciente, sabiendo que no eras demasiado hábil para contar. —Esperó a que el grito de rabia de Sisupal se apagara—. Esta vez has ido demasiado lejos, insultando al abuelo. De todas maneras, lo dejaré pasar si te disculpas. De esta manera Yudhisthir podrá terminar su *yagna* en paz.

—¡Cobarde! No trates de engañarme con tus palabras melosas —gritó Sisupal; sus palabras se oían confusas por la furia—, como hiciste para atraer a mi hermosa Rukmini alejándola de mí.

Recordé vagamente una vieja historia —algo acerca de que la esposa favorita de Krishna en algún momento había sido prometida por su hermano a Sisupal—, pero no había tiempo para ordenar mis ideas. Sisupal se había lanzado en una carrera, apuntando a Krishna con la espada. Me aferré al brazo de Arjuna. (Yudhisthir no era muy adecuado para tales ocasiones).

—¡Ayúdalo! —grité.

Me dirigió una mirada incrédula.

—¡No puedo entrometerme en la pelea de Krishna!

—No te preocupes, Panchaali —intervino Yudhisthir, palmeándome en el hombro—. ¿Recuerdas lo que dijo Narad acerca de los poderes de Krishna?

Sisupal clavó su espada con súbita brutalidad en el vientre de Krishna. La hoja se movió tan rápido que se vio como una mancha confusa. Grité y me tapé la cara. A mi alrededor la gente gritaba consternada. Sentí un dolor desgarrador como si la hoja hubiera atravesado mi propio cuerpo, luego el vacío. En la vida me había sentido tan vacía. Me golpeó como un puño de hierro el hecho de darme cuenta de que si Krishna no estuviera en mi vida, nada importaría. Ni mis maridos, ni mi hermano, ni aquel palacio del que me sentía tan orgullosa, ni la mirada que anhelaba ver en los ojos de Karna.

¿Cuándo empezó a importarme tanto? ¿O siempre había sido así, solo que yo había sido indiferente a ello hasta que la calamidad me obligó a prestarle atención?

—Panchaali —escuché que Bhim me llamaba—. Puedes abrir los ojos ahora. Todo ha terminado.

Efectivamente así era. La cabeza de Sisupal estaba en el suelo, sangrando. Me apresuré a cerrar los ojos otra vez.

—Krishna la cortó con su disco —explicó Bhim—.

Pero el cuerpo sin cabeza siguió avanzando, y su espada todavía apuntaba a Krishna. ¡Fue algo digno de verse! Se desplomó en el último momento, justo a sus pies. Lo más extraño ocurrió cuando cayó el cuerpo. ¡Hubo un destello de luz y desapareció dentro Krishna! ¿Qué te parece eso?

Estaba demasiado aturdida para entender nada de todo aquello..., los acontecimientos externos o la agitación que había dentro de mí. Esta vez, cuando abrí los ojos, los dirigí a Krishna. No tenía el aspecto de acabar de matar a un hombre. Una ligera sonrisa le bailaba en los labios, como si estuviera reviviendo algún viejo y no desagradable recuerdo. ¿Tenía algo que ver con la luz que Bhim había mencionado...?, ¿era acaso el alma de Sisupal? Sus pies estaban salpicados de sangre.

—No es mía —me dijo, al ver la expresión de mi cara—. No estoy herido. —Pero eso no era del todo cierto. Goteaba sangre del dedo índice de su mano derecha. (¿Podía un dios sangrar?). Debió haberlo usado para lanzar el disco. (Del disco mismo no había señales. Ni lo volvería a ver durante años). Arranqué una tira del borde de mi sari y le vendé la herida.

»Acabas de estropear ese sari tan costoso —dijo—. Tendré que conseguirte uno nuevo, aunque probablemente no será tan fino. ¡Después de todo, soy un rey relativamente menor!

Lo miré conmocionada, luego me ruboricé. ¿Conocía él todos mis pensamientos, incluidos aquellos sobre Karna?

Los reyes habían saltado de sus asientos. Algunos protestaban airadamente. Unos cuantos habían sacado las espadas. Me pareció ver a Narad acurrucado en un rincón del *sabha,* observando el caos con una mezcla de miedo y éxtasis en el rostro. Un desdichado Yudhisthir pedía orden en vano. Mis otros maridos bajaron para mezclarse con los demás, tratando de calmarlos. ¿Fue a Karna al que vi ayudándolos, con los brazos levantados, la espalda como un tronco de árbol gigante, manteniendo a la inquieta multitud alejada del estrado donde estaba yo? Pero, por una vez, mi atención se apartó de él.

Si iba a decirle a Krishna lo que yo sentía, aquel era el momento. (¿Por qué era tan importante que yo le expresara a él mi confuso pesar?). Sentí que debajo de mis pies el suelo perdía estabilidad. Tenía la cara ardiendo. Nunca había desnudado mi alma ante Krishna de aquella manera. Tenía miedo de que se riera de mí. De todas maneras, dije:

—Cuando creí que habías muerto, quise morir yo también.

Krishna me miró a los ojos. ¿Era amor lo que vi en su rostro? Si era así, ¿era de una clase diferente de todos los amores que yo conocía? O tal vez los amores que yo había conocido habían sido una cosa diferente, y solo esto era amor. Atravesaba mi cuerpo e iba más allá, a través de mis pensamientos, de mi tembloroso corazón, hasta algún lugar de mí cuya existencia yo ignoraba. Mis ojos se cerraron por propia voluntad. Sentí que me deshacía como el borde trenzado de un chal, cuyas puntas iban por todos lados.

¿Cuánto tiempo permanecí inmóvil allí? ¿Un momento o una eternidad? Algunas cosas no pueden ser medidas. Lo que sí sé es que no quería que terminara.

Luego su voz se metió en mi ensoñación, con la risa erizada entremezclándose con sus palabras, tal como yo había temido.

—¡Será mejor que no dejes que mis queridos amigos los Pandava oigan eso! ¡Podría meterme en muchos problemas!

—¿Nunca podrás comportarte con seriedad? —le dije, mortificada.

—Es difícil —respondió—. Hay tan poco en la vida que valga la pena ser serio.

No hubo lugar para seguir conversando, pues esta vez el suelo tembló de verdad. Los pilares del *sabha* se tambalearon.

Aunque la magia que Maya había entretejido en ellos les impedía caer, a la gente le entró el pánico, gritando mientras corrían. Me pareció escuchar el graznido de los cuervos. Alguien me cogió del brazo. Yo tiré y entonces vi que era Bhim, con el pelo alborotado sobre la cara.

—¡Tranquila! —dijo, frotándose la mejilla arrepentido—. Nuestro hermano mayor me pidió que te acompañara a tus aposentos. Este no es lugar para ti.

Me molestó el comentario, pero Krishna me dio un suave empujón.

—Vete, Krishnaa. No querríamos que salieras herida.

Bhim agitó la cabeza consternado.

—¡Vaya desdichado final para nuestro *yagna*! ¿Qué ocurrirá ahora? Los sacerdotes están diciendo que el seísmo es un mal agüero. Están diciendo que los dioses están enfadados por la muerte de Sisupal.

—A los sacerdotes les gusta decir tales cosas —replicó Krishna. No parecía demasiado preocupado por la cólera de los dioses.

Mientras Bhim me llevaba corriendo, vi a Karna. Había estado conteniendo a la multitud que trataba de precipitarse por la entrada cercana al estrado, paciente ante aquella aterrorizada agitación. Cuando vio que yo estaba a salvo con Bhim, hizo una brusca inclinación de cabeza y se volvió para retirarse. Concentré toda mi energía mental para que se diera la vuelta, para darle las gracias, deseando que me mirara aunque solo fuera una vez más. Sé que tuvo que sentir la fuerza de mi deseo..., incluso Bhim me miró, con la frente fruncida por la perplejidad. Pero Karna se alejó con pasos tan firmes como si yo nunca hubiera existido.

23

Lago

Duryodhan estaba actuando de manera extraña. Los otros reyes habían partido poco después de la muerte de Sisupal —la mayoría de ellos con el gesto hosco y en desacuerdo, sin observar las cortesías de la despedida—, pero el grupo de los Kaurava se quedó. El resto de nosotros deseaba que se fueran, pero Yudhisthir era demasiado educado como para permitirnos sugerir tal cosa. Quizá también, molesto por la desconfianza de nuestros otros invitados y decepcionado por el desagradable final para el *yagna* que con tanta ilusión había esperado, lo gratificaba que Duryodhan apreciara su compañía. Que estuviera tan fascinado por nuestro palacio. Le complacía poseer algo que su primo admiraba y le permitió a Duryodhan que paseara por donde desease.

El resultado fue que me encontraba con el príncipe Kaurava en los lugares más inesperados: en la cocina, donde inspeccionó los fuegos para cocinar con gran interés, o en el jardín, donde preguntó a los jardineros dónde habíamos adquirido ciertas plantas. Pronto me di cuenta de qué era lo que quería: construir un palacio similar para él. Pero cuando expresé mi indignación a mis maridos, exigiendo que lo detuvieran, simplemente se burlaron de su ambición. Señalaron que nunca podría cumplir su objetivo, a menos que consiguiera un arquitecto tan conocedor de la magia como Maya, y ¿cómo iba a conseguirlo?

—Solo conseguirá vaciar las arcas de Hastinapur —aseguró Arjuna—, y luego cargará al pueblo con impuestos injustos.

—Tal vez se harten de él, se rebelen y lo depongan —sugirió Bhim.

—Tal vez designen a uno de sus sensatos hermanos menores para convertirlo en príncipe heredero —reflexionó Nakul.

—¡No existe la menor oportunidad de que eso ocurra! —gritó Sahadev—. Ya sabéis cuán *ciegamente* adora a Duryodhan nuestro querido tío. —Los cuatro se rieron a carcajadas hasta que Yudhisthir puso fin a sus risas.

Yo no podía tomar los planes de Duryodhan tan a la ligera. Todos habíamos puesto el corazón en el diseño de aquel palacio. Era la encarnación de nuestros deseos más íntimos, de nuestros deseos secretos. Era *nosotros*. Cada vez que veía a Duryodhan midiendo una entrada con sus ojos, o señalando una escalera flotante mientras su tío Sakuni tomaba notas, me sentía violada... y mucho más todavía porque la sonrisa maliciosa de Duryodhan indicaba que sabía exactamente lo que yo estaba pensando.

La presencia de Karna en aquellos momentos empeoraba las cosas. Se quedaba al lado de Duryodhan, mostrando un supremo desinterés. Yo ya me había enterado, por los criados, que él había pedido varias veces a Duryodhan permiso para regresar a Anga. Pero en cada ocasión Duryodhan le había rogado que se quedara, diciéndole que necesitaba que su amigo más apreciado permaneciera con él.

Sabía que no debía preocuparme. De todas maneras, me dolía que Karna estuviese tan ansioso por abandonar mi palacio, que ninguno de sus encantos llegase a atraerlo. Por primera vez, me hizo mirar el palacio con una mirada de duda, preguntándome si era realmente tan especial como habíamos creído que era. ¿O acaso Maya había echado un conjuro no en los cimientos del palacio sino sobre nosotros, para que las bellezas a las que adorábamos no tuvieran existencia fuera de nuestro propio deseo?

Pero en esto me equivocaba. El palacio era absolutamente tan mágico como Maya había dicho que era, y como toda morada mágica, percibía los pensamientos de sus habitantes. En los días siguientes, sentí en él cierta frialdad, cierto distanciamiento. Más adelante me preguntaría si su disgusto conmigo fue la causa del accidente que ocurrió, un accidente que iba a tener consecuencias de muy largo alcance.

Así como los días de Duryodhan transcurrían en trabajos de reconocimiento, sus noches las pasaba en grandes juergas que él mismo organizaba. Esto me desagradaba profundamente. Eran un recordatorio de que, no importaba cuán importante fuera yo para mis maridos, siempre habría lugares adonde yo no podía acompañarlos, lugares en donde no podía aconsejarlos. Pero mi inquietud tenía causas más serias que un ego lastimado. Los informes que me llegaban eran inquietantes: las bailarinas escasamente vestidas, los numerosos cargamentos del costoso *sura* que Duryodhan había ordenado traer para regalarle a mis maridos, el vaho de opio que quedaba en el *sabha* al terminar la noche. ¡Y el juego! Todas las noches se colocaban dados sobre tableros de marfil, y Duryodhan, codo a codo con Sakuni, desafiaba a Yudhisthir.

Sorprendentemente, a pesar de todo su amor por el juego, el príncipe Kaurava no era un jugador hábil ni prudente. Apostaba de manera irreflexiva y eran más las *veces* que perdía que las que ganaba. Y Sakuni, que a veces jugaba en su lugar, no parecía tampoco tener mucha suerte. Mis otros maridos bromeaban sobre eso y decían que si Duryodhan seguía jugando así, no le quedaría dinero para construir nada más grande que un establo para cuando regresara a Hastinapur. Pero Yudhisthir adoraba jugar. Se metía en el juego con regocijo infantil y no hacía ningún secreto del placer que le producía ganar. Sin embargo, él no estaba acostumbrado a esa clase de vida disipada. Llegaba tropezando a nuestro dormitorio tarde por la noche, apestando a vino y demasiado excitado como para quedarse dormido. Y cuando finalmente se dormía, daba vueltas y vueltas, y a veces gritaba por las pesadillas. Por la mañana despertaba con dolor de cabeza y de mal humor para luego arrastrarse al salón real para conducir los asuntos de Estado. Dhai Ma, que tenía sus fuentes de información, me dijo que estaba demasiado cansado como para prestarles su acostumbrada y solícita atención. Pero se negó a poner fin a todas estas juergas, como yo le sugerí. Envié un mensaje a

Dwaraka, con la confianza de que Krishna pudiera devolverle un poco de juicio, pero estaba de viaje en alguna de sus aventuras —algo relacionado con una gema perdida— y no era posible comunicarse con él.

Esa mañana fue particularmente desalentadora. Yudhisthir estaba tan perezoso y pesado que me pregunté si Duryodhan no habría estado echándole algo en el vino. ¿Lo estaba envenenando lentamente? ¿Era esa la verdadera razón por la que se quedaba? ¿Había tramado cada paso de este insidioso plan hacía mucho tiempo? ¿Había él incitado a Sisupal para que actuara de una manera que lo llevara a su muerte, sabiendo que esto haría que los otros reyes se volvieran contra Yudhisthir? ¿Se había dado cuenta de que este iba a proporcionar la situación perfecta para que él se abriera camino hacia el corazón de su confiado primo?

Mi mente volaba en un millón de direcciones mientras estaba en mi balcón con las damas de compañía, mirando sin ver la belleza que se extendía delante de mí. Evidentemente, tenía que hacer algo para detener a Duryodhan. ¿Pero qué? En mi desasosiego, prestaba poca atención a lo que me rodeaba hasta que una de las mujeres exclamó:

—¡Mi reina, mira quién está aquí!

Mis habitaciones miraban desde lo alto hacia el jardín más hermoso del palacio, uno que había diseñado yo misma (si bien Maya había añadido los detalles más delicados) para producir una impresión de abundancia no planificada. En medio de árboles en flor y arbustos con hojas del color de las joyas había una laguna grande y de forma irregular donde muchas aves iban a nadar. El lago estaba lleno de lirios silvestres y su agua era de un color azul brillante que lanzaba destellos incluso en días nublados. En el centro del estanque se alzaba un pabellón con pilares elaboradamente esculpidos que contaban historias de dioses y diosas que cambiaban incluso cuando uno las estaba mirando. Para llegar al pabellón, los visitantes tenían que usar alguno de los estrechos puentes suspendidos sobre el agua. Pero aquí Maya había hecho gala de su ingenio dañino: aunque todos los puentes parecían sólidos, solamente uno era real. Los otros eran ilusiones, hechos con luz, aire y engaños, y ello había provocado que más de un visitante terminara con un chapuzón.

Era hacia ese estanque hacia donde Duryodhan se estaba acercando. No nos había visto, pues Maya había protegido los balcones de las mujeres con ingeniosas celosías entramadas. Hice callar a mis compañeras para poder observarlo sin que él se diera cuenta. Tal vez de esta manera podría conocer sus intenciones respecto a Yudhisthir.

Duryodhan adoraba la ropa delicada. Ese día llevaba un conjunto de seda blanca inmaculada (muy poco adecuada para caminar en los jardines) y demasiadas joyas; caminaba a la cabeza de su séquito, cuyos miembros, creyendo que nadie los observaba, se comportaban de manera más insolente de lo habitual. Señalaban con gestos obscenos las estatuillas de las apsaras, riéndose tan fuerte que mis adoradas palomas levantaron el vuelo sobresaltadas. Algunos arrancaron flores para hacerlas girar entre sus dedos. Otros mordían fruta que habían cortado de los árboles, para luego arrojarla a medio comer entre los arbustos. Solo Karna, que cerraba el grupo, iba en silencio y con las manos vacías. Su armadura, que me habían dicho que nunca se quitaba, brillaba con el sol, encandilando mis ojos. El desdén que se percibía en su rostro —¿por los hombres de Duryodhan o por mi jardín?— dejaba claro que consideraba toda esa expedición como una pérdida de tiempo. Aunque lo intenté con todas mis fuerzas, no pude apartar mis ojos de él. En mi corazón luchaban la decepción y la rabia, mientras me afanaba en encontrar una manera de borrar la indiferencia de su rostro.

Estaba tan preocupada por Karna que dejé de observar lo que Duryodhan estaba haciendo hasta que oí el chapoteo. Debió de subir a un puente ilusorio, pues en aquel momento se debatía dentro del estanque. Miré horrorizada, mientras él se agitaba y maldecía, llamando a sus aturdidos cortesanos que se arremolinaron poco deseosos de saltar y echar a perder su costosa ropa. Mis acompañantes se reían a carcajadas. Debería habérselo impedido, pero no podía evitar sonreír yo misma pues lo encontraba muy cómico. ¿O era que una parte de mí se sentía justificada porque mi palacio había hecho lo que yo no podía hacer: humillar —aunque solo fuera por un momento— al hombre que yo sabía que todavía odiaba a mis maridos, a pesar de que fingía lo contrario? Alentada por mi sonrisa, una de las mujeres más jóvenes gritó con su voz alegre y clara:

—¡Parece que el hijo del rey ciego es también ciego!

La reprendí severamente, pero el daño estaba hecho. Todos los ojos se volvieron hacia el balcón. Duryodhan miró furioso hacia la celosía entramada. Podía adivinar lo que él estaba pensando: que yo había decidido deliberadamente no advertirle para luego insultarlo de la peor de las maneras, haciendo referencia a la dolencia de su padre. Karna, que había entrado al estanque para ayudar a su amigo, miró hacia arriba también, brindándome, finalmente, de manera irónica, la atención que yo había estado ansiando desde su llegada. Si yo hubiera actuado de inmediato, gritando mis disculpas, enviando a las criadas con ropa seca, y castigando a la niña que había hablado, podría haber minimizado el daño. Pero la gélida furia del rostro de Karna me paralizó la lengua. No podía soportar humillarme ante Duryodhan delante de él, reconocer que yo era culpable, escuchar en silencio, con la cabeza inclinada, mientras me hacía responsable del engaño producido por mi palacio. ¿Qué podría haber dicho, en todo caso, en mi defensa? ¿Que Karna me había distraído y no me había dado cuenta de lo que estaba haciendo Duryodhan? Y así permanecí ahí, luchando contra mi ego hasta que el breve momento de la oportunidad se desvaneció. Los dos amigos salieron con paso presuroso, susurrando airadamente entre ellos, dejando que yo me preguntara en qué terminaría todo aquello.

En una cosa mi palacio no era diferente de los otros palacios. Aquí, también, las noticias volaban con la rapidez del chismorreo. No había pasado siquiera una hora después del percance de Duryodhan cuando Kunti me convocó a sus aposentos. (Aquello hizo que me preguntara a cuántas de mis doncellas habría sobornado para que fueran sus informantes). Me sorprendió aquella convocatoria; desde que había llegado al palacio, mi suegra no había actuado de una manera tan imperativa. Cuando me presenté ante ella, encontré en su rostro aquella vieja expresión de exasperación ante mi estupidez. Por un momento, fue como si los años hubieran desaparecido y yo fuera otra vez una novia recién casada. De manera cortés y feroz al mismo tiempo, se preguntaba cómo era posible que yo no pudiera controlar las lenguas de mis doncellas. Me recomendó que le confesara sin demora a Yudhisthir lo que había ocurrido.

—Quizá mi hijo pueda calmar a su primo y reparar su orgullo ofendido —dijo—. Es una lástima que tenga que rebajarse por culpa de tu estupidez, pero es absolutamente esencial que así sea. No sabes lo vengativo que puede ser Duryodhan, ¡ni cuán peligroso!

Una parte de mí se daba cuenta de que tenía razón. Lo que ella sugería era sensato; yo misma lo había estado pensando. Si ella hubiera hablado de manera diferente, habría seguido su consejo. Después de todo, ella conocía al clan Kaurava mucho mejor que yo y había sobrevivido, una y otra vez, a sus enmarañadas conspiraciones. Pero su tono perentorio —unido a mi propia culpabilidad— me volvió obstinada. Le dije —de manera igualmente cortés— que yo me ocuparía del tema. Después de todo, ¿acaso no era la reina de aquel palacio? Si me parecía que mi marido debía ser informado, ciertamente lo haría. No era necesario que ella se preocupara por aquellas pequeñeces a una edad en la que sin duda preferiría concentrarse en temas más espirituales.

Kunti me miró furiosa, con los labios tan apretados que casi no se le veían. Tal vez se dio cuenta de que si decía algo más, la fachada de cortesía que había entre nosotras se vendría abajo, lo cual significaría una guerra abierta, cuyo resultado solo serviría para lastimar a sus hijos. Quizá nuestro choque le hizo recordar, con cruel claridad, que no era ella la que mandaba allí. Aunque tal vez lo que pensó fue: «Que sufra las consecuencias de su estupidez».

Hice una reverencia para indicar que nuestra reunión había terminado y abandoné sus aposentos.

No le conté a Yudhisthir lo que había ocurrido. Estaba ya bastante irritable y difícil de manejar; esto no haría más que empeorar las cosas. Me dije a mí misma que me disculparía si Duryodhan presentaba alguna queja ante mis maridos, pero nunca habló del tema. ¿Fue porque le daba vergüenza? ¿O Kunti había exagerado algo que, después de todo, no era más que un accidente? Pasó los días siguientes observándolo todo y espiando por todas partes como de costumbre y las noches apostando con Yudhisthir. Karna, también, siguió actuando como antes, tratando a todos los que lo rodeaban con cortés desgana. Pero quizá algo bueno resultó del chapuzón del príncipe, pues una semana después anunció que su padre le había enviado un mensaje en el que le pedía que regresara a Hastinapur. En el banquete de despedida, se ocupó particularmente de incluirme en sus ampulosos agradecimientos, a lo que respondí en tono similar.

Con la partida de los Kaurava, nuestras vidas volvieron a la normalidad. Aunque de todas maneras había una diferencia. Las ceremonias de Rajasuya habían producido algún desequilibrio dejando como consecuencia una cierta sensación de vacío. Tal vez todos los que llegan al final de una gran empresa sienten lo mismo. Al volver a realizar las actividades rutinarias que tanto habíamos extrañado cuando el palacio estaba lleno de invitados, no sentíamos otra cosa que insatisfacción. Yudhisthir se ocupaba de los asuntos de Estado solo con la mitad de su corazón puesto en ello, y por las noches se sentaba en el *sabha*, sin prestar atención a nada, sin hablar. Bhim se paseaba pesadamente por las cocinas y tiraba a la basura los platos que cocinaba, quejándose de que no sabían a nada. Nakul casi ni se ocupaba de sus amados caballos, y Sahadev dejaba sin leer los nuevos libros que los mercaderes le traían de tierras lejanas. Arjuna miraba las montañas del norte, en cuyos altos picos se suponía que vivía Shiva, con mirada ansiosa. Yo me ocupaba de mis jardines, reparando el daño que la banda de acompañantes de Duryodhan les había infligido, pero a menudo, mientras daba instrucciones, me olvidaba de lo que estaba diciendo. La mirada se me iba a un banco donde Karna se había sentado, a un sendero por donde él había caminado, y una vez más me quedaba con la sensación de que mi palacio no había logrado impresionarlo.

A veces me sorprendía a mí misma pensando en la profecía pronunciada cuando nací. ¿La había cumplido? Había hecho algo inusual. Me había casado con cinco reyes y había combinado sus fuerzas para que ellos pudieran convertirse en jefes supremos de todo el continente de Bharat. Seguramente en esto ya había dejado una marca importante en la historia, ¿no? Una parte de mí respondía afirmativamente. Pero la otra susurraba: «¿Eso es todo; esto es todo lo que iba a ser mi vida?».

El deseo es un imán poderoso. ¿Fue mi despreocupado deseo en parte responsable de la invitación que llegó en menos de un año? En ella Duryodhan solicitaba a sus muy amados primos que lo honraran con una visita a su palacio recién construido, aunque no era de ninguna manera tan resplandeciente como el de los Pandava. Tal vez habría allí oportunidad de continuar los juegos que tanto había disfrutado en Indra Prastha. Concluía extendiendo una invitación especial a la reina Draupadi, a quien su nueva esposa Bhanumati, princesa de Kasi, hacía mucho tiempo admiraba y deseaba conocer.

Esto era inesperado. Por lo general, las esposas no acompañaban a los reyes en sus viajes. Kunti resopló ante lo inapropiado de la idea, pero mi corazón dio un brinco.

—¡Desde luego ha estado muy ocupado! —comentó Arjuna—. ¡Un nuevo *sabha* y una nueva esposa! Me pregunto qué lo habrá llevado a casarse otra vez..., ya tiene muchas esposas. E hijos, también. En todo caso, no quiero ir a satisfacer su ego.

Sahadev agitó la cabeza.

—No se trata solo de su ego. Hay algo más en esa invitación..., algo que no me inspira confianza.

Nakul frunció el ceño.

—Creo que está planeando algo.

—Me fío más de una cobra —añadió Bhim, y luego se volvió hacia mí—. ¿No tengo razón, Panchaali?

Debería haberme mostrado de acuerdo inmediatamente, y de manera enfática. El asunto habría concluido en ese preciso momento. Tal vez Yudhisthir se habría quejado, pero habría escuchado nuestras voces combinadas para finalmente no aceptar la invitación de Duryodhan. ¿Qué debilidad me hizo permanecer en silencio? ¿Qué oscuro deseo?

Kunti me lanzó una mirada furibunda, pero con cuidado de que nadie más se diera cuenta.

—Tienes toda la razón —le dijo a Bhim—. Solo los muy tontos van en busca de problemas.

Pero Yudhisthir dijo:

—¡Todos vosotros os estáis preocupando innecesariamente! Duryodhan por fin se ha dado cuenta de que le conviene tenernos como amigos. Además, él se lo pasó muy bien cuando estuvo aquí. Es natural que quiera devolver nuestra hospitalidad. Sería grosero negarse.

—¡Eres demasiado confiado! —exclamó Kunti—. Igual que tu padre..., esa siempre ha sido tu...

—Creo que Yudhisthir tiene razón —interrumpí—. Duryodhan ha hecho el esfuerzo de dejar de lado las viejas hostilidades. Lo correcto es que nosotros hagamos lo mismo.

¿Qué fue lo que me hizo interrumpir a Kunti con palabras que yo sabía, incluso mientras las pronunciaba, que eran falsas? ¿Fue solo mi fastidio ante sus esfuerzos por controlar a mi marido y mi hogar otra vez? ¿O era la esperanza de ver a alguien cuando llegara a Hastinapur —solo una vez más—, aunque sabía que el hecho de verlo solo me provocaría tristeza? ¿O simplemente, como Vyasa había afirmado, yo estaba siguiendo un destino que ya había sido escrito?

Kunti se mordió el labio y no dijo nada más. Era

demasiado orgullosa como para mantener una discusión conmigo. Pero me dirigió una mirada extraña, como si se diera cuenta de que las palabras pronunciadas por mí no se ajustaban a las ideas escondidas en mi mente. Mis otros maridos se mostraron indecisos por un momento. Pero yo les había dado buenos consejos tantas veces en el pasado que disiparon su inquietud.

—Iremos —dijo Nakul a su hermano—, ya que tú y Panchaali así lo deseáis. Pero, hermano, seguramente te das cuenta de que a Duryodhan no le importamos nosotros. Solo quiere alardear mostrándonos sus nuevas posesiones.

—¡Que lo haga! —dijo Yudhisthir alegremente—. Sabemos que nuestras posesiones... —En ese punto agitó una galante mano hacia mí— aunque puedan no ser tan jóvenes, son incomparables.

Hice una reverencia en respuesta a aquel cumplido tan propio de Yudishthir. Ya estaba yo preparando mis sedas más finas y mis joyas más impresionantes, y también le pedí a mi *sairindhri* que diseñara algunos nuevos peinados. Y algunos emplastos rejuvenecedores no serían mala idea, tampoco. Quería asegurarme de que Bhanumati (¿o estaba yo pensando en otra persona?) siguiera admirándome.

—Estás cometiendo un error —le dijo Kunti a Yudhisthir—. Por lo menos no lleves a Draupadi..., no es ni correcto ni prudente que vaya con vosotros.

Estaba yo lista para lanzar mis más fuertes protestas, pero no fue necesario.

—¡Oh, madre! —replicó Yudhisthir—. Siempre estás imaginando lo peor. Panchaali estará muy bien.

Es más, ella cuidará de que los demás no cometamos imprudencias.

Nuestro séquito partió en un hermoso día de primavera. Mis maridos cabalgaban delante y las cabriolas de sus animales se correspondían con la impaciencia de todos. Detrás de nosotros iban cien jinetes con los obsequios. Una cortina de polvo fino se alzaba desde los cascos de sus caballos como una neblina matinal. Atrás quedaba el palacio que relumbraba, sus trémulas cúpulas doradas súbitamente lejanas. Del carruaje que compartía con la hosca Kunti, me incliné para oler el perfume de los árboles de *champak* que bordeaban el largo sendero de la entrada. Estaba tan excitada como un muchacho que se lanza a su primera aventura.

—Espero que todavía estén en flor cuando regresemos —le dije a Kunti.

Ella no respondió. No me había dirigido la palabra desde que había convencido a mis maridos para que aceptaran la invitación de Duryodhan. Molesta, resolví que yo tampoco le hablaría hasta que ella decidiera dejar de estar enfurruñada.

Yo ignoraba que ella tenía razón en sentir recelos. Que al viajar a Hastinapur estábamos cometiendo uno de los errores más grandes de nuestras vidas. No sabía yo que nunca más volvería a ver aquel fragante camino de flores... ni el palacio que tanto amaba.

24

Juegos

Esta vez llegaba a un Hastinapur tremendamente distinto... o tal vez era yo la que era diferente. Ser el ama del Palacio de las Ilusiones me había transformado de muchas maneras de las que no me había dado cuenta. Ya no me intimidaba la corte Kaurava, y aunque el nuevo palacio de Duryodhan impresionaba a muchos visitantes con sus brillantes novedades, vi enseguida que no se trataba más que de una burda imitación del nuestro, sin la magia verdadera que le diera alma. Y tampoco los mayores me intimidaban. Me encontré hablándole al rey ciego Dhritarashtra, a Kripa e incluso a Drona, el enemigo de mi hermano, con cortés serenidad. El abuelo observaba mis conversaciones con brillo de aprobación en sus ojos, y cuando estuvimos solos, me dijo:

—¡Vaya, te has convertido en una verdadera reina ahora, igual que el mejor de nosotros! Ya no te importa lo que los demás piensen de ti, y eso te ha dado una gran libertad. —Él ignoraba las movedizas arenas sobre las que mi libertad reposaba, y tampoco sabía que mi confianza se esfumaba cada vez que entraba en un salón y reaparecía de nuevo cuando me aseguraba de que Karna no estaba presente. Él no sabía cuánto me preocupaba equivocadamente por cosas de las que no debía preocuparme.

Pero tenía razón en esto: en algunos aspectos, yo era igual, o mejor, que mis pares. En Indra Prastha mis maridos habían escuchado con atención mis opiniones referidas al reino, y aunque a veces discutíamos, aceptaron muchas de mis sugerencias. Pero en Hastinapur, aunque el rey ciego se sentaba en el trono con los mayores en los asientos de honor junto a Duryodhan, era este quien ejercía el poder. Mostraba un rostro respetuoso mientras los demás discutían sobre tratados y leyes, pero en última instancia, las cosas ocurrían como él deseaba. Dhritarashtra no podía soportar oponerse a su hijo predilecto, que explotaba de rabia si se lo contradecía y no le importaba insultar a los viejos guerreros que habían mantenido seguro el reino para él todos estos años. En esas ocasiones, solo Karna podía calmarlo, pero a menudo él, también, se impacientaba ante el cauteloso consejo de los mayores. Al ver esto, los mayores protegían su propia dignidad y guardaban silencio. Cada día que pasaba, ellos se parecían más y más a figuras decorativas en una nave que había cambiado el curso sin su consentimiento y estaba navegando en aguas peligrosas.

Nada de esto pude ver por mí misma, pues Hastinapur era más conservadora que nuestra ciudad. Aunque había secciones cubiertas para las mujeres en la corte, solo se nos permitía asistir por invitación. Mis fuentes de información eran escasas y se limitaban a datos sueltos que Dhai Ma podía recolectar de los otros criados, o a información casual que mis maridos mencionaban de pasada. (Pero de esto sí pude enterarme: Karna había partido hacia su reino justo antes de que llegáramos a Hastinapur. A pesar de los muchos mensajeros que Duryodhan enviaba, instándole a regresar, él no le hacía caso).

Mis conversaciones con mis maridos eran breves y poco satisfactorias, pues Duryodhan los había arrastrado a un remolino de entretenimientos durante el día, y por la noche tenían lugar las tristemente célebres reuniones de juego que yo temía. Esta vez, sin embargo, algunas cosas eran diferentes. Antes de abandonar Indra Prastha, hice que Yudhisthir me prometiera controlar la bebida, y él mantuvo su promesa. La sobriedad lo ayudó en el juego. Para su deleite, ganaba con más frecuencia que antes. Pero esto significaba también que no tenía prisa para regresar al hogar. A veces, esto me preocupaba, pues no podía quitarme la sensación de inquietud, la sensación de que estábamos en territorio enemigo. En otras ocasiones me alegraba pensar que había todavía alguna posibilidad de poder ver a Karna allí, aunque esa alegría tenía un resabio amargo.

Esta vez nuestras habitaciones no estaban en el viejo palacio sino en el nuevo edificio, resplandeciente, con el ostentoso estilo que a Duryodhan le gustaba, con estatuas de bellezas curvilíneas y pinturas de colores chillones con escenas de caza y de batallas. Estaban convenientemente ubicadas junto a su *sabha* para que mis maridos pudieran ir de un lado a otro cuando lo desearan. No me molestaba este cambio. Era un alivio encontrarme lejos de aquel laberinto viejo y malicioso con sus miradas y chismes, con sus complicadas historias de odio. En ese lugar podía pasar yo los días como deseara, pues a mis maridos los mantenían ocupados, y los niños partían todas las mañanas a jugar con otros niños o a ver a los malabaristas y a los monos bailarines. Una vez que cumplí con mi obligada visita al palacio de las mujeres, quedé con pocas responsabilidades. Aquello era un lujo del que no había disfrutado desde la niñez... pero en aquella época no sabía lo suficiente como para darme cuenta de lo raro que era. Leía, pintaba o caminaba por el patio. (Me divirtió descubrir que Duryodhan lo había llenado con la mayor cantidad de flores iguales a las de nuestros jardines que pudo encontrar, amontonadas unas sobre otras sin la menor consideración estética). Hacía que las criadas me trajeran una comida ligera bajo los árboles fragantes. Escuchaba el canto de los pájaros. Me vestía de manera informal, con frescos y casi transparentes algodones, pues todos los sirvientes en nuestros aposentos eran mujeres. Soñaba despierta mientras Dhai Ma me cepillaba el pelo, y si mis pensamientos iban hacia donde no debían, me consolaba con la idea de que no dañaban a nadie.

Y todo eso me resultaba aún más placentero por el hecho de que Kunti no se alojaba con nosotros, pues aunque continuábamos tratándonos con educación, las cosas se habían vuelto más espinosas entre nosotras. Desde el día en que influí en las opiniones de mis maridos acerca de aceptar la invitación de Duryodhan, con frecuencia la sorprendía observándome con mirada torva. Me daba cuenta de que ella sospechaba de mis motivos para venir a este lugar, aunque no estaba segura de cuáles podrían ser estos. Me hacía sentir nerviosa y culpable, lo cual a su vez me ponía irritable. Afortunadamente cuando llegamos a Hastinapur, Gandhari, con quien ella mantenía correspondencia, la invitó a que se hospedara en sus aposentos.

—Nosotras, como ya somos ancianas —había dicho, sonriendo desde abajo de esa venda ambigua—, tenemos muchas cosas de que hablar que vosotros los jóvenes no comprendéis.

Nunca creí que Kunti pudiera estar de acuerdo...; después de todo, los hijos de Gandhari habían tratado de matar a los suyos. Pero aceptó con presteza. ¡Quizá a las dos matronas les encantaba tener esa oportunidad de quejarse de sus nueras entre sí!

La nueva esposa de Duryodhan, Bhanumati, vino a visitarme. Me preparé vistiéndome con prendas sumamente elegantes y una expresión arrogante, pero no tenía que haberme preocupado. Era apenas una niña y me miraba con una mezcla tal de admiración y aprensión que apenas si podía hablar sin tartamudear. Sentí una punzada de furia con Duryodhan por haberla arrancado tan pronto del hogar de sus padres. También me preguntaba qué habría oído decir esa niña de mí que la ponía tan nerviosa.

Al observarla juguetear con el pesado brocado que la cubría, supuse que había sido Duryodhan quien decidió todo lo relacionado con esta visita, hasta la ropa que debía llevar. Mencioné el nombre de él en nuestra conversación; un rubor doloroso se extendió sobre su bonita cara. ¡La pobre muchacha estaba enamorada de él, a pesar de que también le tenía miedo! Sentí una oleada de compasión —cualquier mujer que entregara su corazón al egoísta Duryodhan sin duda iba a sufrir— e hice lo que pude para que se sintiera cómoda. Respondió con tal gratitud que sospeché que pocos en aquel palacio le habían ofrecido su amistad. Pronto estuvo haciendo sonar sus brazaletes, mostrándome sus nuevos anillos de plata en los pies y parloteando sobre sus actividades favoritas: comer frutas confitadas, enseñarle a hablar a su loro y jugar al escondite con las amigas que la habían acompañado desde Kasi. A veces, me dijo en confidencia, Duryodhan y algunos de sus amigos íntimos se unían a ella en esos juegos.

Me asombró más al añadir:

—Entre los amigos de mi marido, el que más me gusta es Karna. No se burla de mí por tener miedo de las lagartijas, como Dussasan. Y a veces, cuando encuentra mi escondite, finge que no me ha visto. —Su cara se iluminó mostrando un placer sincero al hablar de Karna. Estaba claro que lo adoraba.

Yo estaba aún tratando de digerir esta información —y de hacer caso omiso de un ridículo arrebato de celos— cuando ella se despidió y también me invitó de un modo encantador a que la visitara. Ya en la puerta, me dio un abrazo impulsivo.

—Eres muy amable —dijo—. Y no una mujer de lengua cruel como me advirtieron.

Me mordí la ya mencionada lengua cruel para evitar preguntarle quiénes le habían hecho tales advertencias, pero ella continuó, sin pensar en ello.

—Pero Karna nunca dijo tal cosa. Me llevó a un lado y me dijo que eras noble y hermosa... y tenía razón. —Luego se retiró en medio de un tintineo de campanillas en los tobillos, dejándome sin palabras.

Karna había regresado de Anga. (Según Dhai Ma, ello había ocurrido en respuesta a una burlona carta de Duryodhan en la que le preguntaba si tenía miedo de enfrentarse a los Pandava, especialmente a su antiguo rival Arjuna). Para celebrar la llegada de su amigo, o quizá el éxito de sus propias tácticas persuasivas, Duryodhan organizó un lujoso banquete «de familia». Eso quería decir que se esperaba que todos sus parientes y amigos íntimos asistieran, acompañados por las mujeres de su grupo.

Me sentí a la vez excitada y nerviosa por estas noticias y pasé mucho tiempo tratando de decidir qué ropa ponerme. Hasta el más exquisito de mis saris parecía insignificante, pasado de moda. Finalmente ordené a los tejedores reales allá en Indra Prastha que diseñaran una nueva vestimenta que fuera diferente de todo lo que hubieran hecho antes, algo tan sorprendente que lo hiciera inolvidable. Debían enviármelo en cuanto estuviera terminado. Me prometieron que trabajarían en él noche y día. No había llegado aún cuando Bhanumati, aturdida y llorosa, me pidió que la ayudara a escoger la ropa apropiada para el acontecimiento. Cuando llegué a sus aposentos la encontré hundida hasta las rodillas en montones de saris, cada uno con colores más vívidos y mejor bordado con hilos de oro que el anterior, a la vez que varias cajas de sándalo que contenían joyas estaban desparramadas por el suelo. Necesité casi toda la tarde para convencerla de que estaría hermosa casi con cualquiera de ellos.

—Pero a Duryodhan le disgustará si no me visto exactamente como corresponde. —Seguramente dijo esto varios cientos de veces. Y una vez, volviendo sus ojos grandes e ingenuos hacia mí—: Quiero que Karna admire mi aspecto.

Finalmente nos decidimos por una seda color rojo oscuro, tan trabajada con oro y rubíes que cuando se la pusiera temí que le resultara imposible caminar, y escogimos un juego de rubíes con gruesos engarces de oro para acompañarla.

Para cuando regresé a mis habitaciones, yo había cambiado mis propios planes para el banquete. La visita a Bhanumati me había abierto los ojos, desenmascarando la locura que yo había estado a punto de cometer. Y lo que era perdonable en ella, sería vergonzoso en mí, una mujer con edad suficiente como para, si no ser sabia, sí por lo menos prudente. Finalmente me enfrenté a la verdad: lo que yo quería, aun cuando solo se tratase de una mirada de admiración de Karna, era pecado. ¿No estaba yo acaso casada cinco veces y, peor todavía, casada con hombres con los que Karna estaba enemistado? Las palabras de nuestras escrituras volvieron a mi mente: «Una esposa que guarda en su corazón pensamientos de deseo por un hombre que no es su marido es tan infiel como una mujer que se acuesta con ese hombre». Dejé de lado el hermoso sari que acababa de llegar de Indra Prastha, coloreado como el mismo arco iris y tejido completamente con diamantes.

Escogí en cambio una seda blanca lisa con un delicado borde rojo y oro. Le informé a Dhai Ma que llevaría un sencillo conjunto de perlas y me adornaría el pelo solo con jazmín. Chasqueó la lengua en gesto de desaprobación, diciendo que estaría deplorable y pobremente vestida para la ocasión, que solo las ancianas vestían de blanco, pero al final obedeció.

Irónicamente, sin embargo, cuando entré en el salón de banquetes, todos los ojos se volvieron hacia mí. Entre las mujeres agrupadas como ramos multicolores, yo destacaba con mi atuendo inmaculado. Algunas de las mujeres envidiaron mi creatividad; otras cuchichearon con resentimiento, diciendo que yo siempre tenía que ser diferente, que siempre quería mostrar que era mejor, que siempre buscaba atraer la atención. Kunti, que se había reunido con nosotros para la ocasión, dejó escapar un leve bufido ante lo que obviamente consideró que era jactancia por mi parte. Luego me ordenó que le diera el brazo para apoyarse. Dado que era perfectamente capaz de caminar sola, solo pude conjeturar que quería vigilarme de cerca.

Apenas habíamos dado unos pasos cuando vi a Karna, vestido con sencillez, como siempre. Me vio a mí al mismo tiempo y se detuvo de golpe. Por un momento pensé que elegiría otro camino a través del salón de banquetes, lo cual habría sido muy fácil, entre todos los invitados que allí se movían, para evitarme. Pero no lo hizo. Había una expresión en sus ojos que fui incapaz de interpretar del todo mientras me examinaba la ropa. Y en ese momento fue cuando me di cuenta de que él y yo —ambos de blanco, ambos casi sin adornos— éramos uno el reflejo del otro, como en un espejo. ¿Acaso semejante idea se había metido en mi subconsciente al escoger mi atuendo? Kunti se dio cuenta de la semejanza al mismo tiempo. Respiró hondo, poniéndose rígida, mientras yo me preguntaba qué pensaba ella de nuestra extraña simetría.

Karna se nos había acercado ya. Hizo una reverencia en un ademán que era más amigable que todo lo que me había ofrecido en Indra Prastha. Saludó primero a Kunti, como era apropiado, pero sin esperar su respuesta, se volvió hacia mí.

—Es un placer ver a la reina de los Pandava con tan buen aspecto —dijo con una sonrisa—. Espero que su estancia aquí le esté resultando agradable.

Sus palabras de cortesía eran bastante corrientes, en nada diferentes de las que cualquier cortesano podría pronunciar. De todas maneras, el corazón me latía con fuerza. Quizá esta era la oportunidad que había esperado tanto tiempo para dejar atrás el pasado y mejorar las cosas entre nosotros. Quizá entonces Karna dejaría de obsesionarme. Me dispuse a sonreír, para decir que esperaba que hubiera tenido un buen viaje y para preguntarle por su salud. ¿Sería demasiado audaz por mi parte decirle que me alegraba de verlo? Pero Kunti había intensificado la fuerza con que asía mi brazo. Sus ojos se fueron de él a mí y otra vez a él. Su cara estaba pálida y rígida.

¿Qué fue lo que adivinó?

No podía permitirme desvelar mi secreto ante su implacable mirada. Quedaría bajo su poder para siempre. Me obligué a no expresar nada e hice a Karna una reverencia tan leve que fue peor que si lo hubiera ignorado. Pasé rápidamente junto a él sin decir una palabra, arrastrando a Kunti conmigo. Pero con el rabillo del ojo vi su rostro, la negra cólera que lo cubría. Mi corazón se estremeció. ¡Lo había estropeado todo! ¿Pero qué otra cosa podía haber hecho? ¿Qué mala estrella brillaba sobre nosotros que hacía que ocurrieran cosas que no debían ocurrir, cosas que nunca planeé, cada vez que nos encontrábamos? Esta vez ya no me perdonaría. Nunca lo haría.

Durante la elaborada e interminable cena, mientras comía sin saborear las exquisiteces a la vez que sonreía hasta dolerme la boca y conversaba con las mujeres de mi alrededor, sin saber lo que decía, resolví que había llegado el momento de regresar al hogar. Insistiría en ello ante Yudhisthir aquella misma noche. Un deseo de ver mi palacio se apoderó de mí. Lo necesitaba tanto como un animal herido necesita su refugio... para arrastrarme hasta él y lamerme las heridas.

25

Sari

El tiempo es como una flor, dijo Krishna una vez. No lo entendí. Pero después visualicé un loto que se abría, la manera en que los pétalos exteriores caen para dejar a la vista los pétalos interiores. Un pétalo interior nunca llegaría a conocer a los más viejos, a los exteriores, aunque había sido formado por ellos, y solo el observador que arrancaba la flor vería cómo cada pétalo estaba conectado con los demás.

El pétalo de esa tarde se abrió como un suspiro rojo. Yo estaba con el periodo, que solía dejarme aletargada. Vestida con un ligero algodón que un mercader había traído desde la lejana Bengala, dormitaba bajo la suave luz del sol en mi ventana, oyendo a los mirlos maina que cantaban en el jardín, sintiéndome más tranquila de lo que había estado en mucho tiempo. Yudhisthir se había mostrado de acuerdo (como consecuencia de algunas palabras duras intercambiadas en nuestro dormitorio la noche anterior) en que ya era hora de dar por finalizada aquella visita y regresar a su propio reino. Había prometido anunciárselo a Duryodhan ese mismo día. De modo que finalmente volvería a mi palacio, donde podría empezar a trabajar para olvidar la mirada de ira en cierto rostro.

No sabía nada del pétalo que se había abierto unas horas antes en el nuevo salón de Duryodhan, donde el príncipe Kaurava, expresando su decepción ante la perspectiva de apartarse de su primo querido tan pronto, lo había desafiado a una última partida de dados.

—Tal vez de esta manera pueda recuperar un poco del dinero que he perdido contigo, ¿no?

Y en esta partida —conectada con todos aquellos pétalos anteriores, ya marchitos, aquellas partidas jugadas en Indra Prastha, para atraer a mi marido—, Sakuni había ocupado el lugar de Duryodhan como adversario de Yudhisthir. El pétalo se desplegó, revelando la destreza que había escondido hasta ese momento. Una y otra vez ganó hasta que mi marido —sordo a los ruegos de sus hermanos— perdió sus joyas, sus armas, y toda su fortuna personal. Luego, picado por Duryodhan, dominado por su terquedad e intoxicado por el juego, comenzó a apostar cosas que no tenía derecho a poner en peligro. Y las perdió todas.

Se oyeron ruidos en la puerta. ¿Acaso mis maridos habían regresado temprano? Pero el hombre que estaba delante de mis habitaciones, con la cabeza inclinada torpemente, era (me di cuenta por sus ropas) uno de los hombres de Duryodhan. Estaba enfadada por su insolencia. Un criado varón tendría que haber sabido esperar fuera del edificio y enviar un mensaje por medio de una de mis criadas.

Me puse el sari semitransparente que estaba más cerca de mí.

—¿Qué es lo que quieres? —pregunté en mi tono más arrogante. Pero antes de que pudiera hablar, Dhai Ma entró corriendo, casi sin aliento.

—Niña, niña —gritó llorando, olvidando las formalidades en su agitación—, han ocurrido cosas terribles, cosas que no podrás creer.

Mi corazón empezó a latir con fuerza. ¿O el latido estaba en mi cabeza? Hablé con más severidad de la que nunca había usado con ella.

—¡Compórtate, mujer! Dime claramente cuál es el problema.

Pero se había disuelto en lágrimas e hipos a mis pies. Miré furiosa al criado de Duryodhan.

—¡Márchate! —le ordené.

Se lamió los labios nerviosamente e hizo una reverencia.

—Perdóneme, alteza. Debo cumplir con mi tarea. El príncipe Duryodhan te invita al *sabha*.

—¿Al salón? —pregunté, incrédula—. ¡Pero las mujeres nunca van a ese lugar! Y por qué envía él a alguien a buscarme y no mis maridos.

Dhai Ma estaba tirándome del sari.

—Porque ha perdido las apuestas —dijo en medio de las lágrimas que empañaban sus ojos—. Yudhisthir. Primero el dinero de las arcas del Estado, luego el palacio...

—¿Mi palacio? —interrumpí, furiosa—. ¡No tenía derecho!

Los labios de Dhai Ma se fundieron en una sonrisa sin alegría.

—Eso no es todo. Perdió el reino también. Luego quiso detenerse, porque no tenía nada más para apostar. Pero ese malvado Sakuni dijo: «Vaya, como hermano mayor puedes apostar a los otros Pandava».

—¡Eso es ridículo! —grité—. Él no haría eso.

—Lo hizo. Y los perdió. Luego se apostó a sí mismo y perdió otra vez. La suerte de los demonios estaba con ese buitre de Sakuni. Y luego Duryodhan dijo: «Apostaré todo lo que he ganado de ti en un juego final, contra Draupadi».

Me retumbaba la cabeza.

—¡No! —exclamé.

Dhai Ma asintió con la cabeza, luego se tapó la cara y se puso a llorar otra vez.

Se me secó la boca. Me negaba a creerlo.

«Soy una reina. Hija de Drupad, hermana de Dhristadyumna. Dueña del más grande palacio sobre la tierra. No pueden apostarme como si fuera una bolsa de monedas, ni ser convocada a la corte como una bailarina».

Pero entonces recordé algo que leí hace mucho en un libro, sin imaginar nunca que aquella curiosa ley iba alguna vez a tener poder sobre mi persona.

«La esposa es la propiedad del marido, igual que una vaca o un esclavo».

—¿Qué dijeron mis otros maridos? —le susurré al criado.

—No podían decir nada —contestó con tristeza—. Ya eran esclavos de Duryodhan.

La cabeza me daba vueltas, pero me serené. Traté de recordar otras palabras del Nyaya Sastra. «Si por alguna circunstancia un hombre pierde el poder sobre sí mismo, pierde toda jurisdicción sobre su esposa».

—Regresa a la corte —ordené—, y pregúntales lo siguiente a los ancianos: «¿No es acaso verdad que una vez que Yudhisthir pasó a ser propiedad de Duryodhan, perdió el derecho de apostarme?».

El criado se alejó, agradecido por tener que retirarse. Respiré hondo y con fuerza. Era bueno que no fuera yo una niña analfabeta, desconocedora de la ley. Los ancianos reconocerían la ley a la que me refería. Ellos pondrían fin al descaro de Duryodhan. Bhishma en particular no toleraría que me insultaran de ese modo. Todavía tenía yo mucho de lo que preocuparme, pero por lo menos estaba a salvo de la humillación de ser devorada con los ojos por los amigotes de Duryodhan.

Esos pensamientos míos eran equivocados. En lo que ocurrió después, las leyes de los hombres no iban a salvarme.

Los hechos que tuvieron lugar en el *sabha* han sido ampliamente cantados, aunque para mis sentidos siguen siendo borrosos. ¿Pasó solo el tiempo que tarda el corazón en latir una vez antes de que Dussasan irrumpiera gritando que Duryodhan era ahora mi amo y yo debía obedecer sus órdenes? ¿Dhai Ma trató de ir a los aposentos de Gandhari en busca de ayuda? ¿La arrojó él al suelo de un golpe? ¿Me agarró del pelo, ese pelo que ningún hombre había tocado salvo con amor reverente? Le rogué que me autorizara a cambiarme de ropa y vestirme de manera apropiada. Burlándose de lo que llamó mi falsa modestia, me arrastró por los corredores de palacio, ante la mirada atónita de los criados.

Nadie se atrevió a intervenir. Me encontré en la corte, con cien ojos masculinos atravesándome como fuego. Al colocarme mi sari descompuesto, pedí la ayuda de mis maridos. Ellos me respondieron con dolidas miradas, pero se quedaron sentados, como paralizados. Pude ver que en sus mentes ellos ya eran los esclavos de Duryodhan, obligados por la palabra de Yudhisthir. Esa misma palabra me había convertido a mí en propiedad de Duryodhan. Ellos sentían que ya no tenían el derecho de rescatarme... ni a mí ni a sí mismos. El rey ciego giró su cabeza de un lado a otro, fingiendo confusión, cuando grité su nombre. Mi ansiedad crecía, pero todavía no estaba desesperada. Llamé al abuelo para que me protegiera, segura de que por lo menos trataría de intervenir. ¿Acaso no me había dicho que era su nieta más querida? ¿No había acaso compartido conmigo tiernas confidencias que ocultaba a los demás? ¿Acaso no me había ayudado a convertirme en reina del Palacio de las Ilusiones? Pero —no daba crédito a mis ojos— seguía sentado con la cabeza gacha.

Al ver esto, Duryodhan se rio, seguro de su victoria. Con un gesto vulgar me llamó para que me sentara en su regazo. Y así fue como, finalmente, dirigí la mirada a Karna. Era mi última esperanza, él era el único que tenía la posibilidad de detener a Duryodhan. Me devolvió la mirada, con ojos tranquilos. Había una mirada de espera en su rostro. Yo sabía lo que él quería: que yo cayera de rodillas y suplicara misericordia. Entonces me habría protegido. Tenía fama de ayudar a los necesitados. Pero no me rebajaría a eso, ni aunque me muriera.

Él era nuestro enemigo. No hacía mucho que yo

había rechazado su acercamiento cordial. ¿Por qué entonces me sentía yo traicionada porque no había acudido a rescatarme motu proprio?

Recurrí al orgullo para que me congelara las lágrimas hasta convertirlas en piedra. Reuní todo el odio que pude encontrar en mí y lo dirigí a Karna.

Cuando él vio el desprecio que había en mis ojos, Karna se quedó pálido e inmóvil, como si tuviera el rostro de marfil. Duryodhan se reía celebrando su triunfo. Le gritó a Dussasan:

—Quítales los elaborados ropajes y las joyas a los Pandava. ¡Todo eso nos pertenece ahora! —Mis maridos se quitaron sus vestimentas, sus cadenas y brazaletes de oro, antes de que Dussasan pudiera tocarlos. Karna miró atentamente el brillante montón en el suelo, como si este pudiera decirle algún secreto; su boca se estiró en una sonrisa sin alegría.

—¿Por qué Draupadi debe ser tratada de manera diferente? Quitadle la ropa a ella también.

Los bardos cantan lo que ocurrió cuando Dussasan me cogió el sari para arrancármelo, exponiendo mi desnudez a todos los ojos. Cuentan que iba apareciendo cada vez más tela hasta que se quedó exhausto de tanto tirar. ¿Fue un milagro? No lo sé. Yo había cerrado los ojos. Mi cuerpo no dejaba de temblar por más que yo no lo desease. ¡Me sujeté el sari con los puños, como si pudiera salvarme con ese ademán inútil! La peor vergüenza que una mujer puede imaginar estaba a punto de caer sobre mí..., ¡sobre mí, que siempre me había considerado por encima de todo daño, la orgullosa y amada esposa de los reyes más grandes de nuestro tiempo! Pero en aquel momento estaban sentados, petrificados mientras yo luchaba contra Dussasan. La bruja había dicho: «Cuando estés en serios problemas, concéntrate en alguien que te ame». Traté de imaginar el rostro de Dhri. Pero solo podía pensar en lo furioso e impotente que se sentiría cuando se enterara de lo que me habían hecho.

Entonces —tal vez porque no había nadie más que pudiera ayudarme— pensé en Krishna. Él no me debía nada; no estábamos emparentados. Quizá fuera esa la razón de que pudiera concentrarme en él sin dejarme llevar por la cólera que surge de la expectación. Pensé en su sonrisa, en la manera en que aparecía en su rostro sin ninguna razón. Los ruidos de la sala de la corte se fueron apagando..., los gruñidos de Dussasan, los susurros de los presentes. De repente me encontré en un jardín. Había cisnes en un lago, un árbol que se arqueaba por encima de él, dejando caer flores azules, el sonido del agua que fluía como si el mundo no tuviera fin. El viento olía a sándalo. Krishna estaba sentado a mi lado sobre un fresco banco de piedra. Su mirada era inteligente y tierna. «Nadie puede avergonzarte —dijo— si tú no lo permites».

Se me ocurrió pensar, llena de asombro, que él tenía razón.

«Que miren mi desnudez», pensé. «¿Por qué debía preocuparme?». Eran ellos y no yo quienes debían estar avergonzados por romper los límites de la decencia.

¿No era eso suficiente milagro?

Krishna asintió con la cabeza. Me cogió las manos. Al ser tocada, sentí que mis músculos se relajaban, mis puños se abrían. Él sonrió y me preparé para devolverle la sonrisa.

Pero en ese preciso momento un rostro diferente se abrió camino en mi mente. Vi el odio hirviendo en otro par de ojos. Escuché otra vez las palabras con las que selló mi destino. Resonaron a través de mí como la vibración de un arco que acabara de liberar una flecha envenenada. El castigo que me había aplicado era mucho más grande que mi crimen.

«Karna —me dije a mí misma—. Me has dado una lección, y la he aprendido bien».

¿Es el deseo de venganza más fuerte que el ansia de ser amado? ¿Qué malvada magia posee para atraer con tanta fuerza al corazón humano? Mientras yo hablaba, mis manos se apartaron de las de Krishna. Su cara tembló, desdibujándose.

Abrí los ojos. Todavía estaba vestida, y Dussasan se encontraba en el suelo, desmayado. Pasé por encima de él y hablé a la asamblea con una voz como la del hielo que se rompe.

—Todos vosotros moriréis en la batalla que resultará de los hechos ocurridos este día. Vuestras madres y esposas llorarán con mucha más pena que yo. Este reino entero se convertirá en un osario. Ni un solo heredero de Kaurava quedará para ofrecer oraciones a los muertos. Solo quedará el recuerdo vergonzoso de este día, de lo que tratasteis de hacer a una mujer indefensa.

Les hablé a todos, pero era a Karna a quien miraba, era la suya la mirada que yo sostenía. De una cosa me alegraba. Lo ocurrido aquel día había arrancado todas las ambigüedades de mi corazón. Nunca más anhelaría obtener su atención. Detrás de mí oí a Bhim y a Arjuna que pronunciaban juramentos de venganza, y los ruegos ansiosos del rey ciego que gritaba mi nombre pidiendo que retirara mi maldición. Dentro de mí, el rostro de Krishna se disolvió en una neblina roja, pero no podía..., no quería detener mis palabras.

Levanté mi larga cabellera para que todos la vieran. Mi voz era ya serena porque sabía que todo lo que dije iba a ocurrir:

—No me lo peinaré —anuncié— hasta el día en que lo bañe en la sangre Kaurava.

¿Qué aprendí ese día en el *sabha*?

Todo ese tiempo yo había creído en mi poder sobre mis maridos. Había creído que, puesto que me amaban, harían algo por mí. Pero ahora veía que aunque me amaran —tanto tal vez como puede amar cualquier hombre— había otras cosas que ellos amaban más aún. Sus ideas del honor, de la lealtad entre los varones, de la reputación, eran para ellos más importantes que mi sufrimiento. Me vengarían después, sí, pero cuando sintieran que las circunstancias podían brindarles heroica fama. Una mujer no piensa de esa manera. Yo me habría arrojado para salvarlos, si hubiera estado en mi poder hacerlo ese día. No me habría importado lo que los demás pensaran. La decisión que tomaron en mi momento de necesidad cambió algo nuestra relación. Yo ya no dependería de ellos tan completamente en el futuro. Y cuando tomé precauciones para evitar ser lastimada, fue tanto para protegerme de ellos como de nuestros enemigos.

Para los hombres, las emociones más delicadas están siempre entrelazadas con el poder y el orgullo. Esa fue la razón por la que Karna esperaba que yo le suplicara, aunque podía haber detenido mi sufrimiento con una sola palabra. Esa fue la razón por la que se volvió contra mí cuando me negué a implorar su compasión. Esa fue la razón por la que incitó a Dussasan a realizar una acción que iba contra el código de honor por el que regía su vida. Él sabía que lo lamentaría..., en su fiera sonrisa había ya un destello de dolor.

Pero ¿era el corazón de una mujer algo más puro, después de todo?

Esa fue la verdad final que aprendí. Todo ese tiempo yo había pensado que era mejor que mi padre, mejor que todos aquellos hombres que infligían dolor a mil inocentes para castigar al hombre que los había agraviado. Me había considerado por encima de los caprichos que lo impulsaban. Pero yo, también, estaba manchada con esos caprichos; era la venganza que se escondía en mi sangre. Cuando llegó el momento, no pude resistirme, al igual que un perro no puede resistirse a masticar un hueso que, al convertirse en astillas, hace que le sangre la boca.

Me guardé esas lecciones dentro de mí. Las pondría en práctica durante los muchos años de exilio para conseguir lo que quería, costara lo que costase.

Pero Krishna, el resbaladizo, el que me había ofrecido un consuelo diferente, Krishna con sus ojos desilusionados..., ¿cuál era la lección que él había tratado de enseñarme?

26

Arroz

Después de que el rey ciego se asustara de mi maldición y devolviera la libertad y el reino a mis maridos, después de que Duryodhan se burlara de Yudhisthir por haber sido salvado por su esposa y lo desafiara a jugar una última partida en la que el perdedor sería desterrado a la selva durante doce años. Después de rogarle a Yudhisthir que hiciera caso omiso del desafío, después de que me lo negara en nombre del honor, después de que perdiera tal como yo sabía que iba a perder, después de tirar nuestras finas telas para vestirnos con ropa hecha de corteza de árbol. Después de despedirnos de Kunti, que miraba con el rostro lívido y sin lágrimas, después de entregar a mis hijos, que lloraban y se aferraban a mí, a Dhai Ma, que los llevaría para que los criaran en la casa de Subhadra. Después de ver sus ojos acusadores (porque ella sabía que podía haberme quedado con ellos, pues no tenía por qué ir con mis maridos a la selva ya que mis hijos me necesitaban más). Después de caminar descalzos desde la ciudad hasta la selva desierta.

Después de que todo esto hubo ocurrido, Duryodhan y sus hombres cabalgaron triunfantes hacia el Palacio de las Ilusiones para tomar posesión de él.

Cuando llegaron al punto en que ya pudieron ver el palacio, Duryodhan dejó escapar un profundo suspiro.

—¡Mío, por fin!

Sus criados se dieron cuenta entonces de que todo lo que les había hecho a los Pandava había sido para eso..., para poseer el palacio que no había logrado reproducir, el lugar de su antigua humillación, su triunfo presente. Para reescribir su historia. Pero mientras hablaba se levantó un viento y mientras giraba blancuzco alrededor del palacio, sus cúpulas y torrecillas empezaron a disolverse. Duryodhan fustigó a su caballo con furia para que avanzara hasta que la sangre salió hecha espuma de la boca del animal. Aun así, para cuando llegó al lugar donde se había alzado la entrada principal, solo unos pequeños montones quedaban en el suelo: huesos, pelo, arena y sal.

¿Cómo lo sé? Porque lo soñé.

Mis maridos supusieron que nuestros fieles sirvientes, al enterarse de nuestra desgracia, habían prendido fuego a los edificios, pero yo sabía con amarga satisfacción que mi sueño era verdadero. Mi palacio se negó a que lo habitaran otros que no fueran sus propietarios legítimos. Hizo lo que tuvo que hacer para seguir siendo fiel a nosotros.

Mientras avanzábamos por el bosque, yo llevaba una bolsa de sal en honor de mi palacio perdido. Por la noche dejaba que los granos se deslizaran entre mis dedos, sobre la piel arañada por piedras y ramas hasta quedar en carne viva, y agradecía el ardor. Me ayudaría a no olvidar. En mis sueños, el palacio volvía, más imponente y más exquisito que en la realidad. Yo sabía que nunca encontraría otro hogar en el que me sintiera en casa de aquella manera.

Tenía, además, otra razón para mi odio.

La selva, sombría y dueña de sí, era hermosa de una manera abisal. Si yo hubiera dejado que me sedujera, mi vida podría haber sido diferente. Pero para mí era meramente un recordatorio de todo lo que me había sido arrebatado. Cuanto más nos internábamos en ella, más me parecía que nos observaba. ¿Sabía ella que habíamos prendido fuego a su hermana? ¿Nos despreciaba por eso? Dormía cautelosamente por la noche, atentos mis oídos al menor movimiento.

Mis maridos no tenían ninguno de estos reparos. Un entusiasmo infantil se había apoderado de ellos. Creo que recordaban sus años jóvenes en la selva, que fueron quizá sus años más felices. Con igual deleite señalaban huellas y bayas, o la dentada hoja de *bichuti* que podía producir una picazón que duraba horas. ¿Alguien podría culparme por haberme sentido molesta? ¡Era casi como si no hubieran perdido un reino! Debería haber manifestado más interés cuando me mostraban a una leona con su cría, o a las babosas gigantes que dejaban su huella plateada en los troncos caídos. Debería haberme reído con ellos de las gracias de los monos de cola color naranja que vivían divirtiéndose sin parar. Aquellos doce años habrían pasado más rápido entonces, y de manera más agradable. No nos faltaba nada que fuera esencial. Arjuna siempre se las arreglaba para encontrar caza suficiente. Bhim arrancaba raíces y hacía caer la fruta madura de los árboles. Nakul y Sahadev me traían cervatillos para criar como animales de compañía, y leche de cabras salvajes. A cualquier lugar que fuéramos, mis maridos me construían una cabaña, ventilada y fragante, recubierta con los juncos más suaves que podían encontrar, donde por la mañana temprano el sol parpadeaba a través de la cubierta hecha con hojas. En ocasiones Yudhisthir cantaba... algo que nunca había hecho en el palacio. Me sorprendió descubrir que tenía una voz profunda y hermosa.

Pero una extraña tozudez se había apoderado de mí. Rechazaba todo lo que mis maridos hacían para brindarme comodidad. Grabé el descontento en mis facciones y dejé que el pelo me cayera, enmarañado, sobre la cara, dándome un aspecto furioso. Todos los días, cuando les servía la comida, les recordaba a los Pandava de qué manera me habían fallado y todo lo que yo había sufrido en consecuencia en el *sabha* de Duryodhan. Todas las noches les recitaba las burlas de los Kaurava para que siempre las tuvieran presentes. Cuando apagábamos las lámparas, daba vueltas y vueltas en la cama, sintiendo los juncos súbitamente duros como palos, recordando la cara de Karna, su compleja oscuridad cuando dijo: «Quítenle la ropa a ella también». (Pero de esto yo no hablaba). Al amanecer, cuando me levantaba, sudorosa por la inquietud, me imaginaba nuestra venganza: un campo de batalla arrasado por el fuego, el aire ensombrecido por los buitres, los cuerpos destrozados de los Kaurava y sus aliados..., la manera en que yo iba a cambiar la historia. (Pero no soportaba imaginar el cadáver de Karna entre los demás. En cambio, lo imaginaba arrodillado a mis pies, la cabeza inclinada en actitud de humillación. Cuando trataba de decidirme por un castigo apropiado para él, sin embargo, mi imaginación me fallaba otra vez).

Así gané la guerra con el insidioso tiempo, que de otro modo podría haber suavizado las aristas de nuestro deseo de venganza o quizá haberlo hecho desaparecer totalmente.

Durvasa, el más malhumorado de los sabios, había llegado inesperadamente con sus cien discípulos, y estaban hambrientos.

Así fue como ocurrieron las cosas: había visitado Hastinapur, donde Duryodhan se había ocupado de él de manera excelente y obsequiosa. Complacido, el sabio le había concedido un deseo. El príncipe le había respondido que complacería su corazón que el sabio visitara a sus primos en la selva y los bendijera, también.

Durvasa, que había aceptado amablemente, estaba bañándose en un río cercano en ese momento. Había dado estrictas instrucciones para que la comida estuviera lista a su regreso.

En otro momento, esto no me habría preocupado. Vyasa, que había aparecido justo cuando salíamos de Hastinapur hacia el exilio, me había entregado una olla para cocinar. Dijo que tenía poderes especiales y que pertenecía al dios sol. Cualquier cosa que cocinara en ella aumentaría su cantidad para alimentar a todos los que nos visitaran..., pero solo hasta que yo terminara mi comida. Entonces, la olla no produciría más comida aquel día.

Yo desconfiaba de la olla de Vyasa (los obsequios de los sabios, había aprendido, a menudo vienen acompañados de complicaciones), pero hasta ese momento había cumplido con lo prometido. (A veces, por ser de naturaleza desconfiada, me preguntaba si aquello era así porque nuestros invitados se aseguraban de que siempre hubiera suficiente comida en la olla para mí. Pero en lo más profundo yo sabía que este mundo estaba lleno de misterios).

Ese día, sin embargo, yo ya había terminado de comer y había lavado la olla. Estaba allí, vacía y brillante sobre un estante improvisado en mi improvisada cocina. Mis maridos partieron velozmente en busca de cualquier cosa que encontraran en la selva. Encendí un fuego por si tenían suerte en su búsqueda, pero ¿qué podían encontrar para alimentar a tanta gente? Las preocupaciones no dejaban de rondarme mientras observaba las llamas. Durvasa era conocido por sus creativas maldiciones. Sin duda Duryodhan lo había enviado con la esperanza de que nos enviara alguna enfermedad rara e incurable, o nos transformara en fauna exótica. Lo veía en mi mente sonriendo en la comodidad de su palacio, imaginando nuestros nuevos problemas. ¿Estaba Karna también involucrado en este nuevo complot? A pesar de lo que me enfurecía, imaginaba que la respuesta era negativa. Era demasiado orgulloso como para recurrir a esas argucias.

Con frecuencia, cuando me sentía temerosa y no sabía qué hacer, pensaba en Krishna. Era un hábito en el que había caído después de lo sucedido en la corte de Duryodhan. Los problemas no desaparecían necesariamente, pero muchas veces me calmaba. En ocasiones mantenía conversaciones imaginarias con él. Era una buena manera de descargar mis frustraciones, ya que él nunca respondía.

Aquel día dije:

—¿No tenemos ya suficientes penas? ¿No hemos sido puestos a prueba lo suficiente? ¿Qué clase de amigo eres tú? ¡Ya es hora de que uses algunos de esos poderes divinos que se supone posees para ayudarnos!

Y allí estaba él, sentado al otro lado del fuego, con aquella sonrisa amable e irritante. ¿Estaba alucinando debido a mi ansiedad?

—Ninguna situación —dijo— es buena o mala por sí misma. Es cómo reacciones ante ella lo que produce dolor. Pero ¡basta de filosofía! Tengo hambre.

—No bromees —repliqué—. Sabes muy bien que no hay comida en esta casucha en la que me veo forzada a vivir.

—Podrías haberte quedado con Dhri en el palacio de tu padre —señaló de manera realista—. Te lo ha rogado muchas veces. Yo mismo lo he oído. O podrías haberte quedado con Subhadra, echándole una mano con esos indisciplinados hijos tuyos. ¡Pero no! Querías asegurarte de estar cerca para torturar a diario a mis pobres amigos los Pandava.

Quizá porque me sentí espoleada por la culpa, dije:

—Está bien, dame unos cuantos golpes más mientras estoy abatida. ¿Para qué otra cosa sirve un amigo como tú?

—¡Haya paz! ¡Haya paz! —Krishna se rio, alzando la mano—. Me resulta imposible pelear con el estómago vacío. ¿Por qué no miras otra vez? Tal vez haya quedado algo en el fondo de tu olla.

—Te digo que ya la he fregado. ¿No la ves? —Irritada cogí un recipiente y se lo arrojé.

Lo atrapó hábilmente.

—¿Les haces esto a tus maridos también? ¡Ah, bueno! Eso los hará mucho más ágiles para esquivar las flechas del enemigo.

Su sonrisa era contagiosa. Sentí que yo también empezaba a esbozar una sonrisa que cambié, justo a tiempo, por una mueca de fastidio.

—Ah, aquí está —dijo mientras retiraba del borde de la olla un grano de arroz que no estaba allí, podría haberlo jurado, un momento antes—. Nunca se te dieron bien las tareas domésticas. —Se lo llevó a la boca y empezó a masticar con aspavientos. Luego hizo que le sirviera agua para beber—. Ha estado bien —exclamó—. ¡Ojalá todos los seres del mundo pudieran sentirse tan satisfechos como yo!

Fruncí el ceño. No era el momento para bromas y acertijos.

De pronto extendió la mano y sacó del fuego un palo a medio quemar. Me lo arrojó y yo reaccioné echándome hacia atrás.

—¿Qué estás haciendo? —grité, sobresaltada y enfadada.

—Trato de mostrarte algo. El palo... Te asustó, ¿no? Podría haberte herido, si no hubieras reaccionado con tanta rapidez. Pero mira..., al tratar de quemarte, se está consumiendo a sí mismo. Eso es lo que le pasa a un corazón...

Me di cuenta de hacia dónde apuntaba.

—Me gustaría que te concentraras en el problema que tengo ahora —interrumpí bruscamente—. Durvasa está a punto de convertirnos en osos hormigueros.

—Eso sería digno de ver. —Su tono era desenfadado, pero veía esa vieja decepción en sus ojos—. Sin embargo, eso no va a ocurrir hoy. ¡Mira!

Miré hacia atrás. Allí estaba Bhim de regreso, con un montón de plátanos colgando del hombro.

—¡Es algo de lo más extraño! —exclamó—. Me encontré con Durvasa y sus discípulos en el camino de vuelta. Se estaban alejando de nuestra cabaña. Pensé que estaban perdidos y les pedí humildemente que me siguieran. Pero vaciló y finalmente confesó que ya no tenían hambre. Ni siquiera quiso comer plátanos. Dejó escapar un gran eructo, nos envió sus bendiciones a todos nosotros, y partió rápidamente. —Sacudió la cabeza—. Desconcertantes, estos sabios. Me alegra no ser uno de ellos.

Me volví para mirar a Krishna, pero el sitio donde había estado sentado estaba vacío. Toqué el borde del recipiente donde hacía un momento se había materializado un grano de arroz.

—¿Adónde se fue? —le pregunté a Bhim.

—¿Quién?

—Krishna.

—¿Krishna? No se ha ido a ningún lugar, que yo sepa. ¿No lo recuerdas, nos dijo que estaría ocupado en Dwarka hasta después de la estación de las lluvias? ¿Qué te hizo pensar en él de repente cuando estábamos hablando de Durvasa? ¡Ten cuidado! Ese palo está demasiado cerca de tu pie, podría quemarte.

Bhim arrojó el palo todavía ardiendo al fuego y se fue a informar a sus hermanos del inexplicable comportamiento de Durvasa.

Aquella no fue la única vez que Duryodhan trató de causarnos problemas. En una ocasión, con el pretexto de inspeccionar un establecimiento de ganado de los Kaurava, vino para burlarse de nosotros en Dwaita Vana. En otra ocasión incitó a Jayadrath, el marido de su propia hermana, para que me secuestrara. Ambos intentos terminaron en fracaso. Duryodhan fue apresado por un rey *gandharva* y tuvo que ser rescatado por Arjuna. Por poco se quita la vida a causa de esa humillación. E incluso antes de que llegara a las lindes de la selva, Jayadrath fue atrapado por Bhim, que, como castigo, le cortó el pelo. Jayadrath tuvo que pasar todo un año en las orillas del Ganges disfrazado de mendigo, a la espera de que volvieran a crecerle los cabellos hasta un largo respetable.

Yo estaba encantada con la vergüenza sufrida por nuestros enemigos y no me importaba quién lo supiera, aunque Yudhisthir me advirtió de que era tan indigno como poco prudente hacer públicos mis sentimientos. Me negué a escuchar. Había muy pocas satisfacciones en mi destierro. Pero más adelante me daría cuenta de lo ignorante que había sido. El enemigo humillado es el más peligroso. Mis palabras burlonas iban a llegar hasta

Hastinapur, para enfurecer a Duryodhan y a Jayadrath. Harían planes y esperarían, y cuando llegara el momento adecuado, devolverían el golpe donde más nos doliera.

—Gracias —lancé al aire en la cocina después de que Bhim se marchara. Fuera lo que fuese lo que había ocurrido allí, sabía que no me lo merecía. Me sentía humillada... y culpable—. Sé que tú quieres que abandone el odio, Krishna —susurré—. Es algo que tú me has pedido. Pero no puedo. Aun cuando lo quisiera, ya no sabría cómo hacerlo.

Fuera de la cabaña, los árboles de *sal* se doblaban y se balanceaban. Sus hojas eran como suspiros.

27

Relatos

Teníamos muchos visitantes en la selva..., más que cuando éramos reyes. ¿Sería porque, al haberlo perdido todo, éramos más accesibles? Dhri venía a menudo, trayendo consigo tiendas de seda multicolor que instalaba alrededor de nuestras cabañas. Sus cocineros despejaron un terreno y prepararon banquetes para todos nosotros. Los músicos tañían sus instrumentos de cuerda al anochecer, enviando sus serenas notas hacia la oscuridad. Durante varios días, mientras estuvo con nosotros, mis maridos concentraron todas sus preocupaciones en comer, beber y reír juntos.

Una vez, mientras estábamos reunidos para la comida del mediodía, Yudhisthir dijo, a su sencilla manera:

—¡Vaya, esto es casi tan bueno como vivir en un palacio!

Me sentí como si alguien hubiera vertido aceite hirviendo sobre mí. La comida se me volvió arcilla en la boca.

—¡No, no es así! —grité, sobresaltando a los que me rodeaban con mi vehemencia—. Nada puede compensar el palacio que perdí debido a tu locura.

A Yudhisthir se le nubló el rostro y se retiró sin terminar su comida. Los demás me lanzaron miradas recriminatorias, y hasta Dhri me llevó después a un aparte para decirme que debía cuidar mi lengua. No se ganaba nada destruyendo el poco placer que Yudhisthir podía obtener de su vida en la selva. ¿Acaso no estaba a sufriendo bastante?

—Tú también deberías resignarte filosóficamente como hace él —añadió—. Así no te torturarías a ti misma constantemente. —Me tocó la cara, las nuevas y amargas arrugas que tenía alrededor de la boca, y habló con más suavidad—. ¿Dónde está mi dulce hermana, esa que solía intimidarme y tenderle trampas a mi tutor, esa que solía soñar con romper las ligaduras que aprisionaban a las mujeres, esa que estaba decidida a cambiar la historia?

Me di la vuelta para esconder las lágrimas que me inundaron de repente los ojos. Ni siquiera Dhri, que una vez conoció mis sueños y mis miedos, comprendería mis sentimientos por el único lugar que hice mío, donde había sido de verdad una reina. Ser feliz en cualquier otro lugar era una traición a mi hermoso palacio. No quería lastimar a mi hermano, que estaba tratando con tanto entusiasmo de darnos ánimos... Empecé a lamentar haber estropeado el banquete. De modo que escondí mis pensamientos en la cueva oscura que se había abierto dentro de mí. «Aquella mujer está muerta. Una parte de ella murió el día en que todos aquellos a quienes había amado y con quienes contaba para ser salvada permanecieron sentados sin protestar, para ver cómo la avergonzaban a ella. La otra murió con su amado hogar. Pero no temáis. La mujer que ha ocupado su lugar dejará una huella más profunda en la historia de lo que aquella niña ingenua había imaginado».

En un intento para hacer que yo regresara con él, Dhri me trajo mensajes de Dhai Ma, que estaba enferma y quería verme antes de morir. Como incentivo adicional, llevó a mis hijos, que vivían en Dwarka y pasaban sus vacaciones con su tío en Kampilya y eran, me lo temía, sumamente malcriados en ambos lugares. A veces Abhimanyu, el hijo de Subhadra y de Arjuna, los acompañaba, resplandeciente con el encanto natural y la risa fácil de su tío Krishna. Arjuna estaba encantado con sus habilidades marciales y no dejaba de decir durante horas que el muchacho conocía más tácticas de batalla que un guerrero adulto. Sentí una punzada cuando vi aquel orgullo cálido en sus ojos. Nunca miró a nuestro hijo de esa manera, aunque lo quería mucho. Pero no podía culparlo. Todos adorábamos a Abhimanyu. Sabíamos que estaba destinado a grandes cosas.

En cuanto a mis propios hijos, me sentía incómoda y con la lengua trabada cuando estaba con ellos. Traté de encontrar palabras para decirles que los amaba, que lamentaba que el destino nos hubiera separado de aquel modo. Pero ya eran unos desconocidos, fríos y distantes, cuando no enfurruñados por haber sido apartados de las diversiones de la corte. Tal vez su irritabilidad también provenía del hecho de que yo hubiera escogido a mis maridos en lugar de a ellos. ¿Qué niño no iba a resentirse por eso?

Tal vez fue un error, pero no iba a dejar la selva, ni siquiera para una breve visita. Le dije a un desilusionado Dhri que mi lugar estaba con mis maridos. Que no podría soportar vivir en el lujo mientras ellos sufrían las privaciones de la vida en la selva. Las cosas, sin embargo, no eran tan sencillas.

¿Cuál era la verdadera razón por la que rechacé los ruegos de mi hermano para regresar con él al ambiente más sencillo de mi infancia? ¿Por qué dejé pasar la oportunidad de crear con mis hijos recuerdos que les servirían de consuelo a ellos —y a mí— en los muchos años que se extendían hacia el futuro? ¿Por qué, aun cuando anhelaba hundir la cara en su pecho generoso, me negué a visitar a la mujer que había dedicado su vida a cuidarme a mí y a los míos? ¿Era tal vez el miedo de que mis maridos se dieran cuenta de que podían vivir sin mí, de que lanzaran suspiros de alivio en la paz silenciosa de mi ausencia? ¿O era un miedo diferente, el de que si me entregaba a emociones menos intensas, apagaría el fuego de mi venganza y no lograría conseguir la destrucción que se había convertido en el objetivo de mi vida?

De todos nuestros invitados, con quien más disfrutaba Yudhisthir era con los sabios. Siempre se había sentido atraído por los santos varones. A veces pensaba que si no hubiera tenido que ser rey, le habría gustado ser monje. Pasaba horas hablando de filosofía con ellos. Estoy segura de que la serenidad de estos le resultaba un cambio reconfortante en lugar de mis lamentos o el silencioso enojo de sus hermanos. A diferencia de nuestros amigos y parientes, ellos no lo criticaban ni le tenían lástima. A diferencia de los desconocidos, no acudían para ser testigos asombrados de cómo había cambiado nuestra vida. Para ellos, nuestra situación era simplemente un hilo en el gran diseño del destino, algo que debía ser llevado con paciencia hasta que los colores de la trama cambiaran alrededor de nosotros. Para desviar la mente de nuestras desgracias, nos contaban historias de personas cuyos sufrimientos eran aún mayores.

A Yudhisthir le encantaban estos relatos. Resultaban atractivos por su naturaleza didáctica. Semanas después de la visita de un sabio, los seguía repitiendo y extraía moralejas, asegurándose de que no se nos hubieran escapado las virtudes que ellos contenían. A mí, también, me intrigaban esas historias, aunque me di cuenta de que las cosas en las que me hacían pensar no era necesariamente aquello a lo que mi marido habría dado su aprobación.

Mi favorita era la historia de Nal y Damayanti, quizá debido a sus paralelismos con nuestra vida, paralelismos que Yudhisthir parecía no ver. (Aunque después me he preguntado si Yudhisthir no comprendería mucho más de lo que aparentaba. Quién sabe, quizá era un estilo de vida más sabio, lo que le permitía evitar muchas cosas desagradables).

Esta es la historia, lo más esencial de ella:

Nal, el rey de Nishad, amaba a la hermosa princesa

Damayanti. En su *swayamvar*, ella lo escogió en lugar de elegir a los dioses. Uno de estos dioses, Kali, enfurecido por ello, llevó con engaños a Nal a perder su reino en una partida de dados con su hermano Pushkar. (Nal, sin embargo, no llegó a apostar a su esposa). Entonces Nal le pidió a Damayanti que regresara a la seguridad del palacio de su padre, pero ella se negó a abandonarlo. Cuando él perdió su última prenda de vestir, ella rasgó su propio sari y lo compartió con él. Pero él la dejó durmiendo en la selva, creyendo que lo mejor para ella era deshacerse de él. Sufrieron separados durante años. Finalmente él —ya con otro aspecto y con un nombre falso— se convirtió en auriga del rey Rituparna, que era un experto en dados, y aprendió de él los entresijos del juego. Mientras tanto, Damayanti, de vuelta en el reino de su padre, envió a varios hombres a buscar a su marido y, sospechando que aquel auriga podría ser Nal, invitó a Rituparna a un *swayamvar*. Pero el *swayamvar* era solamente un truco para poder encontrarse con Nal. En esta reunión, hubo acusaciones y llantos, perdón y nuevas declaraciones de amor. Nal recuperó su apostura, desafió a Pushkar a otra partida de dados y recuperó su reino.

El sabio que nos contó esta historia dijo:

—A lo largo de toda la historia del mundo, el virtuoso ha sufrido por causas no conocidas. Aprended de Nal y Damayanti a soportar vuestras desgracias con valentía. Como los de estos reyes, vuestros malos tiempos también llegarán a su fin.

Yudhisthir dijo:

—Observad cómo Nal nunca se apartó de la rectitud, ocurriera lo que ocurriese. Y Damayanti nunca lo reprendió por sus pérdidas, sino que le dio todo el apoyo que un hombre necesita cuando tiene problemas.

A lo que repliqué:

—¿Y de qué manera él se lo agradeció? Abandonándola en la selva. ¿Cómo puedes decir que eso era lo correcto?

Yudhisthir se mostró dolido. El sabio, diplomáticamente, declaró que era la hora de sus oraciones. Me fui a la cocina. Pero no podía quitarme a Damayanti de la cabeza. Despertar en una selva no diferente de aquella en la que estábamos, solo con los ruidos de los animales nocturnos como compañía... ¡Qué asustada debía de estar!... y ¡qué valiente fue! Porque ella no regresó de inmediato con sus padres, sino que buscó a Nal durante años. ¡Una vez la tomaron por bruja y fue apedreada casi hasta la muerte! ¡Bruja ella, una princesa que había sido famosa en todo el mundo por su belleza!

Eso es lo que la pérdida puede hacerle a uno, pensé, tocando mi propio pelo enmarañado, preguntándome si yo, también, no parecería una bruja. Yo sabía, aunque Yudhisthir era demasiado correcto como para decirlo, que yo no era la esposa ideal. Él habría sido más feliz con alguien como Damayanti. Era una mujer mejor que yo. (¿Pero era «mejor» la palabra que yo estaba buscando? ¿En qué punto la tolerancia deja de ser una virtud para convertirse en un defecto?). Una vez que yo hubiera regresado al hogar de mis padres, no habría seguido buscando a mi marido. Y si hubiera llamado a un segundo *swayamvar*, me habría asegurado de que fuera uno auténtico.

28

Loto

Era el año en que le tocaba a Bhim ser mi esposo, y estaba decidido a sacarle el mayor provecho. No, no de la manera que parecía más obvia, la física, aunque indudablemente disfrutaba del sexo, este Bhim con piernas de hierro, y su entusiasmo dejó signos evidentes en mi cuerpo. Si yo le mostraba un moretón, se volvía tímido y penitente. Quería redimirse haciendo cualquier cosa que yo deseara. Esa era su debilidad: su necesidad de hacerme feliz. Ninguno de mis otros maridos se preocupaba de la misma manera. Cuando yo perdía la paciencia, ellos pragmáticamente encontraban cosas que hacer en otra parte. Solo Bhim se quedaba, con la cabeza gacha, mientras yo seguía maldiciendo, hasta que me daba vergüenza y paraba.

A Bhim le gustaba estar cerca de mí. A menos que yo lo echara, rondaba por la cocina, iba a buscar el agua, cortaba leña para echar al fuego, me abanicaba con hojas de palmera, picaba las verduras meticulosamente en trocitos diminutos. Si yo lo hubiera permitido, se habría encargado alegremente de todas mis tareas. No era hábil con las palabras como Yudhisthir, que podía hablar sin parar de filosofía durante horas. No era ingenioso como los gemelos ni declamaba como Arjuna. Pero cuando estábamos solos, me decía cosas que nunca le había contado a nadie, haciendo gestos y ademanes cuando no encontraba las expresiones para lo que quería relatar. Sus enemigos, que solo lo conocían como un torbellino, obstinado y destructor, se habrían quedado asombrados al verlo.

Por ejemplo, cuando Duryodhan le dio de comer el arroz con leche envenenado, el niño Bhim cayó al suelo paralizado, pero aunque no podía abrir los ojos, todavía seguía consciente. Escuchó la risotada de hiena de Sakuni, notó las enredaderas con las que lo ataron y que le cortaban la carne. Por la noche, el agua del río era como la tinta. Notó que el cuerpo se le arqueaba en el aire húmedo cuando lo arrojaron en él. Permaneció varios días viajando de la humedad hacia el otro mundo. El agua se convirtió en seda... ¿o eran las serpientes que lo envolvían? Incluso sin sus ojos, sabía que eran de los colores del arco iris. Lo mordieron, como suelen hacer las serpientes. Su veneno contrarrestó el que le había dado Duryodhan. Se incorporó sobre un suelo de cieno verde. Perezosamente, cogió una serpiente, dos, tres, veinte, y las arrojó a su destrucción. Alguien informó al dios de las serpientes. Este corrió a matar al niño monstruo que estaba causando estragos entre sus súbditos. ¿Qué vio que lo hizo sentar al niño en su regazo en lugar de darle algún elixir para beber? ¿Y por qué Bhim, el envenenado, confió en el rey-dios con su cara azul y estriada? Bebió; la fuerza de mil elefantes entró en su cuerpo; el rey lo soltó en las corrientes que lo iban a llevar a la superficie del río para que pudiera llegar a cumplir con el destino heroico al que estaba destinado.

—Yo no quería marcharme —me dijo Bhim—. Cuando me tuvo en sus brazos, era mucho más dulce que estar en los brazos de mi madre, o en los de mis hermanos. A decir verdad, ya los había olvidado. Me aferré a la mano del rey y grité: «Quiero quedarme contigo». Cerró sus deslumbrantes ojos y sacudió la cabeza. Pero antes de empujarme hacia arriba, me dio un beso.

Estiró su mano izquierda y vi algo que nunca había notado, una diminuta marca roja en el dorso de su mano, como una flor con dos estambres, o como la lengua bífida de una serpiente.

Aquellos eran los momentos en que más me gustaba Bhim, las tardes silenciosas en las que solo se oía el canto de las palomas torcaces en los tamarindos, cuando él me hablaba con su voz suave y reflexiva que se desvanecía al detenerse para pensar en la palabra correcta. No me molestaba si al final de la historia me cogía de la mano y me llevaba a nuestra cabaña conyugal. Pero ni siquiera entonces —lo confieso con un poco de vergüenza— lo amaba, no de la manera en que él anhelaba ser amado. Al mirar hacia atrás, me doy cuenta de que no amaba a ninguno de mis maridos de ese modo. Era una buena esposa. Los respaldé en los buenos tiempos y en los malos; les brindé comodidades para el cuerpo y la mente; cuando estábamos en compañía de otros, alababa sus virtudes. Los seguí a la selva y los obligué a que se convirtieran en héroes. Pero mi corazón... ¿era demasiado pequeño; demasiado inconstante; demasiado difícil? Incluso durante nuestros mejores años, nunca se lo entregué del todo.

¿Cómo sé esto? Porque ninguno de ellos tenía el poder de perturbarlo de la misma forma en que lo hacía el simple recuerdo de Karna.

¿Kunti detectó esto, con su instinto de madre? ¿Era esa la razón por la que no confiaba en mí completamente? Aunque con seguridad sabía lo que la bruja me dijo: no podemos obligarnos a amar... o a dejar de amar. Como máximo, podemos controlar nuestras acciones. El corazón mismo está más allá de todo control. Ese es su poder, y su debilidad.

Mi pesar se refiere más a esto: conociendo la debilidad de Bhim, me aproveché de ella. Lloraba más fuerte cuando él estaba cerca, a sabiendas de que eso lo haría maldecir a Yudhisthir, aumentando así el tormento de este. Cuando viajábamos, me quejaba de la dureza del sendero y permitía que Bhim me llevara, aunque si yo hubiera hecho un esfuerzo podría habérmelas arreglado sola. Hacía peticiones poco razonables de cosas imposibles, presionando para ver hasta dónde llegaría para complacerme. (Ese fue el caso del loto dorado). Al final, en Kurukshetra, mataría una y otra vez, a pesar de ir contra las leyes de la guerra justa, no por la victoria o la fama, sino por mí. Sí, violé la primera regla, la que no está escrita, no solo para los guerreros sino para todos nosotros: acepté el amor y lo utilicé de bálsamo para halagar mi ego.

El loto me llegó en Badari, donde el Ganges es frío y cristalino. Esa fue la época en que Arjuna nos había dejado para ir en busca de armas divinas. Hacía ya varios meses que no sabíamos nada de él. Nos consumía la preocupación, impidiéndonos descansar en ningún lugar. Mezclada con la preocupación por su seguridad había una idea más egoísta: sin él los Pandava nunca ganarían una batalla contra Duryodhan.

Estaba abatida, sentada junto al río, cuando lo vi flotar en la corriente. Sí, era realmente de oro, tal como Vyasa escribiría más adelante (¿o ya lo había escrito?). Viró hacia mí como si lo impulsara un designio interior. Nunca había visto una flor como esa, ni tampoco ninguna que tuviera un perfume tan embriagador. Me la acerqué a la cara. Sentí que mi mente iba cada vez más despacio, que mis pensamientos más rebeldes se calmaban. Por un momento no tuve ansias de venganza, ni me pregunté sintiéndome culpable si no habría enviado a Arjuna a su muerte con mis llantos, ni recordé aquel par de ojos prohibidos.

Luego el perfume desapareció. Miré la flor y vi que se desteñía. Su color empalidecía; sus pétalos se caían; mis penas regresaban con toda su fuerza.

Sabía que el remedio no estaba en encontrar una nueva flor sino en lo que Krishna me había aconsejado una y otra vez: «Deja que el pasado se vaya, Krishnaa. Mantén la serenidad. Deja que el futuro llegue a su ritmo, desplegando sus secretos cuando corresponda». Sabía que debía vivir la vida que tenía a raudales junto a mí: aquel aire claro, aquella luz del sol recién nacida, la sencilla comodidad del chal que llevaba sobre los hombros. Pero en cambio, porque era más fácil y porque quería la satisfacción que iba a obtener de la expresión de sus ojos, acudí a Bhim. En silencio le mostré la flor muerta, y en silencio hizo una reverencia y se puso en camino para traerme lo que yo quería.

Días después, regresó con los brazos llenos de lotos. Por la noche, en la cama, los entrelazaba en mi pelo enmarañado.

Él dijo (o quizá imaginé las palabras):

—Viajé todo el día y toda la noche siguiendo la fragancia de la flor como un cazador sigue una huella. La selva estaba oscura, llena de ojos brillantes como piedras preciosas, los ojos de las bestias que acechaban. Soplé mi concha marina; los cuatro rincones de la tierra vibraron; los ojos desaparecieron. Sonreí. De esta manera, pensé, derrotaré a mis enemigos en el campo de batalla. En una arboleda encontré a un mono viejo, cuya cola se interponía en el sendero. Le ordené que me dejara el camino libre, le dije que era Bhim de los Pandava, hijo del dios del viento. Parpadeó confundido y no pareció saber quién era yo. Quizá estaba senil. Me pidió que empujara su cola para sacarla del sendero y continuar con mi búsqueda. Me agaché para apartarla con un dedo... ¡y no pude! Ni con ambas manos, ni con toda la fuerza de mi cuerpo. Me arrojé al suelo, gritando: «¿Quién eres tú?».

»Sonrió y me informó de que era Hanuman.

»Lo miré a los ojos. ¡Había cruzado el océano de un salto solo para hacer el trabajo de Rama! Había escuchado la historia cuando era niño y pensé que era una leyenda. Pero ahí estaba el hijo mayor del dios del viento y, por lo tanto, mi hermano. Un dios por derecho propio. Me abrazó y dijo: "Te doy mi fortaleza.

En Kurukshetra estaré contigo, aunque nadie me verá salvo como una imagen en el estandarte de una cuadriga". Señaló hacia el lago de flores y desapareció. En el lago luché contra mil demonios guardianes, matando a no pocos, para conseguir lo que tú querías.

Inclinó su rostro sobre mis pechos.

—¿Estás contenta?

—¿Qué se siente —le pregunté después, cuando yacíamos, saciados— al tocar a un dios?

No respondió. Tal vez estaba dormido. O quizá no hay respuesta para una pregunta como esa. Porque más adelante, cuando le hice la misma pregunta a Arjuna, él, también, guardó silencio.

29

Visitas

Los años pasaron como la melaza, sofocantes y anodinos. Todos nos esforzamos bajo su lentitud, pero nadie sufrió más que Arjuna. Yudhisthir tenía preceptos morales para mantenerse ocupado; Nakul y Sahadev su fascinación por las bestias de la selva para entretenerlos; y Bhim su amor por mí, que lo sujetaba con fuerza en sus anillos como una *ajagar*, la mítica pitón. Pero el ansioso Arjuna, que quería fama más que cualquier cosa en el mundo, que se veía menos como marido o hermano o hijo que como héroe, vivía irritado por las restricciones que la promesa de Yudhisthir le había impuesto. Ansiaba luchar contra los Kaurava y recuperar su honor, pero sabía que no podía hacerlo, no hasta que se cumplieran nuestros años de destierro. Como no podía vengarme, me evitaba. Evitaba mi pelo enmarañado, mis suspiros acusadores, mi lengua picante como la pimienta.

Desde el comienzo nuestra relación había sido problemática, ya que él me culpaba a mí por lo que su madre había ordenado: mi matrimonio con sus hermanos.

Pero en el Palacio de las Ilusiones, durante un tiempo mágico y bendito, habíamos estado en paz, ambos ocupados en las cosas que amábamos. Él era el comandante de la ciudad, estaba a cargo de su seguridad. Había viajado hasta los límites del reino para asegurarse de que todo estuviera a salvo. En los intervalos, había torneos en los que participar y otras esposas a las que visitar. Pero, de nuevo, sumergidos como estábamos en la monotonía de nuestros días, resurgieron las tensiones. Debería haberme dado cuenta de los síntomas, debería haber suavizado mis actitudes. Pero estaba atrapada en los anillos de mi propia serpiente, y no menos ciega que Dhritarashtra. Arjuna empezó a pasar más tiempo en la selva, a solas. Decía que era para cazar, pero cada vez con más frecuencia regresaba con las manos vacías, con gesto ceñudo y distraído. Y una mañana, nos dejó.

Tenía una razón, por supuesto: la guerra inminente, para la cual tenía que mejorar sus destrezas de combate y aprender nuevas técnicas. ¿Y cómo podía hacerlo, encerrado en nuestra rústica y herrumbrosa existencia? «El tiempo me corroe», le había dicho a Yudhisthir. «Temo que me desintegraré antes incluso de que comience la guerra».

Decidió ir a las montañas del dios Himavan, el Himalaya, y tratar, a través de la penitencia, de complacer a Shiva. Le pediría el Pasupat, el *astra* divino que lo haría invencible.

—En cuanto esté en posesión del Pasupat —dijo—, ¡Karna es hombre muerto!

Cuando oí aquello, me quedé sin sangre en el cuerpo. Se me doblaron las rodillas y caí al suelo. Yo, que no flaqueé siquiera ante el gran insulto recibido en la corte de Duryodhan. Mis maridos me rodearon de inmediato. Yudhisthir me levantó la cabeza para apoyarla en su regazo. Bhim me salpicó la cara con agua. Los gemelos me abanicaron. Un envanecido Arjuna me cogió las manos entre las suyas, aunque aquel año no le tocaba ser mi marido, en inusitado gesto de cariño.

—No te preocupes —dijo—. Me voy para que, cuando llegue el momento, pueda restituir tu honor —Sus palabras, si no del todo sinceras en cuanto a los motivos, eran verdaderas—. Deseadme feliz viaje.

¿Por qué vacilé?

Mis maridos pensaron que estaba tan abrumada de preocupación por Arjuna que me había quedado sin habla. Consideraron que aquello era un gesto dulce, femenino, y me aseguraron que él no correría peligro alguno. Era, después de todo, el guerrero más grande del mundo. Y su padre, Indra, con toda seguridad estaría observándolo atentamente.

¿Por qué era mi corazón tan débil, tan poco razonable? Después de todo lo que había ocurrido, ¿por qué debía importarme lo que le ocurriera a un hombre de mirada lejana? ¿No era acaso mi enemigo el mortífero rival de este hombre que estaba dispuesto a arriesgar su vida para vengarme? Mi locura me enfurecía, pero no podía quitármela de encima. Para detener las voces tanto interiores como exteriores, dije:

—¡Que tengas éxito! ¡Que regreses a salvo con el deseo de tu corazón cumplido!

Pero se me quebró la voz. Quizá por esa razón Arjuna iba a tener tantos problemas durante su viaje.

En el monte Indrakila, donde el aire es como el cristal, Arjuna meditó y rezó a Shiva. Pero Shiva no respondió. En lugar de eso, un jabalí le atacó desde un bosquecillo. Arjuna levantó el arco Gandiva, pero en el mismo momento en que disparó, una flecha diferente salió por el aire y mató al jabalí. Enfurecido por esa intrusión, Arjuna se volvió y se encontró con un hombre vestido con pieles. No se mostró intimidado por las amenazas de Arjuna. Cuando en su cólera Arjuna le disparó, todas las flechas —incluso sus *astras* divinos— fueron a parar, errando el tiro, a los pies del cazador, mientras que todas las flechas del cazador alcanzaron su blanco.

—Allí estaba yo, sangrando mientras el cazador se mofaba de mí —nos contaría más tarde Arjuna, con asombro e indignación en la voz—. ¡Yo, que no me había rozado ni una sola flecha desde que di por finalizados mis estudios con Drona! Recé a Shiva para que me ayudara, pero no ocurrió nada. Se me heló el corazón.

Desanimado, hizo una guirnalda de flores silvestres y la ofreció a una imagen de barro del dios en un último intento por complacerlo. Pero cuando abrió sus ojos, la guirnalda había desaparecido.

—Estaba seguro de que el dios me había abandonado —continuó—. ¡Entonces vi la guirnalda... La tenía alrededor del cuello el cazador, quien brillaba con una luz dorada!

Al comprender la jugada de Shiva, cayó a sus pies. El dios lo abrazó y le dio la temida Pasupat, pidiéndole solamente que la usara en guerra justa.

¿Pero seguiría siendo justa la guerra cuando Arjuna disparase el *astra* a Karna? ¿O se había vuelto misteriosamente sombría hacía ya mucho tiempo? La sangre de Abhimanyu habría empapado la tierra de Kurukshetra para ese entonces, Bhishma se habría visto obligado a entregar el secreto de su muerte, y Drona habría sido vencido no por el valor de mi hermano sino por una mentira.

Envuelto en triunfo, aturdido por la presencia del dios, Arjuna no sospechaba nada de eso.

—¡Sí! —gritó, levantando la barbilla en ese gesto tan suyo, lleno de confianza en sí mismo. ¿Acaso Chitragupta, guardián de los libros divinos, registró su promesa, expresando con una sonrisa su secreto, sonrisa irónica ante la vanidad de los seres humanos? ¿Es esa la razón por la que Arjuna, también, caería en la montaña cuando partimos en nuestro viaje final?

Había algo más en la historia de Arjuna. Cómo aparecieron Indra y los otros dioses, prometiéndole más *astras*, que le serían entregados cuando empezara la guerra. Cómo lo llevaron hasta el palacio de Indra donde se sentó junto al rey-dios en el mismo trono, disfrutando de la música y la danza celestiales. (Pensé en si sus antepasados estarían ahí también, pero sabía que era mejor no preguntar). Cómo la bailarina celestial Urvasi se enamoró de él y le pidió que satisficiera su deseo. Pero él se negó. (Se aseguró de mirarme a los ojos mientras narraba esta parte de la historia). Ella lo maldijo. El resultado fue que tendría que pasar un año de su vida como un eunuco. Afortunadamente, su padre intercedió. No podía anular la maldición, pero al menos Arjuna podría elegir el año en que eso sucedería.

Había cosas que Arjuna se guardó para sí. (¿No ocurre lo mismo con todas las historias, incluso con esta que estoy contando?). Pero cuando se comparte la almohada de un hombre, sus sueños se filtran en una. De modo que lo supe.

La misma primera noche en que estuvo allí, Urvasi se le apareció vestida solo con un manto de nubes. Entró en su dormitorio y lo cogió de la mano.

—Ardo por ti —le dijo—. Pon fin a mi sufrimiento.

Arjuna se apartó de ella, tapándose los oídos.

—Tú eres la amada de Pururava, antepasado mío —le dijo—, y por ello eres como una madre para mí.

Urvasi sonrió ante la locura de sus palabras.

—Las reglas que obligan a las mujeres terrenales no nos obligan a nosotras —replicó ella—. Mientras vivió Pururava, le fui fiel. Pero hace mucho que se convirtió en polvo, y soy libre de escoger al hombre que yo quiera. ¡Ven, no perdamos tiempo!

El rostro de ella brillaba como la luna; sus pechos eran como perlas por el sudor de la pasión; solo la visión de su ombligo habría hecho que muchos reyes renunciaran a sus reinos. ¿Qué le dio a Arjuna el poder de resistirse a ella? Antes pensaba que fue por mí. ¡Oh, vanidad! Luego en mi sueño supe la verdad. Arjuna estaba decidido a mostrarles a los dioses que él era más fuerte que sus más poderosos encantamientos, un digno receptor de los *astras* que le habían prometido. ¿Contra la afilada y metálica seducción de los instrumentos de muerte, qué posibilidades tenía Urvasi?

Cuando Krishna se enteró de que su amigo favorito se convertiría en eunuco durante un año, se rio, y más todavía cuando Arjuna le dirigió una mirada llena de ira.

—¿No te das cuenta? —le dijo—. Es el perfecto escondite para tu decimotercer año. ¿Quién podría sospechar que el varonil Arjuna iba a vestirse con falda y velo, que sus poderosos brazos se iban a adornar de brazaletes? ¡Deberías enviar un mensaje especial de agradecimiento a Urvasi! Narad va allá muy a menudo..., quizá él podría ser tu emisario...

—No, gracias —replicó mi marido, con sus varoniles cejas unidas.

Krishna se volvió a mí.

—Hasta una maldición puede ser una bendición, Krishnaa. ¿No te parece?

Asentí con la cabeza, pero cautelosamente. Él siempre estaba tratando de convencerme de que la mala suerte —en particular la nuestra— era realmente otra cosa, un disfraz que ocultaba algo mejor. Atrapada entre él y Yudhisthir, una mujer ni siquiera podía disfrutar de ser desdichada.

Aquel año, el último en la selva, estuvo lleno de visitas divinas. Una abrasadora tarde junto a un lago Yudhisthir tuvo su propio encuentro con un *yaksha*, un poderoso ser invisible que ya había dominado a sus hermanos. Lo amenazó con la muerte si no podía darle las respuestas correctas a cien preguntas. Pero las preguntas filosóficas eran el fuerte de Yudhisthir; olvidó el peligro que lo esperaba y se zambulló en aquel juego de ingenio... y ganó. Como recompensa, el *yaksha* devolvió a la vida a sus hermanos y le ofreció satisfacer un deseo. No me sorprendió cuando Yudhisthir me contó lo que había pedido. La victoria... no en la próxima batalla sino contra los seis enemigos interiores que nos atormentan a todos nosotros: la lujuria, la cólera, la codicia, la ignorancia, la arrogancia y la envidia.

Pero su verdadera recompensa fue que, después, durante semanas, decidió hacernos a nosotros las preguntas del *yaksha* (y suministrarnos, triunfalmente, las respuestas cuando nos equivocábamos). Aunque yo manifestaba cierto fastidio con esa suerte de catecismo, en secreto disfrutaba.

«¿Qué es más numeroso que la hierba?».

«Las ideas que crecen en la mente del hombre».

«¿Quién es realmente rico?».

«Aquel hombre para el que lo agradable y lo desagradable, la riqueza y la penuria, el pasado y el futuro, son lo mismo».

«¿Qué es lo más maravilloso que ocurre en la tierra?».

«Cada día innumerables seres humanos entran en el Templo de la Muerte, sin embargo los que quedan continúan viviendo como si fueran inmortales».

En la cama con Arjuna, busqué esa parte de su mente en la que había guardado su recuerdo de Shiva, pero cuando finalmente lo hallé, solo tuve ante mí un océano de luz en el que ansiaba disolverme sin poder hacerlo. Creo que le envidiaba en aquel momento.

Había estado en presencia de un inmenso y maravilloso misterio. Él había vislumbrado la verdad de la existencia que va más allá del mundo de los sentidos que nos rodea, este mundo oscilante de placeres y tristezas. Estuve despierta toda la noche, con el alma anhelando saber lo que él había conocido.

En una ocasión me quejé a Krishna:

—¿Por qué los dioses no se me aparecen? ¿Es porque soy una mujer?

—¡Qué ideas más curiosas tienes! —Se rio Krishna—. ¿Por qué crees que eso debería importar a los dioses, que están más allá de las diferencias de sexo?

Quise preguntar, si eso era cierto, ¿por qué, entonces, nuestras escrituras estaban llenas de relatos sobre los matrimonios entre dioses y diosas? Pero tenía una pregunta más urgente.

—Después de haber abrazado a Dios, cómo podía Arjuna seguir preocupándose por conseguir *astras*, por muy poderosas que estas armas fueran. Si yo hubiera estado en su lugar, no habría deseado nada más.

Krishna me pasó el brazo por los hombros de aquella manera cordial tan propia de él.

—¿Seguro que sería así, *sakhi*? —De esta manera había empezado a llamarme últimamente, *sakhi*, «queridísima compañera». Me gustaba ese apelativo, aunque a veces sospechaba que lo decía en tono burlón—. ¡Entonces eres mucho más sabia que la mayoría de nosotros!

Durante un rato, se le dibujó una sonrisa en los labios como si estuviera pensando en una broma que nadie más conocía.

30

Disfraz

Nuestros doce años en la selva llegaban a su fin. Después de esto, según la apuesta que Yudhisthir había perdido, tendríamos que pasar un año escondidos. Si durante ese año Duryodhan llegara a descubrir nuestro paradero, tendríamos que soportar otros doce años de exilio.

Yudhisthir decidió que pasaríamos ese año en el reino de Matsya, un poco al sur de Indra Prastha.

—Nadie pensará en buscarnos tan cerca —explicó—. Nos disfrazaremos y trabajaremos en el palacio del rey Virat. He oído decir que tiene gran cantidad de criados y que se les trata sin demasiada disciplina. Mientras no llamemos la atención sobre nosotros, estaremos seguros. Pero nadie debe sospechar que nos conocemos entre nosotros. Si nos cruzamos unos con otros, debemos actuar como si fuéramos desconocidos. De ninguna manera debemos ponernos en contacto. Recordad que, si nos descubren, nos obligarán a soportar otros doce años de exilio.

Así pues, tal como habíamos acordado, entré en la

ciudad de Virat completamente sola, por la tarde, cuando el cielo era de un color azul violeta. Caminé deprisa, inquieta, por la concurrida calle principal que conducía al palacio. Nunca en la vida me había aventurado en una calle pública sin alguna compañía. Con dificultad maniobré para abrirme camino entre broncos vendedores ambulantes que empujaban sus carros y jinetes que espoleaban sus caballos para avanzar sin preocuparse por los viandantes. Los hombres me miraban curiosos. ¿Quién podría criticarlos? Todas las mujeres decentes estaban seguras en sus casas en aquel momento. Además, con mi sari hecho de corteza de árbol aplastada y el nido de cuervos que era mi pelo, que no había visto un peine en muchos años, debía de parecer una loca. Traté de ignorar sus comentarios, traté de ocultar mi angustia. En algún lugar en las sombras, vestido con ropa sencilla confeccionada en casa que un cocinero podría llevar, Bhim observaba para asegurarse de que yo llegara a salvo al palacio de la reina Sudeshna. No quería yo que él olvidara las órdenes de Yudhisthir y se apresurara a ayudarme.

Para mantener la mente lejos de mi propia desdicha, pensé en mis maridos. Una vez que yo atravesara los portones, Bhim se dirigiría a las cocinas reales a pedir trabajo. ¡Iba a preparar exquisiteces para hombres que no eran ni siquiera dignos de lavar los platos donde él comía! Yudhisthir ya estaba establecido en el palacio. Unos días antes se había vestido con el *dhoti* blanco de un brahmín, con una sarta de cuentas de tulsi ajustadas alrededor del cuello, y había entrado en la corte del viejo rey. Se presentó diciendo que era excelente en los debates filosóficos y en el juego de los dados, y que necesitaba un lugar donde vivir. Virat, que adoraba apostar, lo aceptó. A partir de ese momento tendría que aprender a lisonjear a los cortesanos. Nakul y Sahadev estaban trabajando en los establos del rey. A lo largo de los años, Virat había reunido con verdadera devoción las mejores vacas de todo Bharat. Se ocuparían de ellas. Al despedirse de mí, habían tratado de animarme, recordándome cuánto amaban a los animales. Pero yo sabía cuál era la verdad: iban a estar trabajando bajo el sol ardiente, limpiando bosta en los cobertizos, soportando los sarcasmos de los capataces.

¿Y Arjuna, nuestro guerrero? En las oscuras profundidades de la noche anterior había pronunciado las palabras que activarían la maldición de Urvasi. Por la mañana, se dejó caer el pelo en cascada por la espalda. Sin bigote ni barba, su cara parecía desnuda. Su silueta era flexible y esbelta, envuelta en seda roja. Al caminar, balanceaba las caderas; su sonrisa era tímida y a la vez confiada. ¿Cómo había aprendido su cuerpo aquellas sutilezas femeninas? Llevaba brazaletes de coral en los brazos. Cuando me pidió que le trenzara el pelo, no pude contener mis lágrimas. Iba a ser el maestro de baile de la princesa Uttara. Él, también, viviría en los aposentos de las mujeres. Tuve que aprender a controlar mis emociones al ver su perdida virilidad, al pensar en los sarcasmos que, en su condición de eunuco, tendría que soportar.

—¿Cómo podré pasar un año entero sin siquiera uno de vosotros en quien confiar mis tribulaciones? —exclamé.

Arjuna me secó los ojos con el borde de su sari. Quizá el cambio había sido más que físico, pues habló con una amabilidad que yo desconocía.

—Lo harás. Eres más fuerte de lo que piensas. Recuerda lo que dijo Krishna cuando vino a despedirnos: «El tiempo es ecuánime y misericordioso. No importa lo largo que pueda parecer este año, lo cierto no lo será más que un año de alegría en Indra Prastha».

Había ocultado su amado arco Gandiva en un árbol, un *sami*, en las afueras de la ciudad, envolviéndolo en piel de vaca para protegerlo de la intemperie de todo un año. Pensé en Krishna, que nos había conducido en su carruaje hasta los límites de la ciudad dormida. Al dejarnos, nos dijo adiós con la mano de manera despreocupada, como si fuéramos a vernos dentro de una semana. Me aferré a las dos imágenes: las armas envueltas y la sonrisa de Krishna atravesando la oscuridad. Cuando golpeé con nudillos vacilantes los portones de la residencia de la reina, preparándome para pedir trabajo como criada, de alguna manera esas imágenes me consolaron. Sería paciente. Sería valiente. Incluso este año también pasaría.

—Siento mucho todos los problemas que has padecido —dijo Sudeshna—, pero no puedo contratarte. Aunque hayas sido criada de la reina Draupadi todos estos años, ocupándote de su ropa y de su pelo. Debes de ser buena... ¡Todos saben que ella es mujer de mal genio! ¿Es realmente cierto que arrojaba objetos a sus maridos cuando estaba enojada?

»Eres demasiado hermosa, esa es la razón. Incluso con esa ropa andrajosa y el pelo sucio. ¡Imagínate lo que puede ocurrir en cuanto estés limpia! ¿Y si mi marido se enamora de ti? ¿O mi hijo? ¿O mi hermano? Aunque mi hermano no me preocupa demasiado. Puede cuidarse por sí solo. ¿Sabes quién es? El luchador más grande de Matsya..., tal vez de todo Bharat, y el general del ejército de Virat. Vive enamorándose y desenamorándose de mis criadas. De todas maneras se asegura de darles suficientes obsequios para que guarden silencio cuando se cansa de ellas. Es un hombre generoso, mi Kichaka.

»¿Dices que estarás siempre cubierta con un velo? ¿Y que permanecerás en las dependencias interiores; que no saldrás cuando haya algún hombre por el lugar? ¿Dices que has hecho el voto de no embellecerte hasta que la reina Draupadi pueda vengarse de la manera en que fue ofendida?

»Eso es muy leal de tu parte, aunque un tanto excesivo.

»¿Qué es eso acerca de tus maridos? ¿Que son *gandharvas*, mitad hombres, mitad dioses? ¿Dices que te están cuidando todo el tiempo, aun cuando hayas sido maldecida y debas permanecer separada de ellos? ¿Son acaso fuertes y muy irascibles? Bien, ¡eso debe darte suficiente incentivo para permanecer casta!

»Que no hay peligro en darte trabajo.

»Ese siempre ha sido mi problema..., soy demasiado bondadosa. Sencillamente no puedo decir que no.

»¿Entonces me vas a arreglar el pelo como lo llevaba Draupadi para el *Rajasuya yagna*? Veamos... Virat va a celebrar una gran reunión la próxima luna llena..., una especie de festival de poesía, a él le gustan esas cosas. ¿Qué te parece para entonces? Además, ¿podrías quitarme esas manchas de mi cara?

»¡Estupendo! Tengo la sensación de que nos vamos a llevar bien.

»A propósito, ¿cómo te llamas? ¿Dices que quieres que solo te llame *criada*? De acuerdo, está bien, si así lo prefieres.

»Ahora dime algo que me muero por saber: ¿cómo se las arregló Draupadi para controlar a cinco maridos? ¡Yo apenas si puedo manejar a Virat, y eso que es viejo! ¿Qué clase de arreglos tenían para compartir el lecho? Ah, sí. Una cosa más. Esos maridos tuyos, los *gandharva*..., ¿cómo es estar casada con ellos? Quiero decir, ¿tienen los mismos atributos que los hombres?

A veces me parecía que el año no terminaría nunca, que el tiempo se había detenido maliciosamente. Era humillante estar a disposición de una mujer tan superficial como Sudeshna. «Tráeme el espejo, *sairindhri*. Prepara más pasta de sándalo..., del rojo..., y muélelo más fino esta vez. No me gusta este peinado. ¡Vuelve a hacerlo!».

Aun en medio de las peores privaciones en la selva, conservé la dignidad. Nuestros invitados me habían mostrado respeto. Las personas a las que amaba se habían mantenido en contacto aunque no las viera a menudo. Y Krishna. ¿Había ocurrido alguna vez que no me hubiera visitado durante un año entero? Me dolía el pecho con una ausencia extraña cuando pensaba en ello. Me preguntaba si uno podía morir de soledad.

Debo ser justa con Sudeshna. A su manera despistada, era amable. Me dijo que podía sentarme en su jardín privado siempre que quisiera. «Sé que estás triste. Eso te dará un poco de paz». Pero quizá habría sido mejor que hubiera sido realmente insensible. Porque fue en su jardín donde me vería el enamoradizo Kichaka.

El jardín de Sudeshna era lo que yo me imaginaba: grande, poco imaginativo, lleno de flores ostentosas y caras. De todas maneras, no podía alejarme de él, aunque solo me sirviera para hacerme añorar mi propio jardín, tan cuidadosamente ideado, donde a la vuelta de cada esquina había una sorpresa: un solitario asiento medio escondido bajo un árbol de ébano de la montaña, una hilera de vetiver que brindaba su penetrante perfume..., pero solo si uno sabe cómo frotar sus hojas. Perdido, todo perdido. Perdida la arboleda de higueras de Bengala, en pleno crecimiento, gracias a la magia de Maya; perdidas también las flores de *ketaki* de un dorado pálido, y los árboles llamados *simsupa* que susurraban mi nombre. En un extremo, descubrí un *asolea* (el mismo árbol bajo el cual, en el Ramayana, Sita había soportado su cautiverio). Cuando tenía un momento, me sentaba debajo de él, tratando de absorber algo de la fortaleza de Sita. Había elevado su mente de los demonios femeninos que se burlaban de ella y la había enviado a su amado Ram, encontrando así la paz. Pero yo no sabía cómo hacerlo. Cuando no estaba ocupada en mis tareas, la ira me llenaba la mente como un denso humo. Ira por los Kaurava, a quienes culpaba de mi situación de aquel momento, ira contra Yudhisthir, cuya nobleza tonta lo había convertido en presa de ellos, ira contra mis otros maridos, que lo obedecían ciegamente, e ira contra Karna, con quien no tenía yo derecho a estar enfadada.

Allí fue donde conocí a Kichaka. Había ido al jardín para encontrarse con una de las criadas de Sudeshna, pero, cuando me vio, la despachó con un gesto.

—Eres nueva, ¿no? —preguntó. Era apuesto pero entrado en carnes, con labios sensuales. Llevaba muchos ornamentos y apestaba a almizcle y vino—. ¿Eres una de las nuevas criadas de mi hermana? ¡Qué hermosa eres!

Sus ojos delineados con kohl me recorrieron el cuerpo de arriba abajo con un gesto de aprobación. Me ruboricé. Ni siquiera Duryodhan se había atrevido a mirarme de ese modo en su *sabha*, porque él sabía que yo era una reina. ¿Entonces era así como los hombres miraban a las mujeres corrientes? ¿Mujeres a la que consideraban inferiores? Una nueva forma de compasión por mis criadas surgió en mi interior. Cuando volviera a ser reina otra vez, pensé, me ocuparía de que las mujeres corrientes fueran tratadas de manera distinta.

Pero todavía faltaba mucho para eso. En aquel momento tenía que ocuparme de Kichaka.

Me puse de pie con frialdad y me alejé.

Quizá ese fue mi error. Si yo me hubiera mostrado sumisa en vez de desdeñosa, si hubiera fingido ser tímida y sentirme abrumada por su atención, como las otras mujeres a las que se acercaba, podría haber perdido el interés en mí. Sudeshna tenía muchas criadas que eran más jóvenes y más hermosas. La vida en la selva había dejado sus marcas en mi cuerpo y yo no hacía ningún esfuerzo por corregir sus estragos. Pero al dejarle ver que yo no estaba a su disposición, desperté los instintos de cazador de Kichaka. A partir de ese momento, no me dejaría tranquila.

No tomé conciencia de inmediato de los problemas que yo misma había generado. Eran otros los desafíos que me preocupaban. Estaba descubriendo que tener a mis maridos físicamente cerca de mí era más difícil de tolerar que si hubiéramos estado efectivamente separados. Me estremecía al ver fugazmente a Yudhisthir mientras caminaba con el rey Virat y me hacía una respetuosa reverencia. Cuando oía a Arjuna bromeando con las mujeres en el salón de baile, me preguntaba cómo tenía fuerzas para reírse. A veces miraba hacia los establos, preguntándome cuáles entre las diminutas imágenes con taparrabos amarillos que trabajaban en la suciedad eran las de Nakul y Sahadev, que adoraban la buena vida. Cuando enviaban desde la cocina platos especiales para la reina, me preguntaba cuál habría sido preparado por Bhim, y si él sabría que yo no iba a probar ninguno de ellos.

Por la noche, acostada en mi jergón, recorría con mis dedos las nuevas durezas que tenía en las palmas de las manos. En la oscuridad, mis manos me parecían las de otra persona. Krishna había dicho: «Cuando la desgracia caiga sobre ti —y caerá sobre ti con más fuerza que sobre tus maridos porque tu ego es más débil y más rebelde— trata de tener esto presente: ser la criada de una reina no es más que un papel que estás interpretando solo por un tiempo». Me repetía a mí misma esas palabras, pero el cansancio me jugaba extrañas pasadas. A veces, justo antes de caer en la vacuidad del sueño, parecía que todo lo que había vivido hasta ese momento había sido una representación. La princesa que anhelaba la aprobación, la niña culpable cuyo corazón se negaba a escuchar, la mujer que se mantenía precariamente en su quíntuple papel de esposa, la nuera rebelde, la reina que gobernó en el más mágico de los palacios, la madre distante, la amada compañera de Krishna, que se negaba a aprender las lecciones que él le ofrecía, la mujer obsesionada por la venganza... Ninguna de ellas era la verdadera Panchaali.

Si eso era así, ¿quién era yo?

Un mes antes de que nuestro año de disfraces terminara, Kichaka me acorraló y me amenazó con poseerme por la fuerza si no lo hacía por propia voluntad y satisfacía su deseo. Hui de sus fuertes brazos para refugiarme en Sudeshna, pero esta me aconsejó que cediera al asedio de su hermano.

—¿Quién sabe si alguna vez volverás a ver a esos maridos tuyos? —dijo—. O si existen siquiera. Haz feliz a Kichaka y él se asegurará de que tengas lo suficiente como para vivir cómodamente el resto de tus días.

Corrí entonces al único refugio que se me ocurrió: el *sabha* de Virat. Seguramente el rey protegería del abuso a una mujer indefensa. Kichaka me siguió hasta allí. Me arrojó al suelo ante la corte en pleno y me pateó por haberlo rechazado. Clamé pidiendo justicia a Virat, pero este siguió sentado como si fuera sordo. Solo la cabeza, inclinada en un gesto de impotencia, revelaba su vergüenza. Sabía que sin el apoyo de Kichaka no podía gobernar su reino. Si el rey mismo actuaba de esa manera, ¿qué podía yo esperar de sus cortesanos? Pero lo que más me dolió fue el comportamiento de Yudhisthir. Me observó en silencio y tranquilo como si yo estuviera interpretando un papel en una pieza teatral.

Los miré a todos indignada. Tuve la sensación de que el tiempo había vuelto hacia atrás, que me encontraba de nuevo en Hastinapur, indefensa otra vez delante de un Duryodhan burlón. Cuando volví mis ojos enfurecidos hacia Yudhisthir, este dijo:

—Ten paciencia, señora. Tus maridos *gandharva* pronto serán liberados de su maldición. Entonces vendrán en tu ayuda.

Traté de expresar mi indignación por sus palabras, pero me interrumpió con firmeza. Tal vez temía que se descubriera todo.

—¡Regresa a los aposentos de las mujeres y deja de llorar como una actriz!

Sus palabras me atravesaron como dardos envenenados. Me sequé los ojos, superado ya el momento de los ruegos.

—Si hoy soy una actriz —repliqué con desprecio—, ¿quién es el responsable de ello?

Kichaka hizo caso omiso de nuestro intercambio de palabras.

—¿Ves? —dijo desdeñosamente—. No hay nadie aquí para protegerte. Soy más poderoso que todos ellos. Será mejor que vengas a mi cama.

Incluso en ese momento Yudhisthir permaneció en silencio.

Corrí otra vez —esta vez hacia mi habitación— y cerré la puerta con cerrojo. Kichaka se rio y me dejó ir. Sabía que ninguna débil cerradura iba a impedirle el paso. Muy pronto haría su voluntad.

Me bañé con el agua más fría que pude encontrar, pero de todas maneras estaba ardiendo. No pude comer; no pude dormir. Después de la medianoche, cuando el palacio quedó en silencio, recorrí sus corredores laberínticos hasta que encontré el lugar donde dormía Bhim. Abrí la puerta, entré sigilosamente y lo desperté. Sorprendido, me suplicó que me fuera.

—¿Qué pasaría si alguien nos descubre juntos? ¿Qué respuesta podemos ofrecer sin descubrir nuestro plan? Y entonces todos estos meses de sufrimiento que hemos pasado no habrán servido de nada.

Le dije que ya no me importaba si la gente descubría quién era yo, si Duryodhan ganaba la apuesta. Los peligros que podríamos tener que enfrentar si regresábamos a la selva eran mucho menos graves que los que debía soportar allí, en aquel palacio. Le conté la humillación que había sufrido en la corte y la cobardía insensible de Yudhisthir. Le dije:

—Si Kichaka vuelve a tocarme, beberé un veneno.

Bhim llevó las palmas agrietadas de mis manos a su cara. Sentí sus lágrimas en mis callos.

Él dijo:

—Si no estás tú a mi lado, ¿para qué quiero un reino? Te prometo que mañana mataré a Kichaka, aunque me descubran.

Pero una vez que estuve segura de que las cosas se harían a mi manera, me volví fría como el hielo. Juntos preparamos el plan para destruir a Kichaka sin traicionar a mis maridos.

¿Y luego?

Luego el tiempo avanzó precipitadamente, devastándolo todo como una avalancha. En la oscuridad del salón de baile adonde lo hice ir la noche siguiente, Kichaka fue golpeado hasta morir. Cuando encontraron su cadáver hecho pedazos a la mañana siguiente, la noticia se extendió como el fuego. ¡Era la magia de *gandharva*! ¿Qué otra cosa podía destruir a uno de los guerreros de Bharat más grandes? Una sollozante Sudeshna me habría hecho quemar por bruja, pero sentía un gran miedo de mis maridos espíritus. En lugar de ello, me ordenó permanecer en mis habitaciones, lo cual me vino muy bien.

Pero, lejos, la historia llegó a la corte Kaurava. De inmediato Duryodhan sospechó que a Kichaka lo había matado Bhim. (Dado que había sido capturado una vez por los *gandharvas*, él sabía que operaban de manera diferente). Karna sugirió que atacaran el reino de Virat, a la vez por el norte y por el sur. Sabía que si los Pandava estaban allí, el honor los obligaría a ayudar a su anfitrión. Si no era así, los Kaurava obtendrían un rico reino con poco esfuerzo.

De las batallas que ocurrieron, los bardos (a los que les encanta ocuparse minuciosamente de las batallas) han cantado más que suficiente, de modo que no me ocuparé de ellas. Baste decir que cuatro de los Pandava (todavía disfrazados) acompañaron a Virat y derrotaron al ejército de los Kaurava en el sur, mientras que Arjuna condujo la cuadriga del joven hijo de Virat, el príncipe Uttar, en el norte. Cuando a Uttar le entró el pánico, Arjuna (todavía vestido con su sari) dejó inconscientes a los Kauravas con el *astra* Sammohan. El furioso Duryodhan, cuando se recuperó, declaró que los Pandava habían sido descubiertos y debían regresar a la selva. Pero Yudhisthir le envió mapas de las estrellas que demostraban que nuestros trece años de exilio habían terminado el mismo día de la batalla. Y así comenzaron los preparativos para una batalla todavía más grande.

Pero he aquí lo que recuerdo con más claridad.

Cuando el rey Virat se dio cuenta de quiénes éramos, cayó a nuestros pies, pidiéndonos perdón por sus muchas descortesías, y le ordenó a Sudeshna que hiciera lo mismo. Nos puso en su trono y se arrodilló en el estrado con las palmas unidas. Una sombría Sudeshna estaba arrodillada junto a él. No me miraba a los ojos. Nunca me perdonaría haber sido la causa de la muerte de su hermano. Pero Virat, que era más pragmático, le ofreció a Arjuna la princesa Uttara en matrimonio. Por una vez, mi marido —casado muchas veces— tomó la decisión correcta (ayudado por un codazo que le di en las costillas). Le pidió, en cambio, que la princesa se convirtiera en esposa de su hijo Abhimanyu.

En la boda, nos sentamos otra vez en el trono de Virat. Yo iba vestida con tela de oro y mis rebeldes rizos me caían por la espalda, hermosos como la lava... e igualmente peligrosos. Los hombres susurraban que con mi piel oscura yo era como una nube tormentosa. Lo consideré un cumplido. A nuestro alrededor se habían reunido amigos y parientes para celebrar el final de nuestro exilio, y (aunque nadie hablaba de ello todavía) para ofrecer su apoyo en la guerra que se avecinaba. Allí estaban Dhri, mi padre y mis cinco hijos.

Se me desbocó el corazón cuando busqué sus rostros, tratando de hacer corresponder los nombres con las facciones. Pero ellos me sonrieron con timidez y sin resentimiento. Quizá, ahora que ya eran mayores, comprendían mejor nuestros problemas y podían perdonar mis difíciles decisiones.

Y allí bajo el baldaquín de la boda estaba Abhimanyu, apuesto y noble, atraído desde el primer momento —podíamos darnos cuenta de ello por su expresión de perplejidad— por la bonita y desinhibida Uttara. Hacían buena pareja, pensé. Pronto encontraríamos algunas igualmente buenas para mis hijos. Los sacerdotes tocaron campanas y cantaron mantras. Sudeshna me ofreció zumo de granada helado en una copa de oro, tal como yo había hecho con ella. ¿Y Krishna? Poco antes ese mismo día, al encontrarme con él después de tanto tiempo, lloré y él me enjugó las lágrimas... y luego se enjugó las suyas. En aquel momento estaba sentado detrás de mí, tan cerca que podía sentir su respiración en mi cuello. De vez en cuando, mientras escuchábamos la cantinela de los sacerdotes, susurraba algún comentario irreverente, haciéndome reír.

¿Por qué ese momento significaba tanto para mí? ¿Era porque mi ego estaba vengado? ¿Porque recibí, delante de todos, el respeto que me había sido negado durante tantos meses? ¿Porque sabía que mi humillación en manos de los Kaurava estaba pronta a ser vengada? Confieso que siempre he encontrado dulces tales cosas. Pero había algo más: era el último destello en la oscuridad que descendería alrededor de nosotros, la última vez que sería tan completamente feliz.

31

Preparativos

No nos sorprendió que Duryodhan se negara a cumplir las condiciones de la apuesta y a devolvernos Indra Prastha. Ni tampoco —salvo Yudhisthir, que tenía la esperanza de una solución pacífica— estábamos particularmente desilusionados. A decir verdad, los demás nos moríamos por devolverle a Duryodhan parte del sufrimiento al que nos había sometido. Esa misma noche, Dhri envió mensajeros a nuestros aliados potenciales, pidiéndoles ayuda. Nuestra situación era difícil. Hastinapur tenía ya numerosos apoyos, reyes cuyos padres y abuelos habían sido amigos de Santanu, luego de Bhishma y después de Dhritarashtra. ¿Podíamos esperar que cambiaran generaciones de lealtad con tanta facilidad? Muchos creían que Duryodhan no había hecho nada malo. Yudhisthir había apostado tontamente... y perdido todo cuanto poseía. Y en ese momento quería recuperarlo. ¿Qué *kshatriya* digno de su nombre aceptaría un requerimiento tan poco razonable?

A pesar de estos problemas, sentíamos el corazón extrañamente ligero, y de manera ilógica la sangre nos latía con euforia. Finalmente (¿era yo la única que pensaba de esta manera?) todo se resolvería. O bien seríamos vengados, o ya no importaría, porque estaríamos muertos.

Se enviaron mensajeros a todos los reinos excepto Dwarka. Decidimos que Arjuna debía ir él mismo a ver a Krishna y pedir a su muy querido amigo que se uniera a nosotros. Sentíamos —no sabíamos por qué, pues Krishna no había ganado batallas importantes— que, con él de nuestro lado, no podíamos fallar. (No nos haría daño tampoco tener a sus notables guerreros, los Narayani Sena, luchando de nuestro lado).

Pero Hastinapur tenía muchos espías, y, antes incluso de que Arjuna se pusiera en camino, Duryodhan montó su corcel más rápido y lo espoleó rumbo a Dwarka. Sabía que si llegaba allí primero, las leyes de la hospitalidad exigirían que Krishna accediera a su petición antes de considerar la de Arjuna.

He aquí lo que Duryodhan dijo a Sakuni a su regreso (sí, nosotros también teníamos espías en Hastinapur):

—Bueno, tío, tuviste una idea excelente, la de cabalgar toda la noche, exigiéndoles el máximo a los caballos, cambiándolos cuando estaban cansados. Llegué a Dwarka al mediodía, bastante antes de que llegara Arjuna. Krishna estaba durmiendo una siesta, pero me llevaron a su habitación. Solo había un sillón a la cabecera del diván donde dormía Krishna. Me acomodé en él. Poco después, entró Arjuna. ¡Deberías haber visto la cara que puso cuando me vio! No había más asientos. Debería haber entendido lo que ocurría y haberse ido. Pero se acomodó como pudo en el poco espacio que quedaba al pie del diván, y en cuanto Krishna se movió, él se inclinó, el muy adulador, y le rindió pleitesía. Krishna, quien, como sabes, ha estado injustamente a favor de los Pandava todo el tiempo, le preguntó qué quería. Bien, ¡yo no tenía intención de tolerar aquello! Me aclaré ruidosamente la garganta y, cuando Krishna se volvió, le señalé que yo me había tomado el trabajo de llegar allí antes que Arjuna para así conseguir lo que quería antes que él. Retorcido como es, dijo: "Pero yo he visto a Arjuna primero, lo cual anula tu reclamación, y además, él es más joven, así que debes dejar que sea el primero en hablar." Yo estaba furioso, pero recordé lo que tú me habías dicho y sujeté mi lengua. Hasta logré esbozar una sonrisa.

»De todas maneras, las cosas no resultaron tan mal como yo había temido. Porque lo que hizo Krishna después fue anunciar que no iba a participar en la guerra. Por algún voto que había hecho, no recuerdo los detalles. Ni siquiera llevaría armas. Luego nos hizo esta propuesta: podíamos escogerlo a él o podíamos escoger a sus Narayanis (lo cual, como bien sabes, era la razón principal por la que yo estaba allí). Estaba seguro de que Arjuna escogería a los soldados, pero el tonto se puso sentimental y dijo que solo quería la guía y las bendiciones de su querido amigo y que ningún ejército podía igualar eso. Tuve que emplear todas mis fuerzas para no reírme a carcajadas. Sea como fuere, el hecho es que obtuve a los Narayanis (estarán de camino a Hastinapur en un día más o menos) y Arjuna consiguió un auriga, porque eso es lo que Krishna va a hacer durante la guerra, conducir sus caballos, aunque por qué aceptó hacerlo es algo que no sé. Después de todo, es un rey, aun cuando sus tierras no son gran cosa comparadas con las nuestras. Unos tontos nada prácticos, los dos. ¡Se merecen el uno al otro!

»¿Balaram? Oh, sí, fui a verlo inmediatamente después. Ha sido un buen amigo desde que tomé aquellas lecciones de lucha con maza y luego le envié un cargamento de mi mejor *sura* en agradecimiento. Sí, fue una jugada astuta. ¡A Balaram le encanta ese licor! Pero lo hice sobre todo porque fue un placer ofrecer algo de calidad a un entendido. Él siempre dice que tengo mejor técnica que Bhim, lo cual es cierto, por supuesto. Ese hombre empuña su maza como si se tratara de un pepino gigante. Creí que sería fácil persuadir a Balaram para que se uniera a nuestras fuerzas, pero se negó diciendo que no podía ir contra su hermano. Sin embargo, debido al amor que me profesa, se mantendría totalmente fuera de la lucha. Luego dijo algo extraño. Sus palabras fueron: "Donde está Krishna, está la victoria". Y me miró con gran tristeza en los ojos, ¡como si yo ya estuviera muerto! Te aseguro que aquello me impresionó. Me hizo preguntarme por un momento si no me habría equivocado en mi decisión.

»Estoy seguro de que tú tienes razón. Exagera y cree que la destreza de su hermano es insuperable. No se le puede criticar..., han sido siempre inseparables, como Dussasan y yo. En todo caso, ya hemos tomado una resolución, y nunca he sido de los que se lamentan de sus decisiones.

»¡Estoy de acuerdo! ¡Por supuesto que vamos a ganar! ¿Qué es lo que cuenta en última instancia? El tamaño de nuestro ejército. Y este cuenta con once *akshauhini.* Dudo de que los Pandava puedan reunir la mitad de ese número de soldados, y menos todavía de caballos, cuadrigas, elefantes y *astras.* Los guerreros más experimentados están de nuestro lado... Bhishma, Drona y especialmente Karna, ¡un amigo como ningún otro! ¿Sabías que ha hecho voto de abstinencia? No probará carne, vino ni mujeres hasta que la batalla termine. Ha comenzado a bañarse en el Ganges todos los días para purificarse, y si un mendigo o un brahmín se le acercan en ese momento, ¡les da lo que ellos quieren! Cree que tales actos de caridad impulsarán sus poderes a lo más alto para poder destruir a Arjuna. Con un luchador como él de nuestro lado, ¿cómo podemos perder?

»Pero en el remoto caso de que no ganemos, pienso morir con toda la gloria en el campo de batalla. Eso será mucho mejor que compartir mi reino con los malditos Pandava. Pues entre todos mis defectos..., no, no, tío, tú me halagas considerándome sin tacha..., me conozco muy bien como para creerte..., entre todos mis defectos, digo, agradezco al dios de la guerra y la muerte que la cobardía no sea uno de ellos.

Ni siquiera los dormitorios están a salvo de los buenos espías, y nuestros espías lo eran realmente. Así fue como nos enteramos de que la gente de Hastinapur no estaba durmiendo bien. El rey ciego se sobresaltaba en su sueño despertando con pesadillas de montañas que se alzaban sobre los cráneos de sus hijos. Dussasan se desvelaba y, agarrándose el pecho, gritaba el nombre de Bhim. Duryodhan tomaba somníferos para hundirse en el sopor y así evitar el desgaste de los suelos con su ir y venir de un lado a otro. No puedo decir que sintiera pena por ninguno de ellos.

Solo Karna, informaban nuestros agentes, dormía profundamente y se despertaba con los ojos límpidos para realizar sus abluciones diarias junto al río, donde cada día se reunía más gente para pedirle limosnas. Corría el rumor de que ya había entregado la mitad de su fortuna. Si aquello continuaba, sería pobre para cuando comenzara la lucha. Mis maridos lanzaron exclamaciones ante esa locura, y Arjuna dijo, burlonamente:

—¡Siempre fue un fanfarrón!

Pero yo sabía que Karna no estaba alardeando..., nunca le había importado eso. En realidad, al ayudar a los pobres estaba expiando sus malas acciones y asegurándose un lugar en el cielo. Le dijera lo que le dijese a Duryodhan para fortalecer su confianza, yo sabía que no esperaba sobrevivir a la guerra. Ni —el corazón me dio un vuelco al darme cuenta de ello— tampoco parecía querer que ello ocurriera.

A la gente le encanta creer que la virtud se ve recompensada rápidamente, y que el desasosiego es el fruto de la maldad. Pero las cosas no son tan sencillas. Por ejemplo: encontraron a Bhishma (a quien los Kaurava habían elegido como su comandante en jefe) sentado sobre las piedras blancas a la orilla del Ganges al amanecer, con el chal mojado por el rocío de la noche. Dhri (que iba a conducir al ejército de los Pandava) se batía a duelo con el capitán de la guardia todos los días hasta salir magullado y exhausto... y aun así no podía dormir. Kunti había soportado nuestros años del exilio estoicamente en la casa de Vidur, pero después cayó enferma y no podía comer nada. Cuando Yudhisthir le pidió que se reuniera con nosotros en el palacio de Virat, adujo excusas nada convincentes. Incluso la bendición que envió mientras mis maridos se preparaban para la guerra estaba formulada de manera ambigua. Rogaba por su victoria y deseaba que no tuvieran que derramar la sangre de sus hermanos. («¡Hermanos!», gritó Bhim cuando escuchó su mensaje. «¿Desde cuándo han sido nuestros hermanos esas alimañas de los Kaurava?»; Sahadev, por su parte, se preguntó si Duryodhan no había usado a Gandhari para lavar el cerebro a su madre). Oscuras medialunas crecían bajo los ojos de mis maridos. Arjuna (que en ese momento compartía mi cama) dejaba escapar palabras mientras dormía, hablando ásperamente en una lengua que no pude reconocer, gritando el nombre de Abhimanyu. Mientras caminaba por el corredor una noche, encontré a Yudhisthir junto a una ventana, con la mirada fija en la hierba enlucida por la luna. Él, también, había soñado con una montaña de cráneos. Pero había más en su sueño. En la cima de la montaña se podía ver un gran trono brillante y en él estaban sentados los cinco Pandava, con copas de vino de la victoria en sus manos. Cuando llevaron esas copas a sus labios, la bebida se convirtió en sangre.

Por lo que a mí respecta, yo soñé con animales. Caballos sin jinetes que gritaban despavoridos durante mis noches, con el blanco de los ojos brillando a la luz del fuego. Elefantes que caían de rodillas, barritando en medio de la sangre. Chacales que se escabullían a través del humo, con miembros arrancados de cuerpos humanos entre sus dientes. Y, siempre, un enorme búho gris volaba en el aire pesado, mientras sus alas ocultaban el cielo, aterrorizándome sin ninguna razón que yo pudiera identificar.

Debería haber tratado de comprender lo que predecían los sueños. Debería haber hablado de ellos con mis maridos y advertirlos en consecuencia. Debería haberles instado a que caminaran con cuidado por ese camino que pronto estaría cubierto de muerte. Pero no quería prestar atención a nada que pudiera apartarme de la venganza que había esperado durante tanto tiempo. Cuando mis maridos hablaron de manera vacilante de sus pesadillas, me reí.

—¡No esperaba tanta superstición de los más grandes héroes de Bharat! —Me burlé de ellos—. Por supuesto que habrá sangre. Por supuesto que habrá muerte. Como *kshatriyas* que sois, ¿no es para eso para lo que habéis sido entrenados toda la vida? ¿Y ahora tenéis miedo?

¿Qué otra cosa podían hacer ellos en respuesta, salvo comprometerse más a fondo con los preparativos de la guerra?

Los dioses, para no ser menos que los seres humanos, estaban ocupados con sus propios preparativos. Tal vez se sintieran impresionados con los votos de Karna. Tal vez su determinación les preocupaba. En todo caso, lo eligieron a él para sus maquinaciones. El resultado se convirtió en tema de una canción mucho antes de que los ejércitos se reunieran en Kurukshe-tra. Sentada en el balcón de Sudeshna, enroscando mi enmarañado pelo entre los dedos, la escuché con el corazón afligido.

Esto decía la canción: «El dios sol, la deidad elegida por Karna, aparecía en el sueño de Karna.

»—Mañana —le advierte Surya—, el rey de los dioses vendrá a ti al mediodía, disfrazado de brahmín, para pedirte tu armadura de oro y tus aretes de oro. Pero no debes entregarlos. Solo ellos te protegen de las dos maldiciones que te persiguen como bestias tras las huellas de su presa. Sin ellos, no puedes esperar derrotar a Arjuna, o sobrevivir a la guerra. Es por eso por lo que Indra los quiere.

»Si Karna quedó perturbado por estas noticias, no dio muestras de ello.

»—Oh, gran señor —responde él—, dime primero, cómo conseguí estos amuletos.

»¿Vaciló el dios? Dijo:

»—Tu padre te los dio.

»—Dime entonces —inquirió Karna— quién es mi padre. —Y con voz imperceptible, añadió—: Y mi madre.

»—Perdóname —respondió el dios sol—. No se me permite pronunciar sus nombres. Pronto lo sabrás, aunque saberlo no habrá de producirte júbilo. —Ante la expresión en el rostro de Karna, añadió—: No temas. Has nacido noblemente. Tu madre es una reina y tu padre un dios. Pero escucha con atención: mañana, antes de que Indra hable, anticípate a él diciéndole que le darás cualquier cosa menos su armadura. De este modo, no romperás tu promesa.

»Karna permaneció en silencio, pesando la venganza contra su buen nombre. Finalmente dijo:

»—Soy tres veces bendito por el hecho de que tú, señor de mi corazón, hayas decidido advertirme. Pero, al seguir tu consejo, de todas maneras violaría el espíritu de mi voto. La gente diría que cuando Karna fue amenazado con perder la vida, no pudo mantener su palabra. Y eso es algo que no puedo tolerar.

»Cuando Surya se dio cuenta de que Karna no cambiaría de opinión, habló con pesar y admiración.

»—Por lo menos haz esto: dile a Indra que conoces su plan. Apenado, te concederá un deseo. Pídele su Sakti, el arma a la que ni siquiera su hijo Arjuna puede vencer. Entonces todavía podrías tener una oportunidad de alcanzar el deseo de tu corazón.

»Karna no dijo nada. Tal vez se preguntaba si Surya sabría realmente cuál era el deseo de su corazón. Eran tantos los deseos que chocaban entre sí en su interior, que él mismo ya no estaba seguro.

»Al día siguiente, todo ocurrió como Surya había anunciado, salvo una cosa: cuando Karna se arrancó los amuletos del cuerpo, Indra dijo:

»—¡Karna! Ni siquiera yo podría haber hecho lo que tú hiciste. Te doy mi Shakti... y otro privilegio. Mientras la tierra de Bharat flote sobre el océano, serás conocido como el más caritativo de los hombres. En esto tu fama superará la de Arjuna».

La canción terminaba allí. Pero imaginé algo más: cuando Karna caminó hacia el palacio, la sangre brotaba de las heridas que él mismo se había producido. Pero en su rostro había una sonrisa de vencedor, porque el dios le había concedido un privilegio que anulaba la maldición que la reina Pandava le había impuesto hacía mucho tiempo, declarando que la posteridad recordaría solo sus actos vergonzosos.

Debería haberme enfurecido al ver frustrados mis planes. ¿Por qué entonces apareció esa sonrisa agridulce en mis labios?

Los guerreros se reunieron a nuestro alrededor con sus ejércitos: Satyaki y Dhristaketu, Jayatsena, los hermanos Kekaya, los reyes de Pandya y Mahishmati, mi padre, acompañado por Sikhandi y mis hijos. El aire olía a metal fundido, porque todas las herrerías del país estaban ocupadas forjando armaduras. Nuestras fuerzas sumaban siete *akshauhini* y el polvo levantado a su paso oscureció el sol. Pero nuestro contingente ni siquiera se acercaba al de Duryodhan.

En ese momento tuve otro sueño.

Había una mujer envuelta en un chal junto a un río, de espaldas a mí. La neblina del amanecer se levantaba desde la tranquila superficie del río. Se sobresaltó como si hubiera oído algo.

Me di cuenta de que en mi sueño no había ningún ruido. El río corría en silencio y las aves estaban mudas.

Luego alcancé a distinguir a un hombre. Aun antes de ver su cara, sabía que era Karna. ¿Cómo lo supe? No tenía ninguna de las cicatrices que yo imaginaba que tendría al arrancarse la armadura. ¿Era el modo en que se movía, la manera en que caminaba? ¿O algún vínculo extraño nos conectaba incluso en este mundo de sueños?

La mujer se acercó a él, con la cara todavía cubierta.

Podía distinguir que no era joven. Levantó su mano con ademán majestuoso. ¿Podría ser Gandhari? ¿Pero qué querría decirle al mejor amigo de su hijo que no pudiera ser dicho en el palacio? Quizá quería que Karna persuadiera a su hijo de hacer la paz. Si era eso, ¡estaba perdiendo su tiempo!

Luego vi que Karna retrocedía. La sorpresa y la desconfianza se reflejaron en su rostro antes de que se impusiera la cortesía e hiciera una reverencia. Y aun antes de que echara hacia atrás su chal supe que era Kunti quien había ido a reunirse tan secretamente con el hombre que se jactaba de ser el máximo enemigo de los Pandava.

Kunti estaba llorando. En todos aquellos años nunca la había visto derramar una lágrima. Cuando se enteró de mi humillación a manos de Duryodhan, apretó los labios con tanta fuerza que se le quedaron exangües. Cuando partimos hacia nuestros doce años de exilio, le habían brillado los ojos con lágrimas contenidas. Pero siempre había dominado la situación, la misma reina de alabastro que se había alzado ante mí en nuestro primer encuentro en los barrios pobres de Kampilya. Ese día, sin embargo, las lágrimas le rodaron por las mejillas, y tenía tal mirada de desolación en la cara que me sobrecogió. Estiró los brazos hacia Karna como uno hace con alguien muy íntimo, y luego, cuando él dio un paso hacia atrás, se arrodilló en un gesto de súplica.

En vano me esforcé por leerle los labios. ¿Le estaba implorando que no luchara contra sus hijos? ¿Era a eso a lo que la preocupación y la edad la habían llevado? ¿Caería tan bajo, humillándonos a todos con su debilidad? Pero lo que vi después me sorprendió más todavía. Yo esperaba que Karna terminara aquella reunión con una brusca negativa, pero estaba hablando apasionadamente, con gestos furiosos. ¿Qué podía él tener que decirle a ella? De pronto él estaba secándose las lágrimas de sus propios ojos. ¡Karna! Incluso en el sueño sentí mi asombro ante semejante hecho. Luego la levantó tiernamente, acariciándole los pies mientras ella le alisaba el pelo. ¿Por qué él se inclinó sobre las manos de ella para besarlas?

Con cada fibra de mi ser, anhelaba escuchar sus palabras mientras seguían hablando. Él alzó la mano derecha para mostrarle sus cinco dedos. ¿Se estaría refiriendo a mis cinco maridos? Él levantó el dedo índice de su mano izquierda, de modo que ella viera seis dedos. Luego cerró su mano izquierda en un puño y la dejó caer como si fuera una piedra. Kunti se puso a llorar de nuevo. Le agarró el brazo de modo que él no pudiera soltarse sin lastimarla. Vi que los labios de ella pronunciaban una palabra que reconocí, pues nadie puede confundirse, cuando se menciona el nombre de uno mismo, incluso aunque no se pueda oír la voz. «Draupadi». Ella siempre me había llamado así, aunque sabía que yo prefería que me llamaran de otra manera.

Toda mi antigua desconfianza hacia ella volvió a cobrar vida. ¿Qué le estaba diciendo de mí al hombre que una vez quiso ser mi marido?

Karna se quedó inmóvil. Por primera vez, pudo verse en su rostro un atisbo de indecisión. Poco después suspiró, como si despertara de un sueño. Retiró su mano de las de ella, hizo una fría reverencia y se marchó sin decir una palabra. Cuando desperté, se me ocurrió la idea de que no se había atrevido a hablar.

Y también me di cuenta de otra cosa. Cuando lo vi en el sueño, yo ya no estaba enfadada con Karna. ¿Cuándo habían cambiado mis sentimientos? Yo aún deseaba la guerra; aún anhelaba la venganza contra Duryodhan y Dussasan. Pero cuando pensaba en Karna, solo recordaba el momento durante mi *swayamvar*, cuando pronuncié las palabras que convirtieron a un joven de rostro alegre y radiante en un hombre resentido.

Verdaderamente, el corazón es incomprensible.

Me debatí muchísimo en mi interior tratando de decidir si les hablaba o no del sueño a mis maridos. Intuía que lo que había visto había ocurrido en realidad, aunque la razón de ello seguía siendo una incógnita aun estando despierta. Finalmente decidí no decir nada. No quería que ellos se torturaran a su vez preguntándose por qué su madre se había reunido con su más feroz adversario. Tenían que concentrarse en otros asuntos en aquel momento. Debían endurecer sus corazones contra parientes a los que habían amado toda su vida. Tenían que arrancar el sentimiento de culpa de sus almas. Si deseaban lograr la venganza que me habían prometido, tenían que proceder sin que les atormentara la duda que se había despertado en mi corazón cuando vi las inexplicables lágrimas de Kunti, la voz que susurraba: «¿Podría ser?».

32

Campo

Para cuando llegué a Kurukshetra, los ejércitos ya estaban en sus posiciones, porque la guerra iba a empezar al día siguiente. Me dolían los huesos después de haber sido zangoloteada en un carruaje durante todo el trayecto desde el reino de Matsya, y por primera vez sentí el peso de mis años. Pero ningún dolor podía apagar mi entusiasmo. La sangre me martilleaba en las venas. El día que había deseado ardientemente, tendida insomne en mi lecho espinoso en el bosque o machacando sándalo hasta convertirlo en polvo en los aposentos de la reina Sudeshna..., ese día de la venganza había llegado finalmente.

Subhadra y Uttara, que habían venido de la muy lejana Dwarka, se encontraban peor que yo. Uttara estaba en el tercer mes de un embarazo difícil. Aunque todos le habíamos rogado que se quedara en casa, ella se había negado. Vomitó varias veces en el carruaje y Subhadra se dedicaba plenamente a cuidarla. Subhadra me había dicho a escondidas que le preocupaba el estado de ese bebé que aún no había nacido. Pero al ver el rostro de Uttara, mustio como un loto arrancado, nadie se atrevió a regañarla. Había pasado muy poco tiempo con Abhimanyu y estaba muy enamorada de él. Al saludarme, hizo esfuerzos por mantener la mirada baja. Cuando levantó sin querer los ojos, al verse sorprendida por un ruido repentino, vi que los tenía hinchados de tanto llorar en secreto. Ella sabía que no debía llorar; era perjudicial para el bebé. ¿Pero qué otra cosa podía hacer con esa angustia que no dejaba de crecer en su interior hasta sentir que iba a estallarle el pecho? Era el miedo que no podía ser mencionado el que podría atraer la mala suerte: ¿y si su marido moría en la guerra?

Kunti fue la última en llegar. Venía desde Hastinapur y su viaje era el más corto. Pero estaba tan exhausta cuando bajó del carruaje, que apenas si podía tenerse en pie. Me sorprendí al ver cuánto había envejecido. El pelo se le había vuelto totalmente blanco, tenía flácida la piel de la cara y caminaba encorvada y sin fuerzas, apoyándose en un bastón. En el sueño-visión que había tenido apenas unas semanas atrás, parecía mucho más robusta. Algo ocurrió en su reunión con Karna que le había provocado aquel cambio. Una vez más ansié saber qué había pasado y si había afectado también a Karna.

Cansados como estábamos todos, cuando los Pandava preguntaron si nos gustaría ver el campo de batalla, todos aceptamos de inmediato. Incluso Kunti se animó y dijo que examinar el terreno donde realmente iba a desarrollarse la contienda nos ayudaría a dirigir nuestras plegarias por la seguridad de los hombres de manera más eficaz. No estaba yo muy convencida de eso, pero tenía curiosidad por conocer el enclave de la gran aventura que estaba a punto de comenzar. Y quería pasar todo el tiempo que fuera posible con mis maridos antes de que la guerra captara totalmente su atención.

Lentamente trepamos al pequeño montículo. Yudhisthir me cogió del brazo, dejando libre a Arjuna para que agarrase el de Subhadra, lo que me produjo en todo el cuerpo (sí, todavía) una pequeña oleada de celos. Abhimanyu ayudó tiernamente a Uttara a recorrer el sendero pedregoso. Observé a Ghatotkacha, hijo de Bhim y de su primera esposa Hidimba, que cogió a Kunti para auparla. Aunque criado en una selva entre las gentes de su madre, los salvajes *rakshashas*, tenía una personalidad amable y agradable. Por la manera en que miraba a Bhim, con los ojos brillantes, me di cuenta de que lo idolatraba. En la frente le brillaba una marca de la buena suerte de color rojizo. Su madre debió de pintársela antes de partir.

Al mirarlo me acordé de Hidimba. Incluso después de haber aprendido a tolerar a las otras esposas de mi marido, ella nunca me gustó del todo. Era una mujer fuerte que tenía sus propias ideas y las ponía en práctica, sin importarle lo que pudieran pensar los demás. A lo mejor eso me daba envidia. Había conocido a Bhim en la selva cuando los indigentes Pandava estaban huyendo de la casa de maderas resinosas y se casó con él en contra de los deseos de su tribu. Poco después, cuando los Pandava partieron hacia Kampilya, donde Arjuna quería competir en mi *swayamvar*, ella decidió quedarse con los suyos. La inesperada noticia de que Bhim se había casado también conmigo debió de sorprenderla, pero se lo tomó con calma. Si se sintió traicionada, nadie lo supo. Dedicó su vida a cuidar de su pueblo, gobernándolo con mano severa pero justa, y a criar a su hijo. Después de tener nuestro propio reino y de construir nuestro palacio, Bhim la invitó a que se nos uniera en Indra Prastha..., pero ella rechazó cortésmente la invitación. La única vez que estuve con ella fue en la fiesta de Rajasuya, donde se mostró cortés, pero fría. Me había molestado el hecho de que, aunque era de una tribu pobre de la selva y vivía prácticamente separada de su marido, se la viera tan indiferente ante todo lo que yo poseía.

Antes de la guerra, cuando Bhim pidió ayuda a Hidimba, yo pensé que se excusaría o enviaría pocos soldados. Tenía todo el derecho a hacerlo. Bhim no había hecho grandes esfuerzos por mantenerse en contacto con ella, a diferencia de Arjuna, que visitaba a sus otras esposas con regularidad. (Bhim, por otra parte, había visto a Ghatotkacha una sola vez en todos esos años). Además, los *rakshashas* solían mantenerse alejados de las peleas de la «debilucha gente de las ciudades», como nos llamaban a nosotros. Pero Hidimba nos sorprendió a todos al enviarnos a su único hijo, su ser más amado, para pelear junto a su padre. No era de las que se desharían en lágrimas en el momento en que Ghatotkacha partió. Imaginé, sin embargo, que después debió de llorar amargamente. ¿Acaso ella, en lo más profundo de su corazón de madre, lamentaba su generosidad? Por primera vez, la admiré y su sacrificio me pareció una lección de humildad.

Nuestras vidas habían entrado en un periodo diferente. Nosotras, las mujeres —no menos que los hombres—, íbamos a enfrentarnos a desafíos que nunca habíamos imaginado. Los mezquinos resentimientos que yo abrigaba hacia Subhadra e Hidimba, así como la animosidad hacia Kunti, ya no eran apropiados. Lo que éramos como individuos pasaba a un segundo plano. Lo que más importaba era que nuestros seres queridos iban a luchar juntos y correrían peligro. A partir de ese momento estaríamos unidos en nuestra ansiedad, en sentirnos desgarrados entre el orgullo y la inquietud, en nuestras oraciones por la seguridad de todos ellos.

Mi primera visión de Kurukshetra fue borrosa e imprecisa, porque el sol se estaba poniendo cuando llegamos a la cima. A decir verdad, lo que a primera vista confundí con el campo de batalla era en realidad el lago Samantapanchaka, donde se habían levantado las tiendas de las mujeres. A la luz del atardecer, el agua parecía sangre. Me dije que eso no significaba nada. Cualquier lago podría tener ese aspecto al ponerse el sol. Pero la sensación de inquietud no me abandonaba.

Mucho antes de que viera al ejército, la cacofonía de los gritos de los animales atronó en mis oídos. El estrépito formado por el relinchar de los caballos y el barritar de los elefantes era tremendo aun cuando en ese momento los animales estuvieran descansando. ¡Cuán ensordecedor sería el estruendo del día siguiente en el calor de la batalla, cuando a estas llamadas de los animales se sumarían los gritos de combate, la llamada de las trompas de guerra y el lanzamiento de los *astras*!

Los batallones de los Pandava ocupaban la parte occidental del campo. Mirarían al este..., buena señal, según dijo Yudhisthir. (¿Pero no sería más duro para los soldados empezar la lucha con el sol de frente?). Cuando miré hacia abajo, hacia donde todo el ejército estaba reunido, me sorprendió su enorme tamaño. Yo conocía el número de los combatientes, pero verlos ahí delante era algo muy diferente. Las tiendas se extendían hasta donde me alcanzaba la mirada, y las diminutas figuras que se movían alrededor de ellas, ocupadas con los preparativos de última hora, eran demasiadas para intentar siquiera contarlas. ¡No podía creer que se hubieran reunido tantos hombres para ayudarnos!

De todas maneras, no podía permitirme sentirme eufórica. Sabía que más allá de nuestras tiendas, más allá de las neblinas que envolvían la tierra de nadie, esperaba el ejército de los Kaurava. Era mucho más grande —con once *akshauhini*, mientras nosotros solo teníamos siete— y lo conducía el propio Bhishma, el guerrero más experimentado de nuestra época, con Drona como su segundo comandante. Lo que los hacía peligrosos no era tanto su destreza en la lucha, sino el amor que mis maridos les profesaban. Ese amor desviaría los *astras* de los Pandava, haría que les temblaran las manos al dirigir los golpes al abuelo que los había protegido en su infancia, al maestro sin el que no habrían aprendido a empuñar esas armas.

Entrecerré los ojos y miré hacia los retazos de bruma, tratando de descubrir a Bhishma y a Drona, preguntándome si ellos esperarían el amanecer con pena o con un resignado sentido del deber. Pero mientras discurría de este modo, los pensamientos insidiosos de mi mente cambiaron de rumbo. Me encontré imaginando otro rostro, el que yo consideraba más peligroso. En mi imaginación destacaba por encima de los demás, observando el campamento de los Pandava, donde él sabía que yo estaría. Pero no podía determinar cuál sería su expresión.

Pequeños fuegos salpicaban el campamento del ejército, que parecía engañosamente apacible. Los cocineros estaban preparando la cena. Mi hermano, que había sido elegido como comandante de nuestro ejército, estaba por allí, en alguna parte, caminando entre los hombres, pronunciando palabras de aliento. Mis hijos caminaban con él. Ansiaba verlos, abrazarlos, si me lo permitían, descubrir la clase de jóvenes hombres en que se habían convertido..., qué cosas les interesaban, qué hacían en su tiempo de ocio, si ya estaban pensando en el matrimonio. En los últimos doce años, habíamos hablado apenas unas pocas veces, y nunca mucho tiempo. Deseé que hubieran decidido pasar aquella última noche conmigo, pero luego aparté esa idea. Durante los años de nuestro exilio, Dhri fue quien estuvo allí cuando necesitaron algo. Él los había consolado cuando se sintieron solos o desdichados y él había aplaudido sus triunfos. Él había sido más un padre para ellos que mis maridos, e incluso más de lo que yo podría haber sido como madre. Era justo que lo acompañaran a él en esta difícil situación. Y ciertamente era difícil; Dhri me había confesado que sentía todo el enorme peso de la responsabilidad por tantas vidas. Además, aunque esto no lo dijo, seguramente estaba preocupado por cómo iba a cumplir el destino para el que había nacido, porque en su preparación con Drona quedó muy claro que nunca podría igualar a su maestro en el arte de la guerra.

Al volverme para alejarme, me pareció oír las notas lejanas y plañideras de una flauta, traídas por la brisa. ¿Podría ser la de Krishna? Sabía que estaba en las cuadras, allá abajo, controlando a los caballos que iba a conducir al día siguiente. Hasta el último momento, había tratado de impedir la guerra, mediar entre mis maridos y sus primos. Había arriesgado su propia seguridad al viajar a Hastinapur para decirle a Duryodhan que mis maridos se contentarían con que les diera solo cinco pueblos en los que vivir. Cualquier otra persona se habría enfurecido cuando Duryodhan se burló de él, diciendo que no les daría a mis maridos ni siquiera la cantidad de tierra que pudiera caber en la punta de una aguja. Pero Krishna se encogió de hombros y sonrió para escapar sin esfuerzo de las manos de los soldados a quienes Duryodhan había ordenado capturarlo. ¡Y en ese momento, en la víspera de una batalla que podía ser la más devastadora que nuestra era iba a ver, él estaba tocando la flauta! ¿Qué era lo que le daba esa calma, ese valor?

Arjuna le estaba explicando a Subhadra las reglas que ambos contendientes iban a respetar en esta batalla, reglas establecidas por los guerreros más antiguos de cada bando. Iba a ser una guerra civilizada, grande y motivo de gloria y, sobre todo, justa. El enfrentamiento empezaría después del amanecer, cuando los comandantes de los ejércitos hicieran sonar sus conchas marinas, y terminaría a la puesta de sol con una señal similar. La noche sería un momento de tregua en que los guerreros podían visitarse los unos a los otros en sus campamentos sin riesgo. Las esposas y las madres ocuparían campamentos distintos en la parte de atrás de cada ejército. Independientemente de quién ganara la guerra, a las mujeres no se les haría daño. La batalla sería entre iguales. Los soldados de infantería pelearían contra soldados de infantería; la caballería contra la caballería, y los principales guerreros solo contra aquellos que poseyeran *astras* similares. Los criados, los aurigas, los músicos que hacían sonar los cuernos de guerra y los animales no serían heridos deliberadamente. No se debía atacar a nadie que careciera de armas, y, sobre todo, no se debía matar a nadie que hubiera depuesto las armas.

Subhadra asentía con la cabeza mientras Arjuna hablaba, escuchando atentamente. El rostro de ella estaba iluminado por la admiración. Los ojos de Arjuna se suavizaron al mirarla y extendió la mano para colocarle detrás de la oreja un mechón de pelo suelto. ¿Por qué él nunca me había tratado con la misma ternura?

Conocía la respuesta, por supuesto. Yo nunca actué como Subhadra, aunque a veces deseé haber sido capaz de hacerlo. Pero llevaba demasiado tiempo con mis maridos. Los conocía demasiado íntimamente. Yo era demasiado crítica. Mis ojos habían llegado hasta sus más recónditos recovecos, iluminando todas sus debilidades.

Incluso en ese momento, me preguntaba, incrédula, cómo, en el calor de la lucha, aquella gente se las iba a arreglar para respetar estas leyes.

A Arjuna se le iluminaba el rostro al hablar de la nobleza de aquella empresa, de aquella guerra que era diferente a todas las anteriores, por la que los héroes de nuestra era serían reconocidos y recordados. Dejé de mirarlo a él para mirar la cara de sus hermanos. Reflejaban el mismo resplandeciente celo. Incluso Yudhisthir, que había vacilado durante tanto tiempo, estaba listo. Los rostros de Ghatotkacha y Abhimanyu se veían más ansiosos, tan seguros estaban ellos de entrar en una aventura que iba a grabar sus nombres en los corazones de la posteridad. No pude evitar sonreír cuando les oí jactarse de cuántos enemigos iban a destruir. Algo de su entusiasmo caló en mí. Levanté la cara hacia el cielo y envié una plegaria para que alcanzaran una fama incluso más grande que la imaginada por ellos. Apenas había terminado cuando una estrella se separó del negro telón de la noche y cayó. Me sentí aliviada ante aquella señal de buena suerte. ¡Los dioses me habían respondido!

Tendría que haber recordado cuán tramposos son los dioses. Cómo dan lo que uno quiere con una mano, mientras que con la otra te quitan algo mucho más valioso. Sí, la fama les llegaría a ambos jóvenes, y los bardos cantarían sus hazañas con más frecuencia que las de sus padres. Pero cuando lo hicieran, los oyentes se volverían para esconder las lágrimas.

Mis maridos estaban hablando del arte de la guerra. ¿Debía Dhri disponer a los soldados en formación de grulla o en formación de serpiente marina a la mañana siguiente? ¿Qué reyes debían ir a la cabeza del ejército? ¿Quién debía conducir la retaguardia? Abhimanyu rogó que se le permitiera conducir la primera carga, pero sus tíos decidieron que todavía no tenía suficiente experiencia. Uttara los oía discutir, con sus ojos afiebrados y brillantes, llenos de asombro y temor, y una mirada que iba de una cara a la otra, con sus manos entrelazadas sobre el ligero montículo que formaba su vientre. «¿Alguna vez había sido yo tan joven?», pensé mientras paseaba por la falda de la colina donde se extendía un bosquecillo de árboles.

Y de pronto él estaba delante de mí, Vyasa, que había predicho todo lo que nos había llevado a ese lugar aquel día. En la oscuridad, le destellaban los ojos, y el hilo sagrado que le cruzaba el pecho brillaba como si estuviera esculpido en hielo. No parecía más viejo que el día en que lo conocí entre las higueras de Bengala.

Sentí una fría opresión en mi pecho. ¿Por qué había venido? No me quedaban fuerzas para escuchar otra sombría profecía precisamente cuando estábamos iniciando esta gran empresa. Pero oculté mi preocupación con palabras formales.

—Es un placer, aunque inesperado, encontrarte aquí, respetado sabio. Me alegro de verte con tan buen aspecto.

—Es una pena que los años no hayan sido igualmente amables con la hija de Drupad —respondió, sonriendo de manera afectada en medio de su poblada barba, como si supiera lo mucho que me incomodaba su presencia—. ¡Quizá, en lugar de una caja de polvo para mosquitos, debería haberte dado ungüentos para combatir la edad!

«Para ti es muy fácil bromear», pensé enojada. «Te comportarías de manera diferente si tus seres queridos estuvieran en el filo de la navaja».

—¿Te parece realmente que actuaría de otra forma? —dijo, sobresaltándome—. Déjame decirte dónde he estado antes de venir. Estuve visitando a mi hijo mayor, que tiene algunos problemas. Creo que tú lo conoces..., se llama Dhritarashtra.

—¿El rey ciego? ¿Es tu hijo? —Sabía que me había quedado con la boca abierta—. Pero yo creía que era hijo del hermano de Bhishma...

—Es una larga historia —dijo Vyasa—, y algunos pormenores son poco halagadores para mi ego. Te la contaré uno de estos días. Por ahora, permíteme solo mencionar el nombre de mi segundo hijo. Era..., era... Pandu.

Lo miré asombrada, avergonzada por la premura con que lo había juzgado. ¡Sus nietos se lanzaban unos contra otros en esta lucha a muerte! Cualquiera que fuera el bando que ganara la guerra, era mucho lo que Vyasa tenía que perder.

—¿Cómo puedes estar tan tranquilo? —susurré.

Vyasa sonrió.

—La vida que estás viviendo hoy es solo una burbuja en el torrente cósmico, cuya forma proviene del *karma* de otras vidas. Quien es tu marido en esta vida tal vez era tu enemigo en la anterior, y aquel a quien odias podría haber sido tu ser amado. ¿Por qué llorar por cualquiera de ellos, entonces?

Las ideas que me ofrecía no me eran desconocidas. Los sabios que nos visitaron durante nuestro exilio habían hablado de forma semejante en sus esfuerzos por hacer que me resignara a mi destino. No era que no creyera en ellos, pero no me convencían. Este mundo que me rodeaba, con sus bellezas y sus horrores, me mantenía bien sujeta a sus dictados. Yo quería mi lugar legítimo en él. Puede que hubiera otras vidas. Pero yo quería la satisfacción de la venganza en esta.

—La guerra se desarrollará tal como tiene que ser..., del modo en que ya lo he escrito en mi libro —continuó Vyasa—. ¿Por qué tengo que llorar más por ella de lo que lloraría si estuviera viendo una obra de teatro? —Al observar la expresión terca de mi rostro, se detuvo—. Pero no he venido a parlotear de filosofía. Quiero ofrecerte un don..., el mismo que le ofrecí al rey ciego..., una visión especial para que puedas ver las partes más importantes de la lucha desde lejos.

Respiré hondo y de manera irregular, tratando de abarcar la enormidad de lo que me ofrecía. ¡Yo, una mujer, podría ver lo que ninguna mujer —y pocos hombres— había visto nunca!

—¿Dhritarashtra aceptó?

—No tuvo el coraje de observar a sus hijos cosechar los frutos de sus acciones..., acciones que él había alentado con su amor mal dirigido. A cambio, me pidió que le diera el don a Sanjay, su auriga y confidente. Sanjay le contará lo que ocurre. ¡A la postre, tal vez se lamente, porque Sanjay no es de los que mide sus palabras! Pero tú... ¿tienes el valor suficiente como para contemplar el espectáculo más grande de nuestra época? ¿Eres lo suficientemente firme como para decirles a los demás lo que realmente ocurrió en Kurukshetra? Porque en última instancia, solo los testigos, y no los actores, conocen la verdad.

Vacilé. De pronto sentí miedo. Por primera vez, dejé de sentirme eufórica y tuve conciencia de la otra cara de la guerra: la violencia y el dolor. Al contemplarla, la sufriría de igual manera que los hombres que estarían inmersos en ella. ¿E iba a sentir acaso menos culpa que Dhritarashtra? ¿No era yo, a mi manera, tan responsable de esta guerra como él? Tal vez sería mejor esperar que los correos me trajeran las noticias; el valor de toda una trágica vida iba a quedar resumida en una sola frase.

Respiré hondo. Hasta que me salieron las palabras, no supe lo que iba a decir.

—Acepto tu don. Observaré esta guerra y viviré para hablar de ella. Es justo, ya que yo contribuí a provocarla.

—¡No te atribuyas tantos méritos, esposa de mi nieto! —La sonrisa de Vyasa fue más irónica que nunca. Solo después, haciendo memoria, reconocería la compasión que había en ella—. Las semillas de esta guerra fueron sembradas mucho antes de que tú nacieras, aunque quizá tú le diste un pequeño empujón. Pero me alegra la decisión que has tomado. —Alargó el brazo para tocarme la frente en el punto en que se supone que está el tercer ojo. Me preparé para algo que no sabía lo que era. Quizá un estallido de música divina, el destello de un rayo. Pero su contacto fue de una normalidad decepcionante, no más espectacular que el roce del ala de un ave. Miré a mi alrededor. Todo seguía igual que antes. En aquel anochecer, ni siquiera podía ver a mis maridos.

¿Estaba Vyasa divirtiéndose a costa mía?

—¡Pero qué suspicaz eres! No te preocupes. A partir de mañana, durante dieciocho días..., porque ese es el tiempo que durará esta carnicería..., verás todos los momentos importantes de esta guerra.

Retrocedió hasta perderse en la sombra. La oscuridad se tragó todo menos la enmarañada blancura de su barba.

—¡Espera! —grité—. Dices que ya has escrito la historia de la guerra. Dime entonces, ¿quién ganará?

—No es justo pedirle al dramaturgo que revele el desenlace de su obra, ¿no? Pero, en este caso, ni siquiera soy el dramaturgo..., soy simplemente un cronista. ¡Sería presuntuoso por mi parte, oh, nieta mía, revelar el final antes del tiempo ordenado, a ti cuya impaciencia sigue siendo la misma desde que te vi por primera vez!

Y así, desapareció.

—¿Dónde estás, Panchaali? —oí que llamaba Yudhisthir—. Ahora debemos bajar a cenar. Tenemos que prepararnos para mañana.

Le permití que me cogiera de la mano y respondí a sus atenciones distraídamente. Regresamos al campamento guiándonos con la luz humeante de la antorcha. Los criados habían levantado una tosca construcción con techo de hojas de palmera, que serviría de hogar para nosotras, las mujeres, hasta que la guerra terminara. Habían tratado de hacerla más confortable con cortinas de seda e incienso de sándalo, y hasta habían traído a un músico que tocaba su laúd de una sola cuerda y cantaba con suavidad. De todas maneras, había una cierta inquietud en el aire, como antes de una tormenta de relámpagos, y debajo de las alfombras el suelo era de roca dura, de modo que Kunti hizo una mueca cuando se sentó. En cuanto a mí, no me importaba. Una vez que perdí mi palacio, cualquier lugar —ya fuera una mansión o una casucha— me daba lo mismo.

Cuando nos sentamos a comer, entraron mis hijos, seguidos por Dhri y Sikhandi. Me saludaron con cortesía, ya que no con ternura, y sabía que tenía que conformarme con eso. Había tantas cosas que quería decirles..., pero no conseguía acordarme de nada. Dhri parecía preocupado. Sikhandi, a quien no había visto en mucho tiempo, se había dejado el pelo largo. Le daba a su rostro cierta ambigüedad, varón desde cierto ángulo, mujer desde otro. Mis hijos ya se habían colocado la armadura, aunque seguramente no era todavía necesario. Pero para ellos esto formaba parte de este nuevo y excitante juego. Los observé fascinada mientras la lumbre jugueteaba sobre su piel metálica. No recuerdo lo que dije a manera de bendición cuando me tocaron los pies, y extrañamente, aunque sabía que debía estar preocupada como lo estaban las demás madres ese día, no sentí miedo.

El don que me había otorgado Vyasa ya estaba haciéndome efecto. Era como si me hubiera caído en un río, como si me arrastraran hacia una cascada, lejos de las personas a las que había considerado, hasta ese momento, mis familiares más queridos. A lo lejos oía el agua que corría, ¿o eran voces que gritaban en la confusión? Pronto la corriente se fue acelerando, arrastrándome hacia la orilla. Miré los rostros que me rodeaban. Eran duros y sin expresión, esculpidos en piedra. Nadie notaba mi consternación. Cada hombre estaba encerrado en su propio mundo interior donde se veía a sí mismo como el protagonista de un glorioso drama.

Solo Krishna, al entrar el último en la tienda, me dirigió una mirada sorprendida. Cuando se despidió, me susurró al oído otro de sus crípticos comentarios, algo sobre que este cuerpo era como ropa desechada, algo sobre que no había ninguna razón para llorar.

En algún momento de esa noche, me encontré fuera de la tienda, mirando una luna enorme y cobriza que colgaba allí abajo en el cielo. No sabía yo tanto sobre el cielo como para decir si aquello podía considerarse de buen o mal agüero. En el cauce vacío por donde en otro tiempo había fluido el río Saraswati, pude observar un movimiento repentino. Al principio pensé en un animal salvaje, pero era una mujer, recogiendo un cactus silvestre que la gente del pueblo a veces come, cuando escasea la comida. Dejó de moverse y se quedó quieta, mirándome con cautela. Iluminada desde atrás por la luna, pude distinguir a una mujer huesuda, con su sari remendado y anudado. Una seguidora de campañas, supuse, tal vez la esposa de uno de nuestros soldados de infantería. Le hice señas, pensando en darle una moneda.

La mujer avanzó unos pasos, arrugando el entrecejo para ver con más claridad. Entonces, de repente, se volvió y huyó, lanzando las manos a lo alto en un ademán que reconocí con desconcierto. ¡Era una señal contra el mal de ojo!

Me quedé helada. Sabía que me había reconocido —nadie podía confundir mi pelo despeinado y enmarañado—. ¿Era así, entonces, como me veía la gente? Todo este tiempo me había considerado a mí misma como la víctima agraviada. Había creído que la gente del país —especialmente las mujeres— se compadecían de mí debido a los insultos que había sufrido a manos de Duryodhan. Que me admiraban por las privaciones que había decidido compartir con mis maridos en el exilio. Cuando miré hacia abajo, a las numerosas huestes de los Pandava en el campo de batalla, supuse que aquellos soldados habían decidido unirse a mis maridos porque apoyaban nuestra causa. Pero en aquel momento me di cuenta de que, para muchos de ellos, aquello era simplemente un trabajo, una alternativa a la pobreza y el hambre. O tal vez habían sido reclutados a la fuerza por sus gobernantes. No era de extrañar que para sus esposas yo fuera un mal presagio, la mujer que había apartado a sus maridos de la seguridad de sus hogares, la bruja que podía dejarlas viudas con un solo gesto de la mano.

«Qué poco sabemos de nuestra propia reputación», pensé con una amarga sonrisa.

Esa noche mi sueño fue inquieto, pero, en medio de tanto despertar y dormitar, tuve el último sueño hasta que la guerra terminara. En él, Krishna me hablaba. Cuando abrió la boca para decirme algo, pude ver la tierra entera dentro de ella, y los cielos con sus planetas girando y sus feroces meteoros. Me repitió, otra vez, lo mismo que me había dicho esa noche..., solo que esta vez lo entendí.

—Así como desechamos la ropa andrajosa y nos ponemos ropa nueva, cuando llega el momento, el alma desecha el cuerpo y encuentra el nuevo para construir su *karma*.

Y añadió:

—Por lo tanto el sabio no llora ni por los vivos ni por los muertos.

Miré en mi interior y descubrí que tenía razón. Realmente, ganáramos o perdiéramos, viviéramos o muriéramos, no había motivo de aflicción. El fondo de mi ser estaba tan bruñido como una espada nueva. El desconsuelo no podría hacer huella, de la misma manera que el óxido no puede habitar en el acero puro. Se apoderó de mí el optimismo, una sensación de que el gran drama de la vida se estaba desarrollando exactamente como correspondía. ¿Y no era yo afortunada al poder participar en él?

Sin embargo, por la mañana cuando desperté, me sentía con el corazón abatido otra vez. Me repetí a mí misma las palabras de Krishna, pero se me quedaron en la lengua, inertes como piedras. No podía comprender por qué me habían producido tanta felicidad. En pocos minutos comenzaron a romperse, como la imagen de una nube en un cielo ventoso, y ya ni siquiera pude recordarlas. Recordé perfectamente, sin embargo, la expresión de la cara de la mujer de la noche anterior. ¿Qué es lo que en nosotros hace que queden grabadas algunas impresiones negativas tan profundamente en nuestros cerebros? Una duda terrible me sobrecogió cuando la vi alzar sus manos otra vez contra mí. ¿Acaso había yo empujado a mis maridos —y quizá a todo un reino— a la calamidad solo por alcanzar unos propósitos egoístas e insignificantes?

33

Visión

La mañana de la batalla me desperté cansada y dolorida; sentía la cabeza como si estuviera llena de espinosas fibras de yute. Durante toda la noche, entre fragmentos de sueños, aparecieron caras en la oscuridad de mi tienda: mis maridos, mis hijos, Dhri y, por último, un hombre de inquietantes ojos lejanos. Cuando apareció este, ya no pude seguir tendida en la cama. Aunque el sol apenas había salido y la guerra no había comenzado todavía, decidí subir a la colina. La noche anterior no había informado a nadie acerca de mi conversación con Vyasa ni del don que me había concedido. (A decir la verdad, ni yo misma me lo creía del todo). En ese momento simplemente le ordené a mi doncella que le dijera a Subhadra adónde había ido para que no se preocupara. Añadí que nadie debía molestarme porque estaría orando. No era del todo una mentira. Cuando contemplara la guerra, pediría a los dioses que protegieran a las personas a las que quería. (¿Sería traición si uno de ellos estuviera peleando en el otro bando?).

Mientras subía, oí las trompetas que llamaban a los guerreros a las armas. Los caballos relinchaban excitados. Sabían que algo importante estaba a punto de comenzar. Lo confieso: mi corazón, también, se aceleró con la expectativa. Si Vyasa había dicho la verdad, yo iba a ser testigo —el único testigo de nuestro lado, la única mujer de todos los tiempos— del gran espectáculo que estaba a punto de producirse. Sin importar cuál fuera el resultado de la guerra, mi papel en ella era algo de lo que sentirse orgullosa.

Pero cuando llegué a la cumbre, mis pasos se hicieron, a mi pesar, más lentos. Las piernas no me sostenían. Sentía un gran peso en los párpados. Me senté, no supe si en una roca o en el mismo suelo. No veía ni oía nada. No sentía el sol que se derramaba sobre mí. Mientras me alejaba de ese estado que siempre había considerado como de conciencia, me di cuenta de que el papel que me tocaba representar en aquel momento no tenía nada que ver con la gloria de Panchaali. La fuerza que estaba entrando en mí —sentí su palpitante aspereza en cada célula de mi cuerpo— me usaría para su propósito. Me temía que era demasiado tarde.

Durante el resto de la guerra, subí a la colina todas las mañanas y entraba en ese estado que, a falta de una expresión mejor, llamo «de trance». Durante el día no sentía ni hambre ni sed, y por la tarde estaba exhausta y apenas si podía recorrer el camino cuesta abajo. Fue en este periodo cuando mi pelo se volvió blanco y mi cuerpo enjuto. Cuando Subhadra se dio cuenta de lo que estaba ocurriendo (aunque no lo comprendía) envió a una criada conmigo, para darme agua —pues eso era lo único que podía ingerir— y ayudarme a regresar sin peligro todas las tardes. Más adelante, aquella niña me dijo que a menudo lloraba o me reía, asustándola. A veces cantaba en una lengua desconocida. Yo no recuerdo nada. Pero en lo que me quedaba de vida nunca olvidaría las imágenes que me llegaron, imágenes para las que más adelante trataría de encontrar palabras, imágenes tan terribles que las guardé muy dentro de mí.

Yo esperaba que la visión fuera algo así como mirar a través de un telescopio, pero estaba equivocada. Es cierto, vi escenas distantes con tanta claridad como si estuvieran a pocos metros de distancia, pero eso era lo menos importante. Por ejemplo, vi a Bhishma con su pelo plateado al frente del ejército de los Kaurava, sentado en su carro de plata. Una palmera de oro flameaba en su estandarte. Estaba arengando a sus tropas, les decía que las puertas del cielo se habían abierto de par en par ese día para que pudieran entrar todos los que murieran en el campo de batalla. Se le veía el rostro lleno de vigor y de una alegría extraña. Sus palabras sonaban con tanta convicción que yo le creí. Pero mientras le observaba la cara, esta cambiaba y vacilaba, como una imagen dibujada en el agua. Sentí su cansancio en mi propio cuerpo. Le pesaba tanto el corazón que me sorprendió que tuviese siquiera fuerza para respirar. Me di cuenta entonces de que la visión me permitía atravesar las máscaras de los hombres y mirar en su interior, por lo que me sentí de inmediato eufórica y aterrorizada. Miré al cielo, a la espera de una señal que me confirmara que lo que Bhishma había dicho era verdad, pero sobre mí brillaba un azul vacío e incómodo.

Si la guerra llevaba incluso a un alma tan grande como era Bhishma a obrar con disimulo, ¿qué esperanza había para el resto de nosotros?

Vi a Duryodhan caminando de un lado a otro debajo de su estandarte, una serpiente en un campo de oro.

—Matad primero a Sikhandi —ordenó a sus generales—. Ningún otro puede destruir a Bhishma. Y mientras Bhishma nos conduzca, ¡seremos invencibles! —Bajo la corona de oro, su rostro se veía más delgado, y sus ojos eran como brasas encendidas al mirar a las huestes de los Pandava. Pero la dura línea de sus labios se ablandó cuando se volvió hacia los guerreros que se habían colocado a su alrededor—. No olvidaré vuestra lealtad —les dijo, tocándoles el hombro uno por uno. Ellos le sonreían. Me sorprendí al sentir el amor que emanaba de ellos, titilante como el calor que sube del pavimento en verano, y su disposición para morir a sus órdenes. Hizo señas a un mensajero que estaba cerca, arrancó una joya de su tocado. —Dale esto a Bhanumati. Dile que iré con ella en cuanto pueda. —Luego se le nubló la mirada mientras buscaba en el campo—. ¿Dónde está Karna? —preguntó—. Que alguno de vosotros vaya a decirle que Duryodhan lo llama. Hoy más que nunca necesito que mi amigo esté junto a mí.

Incluso en medio del trance, mi respiración se volvió irregular, mis manos temblaron expectantes. Pero antes de poder ver a Karna, la visión me arrastró hacia el ejército Pandava. ¡Qué pequeñito parecía en comparación! Yudhisthir estaba en el centro, bajo la sombrilla blanca que indicaba su realeza. Se le veía pálido y demacrado; en su corazón él seguía sin desear esa guerra. Como tampoco deseaba que tantos miles murieran por él. A su lado, custodiado por nuestros más incondicionales soldados, estaba Sikhandi. Bhim conducía un flanco, Nakul y Sahadev, el otro. Busqué a Dhri. Allí estaba, en la retaguardia de la formación, recorriendo en su carro de bronce y plata las filas mientras daba órdenes a varios oficiales. Mis hijos cabalgaban detrás en sus corceles de batalla.

Con un sobresalto, me di cuenta de que todas las personas a las que amaba en el mundo estaban reunidas en aquel campo de batalla. ¿Cuántos de ellos saldrían de allí caminando cuando la guerra terminara dentro de dieciocho días?

De pronto, un movimiento extraño en un extremo del campo atrajo mi atención. La cuadriga dorada de Arjuna atravesó a gran velocidad el límite de nuestro ejército para entrar en la tierra de nadie. ¿Por qué iría a ese lugar en aquel momento, cuando la guerra pendía inminente sobre nuestras cabezas? ¿No se suponía acaso que debería estar a la cabeza del ejército para conducir el ataque? Pude ver a Krishna guiando a sus seis caballos blancos. ¡Con qué habilidad los controlaba, apenas con leves movimientos de la muñeca! Con su látigo, apuntó a los príncipes del ejército de los Kaurava, hombres a quienes mi marido conocía tan bien como a sí mismo. Y entonces Arjuna dejó caer su amado Gandiva, escondió el rostro entre sus manos, y lloró.

Mucho se ha escrito sobre el dolor de Arjuna en aquel último momento y sobre lo que le dijo Krishna como respuesta para sacarlo de la inmovilidad. Vyasa lo supo primero, soñándolo antes de que ocurriera. Dicen que se lo cantó a Ganesha, el dios de los comienzos, que lo escribió. (¿Era él al que yo había visto bajo la higuera de Bengala con su oscilante cabeza de elefante?). Otros se ocuparon de las palabras de Krishna y las tradujeron a muchas lenguas y baladas. Algunos les dieron nombres complejos, pero la mayoría simplemente se llamaron *El canto*. No me sorprendería que los poetas y los filósofos siguieran escribiendo sobre ellas hasta que el mundo se disuelva en el día de *pralaya*.

Nadie —ni siquiera el mismo Arjuna— había previsto que el más valiente de los Pandava quedaría paralizado por la culpa al ver a los parientes a los que tendría que matar para obtener la victoria. Él era un hombre práctico. Siempre había sido el más impaciente, el más ansioso por probar su destreza. ¿Quién podría haber imaginado que iba a quedar tan conmovido al pensar en el mundo devastado que tendríamos que habitar después de que la guerra hubiera eliminado o dejado lisiados a millones? Pero a menos que sean maestros en el arte de eludir responsabilidades, todos los que dan comienzo a una guerra deben en algún momento afrontar estas emociones. Durante los días siguientes, mis otros maridos se lamentarían de su participación en la lucha y desearon que cesara. Pero para ese entonces todos sabíamos ya que la guerra es como una avalancha. Una vez que empieza, no puede cesar hasta que ha causado toda la destrucción de la que es capaz.

Cuando vi que Krishna aconsejaba a Arjuna, que lo consolaba, que le enseñaba a tener éxito no solo en este campo de batalla sino también más allá de él, casi no pude reconocer al hombre alegre y despreocupado a quien conocía desde la infancia. ¿Dónde había aprendido tanta filosofía? ¿Cuándo había hecho suya esa sabiduría?

Repetí con fidelidad lo más esencial de lo dicho por él cuando me reuní con las otras mujeres por la noche. «Los placeres que provienen de los objetos percibidos por los sentidos necesariamente se terminan, y, por lo tanto, son solo causa de dolor. No te ates a ellos». Y también: «Cuando un hombre llega a un estado en el que el honor y el deshonor son lo mismo para él, entonces es considerado supremo. Lucha por alcanzar ese estado». Uttara estaba demasiado concentrada en sus propias preocupaciones como para prestar mucha atención, pero Kunti y Subhadra escucharon atentamente y asintieron con la cabeza al comprender. Sin embargo, no podía yo imaginar a un hombre con tal sabiduría, y mucho menos aspirar a ser como él. No sabía cómo vivir sin ataduras, ni sentir lo mismo respecto del honor y el deshonor. Tal vez solo cuando se poseía un tesoro más grande podía uno desprenderse de este mundo. Krishna sugirió que ese tesoro estaba dentro de mí —«las armas no pueden dañarlo; el fuego no puede quemarlo; es eterno, sereno y dichoso»—, pero las palabras, resbaladizas como piedras que han estado mucho tiempo debajo del agua, se escurrían entre mis dedos al tratar de examinarlas. La sabiduría que no es destilada en nuestro propio crisol no puede ayudarnos. Así pues, aunque mi boca repetía como un loro las palabras de Krishna, mi voluntad oscilaba entre el remordimiento y la venganza, y mi corazón no dejaba de arder.

Pero algo que dijo Krishna me llegó directamente al corazón. Cuando Arjuna le preguntó por qué el hombre era arrastrado a las malas acciones a pesar de las buenas intenciones, Krishna le respondió: «Debido a la ira y el deseo, nuestros dos enemigos más terribles». ¡Qué bien los conocía yo, mis compañeros de tantos años —mis amos, mejor dicho— y a su vástago, la venganza! ¡Y qué fieles eran! Cuando trataba de librarme de ellos, se aferraban a mí con mayor tenacidad.

No podía afirmar, como hizo Arjuna después de escuchar las palabras de Krishna, que mis ilusiones hubieran desaparecido. Pero aprendí a mirarme a mí misma. Y si bien no era capaz de eliminar de mi corazón la ira, ni a su insidiosa compañera, la irritación, por lo menos en algunos momentos pude tragarme los comentarios hirientes de los que me había enorgullecido dispensar con tanto desparpajo todos estos años.

Pero me fue imposible informar de una parte de la conversación de Krishna con Arjuna. Arjuna habló de eso más adelante, aunque sus palabras inconexas no tenían mucho sentido. Dijo que Krishna se le había aparecido en forma de dios.

—Sus ojos eran el sol, la luna y el fuego —añadió—. En su cuerpo había montañas y océanos, y la profunda oscuridad del espacio más allá de las estrellas. Todos nuestros enemigos... y muchos de nuestros amigos... caían en su boca gigantesca y eran aplastados hasta la muerte. —Se estremeció—. Era terrible... y hermoso hasta extremos indescriptibles. ¿No lo viste?

Sacudí la cabeza.

—Solo vi un gran destello de luz, como si se hubiera descargado un *astra* divino. Me cegó. Creí que había llegado el fin del mundo.

—Era el fin del mundo..., del mundo tal como yo lo conocía —dijo Arjuna—. Ahora todo es diferente..., el significado de nuestras vidas, de nuestras muertes, de lo que hacemos entretanto. —Se quedó mirando a lo lejos y no dijo nada más, pero la pena había desaparecido de su rostro.

Yo tampoco dije nada, pero me sentía profundamente herida. ¿Por qué Krishna, a quien yo consideraba mi querido amigo y protector, no me había permitido ver su forma cósmica? Desde que empezara la guerra, había tenido poco que ver conmigo. Yo lo entendía, pues estaba ocupado con acontecimientos más relevantes. Pero esta era una ofensa demasiado grande como para ignorarla. Decidí que tampoco yo tendría nada que ver con él hasta que recibiera alguna prueba de su interés por mí.

Lo decidí, pero eso no alivió el dolor de mi corazón. No podía dejar de preguntarme, una y otra vez, por qué consideró que Arjuna era más apto para recibir esta visión. ¿Cuál era el aspecto esencial que me faltaba para que el misterio del universo me fuera negado para siempre?

¿Qué más me proporcionó la visión?

Mi padre luchó encarnizadamente con Drona, los rostros de ambos tensos por un odio antiguo. Entre los golpes mortales que se asestaron el uno al otro, ambos recordaron fragmentos de su pasado en común: los días de estudios en la casa, compartiendo las enseñanzas y la comida, una cacería en la que se habían perdido juntos en la selva, las lágrimas que derramaron al despedirse. Bhim bramando cuando mató a los hermanos de Duryodhan. Cuando la sed de sangre disminuyó, se sintió agobiado por los remordimientos de este fratricidio, porque por muchas excusas que se diera a sí mismo, él sabía que la misma sangre corría por las venas de ambos. Ghatotkacha lanzando gritos de rabia, ahora ya sin un ápice de amabilidad en su rostro, al emplear su magia de *rakshasha* para crecer en proporciones gigantescas. Cuando aplastó a los soldados enemigos bajo sus pies mientras huían aterrorizados, su conciencia gritó: «¿Esto es la gloria?». Vi a Sikhandi, haciéndose más andrógino por momentos, que no dejaba de lanzar flechas a Bhishma, maldiciendo de impotencia cuando ninguna de ellas lo alcanzaba. Una parte de sí se sentía aliviada por no haber cometido todavía el acto terrible de matar al más grande guerrero de Bharat. El carro de guerra de Arjuna atravesó el campo de batalla como un meteoro, arrasando todo a su paso..., pero tuvo el cuidado de evitar a su abuelo y a su maestro, ya que no estaba preparado para acabar con ellos todavía.

Y así transcurrió la guerra. La lucha física exterior se correspondía con los conflictos interiores de cada guerrero. Pero esto no mitigó la carnicería. Vi la agonía del inocente y también la del culpable, y ambas eran igualmente terribles. En solo unas horas, el suelo se puso rojo como si del cielo hubiera llovido sangre. ¿Qué ocurriría al final de los dieciocho días? Vi el péndulo de la victoria balancearse de un lado a otro.

En un momento iba hacia los Kaurava, en el siguiente hacia los Pandava, y con cada balanceo yo buscaba —sin poder encontrarlo— a Karna, cuyo corazón era el que yo más ansiaba leer.

Por la noche me enteré de la razón de su ausencia. Antes de que la guerra comenzara, Bhishma le dijo a Duryodhan que comandaría las fuerzas de Kuru solo si Karna se mantenía fuera del campo de batalla. (¿Se debía esto a la vieja animosidad que existía entre ellos? ¿O tal vez Bhishma estaba tratando de protegerlos, como pensaban mis maridos? ¿O había una razón diferente, relacionada con el sueño que yo había tenido?). Sabiendo que Bhishma era el guerrero más experimentado, Karna había accedido por el bien de su amigo..., pero con gran enojo, pues era para luchar en aquella guerra para lo que se había estado preparando toda su vida. De modo que estaba en su tienda, esperando que Bhishma ganara... o muriera. Mi visión no podía desplazarse hasta allí, pero mi imaginación suplía esa carencia. En ella él iba de un lado a otro, con la espalda tensa, las armas listas sobre la austera colchoneta donde dormía. Sus oídos estaban atentos a cada ruido de guerra; todo su ser inquieto e impaciente.

Imaginaba a Duryodhan acudiendo a él al final del día para hablar de estrategia y para descargar su frustración con Bhishma, porque intuía que aunque la promesa de Bhishma lo uncía al trono de Hastinapur, en su corazón el abuelo prefería a los Pandava. Karna escondió su propia agitación para tranquilizarlo, mostrándose de acuerdo con él como siempre había hecho. Era el único amigo en el que Duryodhan podía confiar. En caso de que Bhishma fracasara, le aseguró Karna, él ciertamente mataría a Arjuna. ¿Acaso el Shakti de Indra, esa arma invencible, no estaba en su poder? Una vez que Arjuna hubiera desaparecido, los Pandava no serían nada. ¡Vaya, Duryodhan podía terminar con todos en uno o dos días!

Pero una vez que Duryodhan se retiró, muy animado por la conversación, Karna se hundió en su colchoneta y se cubrió el rostro con las manos. Cuando las retiró —¿por qué tenía yo que imaginar eso?— tenía los dedos mojados por las lágrimas.

34

Secretos

El abuelo estaba resultando ser un problema. Siempre habíamos sabido que era un experto guerrero y un gran estratega. Pero mis maridos se quedaron sorprendidos por la energía con la que arremetía contra el ejército de los Pandava, matando a miles él solo. También inventaba formaciones que eran casi imposible de atravesar: la grulla con alas extendidas, la intrincada serpiente marina, el mandala de varias capas. En el fondo habían creído (como creía Duryodhan) que los quería demasiado como para hacerles daño de verdad. ¿No había anunciado, acaso, abiertamente en la corte que haría todo lo posible para lograr la victoria de Duryodhan, pero también que no mataría a los Pandava porque eran sus nietos?

—No puede hablar con nosotros directamente debido a su voto —dijo Sahadev el estratega—. Así que nos está enviando un mensaje cifrado. Las circunstancias, está diciendo, nos han puesto en bandos opuestos, pero aun cuando esté luchando contra vosotros, os ayudaré.

—¡Por supuesto! —intervino Arjuna—. ¿No fue eso lo que nuestro tío Salya nos dijo después de que Duryodhan lo engañara para incorporarlo a sus fuerzas? «Él cree que ha ganado, pero yo también puedo emplear esa treta. Cuando Karna venga al campo de batalla, me ofreceré a ser su auriga y usaré mis palabras para sembrar el desaliento en su corazón».

Solamente Yudhisthir sacudió su cabeza, poco convencido.

—El abuelo está hecho de un metal diferente —dijo.

Tenía razón. La promesa que Bhishma había hecho en su juventud —que cuidaría el trono de Hastinapur contra todos los invasores— estaba grabada en su corazón por lo menos tan profundo como cualquier amor que hubiera entrado en él posteriormente. Y cuando (después de una serie de triunfos de Arjuna) Duryodhan lo acusó de parcialidad por los Pandava, él demostró lo contrario peleando con tal ferocidad que nuestros soldados murmuraban que era Yama, el que trae la muerte, quien había bajado a la tierra. Incluso el más valiente de ellos rompía filas y huía cuando veían acercarse su carro de guerra de plata, pero ni siquiera eso los salvaba de la destrucción. (Las reglas de la guerra justa estaban empezando a debilitarse). Todos los días, al hacer frente a la ira de Bhishma, nuestras fuerzas disminuían. Todas las noches nuestro campamento estaba hundido en el abatimiento mientras mis maridos se enfrentaban a un hecho que no habían tenido en cuenta. Las leyendas habían dicho la verdad: Bhishma era invencible. No acabaría con ellos, no. Pero no tenía que hacerlo.

Una vez que destruyera a su ejército, la derrota era inevitable.

El noveno día —cuando, según Vyasa, la guerra había llegado a su ecuador— fue el peor. Fue cuando se produjo la gran batalla entre Arjuna y Bhishma. Pero Arjuna no puso el corazón en ella. A pesar de todo lo que Krishna le había dicho, no podía olvidar sus recuerdos de infancia. No podía soportar herir al hombre que lo había tenido en sus brazos y había consolado sus penas de infancia. Bhishma, sin embargo, no tenía tales reparos. Arrojó sus destructoras flechas a Arjuna hasta herirlo. Entre una y otra, con exasperante indiferencia, lanzaba *astras* que destruían falanges enteras. Finalmente un Krishna enfurecido, convencido de que nuestro ejército estaba a punto de desaparecer, saltó del carro de guerra y, con el disco en sus manos, corrió hacia Bhishma.

El abuelo dejó caer sus armas y se arrodilló ante él. En su rostro apareció una expresión que solo pude interpretar como un signo de esperanza.

—¿Y has venido para liberarme finalmente, Govinda? —le preguntó—. ¿He pagado lo suficiente por mi robo?

Krishna levantó su disco, pero Arjuna, recordando el voto de su amigo de no pelear, se aferró a él con toda su fuerza.

—¡Tú no debes violar tu palabra por mí! ¡Ese sería un pecado terrible! —gritó—. Mañana me enfrentaré a Bhishma como un verdadero *kshatriya* se enfrenta a su enemigo…, concentrado en el momento, sin recuerdos del pasado que lo debiliten y sin miedo a futuras lamentaciones. ¡Lo juro!

Krishna lo miró casi como si no supiera quién era. Entonces, muy lentamente, bajó su arma. Cuando habló, lo hizo dirigiéndose a Bhishma.

—Oh, Vasu, tú te ataste con aquel acto. Por lo tanto solo tú puedes liberarte.

Después le pregunté a Arjuna a qué se refería Bhishma cuando dijo «robo». No podía yo imaginar al viejo y estricto patriarca apoderándose de algo que no le perteneciera. Y también por qué Krishna lo llamó con ese nombre extraño, «Vasu». Además, ¿de qué acto estaba hablando?

Arjuna se encogió de hombros. Los ancianos estaban siempre haciendo referencia a misteriosos acontecimientos del pasado que solo eran importantes para ellos. Y en cuanto a Krishna, se necesitaría una vida entera para descifrar siquiera una parte de sus comentarios. Claro que yo ya lo sabía. Pero no podía dejarlo pasar tan fácilmente. No era solo debido a lo que Yudhisthir llamaba «la insidiosa curiosidad del género femenino». Las historias eran importantes. Incluso cuando era niña, me había dado cuenta de que tenían que ser comprendidas y conservadas para el futuro, para que no cometiéramos los mismos errores una y otra vez. Me guardé las preguntas, a la espera del momento adecuado. Esa oportunidad iba a llegar más pronto de lo que esperaba.

Tarde esa noche, a instancias de Krishna los Pandava fueron a la tienda de Bhishma con la cabeza descubierta. Tocaron los pies del abuelo y le preguntaron de qué manera podían matarlo. Y él —con compasión y cierto alivio— les dijo lo que debían hacer.

Así fue como Sikhandi se colocó en la parte delantera del carro de guerra de Arjuna, con el pelo suelto flotando al viento. Desafió a Bhishma a combatir, y Bhishma bajó su arco, mientras decía:

—Amba, tú sabes que no pelearé contigo.

No volvió a tomar sus armas, aun cuando Arjuna arrojó una flecha tras otra que lo atravesaron y Sikhandi, también llorando, se cubría el rostro con las manos.

Mucho se ha cantado sobre cómo Bhishma cayó sobre su lecho de flechas. Aquel día la guerra se detuvo mientras ambos ejércitos lloraban. Bhishma pidió algo para apoyar la cabeza, pero cuando Duryodhan le trajo almohadones de seda, los rechazó. Solo Arjuna sabía lo que deseaba. Disparó tres flechas al suelo para que su abuelo apoyara la cabeza, y ante eso, incluso en medio de su dolor, Bhishma sonrió.

Bhishma no murió de inmediato. Mientras no llegara el momento propicio en que el sol emprendiera su viaje por el norte…, no liberaría él su cuerpo…, y eso, también, solo después de cumplir con su última obligación: enseñar a Yudhisthir las reglas para reinar que Duryodhan se había negado a aprender de él. Mientras tanto, todos los días le traían noticias de la guerra y guerreros de ambos bandos acudían a él para pedirle consejo. Bandadas de cisnes volaron sobre él, llorando con voces melodiosas. Los hombres murmuraban que se trataba de seres celestiales disfrazados, que traían mensajes del cielo. Por la noche, también, Bhishma recibía visitas. Llegaban a él sin compañía alguna, envueltas en las capas que las ocultaban, para decirle cosas que no podían ser dichas delante de otras personas.

¿Cómo lo sé? Porque yo fui una de esas visitas.

Fui a ver a Bhishma la primera noche, cuando la luna era frágil como el borde de una uña y las súbitas ráfagas de viento enviaban sombras que corrían por el suelo. Procuré no hacer ruido pues no quería que me interrogase Kunti, quien sin duda habría preferido que yo lo visitara durante el día, acompañada como es debido. Pero una visita de esas características me habría impedido hablar libremente, preguntarle lo que guardaba en mi corazón desde hacía años. Por ejemplo, ¿cómo había podido él —que se enorgullecía de su rectitud, que me consideraba su nieta más querida y que me había hecho creer que se preocupaba por mí— permanecer en silencio cuando pedí su ayuda, cuando fui víctima de tan grande injusticia aquel día en la corte?

Una vez que dejé atrás los fuegos de los guardias, caminé con más tranquilidad. No esperaba encontrarme con nadie. Los principales guerreros de ambos bandos que habían estado con él todo el día se encontraban en aquel momento descansando, preparándose para el día siguiente, pues ni siquiera la caída de Bhishma podía detener la guerra. En deferencia al estado de salud del abuelo, habían decidido trasladar la batalla a un lugar alejado de donde él se encontraba acostado, y habían limpiado la zona. Pero no pudieron ocultar el hedor de los cadáveres que se estaban pudriendo ni silenciar los gritos angustiados de los heridos. ¿Desgarraban aquellos ruidos el alma de Bhishma mientras yacía envuelto en su propio dolor? ¿Lamentaba haber causado gran parte de esa destrucción? ¿O lo veía solo como el desagradable efecto no deseado de haber cumplido su deber, un mal menor que debía ser tolerado en beneficio de un bien mayor?

Me equivoqué al suponer que no habría nadie con Bhishma. Un hombre arrodillado ante él se inclinaba hasta tocarle los pies. Oí al abuelo que decía (¡qué débil parecía!):

—¿Quién es este cuyas lágrimas me queman más que estas heridas?

Cuando me escondí detrás de un grupo de arbustos oí que el hombre respondía con voz entrecortada.

—Soy Karna. He venido a pedirte perdón por las muchas maneras en que te he ofendido, abuelo.

Contuve la respiración, lamentando mi imprudencia. Si Karna llegaba a descubrirme, empalidecería al verse sorprendido en aquel momento de tanta vulnerabilidad. ¿Qué no haría para poder desquitarse? Yo dudaba de que, después de todo lo sucedido, él pudiera sentir alguna ternura por mí. En cambio, con los instintos seguros de un cazador, sabría que la mejor manera de herir a mis maridos era humillándome a mí. ¿Recurriría a eso? ¿Qué nueva complicación les acarrearía yo a los Pandava por mi impulsividad?

Debería haberme alejado en silencio en aquel momento, pero era como un ave de presa en una trampa. Solo que los hilos de esta trampa estaban hechos de curiosidad y un corazón desobediente.

Bhishma alargó una mano hacia Karna. Me pareció ver que le temblaban los dedos. Su respiración sonaba como si alguien estuviera rasgando trapos viejos en tiras. Dijo:

—En realidad, nunca estuve enfadado contigo. Solo te castigué por tu propio bien... y porque alentabas las malévolas ambiciones de Duryodhan. ¿Pero cómo podría estar yo enfadado con mi propio nieto?

Cuando Karna se había dirigido a Bhishma llamándolo «abuelo», no me sorprendió. Todo el mundo lo llamaba así. Pero esta réplica parecía no ser solo de mera cortesía. El corazón me dio un vuelco mientras me preguntaba qué podría significar la respuesta de Bhishma.

Karna levantó la cabeza bruscamente.

—¿Tú lo sabías? ¿Tú sabías que los Pandava eran mis hermanos? ¿Acaso Kunti te lo dijo a ti también cuando me lo confesó a mí?

La sorpresa me dejó aturdida. ¿Karna? ¿Hermano de mis maridos? Mi cerebro no podía comprender del todo sus palabras, palabras que iban a cambiar todo lo que sentía por él. «Es imposible», susurré para mí misma. Pero entonces recordé mi sueño con Karna y Kunti.

De repente, todo lo que me había desconcertado comenzaba a tener sentido.

Bhishma dijo:

—Lo sabía desde mucho antes de eso. Vyasa me habló de ello... pero solo después de prometerle que guardaría silencio. ¡Cuántas veces desde entonces he deseado no haber hecho ese voto apresurado! Pero ya me conoces. Una vez que hago una promesa no puedo romperla. Se puede decir que eso es mi fortaleza... o mi debilidad.

Karna sonrió sin alegría.

—Lo sé. Me ocurre lo mismo. —Luego su tono se ensombreció—. Kunti me dijo que me había tenido cuando no era más que una niña. Llevada por la curiosidad quiso probar el don que le había ofrecido Durvasa y llamó al dios del sol. Yo fui el regalo que le hizo a ella..., pero cuando nací tuvo miedo de lo que la gente podría decir. —Se pasó sus dedos inquietos por el pelo—. Comprendo cómo debía de sentirse. No la critico..., no, ¡sí que lo hago! ¿Cómo pudo deshacerse de mí, su propio hijo, su primogénito? Y lo que es peor, cuando volvió a verme en Hastinapur, ¿cómo pudo dejarme sufrir, una y otra vez, la vergüenza de la ilegitimidad? —Su voz se volvió apasionada... Era un nuevo Karna el que estaba yo escuchando, tan angustiado, tan diferente del hombre que se enorgullecía de su autodominio. En aquel momento le perdoné todo lo que había hecho mientras estuvo dominado por su pena—. Debería haberme dicho la verdad en secreto..., yo me la habría guardado para mí sin contárselo a nadie, como estoy haciendo ahora. El solo hecho de saberlo habría supuesto una gran diferencia. Me habría impedido cometer los grandes errores que continúan atormentando mi vida. ¡Oh! ¿Por qué mi madre no confió en mí?

Con dificultad, Bhishma puso a Karna una mano temblorosa en la cabeza.

—A mí también me habría gustado que ella hubiera tenido el valor de hacerlo. Entonces toda esta guerra podría haberse evitado. ¿Recuerdas el momento en que Yudhisthir me pidió cinco simples pueblos, diciendo que quedaría satisfecho con eso? Si hubieras sabido el secreto de tu nacimiento, seguramente le habrías aconsejado a Duryodhan que aceptara. Y dado su amor y estima por ti, es probable que Duryodhan te hubiese escuchado. Ya han muerto tantos hombres... y, con todo, me temo que su sufrimiento no es nada comparado con el que os aguarda a todos vosotros.

—No tengo miedo de sufrir —dijo Karna—. ¿Acaso toda mi vida no ha sido más que ir de un sufrimiento al otro? Lo que más me mortifica es cuánto odiaba y envidiaba a mis propios hermanos desde que los conocí en aquel desdichado torneo en Hastinapur. ¡Yo, que soñé durante toda mi infancia en soledad con tener un hermano al que querer y proteger! ¡Y Draupadi! La esposa de mis hermanos menores, quien, según nos dicen las escrituras, debería ser como una hija para mí..., la humillé en la corte delante de todos. Yo sabía lo que Duryodhan y Sakuni estaban planeando. Por pura decencia tendría que haberlos detenido. En cambio, como estaba enfadado con ella, ¡instigué a Dussasan a que le quitara la ropa! Yo... —su voz se quebró—. ¡Me avergüenzo de la manera en que he actuado! Ni siquiera la muerte más gloriosa en el campo de batalla puede compensar todo esto.

—Los hados son crueles —susurró Bhishma—, y han sido más crueles que de costumbre contigo. Pero los pecados que cometiste en la ignorancia no son culpa tuya.

—De todas maneras tendré que pagar por ellos —replicó Karna—. ¿No es así como funciona el *kar-*

ma? Mira lo que le pasó a Pandu, que mató a un sabio accidentalmente, pensando que era un venado salvaje. Tuvo que cargar con las consecuencias el resto de su vida.

Un ataque de tos agitó a Bhishma y continuó con alguna dificultad.

—No es demasiado tarde. Únete a tus hermanos. Los conozco..., te recibirán bien y te honrarán como hermano mayor.

Karna sacudió la cabeza.

—No. Ya fue demasiado tarde cuando Kripa me insultó declarando que no podía participar en el torneo, y Duryodhan me rescató dándome un reino. Me apoyó cuando todos estaban en mi contra. He comido su sal. No puedo abandonarlo.

Bhishma respiró hondo con dificultad, con ásperos estertores. Pude darme cuenta de que estaba haciendo un gran esfuerzo para decir algo que él consideraba crucial.

—Le has pagado ya muchas veces. Has luchado contra sus enemigos, le has hecho obtener tesoros, has ampliado los límites de su reino. Tal vez al apartarte de él le estarás haciendo el más grande servicio. Sin ti a su lado, Duryodhan no tendrá la fuerza para seguir luchando. Se verá obligado a terminar la guerra. Pero si continúas apoyándolo, eso solo puede llevarle a la muerte... y a la de todos los que lo apoyan.

—Duryodhan preferiría morir antes que afrontar la derrota —dijo Karna—. No teme morir en el campo de batalla... ni yo tampoco. La verdad es que la espero ansioso. Ella pondrá fin al tormento constante que sufro en mi interior. Sería la manera honorable de abandonar una vida de la que estoy harto, en la que todo ha salido mal, en la que nunca tendré lo que siempre he anhelado.

»Y en cuanto a haber pagado mi deuda con Duryodhan, la deuda de sal solo se paga con sangre. ¡Tú lo sabes! ¿Acaso no es esa la razón por la que luchaste de su lado, aun cuando amabas más a los Pandava y sabías que su causa era justa? Y así, aunque sé que está condenado... no, precisamente por ello... debo continuar a su lado contra mis hermanos.

Bhishma suspiró.

—Vete entonces, nieto. Cumple con tu deber, y muere con una muerte honorable. Cuando llegue el momento que corresponde, nos encontraremos en el cielo.

Pero Karna no se fue. Se sujetó la cabeza entre las manos y se inclinó más todavía.

—Pero lo peor de todo es que aun sabiendo lo que sé, ¡la deseo! No puedo olvidar su rostro altivo y deslumbrante en el *swayamvar*..., ah, ¿cuántos años han pasado?

¡Estaba hablando de mí! Era lo último que esperaba que dijera. Se me humedecieron las manos. Las junté para evitar que me temblaran y contuve la respiración para oírlo mejor.

—La larga línea de su cuello —continuó— al levantar la barbilla. Sus labios hermosos y separados. La manera en que le subía y le bajaba el pecho de pasión. Todo este tiempo, me he estado diciendo a mí mismo que la odiaba por humillarme de la peor manera en que lo ha hecho nadie; que quería venganza. Pero solo me estaba engañando. Cuando Dussasan empezó a arrancarle el sari, no podía soportarlo. Quise tirarlo al suelo, protegerla a ella de las miradas ajenas. Los doce años en que estuvo en la selva, yo, también, dormí en el suelo, pensando en sus incomodidades. Cuántas veces me levanté para ir a ella, para pedirle que viniera conmigo, que fuera mi reina. Pero sabía que no tenía ninguna esperanza. Era totalmente fiel a sus maridos. Mis palabras solo le producirían repugnancia.

»Cuando Kunti me dijo que, si me unía a sus hijos, sería rey en lugar de Yudhisthir, no me sentí tentado. Pero cuando ella hizo uso de su último recurso, cuando dijo que, como hijo suyo, yo también me convertiría en marido de Panchaali... ¡estuve dispuesto a abandonar mi reputación, mi honor, todo! ¡Tuve que recurrir a toda mi fuerza de voluntad para permanecer en silencio!

El corazón me latía con tanta fuerza que estaba segura de que Karna lo oiría. Una parte de mí estaba furiosa con Kunti. ¿Cómo se atrevía a ofrecerme a Karna como si yo no fuera nada más que una esclava? Al mismo tiempo, la respuesta de Karna me produjo una gran satisfacción. ¿Acaso no era eso lo que había deseado en secreto toda mi vida, saber que se sentía atraído por mí, aun contra su voluntad? ¿Que debajo de su exterior desdeñoso pensaba en mí con tanta ternura? ¿Por qué, entonces, me sentí inundada de tristeza cuando oí sus palabras?

Bhishma permaneció silencioso. ¿Estaba tan sorprendido como yo por la confesión de Karna? Finalmente dijo:

—Pero guardaste silencio, nieto. Ningún hombre puede evitar sus pensamientos..., pero tú no abandonaste tus principios por la mujer a la que deseabas. Eso es más de lo que yo fui capaz de hacer.

Y luego, para consolar a Karna, le dio un último obsequio. Le contó la historia de su vida pasada, cuando era un semidiós, Prabhasa, el más joven y el más imprudente de los ocho Vasus.

La nueva esposa de Prabhasa quería una vaca. Si realmente Prabhasa la amaba, le dijo, no iba a negarle un obsequio tan pequeño. Ella no quería ni oír lo que Prabhasa le decía para hacerla cambiar de opinión. Golpeaba el suelo con su delicado pie y hacía mohínes encantadores.

La vaca en la que ella había puesto su corazón no era un animal corriente. Era una vaca que hacía cumplir los deseos y que pertenecía al sabio Vasistha. La esposa de Prabhasa la había visto un hermoso día de primavera en que Vasus visitó la tierra para ver cómo vivían los seres humanos.

Prabhasa sabía que el sabio no les iba a regalar una vaca tan valiosa, ni tampoco se la iba a vender. Tendría que robarla. Eso traería problemas, muchos problemas. Pero él estaba enamorado. Con la reticente ayuda de sus siete hermanos, hicieron desaparecer la vaca como por arte de magia.

Durante una meditación, Vasistha se enteró de lo que había ocurrido. Enfurecido, maldijo a los ocho hermanos. «Deberéis nacer en la tierra como seres humanos y pasar por todos los sufrimientos de los humanos». Cuando cayeron a sus pies, implorándole perdón, ablandó la sentencia para los siete Vasus mayores. Sí, iban a nacer, pero su madre los ahogaría de inmediato para que pudieran regresar a su existencia celestial. Pero Prabhasa tendría que vivir muchos años y soportar muchas penurias. Como era más bondadoso que la mayoría de los sabios, Vasistha le concedió una virtud: sería un héroe, un guerrero temido por todos.

—Como puedes ver —terminó Bhishma—, hice algo peor que lo que hiciste tú... y pagué por ello. Pero aprendí de la experiencia. En esta vida, nunca confié en las mujeres. Me mantuve alejado de ellas todo lo que pude. ¡Y aun así una mujer fue la causa de mi caída! Acepta el consejo de un anciano: sácate a Draupadi de la cabeza y concéntrate en la guerra.

Cuando Karna le tocó los pies a Bhishma y se levantó para marcharse, en su rostro se veía decisión otra vez. Quizá ese sea el milagro de las historias. Nos hacen darnos cuenta de que no estamos solos en nuestra locura y nuestro sufrimiento.

—Gracias, abuelo —dijo, solemne—, por esta generosidad para merecer la cual nada hice. Esto me da valor para hacer una última petición. No le digas a nadie el secreto de mi nacimiento..., ni antes de mi muerte, ni después de ella. No quiero que mis hermanos lleven el peso terrible del fratricidio. Y, sobre todo, no quiero que *ella* me tenga lástima.

—Veo que no puedes olvidar a Draupadi —señaló Bhishma—. Bien, no soy el único guardián de tu secreto, pero lo prometo. Con una excepción: cuando mueras, debo decirle la verdad a Duryodhan. Egoísta como es él, tiene que darse cuenta de cuán profunda fue tu amistad y qué doloroso tu sacrificio. Tal vez eso le haga algún bien. Pero me aseguraré de que no se lo diga a nadie. Vete ahora..., el sol saldrá pronto, la batalla volverá a empezar enseguida y tú necesitas descansar.

No hablé con Bhishma cuando Karna se marchó. Mi pregunta —que después de todo era sobre un hecho ya resuelto— era insignificante en comparación con el dilema de Karna. Y, lo que era más importante, me sentía conmocionada por todos los secretos que Karna había revelado. El menor sobresalto me destrozaría por completo.

Creo que Bhishma percibió mi presencia, pero no me llamó. Quizá deseaba ahorrarme la vergüenza que resulta de escuchar a escondidas. Tal vez adivinó todos mis propios sentimientos ocultos. Estaba quizá preocupado —como lo estaba yo— por el desafío de Karna: mirar a sus hermanos en el campo de batalla al día siguiente y ver el odio de la ignorancia en sus ojos. O, a medida que su final se acercaba, estaba tal vez cansado de los enredados asuntos de los hombres —y las mujeres— y solo deseaba paz.

Me acurruqué con fuerza debajo del arbusto espinoso, me cubrí la cara con mi pelo enredado y polvoriento, y lloré por ambos en silencio, cada uno obligado a mantener su voto apresurado e imprudente. ¡De qué manera una promesa —hecha a otro o a uno mismo— podía truncar una vida! De qué manera el orgullo les había impedido admitir sus errores y, por lo tanto, alcanzar la felicidad que podría haber sido suya.

Solo mucho después me di cuenta de que estaba llorando por mí misma también, por mi propio voto de venganza a ultranza, que había atrapado a los Pandava y a los Kaurava en aquella situación de enemistad.

Sabía que debía guardarme para mí lo que había descubierto, pero era difícil.

Durante todo el día me las arreglé para evitar a Kunti arriba en mi colina, pero por la noche, cuando me encontré cara a cara con ella, el corazón me daba brincos por la indignación. No podía dejar de mirarla. Esa era la mujer que había abandonado a un bebé indefenso flotando en un río a medianoche para salvar su reputación, dando inicio de esa manera a la cadena de desdichas de Karna. Cuando volvió a verlo siendo ya él un joven, se aferró a su secreto, protegiéndose a sí misma a costa de él. E incluso en aquel momento, se había decidido a decírselo no por él, sino sencillamente para salvar a sus otros hijos. Esa era la razón por la que le había instado a que se uniera a ellos. ¡Y, para tentarlo más todavía, me había ofrecido a mí como premio! ¿No terminarían nunca sus manipulaciones?

Algo de mi cólera debió de vérseme en los ojos, porque Kunti me preguntó, con un poco de aspereza, si no estaría enfermando.

—Yo sabía que era demasiado para ti, subir esa colina todos los días. Pero ¡no! Tú siempre tienes que hacer algo diferente de los demás. Tal vez mañana deberías quedarte con nosotras en la tienda. De sobra sabes que ya no eres tan joven.

—Estoy bien —dije brevemente, pues no me atrevía a seguir hablando.

Esa noche, toda la conversación giró en torno a Karna. Yudhisthir anunció que dado que Bhishma había caído, Karna se había unido a la lucha. ¡Pero había rechazado la propuesta de Duryodhan de nombrarlo nuevo comandante!

Dirigí una mirada fugaz a Kunti. Decepción, alivio y orgullo pasaron por su rostro en rápida sucesión antes de que volviera a adoptar su acostumbrada altivez.

En el tono de voz más sereno de que fui capaz, pregunté:

—¿Por qué haría tal cosa?

—Dijo que Drona, como líder de más edad, merecía ese puesto —explicó Bhim—. Yo..., yo no habría sido tan magnánimo dejando escapar mi única posibilidad de gloria. ¿Quién sabe cuántos días le quedan de vida?

Arjuna había estado callado toda la noche; supuse que no podía quitarse a Bhishma de la cabeza. Pero al oír eso exclamó que estaba deseando batirse en duelo con Karna... y matarlo.

Pude ver la mirada de aflicción en los ojos de Kunti antes de que bajara los ojos. Poco después, sin terminarse la cena, se retiró a su tienda, diciendo que le dolían las articulaciones debido al frío. Al alejarse caminando, parecía haber encogido de repente.

Algo de mi cólera se suavizó. Recordé la compasión que de joven sentí por la desconocida madre de Karna. Cuando Kunti dio a luz a Karna, era joven y estaba asustada, sin nadie en quien confiar. ¿Habría hecho yo algo mejor en su lugar? Sí, Kunti había hecho sufrir a Karna, pero ¿no había sufrido ella igualmente? Y ya era demasiado tarde. Si le hablaba a Yudhisthir de su hermano mayor, él se quedaría muy abatido. Dada la clase de hombre que era, podría incluso abandonar la lucha antes que cometer un fratricidio. De modo que ella iba a tener que ver cómo se mataban sus hijos entre sí, sabiendo que ella misma lo había provocado. No es de extrañar que hubiera tratado de sacrificarme a mí en un último esfuerzo por impedir semejante desgracia.

Recordé que en mi sueño, un Karna bañado en lágrimas había alzado a Kunti y besado sus manos. Si él podía perdonarla —él, que había sido la víctima principal de los miedos de ella—, ¿no debía yo intentarlo al menos?

La seguí y la encontré acostada en su camastro boca abajo. Había estado llorando. Al oír mi voz, se secó apresuradamente los ojos y me miró con odio.

—¿Qué quieres? —dijo bruscamente.

Pero, por una vez, en lugar del habitual fastidio, percibí la vulnerabilidad que había debajo de aquel orgullo. Le dije que tenía un bálsamo hecho de cúrcuma y *shallaki*, excelente para las articulaciones entumecidas. Le pregunté si quería que le trajera un poco. Me miró con desconfianza, pero finalmente asintió con la cabeza y, así —por primera vez desde que me convertí en su nuera—, hice algo por ella sin que ella lo hubiera pedido. Le froté las piernas hasta que cayó en un sueño tembloroso y, a medida que sus músculos se relajaron bajo las puntas de mis dedos, descubrí que por ósmosis el secreto de Kunti se había convertido en mi secreto. Yo, también, lo guardaría para mí.

Tal vez el olor del bálsamo me había llevado a estar en trance, porque mientras movía mis manos de un lado a otro, creí ver que en el cielo nocturno colgaba una gran red, cuyos hilos brillantes estaban tejidos con nuestra naturaleza presente y nuestras acciones pasadas. Karna se encontraba atrapado en ella, lo mismo que yo. Había también otros enredados allí: Kunti, mis maridos, Bhishma, incluso Duryodhan y Dussasan. Si había una manera de librarse de la red, no pude verla. Nuestras insignificantes peleas solo hacían que nos enredáramos más. Una extraña compasión me dominó al ver que nos retorcíamos y girábamos en medio de la brisa.

Traté de aferrarme a esa compasión, intuyendo que era valiosa, pero cuando alargué la mano para cogerla, se disipó en jirones. Ninguna revelación puede perdurar a menos que se vea reforzada por una mente en calma y pura..., y me temo que yo no la poseía.

35

Avalancha

Le había llegado el turno a Drona de montar la bestia de la guerra. Drona, en quien yo confiaba menos que en el abuelo. Drona, que se preocupaba más por la victoria que por los senderos que debía seguir para llegar a ella. Con él, la actitud de los Kaurava respecto de la batalla sufrió un cambio. Bhishma había tenido sus fallos, terco y autocrático como era. Pero no modificaba sus valores en ninguna circunstancia. Él defendía la rectitud y esperaba que sus subordinados hicieran lo mismo. Y lo obedecían, si no por amor, por miedo. En aquel momento, sin su mirada atenta y crítica, la moral comenzó a desintegrarse. Y, así como los ecos de una avalancha desatan otras avalanchas, las acciones de los guerreros de Duryodhan afectaron el comportamiento de nuestro ejército.

Drona aún era un guerrero temible, pero la edad ejercía en él efectos más notables que en Bhishma. En el fondo sabía que, a diferencia de Bhishma, que se había visto comprometido por su promesa, él estaba allí por propia decisión. Eso resquebrajaba algo su firmeza. Tendría que compensarlo siendo más severo.

Aquel primer día, cuando reunió a los soldados para instigarles a la lucha, la visión me transportó a su mente, ese lugar en el que incluso el más sinuoso de nosotros no puede librarse de la verdad. Él estaba pensando que podía haber dejado la corte de los Kaurava hacía mucho para volver a una vida de austeridad. En efecto, como brahmín, debió haberlo hecho apenas hubo terminado de instruir a los príncipes y recibido, en pago, la venganza que tanto anhelaba. ¿Qué fue lo que lo tentó a quedarse? ¿Fue el prestigio? En su ermita habría sido olvidado, pero en la corte se sentaba al lado del rey ciego, en su inmenso y labrado trono solo superado en elegancia por el del abuelo. ¿Fue por la considerable remuneración que se le pagaba por el consejo militar que brindaba? No. Los placeres del dinero y del prestigio hacía mucho tiempo que habían perdido importancia para él. Era el amor, ese complicado grillete, lo que lo inmovilizaba.

Ashwatthama, único hijo de Drona, se había unido al círculo de Duryodhan y, a imitación del príncipe, se había apegado a las delicias de la vida lujosa. Drona suspiró cuando pensó en aquel Ashwatthama niño, cuyas lágrimas de hacía tanto tiempo por el vaso de leche que no podía tener habían puesto en marcha el primer acto de este drama. Y del Ashwatthama joven, exaltado y lleno de reproches, que había tomado partido por Duryodhan cuando el príncipe acusó a Drona de querer demasiado a Arjuna. «Te ocupas de él más que de mí», le había gritado amargamente. Drona, tan bueno con las armas, no supo cómo decirle que todo lo que había hecho hasta ese momento, todos los acuerdos que había realizado, habían sido solo por amor a él. En una ocasión, cuando Drona mencionó la posibilidad de retirarse de la corte, Ashwatthama se rio, incrédulo y desdeñoso. «¿Quieres acaso que abandone a todos mis amigos por un pueblo dejado de la mano de Dios en algún lugar remoto?». Drona, que comprendía el mundo algo mejor que el muchacho, sabía que su presencia en la corte y su poder como consejero del rey contribuían de manera significativa a la gran aceptación de que gozaba Ashwatthama. De modo que, por el bien de su hijo, se quedó, diciéndose: un año más, solo un año más. Hasta el día en que se encontró en un pisoteado campo de batalla junto a un lago color rojo sangre conduciendo a un millón de hombres condenados a la lucha por una causa en la que no creía..., y supo que era demasiado tarde.

Hacía mucho tiempo, Arjuna me contó una historia.

Un día, para evaluar su aprendizaje, Drona llevó a los príncipes a una cacería. Arjuna, como de costumbre, fue la estrella. Alcanzaba a los pájaros más veloces con solo escuchar el ruido de sus alas; mató al jabalí más feroz con una sola flecha; cuando los príncipes tuvieron sed, lanzó una flecha a la tierra y de allí brotó un chorro de agua fresca.

Pero entonces algo extraño ocurrió. Su perro de caza se le había adelantado en la selva, ladrando. De pronto cesaron los ladridos. Cuando el perro regresó, gimiendo, se vio que alguien había cerrado su hocico con un bozal hecho de siete flechas entrelazadas, disparadas cuidadosamente para hacer callar al perro sin lastimarlo. Perplejos, fueron a ver quién podía haber realizado semejante hazaña. En lo profundo de la selva encontraron a un joven vestido con pieles de leopardo.

—¿Quién es tu maestro? —preguntó Drona.

El joven cayó a los pies de Drona y respondió:

—Eres tú, maestro.

Drona se quedó sorprendido. Luego recordó que, hacía muchos años, en Hastinapur, un niño de una tribu de una lejana colina había acudido a él rogándole que le enseñara el tiro con arco. Drona se había negado, diciendo que él no enseñaba a gente de humilde cuna. El muchacho se fue sin discutir. Drona reconoció a aquel niño en este joven, convertido en un diestro arquero. El hombre —su nombre era Ekalavya— explicó que, después de la negativa de Drona, se había retirado a la selva. Allí hizo una imagen de arcilla de Drona. Todos los días le rezaba antes de practicar el tiro con arco..., y así fue como aprendió todas las cosas asombrosas que sabía.

Arjuna estaba furioso. Durante toda la vida Drona le había prometido que lo convertiría en el arquero más grande del mundo. ¡Pero aquel hombre, simple y autodidacta, era ya más hábil de lo que nunca podría Arjuna tener la esperanza de ser!

Drona adivinó los pensamientos de Arjuna. Le dijo a Ekalavya:

—Si soy tu maestro, debes ofrecerme el sacrificio de *dakshina*.

—¡Por supuesto! —respondió el joven, lleno de alegría al ver que el maestro finalmente lo aceptaba—. Lo que quieras, te lo daré.

—Quiero tu pulgar derecho —dijo Drona.

Todos alrededor de él —incluso Arjuna— quedaron mudos de asombro, pero Ekalavya no vaciló. Se cortó el pulgar y lo puso a los pies de Drona..., y Arjuna se quedó sin rival.

A Arjuna ese hecho le demostró cuánto lo amaba su maestro. Pero yo, al pensar en el talento perdido para siempre de Ekalavya y mirar hacia Kurukshetra, me preguntaba si eso no demostraba la crueldad de Drona, su disposición para hacer cualquier cosa con tal de ganar. ¿Qué forma iba a adoptar esa crueldad en los días siguientes?

Aunque yo estaba preocupada por lo que pudiera hacer Drona, él solo atraía una pequeña parte de mi atención. Por lo demás, ansiaba saber cómo le estaba yendo a Karna, cómo se comportaba en la batalla. Pero la visión me controlaba a mí y no permitiría que le prestara atención a él. ¿Cuál era su propósito cruel? Incluso cuando hechos de gran importancia ocurrían alrededor de Karna, tenía que enterarme de ellos de segunda mano.

Eso fue lo que sucedió con la muerte de Ghatotkacha.

Ghatotkacha, ese niño dulce y de rostro expresivo, resultó ser un guerrero despiadado que rivalizaba con su padre Bhim a la hora de matar soldados enemigos. Tenía una ventaja adicional. Dado que era un *rakshasha*, un ser de la noche, sus poderes aumentaban a medida que el día se desvanecía. Cuando los guerreros Kaurava estaban más cansados, justo antes de que las trompetas anunciaran el final de la lucha de ese día, él los atacaba y los masacraba. En una de esas noches, cuando parecía que nunca se iba a detener, un desesperado Duryodhan le pidió a Karna que pusiera fin a aquella carnicería. Karna vaciló. Solo uno de los *astra* que poseía —el Shakti— tenía el poder de matar a Ghatotkacha. Pero él lo estaba reservando para usarlo contra Arjuna.

Pero Duryodhan, dominado por el pánico, dijo:

—Te lo ordeno como rey tuyo que soy..., haz lo que sea necesario para matar a Ghatotkacha.

Karna no tuvo más remedio que obedecer. Cantó el mantra que llamaría al Shakti. Cuando Ghatotkacha vio el proyectil girando a toda velocidad hacia él, escupiendo fuego, supo que había llegado su fin. Tal vez su corazón sintiera miedo, pero su voz se mantuvo firme mientras le decía a Bhim que informara a su madre sobre cómo había muerto. Luego por la magia de *rakshasha* creció hasta tener un tamaño inmenso. Cuando el *astra* explotó en su pecho, se inclinó hacia delante de modo que, al caer, aplastó a tantos enemigos como le era posible.

A esas alturas de la guerra, habíamos visto morir a incontables seres queridos. Pero la caída de Ghatotkacha nos hizo padecer un dolor diferente. Era el primero de nuestros hijos que moría. Bhim miró a su alrededor con la mirada perdida, murmurando que aquello era una perversión de la naturaleza. Que los hijos debían estar organizando los ritos fúnebres del padre, y no al revés. Mi propia pena mientras trataba de calmarlo, aunque era auténtica, tenía muchas aristas y estaba cargada de culpa. Temí entonces que, sin la única arma que podría haberlo protegido de Arjuna, Karna estuviera condenado. ¿Estaba Kunti, también, teniendo el mismo pensamiento contradictorio mientras se balanceaba de un lado a otro, murmurando lamentos?

Desde el principio Drona sabía que no podría derrotar a los Pandava en batalla abierta. Y se decidió por una estrategia diferente. Capturaría a Yudhisthir y, de este modo, terminaría la guerra. Pero eso, también, era imposible mientras Arjuna protegiera a su hermano. De modo que todas las mañanas pedía a un rey diferente que desafiara a Arjuna a pelear, llevándolo a un sector diferente del campo. Aunque se daba cuenta de lo que estaba ocurriendo, Arjuna no podía rechazar el desafío, ¡tal era el absurdo código *kshatriya*! Una vez que mataba a un retador, otro guerrero tomaba el lugar de este. Susarma, Satyaratha, Satyadharma..., sus nombres se dispersan en mi memoria como hierba seca con el viento. Pero todos los días Arjuna regresaba para proteger a su hermano y frustrar el plan de Drona.

Drona se ponía más furioso con cada día que pasaba. El decimotercer día de la guerra, después de que Arjuna se viera de nuevo alejado, se decidió por una estrategia diferente. Alineó su ejército en la formación devastadora e invencible conocida como *padma vyuha*, y empezó un imparable avance sobre el ejército Pandava. Incluso los más grandes guerreros Pandava se veían incapaces de detenerlo, pues la *padma vyuha*, con la forma de un loto de mil pétalos, solo puede ser destruida desde el interior. Duryodhan estaba encantado.

—¡Qué idea tan estupenda! —gritó—. Ahora que Arjuna está lejos, nadie puede penetrar nuestra formación de guerra. Aprovechemos esta situación y causemos el mayor estrago que sea posible al enemigo. ¡Tal vez hoy sea el día en que podamos llegar hasta Yudhisthir!

Drona se inclinó agradeciendo el cumplido, pero dijo:

—Hay otra persona en el ejército Pandava que sabe cómo penetrar el loto.

—¿Quién es? —preguntó Duryodhan, ya con menos euforia.

—Abhimanyu, quien lo aprendió de su padre, Arjuna.

—¡Debemos detenerlo de algún modo!

Drona sacudió la cabeza. Había una sonrisa salvaje en su rostro.

—No podemos detenerlo. Es demasiado buen guerrero. Pero no te preocupes. Los otros no podrán seguirlo. Y Abhimanyu no ha aprendido todavía cómo salir por sí solo de la *vyuha* una vez dentro de ella.

La cabeza me empezó a dar vueltas cuando me di cuenta de la trama diabólica de Drona. ¡Ojalá hubiera podido yo enviarle un mensaje a Yudhisthir y salvar a Abhimanyu! Pero era imposible.

Duryodhan desprendió la joya más costosa de su corona y se la ofreció a Drona.

—¡En verdad eres el maestro estratega! Ni siquiera Bhishma podría haber concebido tan infalible plan. ¡De modo que así será como destruiremos a Arjuna!

Como Drona había previsto, un Yudhisthir desesperado pidió a Abhimanyu que penetrara la *vyuha*, prometiéndole que él y sus hermanos lo seguirían de cerca. Concentré todo mi poder mental en Abhimanyu, suplicando que se negara, pero fallé. El entusiasta Abhimanyu estaba encantado de finalmente poder ser de ayuda a sus tíos.

Cuando Abhimanyu saludó a Yudhisthir y condujo su carro de guerra hacia el ejército formado ante él, cerré los ojos desesperada. Pero la visión era despiadada. De modo que desde atrás de mis párpados cerrados pude verlo todo: de qué manera la *vyuha* se cerró de inmediato detrás de Abhimanyu; de qué manera ese cierre era custodiado por Jayadrath, mi secuestrador de otrora que había recibido un regalo por detener a los Pandava mientras Arjuna no estuviera con ellos; cómo los Pandava, imposibilitados para ayudar a su sobrino, se desesperaban. Dentro de la *vyuha*, Abhimanyu, al darse cuenta de que estaba condenado, decidió hacer que su muerte fuera lo más costosa posible para su enemigo. Nadie podía resistirlo en lucha limpia a este muchacho tan parecido a su padre, hasta que finalmente seis de los mejores guerreros le atacaron todos juntos, violando el código más importante de la guerra. Se acercaron a él desde atrás y le cortaron la cuerda de su arco y la empuñadura de su espada. Mataron a su auriga y a sus caballos, y aplastaron su carro de guerra. De todas maneras, arrancó la rueda rota y avanzó sobre ellos, pidiendo solo que lucharan contra él uno a uno. Pero ellos no iban a acceder a esa última petición. Así fue como cayó Abhimanyu, con su hermoso rostro vuelto hacia la tienda de las mujeres donde Uttara lo esperaba, los ojos llenos de asombro ante la perfidia de aquellos hombres a los que había respetado como héroes. Y sus asesinos —tanto los había transformado la guerra— bramaron por su triunfo como bestias.

¿Quiénes estaban entre los asesinos, entre los guerreros que pisotearon el honor en el suelo ensangrentado bajo sus pies para cometer este acto atroz? Drona estaba ahí, y Ashwatthama, y —sí, la visión escogió ese momento para concederme mi deseo de verlo en acción— allí también estaba Karna.

Esa noche me quedé en la colina. Sabía que, en su angustia, nadie en el bando de los Pandava se daría cuenta de mi ausencia. No podría soportar estar presente cuando Uttara se enterara de la noticia. Pero el aire cruel de la noche llevó hasta mí todos los sonidos de los lamentos. Uttara estaba enloquecida, arrancándose el pelo y golpeándose el pecho, llamando a la muerte para que fuera a buscarla a ella también. Se arrojó al suelo sin pensar en el niño que llevaba en su vientre, mientras las otras mujeres, olvidando sus propias pérdidas, trataban de contenerla. Pude sentir el sufrimiento de mis maridos, su rabia solo superada por su horrible culpa, porque si no lo hubieran presionado, Abhimanyu nunca habría entrado en la formación él solo. Cada uno de ellos deseaba haber muerto en lugar de Abhimanyu. Pero no se librarían tan rápidamente.

Cuando se enteró de lo ocurrido, Arjuna cayó en un desmayo tan profundo que sus hermanos temieron que hubiera muerto de pena. Pero Krishna le tocó el pecho y dijo, con voz firme:

—Tu hijo murió noblemente. ¡Sé un padre digno de él!

Entonces Arjuna despertó, tomó agua de su mano y pronunció un horrible juramento: si para la puesta del sol del día siguiente no mataba a Jayadrath, quien había impedido a sus hermanos entrar en la formación para apoyar a Abhimanyu, se suicidaría.

Me tumbé en la colina bajo las grandes estrellas que giraban. Ya no me quedaba energía para estar furiosa, yo, que con tanta facilidad me había dejado dominar por la furia toda la vida. La niebla manchaba la oscuridad; los cuerpos celestes apenas si brillaban. Tenía la sensación de que con el asesinato —porque eso fue— de Abhimanyu, una gloria había desaparecido de la tierra. Estábamos firmemente en las garras de Kali, la era de la injusticia. La guerra se había infectado. Ni los Kaurava ni los Pandava se librarían de estar emponzoñados. Lloré por Abhimanyu, aquel muchacho cándido y excelente que habría sido rey después de Yudhisthir, y por todos los que lo queríamos. Lloré de miedo ante lo que podría ocurrir si Arjuna no llegaba a cumplir su promesa. Lloré de remordimiento por la participación que yo había tenido al empujar a los Pandava a la guerra, pues en ese momento había empezado a darme cuenta de todo su horror. Finalmente lloré por Karna, que había vivido toda su vida para el honor solo para perderlo ese día. Se había despojado de su armadura y con ella de sus esperanzas de victoria para no tener que ser conocido como un hombre que no cumplía con su palabra. Por el bien de su buen nombre había dejado pasar la posibilidad de conseguir el amor de sus hermanos. Había controlado el deseo que sentía por mí para apoyar a su amigo. Pero a partir de ese momento sería recordado como el asesino de un joven indefenso.

¿Qué poder revulsivo poseía la guerra que podía convertir incluso a un hombre como ese en un carnicero?

Tal vez fue bueno que Abhimanyu cayera cuando lo hizo. Pudo morir creyendo que los Pandava, por lo menos, habían mantenido el código de lucha en el que había sido educado. No tuvo que ser testigo de cómo, en los días que siguieron, también ellos se apartaron bruscamente del honor cuando les resultó conveniente, atacando al desarmado y al mutilado, justificando sus acciones diciendo que era por un bien supremo. Incluso Krishna tuvo su participación, creando la ilusión de una falsa puesta de sol para que Jayadrath pensara que estaba seguro... y luego, cuando este se puso de pie triunfante, instando a Arjuna a que lo decapitara. Pero lo peor fue cómo mataron a Drona.

Después de la muerte de Abhimanyu, Drona peleó como un demonio, ignorando todas y cada una de las leyes que él mismo había ayudado a establecer hacía apenas quince días. Azuzado por la lengua venenosa de Duryodhan o por odio a sí mismo, forzó a sus soldados exhaustos a que atacaran por la noche, cuando el ejército Pandava se había retirado para descansar. Dirigió sus *astras* divinos a soldados rasos que no tenían ninguna manera de hacerles frente, transformando a batallones enteros en masas carbonizadas. En un intento por quebrar el espíritu de Dhri y hacer que la profecía de su propia muerte fuera falsa, eligió a mi familia y mató en una tarde a mi padre y a los tres hijos de Dhri.

Tal vez Krishna estaba en lo cierto al declarar que había que detener a Drona por cualquier medio que fuera necesario. De todas maneras, hubo algo vergonzoso en la manera en que se hizo. Bhim mató a un elefante que tenía el mismo nombre que el hijo de Drona y anunció a Drona que Ashwatthama había muerto. Pero Drona dijo:

—¡Mi hijo es un guerrero demasiado bueno para que tú lo hayas matado! Solo lo creeré si Yudhisthir, que nunca miente, declare que eso es verdad.

Yudhisthir quedó atrapado en un terrible dilema. Pero finalmente, considerando las vidas de todos los desafortunados hombres reunidos para luchar por él contra su propio bien, abandonó la virtud por la que había vivido toda su vida y dijo que era cierto.

Entonces Drona dejó caer sus armas, desesperado, cerró los ojos y se sentó a orar. Al ver esto, Dhri —mi apacible hermano que hasta entonces no había caído presa de la locura de la guerra— corrió hacia él con su espada en alto. Con todas mis fuerzas le grité que se detuviera, pero otra vez yo era simplemente una observadora, incapacitada para intervenir. Aun cuando los Pandava le gritaron que debía coger prisionero a Drona pero perdonarle la vida, decapitó al hombre que, en tiempos más felices, había sido el maestro más grande que él había conocido. La sangre de Drona saltó a chorros sobre mi hermano. Alzó sus manos que goteaban y se rio con una terrible carcajada, llamando a los espíritus de su padre e hijos para que vieran cómo los había vengado. Me estremecí. La bilis me subió a la garganta. Su risa era tan igual a la de los hombres que habían matado a Abhimanyu, que, si no hubiera estado yo mirando, no podría haber distinguido a uno de otros.

Así pues, mi hermano cumplió el destino para el que había nacido, obtener la venganza y perderse a sí mismo, y produciendo (pues así es la naturaleza de la venganza) un nuevo drama sembrado de odio.

36

Rueda

Cuando Karna se convirtió en comandante, alguna apariencia de orden volvió a la lucha. Envió una proclama a ambos bandos, instando a que volvieran a la rectitud. «Estoy seguro de que la mayoría de nosotros no saldremos vivos de este campo de batalla», escribió. «¿Cómo nos comportaremos, entonces, en estos últimos días? ¿Preferiríais que los dioses nos diesen la bienvenida al *loka* destinado a los héroes, o deseáis ser desterrados al *narak* de las torturas?». Tal vez la advertencia acerca del infierno tocó alguna fibra del corazón de los reyes, porque en los días siguientes cumplieron las normas de caballerosidad aunque a regañadientes.

Por su parte, Karna ponía en práctica su propia filosofía. Yo percibía que él lamentaba su participación en la muerte de Abhimanyu, aquel momento en que en el sangriento fragor de la lucha perdió el control de sí mismo. Tal vez como compensación —o debido al secreto que lo torturaba desde su interior— perdonó la vida, uno tras otro, a Sahadev, Nakul, Bhim y, lo que es más importante, a Yudhisthir, cuando los tuvo a su merced. Solo en esta ocasión le fue desleal a Duryodhan. Sin embargo, se cuidó muy bien de no despertar las sospechas de estos, y se burló de ellos despiadadamente antes de dejarlos ir. Solo yo vi la manera en que los miró partir con pena y ternura.

Los soldados rasos adoraban a Karna. Gracias a él, ya no vivían temiendo siempre los despiadados *astras* que podían, en un abrir y cerrar de ojos, convertir a un batallón disciplinado en una masa destrozada y agonizante. Podían descansar por la noche sin preocuparse por la posibilidad de verse atacados sin previo aviso. Pero sobre todo lo amaban porque, por las noches, una vez que los otros *maharathis* se habían retirado a sus tiendas, él caminaba entre ellos. Brindaba consuelo a los heridos y se aseguraba de que recibieran todas las comodidades posibles. A quienes iban a ir a la batalla a la mañana siguiente, les hablaba con franqueza y sinceridad, de hombre a hombre. «No puedo prometeros la salvación, pero sí sé una cosa. Quienquiera que sea el ganador, Yudhisthir o Duryodhan, cuidará de las familias de quienes lucharon con lealtad en esta batalla». Tal era su poder de convicción que algunos soldados que se preparaban para desertar cambiaron de opinión. Me pregunto si Duryodhan alguna vez supo que fueron las palabras de Karna las que mantuvieron unido en los últimos momentos a su ya vacilante ejército. Así estaban las cosas el decimoséptimo día de la guerra, cuando Karna y Arjuna se enfrentaron.

Desde el principio estaba claro que este duelo era diferente de sus encuentros previos. Terminaría solamente cuando uno de ellos muriera. Por consentimiento tácito, los soldados de ambos bandos detuvieron sus escaramuzas para observar. (Si sobrevivían, esta sería una historia que contarían a sus nietos). Vyasa ha escrito que los dioses mismos se acercaron para ver aquella asombrosa lucha. Le creo, porque aunque no pude verlos, sentí una presencia electrizante en el aire, una tristeza profunda, aunque impersonal.

En cuanto a mí misma, rogué desesperadamente que la visión se apartara de mí, por lo menos mientras durara el duelo. Fuera cual fuese el resultado (y yo ya adivinaba cuál sería), para mí solo habría dolor. Pero la visión, inexorable, descendió sobre mí más clara que nunca, de modo que parecía hallarme en medio de la lucha, lo suficientemente cerca como para oír cada silenciosa exclamación de dolor.

Vyasa la describe como una lucha gloriosa, de fuerzas equilibradas, en la que cada héroe contrarresta los *astras* de los otros con indiferencia. Esto era indudablemente cierto en el caso de Arjuna. Por primera vez, percibí su concentración, pura, entusiasmada, así como la manera en que se concentraba en su tarea, como si fuera un punto de luz en una asfixiante oscuridad. En ese momento, no había lugar en él para la duda o la compasión. ¿Quién podría resistirse a admirar un talento tan absoluto y tan mortífero? Yo no, aun cuando mi corazón se encogía de miedo por lo que pudiera ocurrirle a Karna.

Cuando Karna ordenó dirigir su carro de guerra hacia el de Arjuna, su rostro estaba igualmente sereno. Pero sentí la oleada de agitación que le recorrió todo el cuerpo. No era hombre que se engañase a sí mismo. Él ya sabía que, habiendo usado el Shakti, no podría derrotar a Arjuna. Sabía que Arjuna estaba decidido a matarlo. Pero no fue el miedo a la muerte lo que lo conmovió. Ni tampoco pudo desanimarlo su auriga, Salya, el tío de los Pandava, al alabar la grandeza de Arjuna. No. Karna se había debilitado por lo que él sabía. Porque mientras Arjuna miraba a un enemigo odiado, Karna estaba mirando a su hermano menor.

¿Se había dado cuenta Kunti de que esto iba a ocurrir? ¿Le habría dicho su secreto a propósito, a fin de que, cuando llegara el momento, no pudiera concentrar toda su voluntad tras las flechas que hizo volar sobre el hijo que más amaba?

De todos modos, Karna era un verdadero guerrero... y un verdadero amigo. Puso en la batalla todo cuanto tenía. Apagó las flechas de fuego de Arjuna con sus flechas de tormenta. Invocó al *astra* Bhargav, llamado así por su gurú, tan poderoso como para eliminar decenas de miles de guerreros. Cuando Arjuna lo neutralizó con el Brahmastra, invocó al Nagastra, el proyectil más mortal que le quedaba. Se convirtió en una serpiente venenosa y se lanzó veloz hacia Arjuna. ¿Quién sabe lo que podría haber ocurrido si Krishna no hubiera intervenido? Les dijo unas palabras a los caballos. Se arrodillaron a manera de respuesta, bajando la parte delantera del carro de guerra. La flecha pasó a través de la corona enjoyada de Arjuna, desintegrándola, pero Arjuna salvó la vida.

Advertí con alivio que el sol se estaba poniendo. El duelo tendría que ser postergado hasta el día siguiente. Dejé escapar el aliento que había estado conteniendo durante tanto tiempo que me ardían los pulmones. Me dolía el cuerpo entero por la tensión. ¡Pero se me había concedido un aplazamiento! Esa noche, decidí, haría lo que debí haber hecho hacía mucho tiempo. Les diría la verdad sobre Karna a mis maridos. Muchos me odiarían por hacerlo. Tal vez desequilibraría el resultado de la guerra contra nosotros. ¡Pero no podría soportar ver que mi marido mataba a su hermano sin saber el horror de lo que estaba haciendo!

Pero cuando esperaba que los comandantes dieran la señal para que se retiraran los ejércitos, el carro de guerra de Karna de pronto se inclinó hacia un costado. Una de sus ruedas se había atascado en la tierra, cosa extraña, ya que estaban en terreno alto y duro. Karna bajó de un salto para liberarla, pero no pudo. Se puso lívido; la frente se le cubrió de sudor. Estaba recordando la maldición del brahmín: «Morirás cuando estés indefenso». ¡No! ¡No podía perecer de aquel modo, tan lastimosamente, sin oportunidad de defenderse! Todavía luchando contra la rueda, le gritó a Arjuna que recordara el código de honor y le concediera un momento para estar listo.

Antes de que Arjuna pudiera responder, Krishna se volvió hacia él.

—¡No lo hagas! ¡Este es el hombre que instigó a Dussasan a humillar a Panchaali en la corte real, delante de todos! ¿Pensó entonces en el honor?

—¡No! —grité. Por terrible que hubiera sido aquel hecho, no quería ser yo el aguijón que Krishna empleara para impulsar a Arjuna a matar a Karna.

La rabia cruzó el rostro a Arjuna, pero este vaciló. Estaba pensando en que no deseaba ser recordado como un guerrero que había atacado a un adversario desarmado. Quería que la gente supiera que era tan fuerte como para matar a Karna en una pelea justa.

—Asesinó a tu hijo, que estaba luchando contra otros cinco hombres. Se acercó a él por atrás y cortó la cuerda de su arco —continuó Krishna—. ¿Qué sentiría la sombra de Abhimanyu si viera ahora con quién demuestras tu clemencia?

¡Ah, Krishna! ¡Él sí que sabía qué nota exacta tenía que tocar en la flauta de nuestras pasiones! La mandíbula de Arjuna se endureció. Levantó el arco. Karna vio la mirada que había en su rostro. Dejó caer la rueda y empezó a entonar un mantra..., uno sencillo para que le trajera un arma, pero, casi de inmediato, titubeó. Se dio cuenta de lo que estaba ocurriendo. La maldición más cruel, la de su amado maestro, se estaba cumpliendo. «Tu conocimiento te fallará», le había dicho furioso Parasuram, «cuando más lo necesites». Supo que su hora había llegado. Levantó su mano en un ademán que cualquier observador podría haber interpretado como un ruego, pero yo lo reconocí como uno de perdón. Arjuna soltó su flecha. Voló veloz por el aire como un cometa, arrastrando fuego encendido. En el preciso momento en que llegaba al blanco, Karna sonrió.

¿Qué sentí yo al ver la caída de Karna? Una parte de mí se alegró de que la insoportable tensión de la lucha se terminara. Otra se sintió aliviada al ver que mi marido había ganado, que estaba a salvo. Por otro lado, me di cuenta de que estábamos ya muy cerca de lograr la venganza que yo había ansiado... pero que no me daba satisfacción. Y también estaba agradecida de que esta terrible guerra estuviera ya a punto de terminar, pues sin Karna, ¿qué esperanza tenía Duryodhan? Una parte de mí lamentó que un gran guerrero, un alma noble, hubiera muerto. Pero la parte que seguía siendo una niña en un *swayamvar* frente a un hombre joven cuyos ojos se volvían cada vez más oscuros por el dolor que le producía escuchar las palabras de ella, la parte que no le debía lealtad a los Pandava todavía, no podía contener las lágrimas. El pesar me atormentaba. ¿Cómo podría haber sido la vida de Karna si yo le hubiera permitido competir aquel día? ¿Qué habría sucedido si él hubiera ganado? El ansia que yo había ocultado durante todos esos años se me vino encima como una ola, obligándome a caer de rodillas. Él había muerto creyendo que yo lo odiaba. ¡Cómo deseé que las cosas hubieran podido ser distintas!

Vyasa escribe: «En el momento en que Karna murió, el sol se ocultó tras una nube tan oscura que la gente temió que no volviera a salir. A pesar de la brutalidad de su muerte, su rostro tenía una sonrisa enigmática. De su cuerpo salió un fulgor divino y dio la vuelta al campo de batalla como si buscara algo antes de retirarse de este mundo». Algunos han dudado de sus palabras, pero yo puedo dar fe de su verdad.

Pero he aquí algo que Vyasa no incluyó en su *Mahabarata*. Al abandonar el campo, el brillo se dirigió a una colina cercana, donde se detuvo un momento sobre una mujer que lloraba. Antes de ascender al cielo y desaparecer, se convirtió en un gran resplandor que me envolvió. De él emanaba una sensación que no tengo palabras para describir. No era pena ni rabia. Tal vez, liberado de su esclavitud mortal, el espíritu de Karna supo lo que yo nunca había sido capaz de decirle.

Cuando el brillo perdió intensidad, quedé con un extraño consuelo, la creencia de que ese no era el final de la historia de Karna.

37

Búho

Después de la muerte de Karna, ya no quise seguir subiendo a la colina. Ya no me interesaba la guerra. Como no quería que nadie se diera cuenta de eso, continué yendo, pero una vez allí, me echaba en el suelo y cerraba los ojos, tratando de apartar mi mente de allí. Me di cuenta entonces de que la razón principal por la que había aceptado la visión de Vyasa era por la oportunidad que me daba de ver a Karna de una manera que nunca hubiera sido posible en la vida real, de descifrar el enigma que era él. Había llegado a entender su nobleza, su lealtad, su orgullo, su cólera, su resignada aceptación de la injusticia de su vida, su perdón. Pero el peso de esto que yo sabía y que no podía compartir con nadie me estaba aplastando.

Esperábamos que con la muerte de Karna la guerra terminara, pero Duryodhan se negó a rendirse. ¿Cómo podría hacerlo? Esto fue lo que le dijo a Ashwatthama, el único amigo que le quedaba después de la caída de Karna:

—He sido emperador de la tierra, he experimentado los placeres de la vida al máximo, he caminado sobre las cabezas de mis enemigos, ¿cómo puedo ir ahora con las palmas unidas hacia mis primos odiados, pidiendo misericordia?

Por una vez, lo comprendí y estuve de acuerdo con él. Cualquier final que no fuera la muerte en batalla habría sido una decepción para la violenta vida del príncipe Kaurava.

Cerré los ojos, pero, tal como me temía, la visión no me abandonó. De modo que vi a Salya, el último de los comandantes, cuando cayó bajo la jabalina de Yudhisthir. Con su último aliento envió una bendición a su sobrino, sin saber que al hacerlo iba a cargar todavía con más culpas. Vi estallar el último de los carros de guerra de los Kaurava, vi morir al último de los caballos y al último de los soldados de infantería. Hasta que solo quedaron cuatro guerreros: Duryodhan, Kripa, Kritavarma y Ashwatthama. El rey herido, con el corazón deshecho, se metió en un lago, cantando un mantra que le iba a permitir descansar un rato debajo del agua. Pero los espías informaron de esto a los Pandava; llegaron al lago y desafiaron a Duryodhan a una confrontación final. Vi al príncipe Kaurava abandonar su refugio, impelido por el orgullo que había sido siempre su desgracia.

Así pues, la última batalla tuvo lugar en Samantapanchaka, un lugar que se consideraba sagrado, pero que en aquel momento no era más que un desierto después de la guerra. Alrededor de mis maridos el terreno se extendía yermo y descolorido, con grandes agujeros abiertos en la tierra por las explosiones de los *astras*. Los pocos árboles que quedaban eran esqueletos deshojados. No había señal alguna de las muchas aves y bestias que se movían tranquilamente por el lugar hacía apenas algunas semanas. Solo los buitres se posaban sobre las ramas muertas, esperando en espeluznante silencio. Eso era lo que le habíamos hecho a nuestra tierra.

Nakul dijo:

—Tú sabes cómo es el hermano mayor, muy noble y admirable, solo que a veces no piensa demasiado las cosas. Así que le dijo a Duryodhan: «Estás aquí solo y agotado, y somos cinco contra ti, lo cual no es justo. Por qué no te enfrentas en un duelo con uno de nosotros..., puedes elegir con quién luchar, y puedes elegir tu arma, también. El que gane, gobernará en Hastinapur».

Lo miramos, totalmente horrorizados. Sabíamos que ninguno de nosotros, salvo Bhim, podía igualar a Duryodhan, y menos si decidía pelear con la *gada*, lo cual por supuesto haría, ya que era su arma favorita. Krishna estaba furioso. Le dijo a nuestro hermano mayor: «Eres un tonto. Millones de hombres han muerto para protegerte de Duryodhan en estos últimos días. Tus hermanos se han enfrentado a los peligros más grandes para asegurar la victoria. Panchaali ha llorado y rezado por este momento a lo largo de trece años de privaciones y humillación. Yo mismo he manipulado el *dharma* para ayudarte. ¿Y ahora lo tiras todo en un gesto grandilocuente? Bien sabes que Duryodhan aprendió a usar la *gada-yuddha* con mi hermano Balaram, el más grande luchador con maza del mundo.

Nadie en este mundo puede vencerlo. Deberías haberlo matado cuando tuviste la oportunidad».

Las cosas podían haber salido realmente muy mal, pero nos salvó la arrogancia de Duryodhan. Dijo: «Ninguno de vosotros es un adversario digno de mí, aparte, tal vez, de Bhim. Lo invito a batirse en duelo conmigo. De este modo, cuando lo mate y recupere mi reino por derecho propio, tendré la satisfacción de haber librado una buena pelea».

Dejamos escapar un suspiro de alivio, pero nuestra alegría fue efímera. Tan pronto como empezaron, pudimos ver lo bueno que era Duryodhan, con qué ligereza y elegancia eludía los golpes de Bhim, con cuánta astucia y fiereza, atacaba. Recordamos entonces lo que nuestros espías nos habían informado: hacía muchos años, había pedido a sus armeros que le hicieran una estatua de hierro de Bhim. Todas las noches practicaba con ella, y con cada golpe su odio por nuestro hermano aumentaba. Hasta había hecho que se la trajeran a Kurukshetra. Aquel día, reunió todo ese odio para alimentar sus fuerzas. Nuestro Bhim no tenía suficiente malicia como para contrarrestar esa fuerza.

Pelearon durante una hora. Dos horas. Me di cuenta de que Bhim se estaba cansando. Duryodhan lo golpeó con tanta fuerza en el pecho que se tambaleó y casi se cae. Al recuperarse, golpeó a Duryodhan en el hombro con todas sus fuerzas. Fue un golpe que habría hecho añicos los huesos de cualquier otro hombre. Pero Duryodhan ni siquiera se inmutó. Recordamos otro informe: antes de que la guerra empezara, su madre Gandhari le pidió que fuera a ella desnudo. (Aunque por pudor se puso un taparrabo). Ella se quitó la venda y envió el poder de sus penitencias al cuerpo de él, haciendo invencibles todas las partes que sus ojos vieron.

¿Qué oportunidad tenía Bhim contra eso?

Hasta Krishna parecía preocupado mientras observaba la pelea. Le susurró algo a Arjuna, que buscó la mirada de Bhim y se golpeó el muslo. Ese gesto... parecía conocido. Entonces recordamos: aquel día vergonzoso en el *sabha* cuando Duryodhan mostró el muslo y te invitó a unirte a él. El juramento de Bhim de vengarse. ¡Y lo hizo! Se lanzó hacia delante, apuntando con su *gada* a Duryodhan. Este saltó muy alto para evadirlo, pero había sido un amago de Bhim, que giró y atacó, alcanzando la parte alta de los muslos de Duryodhan, y, con un ruido como el del trueno después del relámpago, los quebró. El duelo había terminado.

Estábamos encantados pero también consternados. Bhim había infringido la ley más importante de la *gada-yuddha*, había golpeado a Duryodhan por debajo del ombligo. Seguramente el hecho tendría consecuencias. En efecto, el cielo se oscureció. La tierra tembló. Tú debes haberlo sentido, incluso aquí, en la tienda de las mujeres. Balaram (¿te conté que se ha unido a nosotros?) estaba lívido. Persiguió a Bhim, amenazando con matarlo, y se detuvo solo cuando Krishna le agarró los brazos y le pidió que se calmara. Antes de partir, le dijo: «Porque hiciste trampa de manera tan despreciable, Duryodhan será glorificado y recordado como el mejor de los guerreros. Él llegará al cielo, mientras que tú cargarás con la vergüenza eterna».

Bhim bajó la cabeza en deferencia a Balaram, pero su espalda tenía la rigidez de la terquedad. Dijo: «No me arrepiento de lo hecho. Lo hice por Yudhisthir, a quien Duryodhan le robó enteramente su herencia, y por Panchaali, a quien insultó como nunca se debe hacer con ninguna mujer. ¿Qué clase de hombre sería yo si no hubiera mantenido la promesa que le hice a ella?».

Qué tenía Krishna que decir a todo esto, te estarás preguntando.

Cuando Duryodhan lo maldijo por enseñarnos los trucos sucios con los que ganamos la guerra, sonrió y dijo: «Me ocupo de los míos... de cualquier manera posible. Cuando Panchaali dejó de resistirse a Dussasan y me llamó para que la salvara, en ese momento fue firmada la orden de tu ejecución. Si hay pecado en lo que hice, lo cargaré conmigo gustosamente por ella».

¿Qué ocurre? ¿Por qué estás llorando? ¿He dicho algo malo? ¿Y ahora ríes? ¡Ah, mujeres! ¡Nunca las comprenderé!

Esa noche, siguiendo antiguas leyes, estuvimos en lugares diferentes. Krishna y mis cinco maridos permanecieron en el conquistado campamento Kaurava, como se espera que hagan los ganadores. Dhri, Sikhandi, mis cinco hijos y el puñado de soldados que había sobrevivido a la masacre durmieron en el campamento Pandava. Ansiaba reunirme con ellos. Tenía tanto que decir... y escuchar de cada uno de ellos. Sobre todo, quería tocar a mis muchachos, sentir sus brazos, sus piernas, sus caras, pasar mis manos por sus heridas. Solo entonces iba a creer del todo que el horror de esta guerra había terminado y que ellos habían sobrevivido. Juré que sería mejor madre a partir de ese momento, dándoles a todos ellos toda la atención que deseaban, reparando la relación que yo había tristemente descuidado durante los últimos años. Pero por una noche más tuve que ser paciente y permanecer en la tienda de las mujeres.

Todas las mujeres estaban demasiado excitadas como para dormir, así que tarde en la noche nos preparamos para el banquete de la victoria. Estaría teñido de tristeza, sí, pero por lo menos esta terrible guerra había terminado. Incluso Uttara estaba de mejor ánimo. El bebé había pataleado por primera vez ese día. Consideramos que eso era una señal de bendición. Mientras amasaba roscas de masa dulce para freír, agradecí en silencio a los dioses que, en medio de toda aquella devastación, las personas a quienes más quería (todas menos una) estuvieran con vida. Era más afortunada que las otras mujeres: Subhadra, Uttara, Kunti, la lejana Hidimba que para ese entonces ya debía de haber recibido la noticia de la muerte de su hijo único. Y Gandhari, que pronto iba a verse privada de cada uno de sus cien hijos. Una idea oscura surgió en mi mente. Yo, que en gran parte había sido causante de tanta destrucción, no tenía ningún derecho a ser tan afortunada. Hablé en voz más alta, me reí más fuerte y me ocupé de los detalles del banquete, pero esa idea no me abandonaba.

Cuando por fin me acosté, fui presa de un sueño diferente de todos los otros que alguna vez había tenido. En él yo aparecía transformada en un hombre; quién era, no lo sabía yo, aunque podía sentir su rabia sin esperanza. ¿Era Duryodhan? No. Me moví, arrastrándome por el suelo a través de la noche para evitar ser descubierto. Me abrí paso por una llanura estéril hasta llegar a un cuerpo destrozado y lloré por él: Era el príncipe Kaurava, mi príncipe, apenas con vida, todavía agonizante. ¡Qué injusto era que hubiera sido reducido a este estado lastimoso! Le prometí venganza (esa palabra tan habitual en mi lengua reseca) y me arrastré hasta el pie de un árbol completamente enloquecido. No tenía ejército, ni carro de guerra, ni caballo, ni padre para guiarme (ah, lo habían matado). Mis dos compañeros, heridos como yo, dominados por el agotamiento, dormían junto a mí. Pero la desesperación no me permitía descansar. Me quedé mirando la red de ramas que había por encima de nuestras cabezas donde pude ver un nido de cuervos dormidos. Mientras miraba, un búho se materializó en el cielo oscuro. Se lanzó rápidamente hacia abajo, con sus alas como humo. (¿Dónde lo había visto antes?). Era tan silencioso como la muerte que causaba. Mató a cada uno de los cuervos que dormían, luego desapareció en la niebla satisfecha.

Apreté regocijado la mandíbula. Supe lo que debía hacer. Sacudí a mis compañeros para despertarlos. Cuando me vieron la cara, temieron que me hubiera vuelto loco. «Ten calma, Ashwatthama», me imploraron. Pero no era momento para la calma. Les conté mi plan. Por el horror en sus ojos, supe que era bueno. Se resistieron, pero les recordé nuestro juramento a nuestro príncipe. Cuando me puse en marcha, ellos me siguieron, y supe que me obedecerían.

Me desperté en la tienda de las mujeres, gritando y retorciéndome. Como no podía calmarme, mis criadas corrieron a buscar a las otras reinas. Kunti declaró que estaba poseída por un espíritu maligno y pidió pimienta roja, que quemó en una llama, haciéndonos toser a todas. Subhadra me echó agua en la cara y salmodió algunas plegarias. Uttara observaba desde la puerta, con sus brazos alrededor del vientre y una expresión de inquietud en su cara. Me abrí paso con fuerza entre ellas empujándolas, sin preocuparme de llevar todavía ropa de dormir, y pedí a gritos un carro de guerra para que los guardias vinieran conmigo. Mi rostro debió de convencerlos de la urgencia, porque se apresuraron a ir por sus armas. Incluso Kunti se quedó en silencio. Pero era demasiado tarde. Las nieblas de la noche se estaban disipando. Había caminado demasiado tiempo en el laberinto del sueño.

Cuando llegamos a él, el campamento Pandava estaba ardiendo. Algunos criados corrían de aquí para allá, gimiendo, tratando de arrastrar cuerpos. Nuestros guardias apagaron el fuego y ayudaron a reunir a los muertos. Trajeron a un hombre ante mí. Cayó a mis pies, farfullando aterrorizado. Entre el hollín y los moretones lo reconocí. Era el auriga de Dhri. Este me había dicho una vez: «Le confiaría mi vida a este hombre». En todo el tiempo que duró la matanza de Kurukshetra, había logrado mantener a salvo a mi hermano.

Me dijo que Ashwatthama se había arrastrado hasta el campamento para reducir a mi hermano dormido. Cuando Dhri le rogó que le diera la oportunidad de morir peleando, lanzó una risa de loco y comenzó a estrangularlo.

En medio del ahogo, mi hermano había suplicado: «¡Por lo menos mátame limpiamente con un arma y dame un final digno de un guerrero!». A lo que Ashwatthama respondió: «¿Qué final puede ser más adecuado que este para un hombre que mató a su gurí cuando este había dejado caer sus armas? Te mataré de una manera que asegure tu viaje al infierno».

Pateó a mi hermano ya inconsciente hasta dejarlo muerto.

—Era tan fuerte y sanguinario como un *rakshasha* —gimió el hombre—, y, como ellos, atacó en silencio por la noche. Para cuando nos dimos cuenta de que estaba en el campamento, ya había matado a tu hermano Sikhandi, y a tus cinco hijos. Ojalá me hubiera matado a mí también...

Mis oídos se negaron a escuchar más, o tal vez fue mi mente la que se detuvo. Caminé hasta donde habían colocado los cuerpos. La cara de Dhri estaba tan hinchada y descolorida por los golpes, que en un primer momento no lo reconocí. Me senté y puse su cabeza en mi regazo. Pedí a los guardianes que dejaran a mis hijos muertos a mi alrededor, que trajeran a Sikhandi. Su largo pelo le había sido arrancado de la cabeza. Pasé una mano por su lacerado cuero cabelludo, demasiado anonadada como para llorar. Las bocas de mis hijos eran como letras «o» de sangre, abiertas como si todavía estuvieran gritando.

Una parte de mí también gritaba, pero sin emitir sonido. «¿Por qué ha de pasarme esto ahora, después de todo lo que ya he sufrido, precisamente cuando creía que mis problemas habían finalmente terminado?». Pero otra parte decía: «Quien siembra venganza debe cosechar su sangriento fruto. ¿Acaso no has tenido tú algo que ver en la conversión de Ashwatthama en el monstruo que es hoy?». Pero casi todo mi ser se negaba a creer lo que veía, lo que tocaba. Esperaba que ellos desaparecieran como se desvanecen las imágenes de un sueño por la mañana. Como eso no ocurría, mi mente se separó de mi cuerpo y salió volando. Era otra vez una niña en Kampilya, detrás de una cortina, susurrándole a Dhri las palabras que no recordaba de sus lecciones. Más adelante, en nuestra solitaria terraza, yo bebía sus palabras cuando me explicaba las reglas de la guerra justa. Vi a Sikhandi que se movía hacia mí por el piso de mármol de mi habitación; lo oí contarme el dolor de su vida anterior como Amba. A las puertas de nuestro hogar, sostuve sus manos encallecidas rogándole que no nos dejara todavía. Ya mayor, yo corría detrás de mis hijos en los jardines del Palacio de las Ilusiones, regañándolos por alguna travesura de niños mientras me esquivaban, riéndose. Uno de ellos arrancó una flor de la enredadera, una campanilla, y me la puso en el pelo. Lo rodeé con mis brazos. Nunca lo dejaría ir..., a ninguno de ellos.

Pero una flauta estaba llamándome, dulce pero insistente, negándose a dejarme descansar. Lloré para que me dejara en paz. Estaba demasiado agotada; el mundo era demasiado cruel. Pero sus insistentes notas me atraían y me arrastraban hacia atrás, al otro lado de un abismo. Cuando desperté (¿es «despierta» la palabra que estoy buscando?) Krishna estaba pasándome una mano por la cara.

—¡Debes ser fuerte! —me dijo—. Así es la naturaleza de la guerra, y no eres la única en sentir su azote.

Como ganadora, no puedes elegir el fácil camino del olvido. Muchas responsabilidades te estarán esperando. Volveremos a hablar de esto, pero por ahora debo dejarte. Bhim ya ha partido en persecución de Ashwatthama. Arjuna y yo debemos ayudarlo, de otro modo Ashwatthama lo matará también.

De este modo el carro de la venganza, que no requiere de caballos ni ruedas, comenzó a rodar.

Encontraron a Ashwatthama junto al Ganges, donde había huido después de informar al moribundo Duryodhan de lo que había hecho. Ashwatthama luchó contra Arjuna con la sola fuerza de la desesperación, y cuando estuvo claro que no podía ganar, arrojó el terrible *Brahmasirshastra* sobre el mundo con esta orden: «Que la tierra se deshaga de la semilla de los Pandava». Arjuna lo contrarrestó enviando su propio *astra*.

Escribe Vyasa: «Mientras las dos llamas atravesaban el cielo, los océanos empezaron a secarse y las montañas a derrumbarse. Hombres y bestias gritaron aterrorizados pues el tejido del mundo estaba a punto de ser rasgado. Observando desde el margen del relato, fui forzado a intervenir, aunque no era eso lo que yo hubiera querido. Salí entre las llamas y levanté mis manos. Por el poder de mis penitencias, por un momento los *astras* quedaron inmóviles. Reconvine a los dos guerreros por olvidarse de sí mismos y de sus responsabilidades ante la diosa tierra. Les ordené que hicieran regresar sus armas.

»Arjuna obedeció, pero Ashwatthama el Manchado (como sería conocido a partir de ese momento) ya no tenía el poder de hacer volver su *astra*. Mientras él farfullaba inútiles salmodias, su arma apuntó al niño no nacido en el vientre de Uttara. En la tienda de las mujeres vieron que el cielo empezaba a incendiarse. El aire se volvió demasiado caliente para respirar. No sabían lo que se acercaba a ellas, ni por qué. Subhadra se arrojó delante de Uttara... Uttara, que llevaba dentro de sí la única esperanza de los Pandava... y gritó llamando a Krishna. Lo último que sintió antes de desmayarse fue una muralla de niebla fría que caía alrededor de ellas. Y Pariksit, a quien Yudhisthir iba a poner en el trono de Hastinapur treinta y seis años después, fue salvado».

Cuando Bhim regresó, puso en mi mano la pertenencia más preciada de Ashwatthama, una gema legendaria que los dioses habían colocado en su frente en tiempos más felices. Tenía el poder de proteger de las armas, la enfermedad y el hambre a quien la llevara. Observé la gema que lanzaba destellos de muchos colores en la palma de mi mano, y cuyos bordes estaban manchados de sangre porque Bhim se la había arrancado. En otros tiempos me habría sentido feliz de poseer un objeto tan especial. Lo habría puesto en un lugar de privilegio en el Palacio de las Ilusiones. En ese momento no tenía más valor que un puñado de arcilla. Y lo que era peor: cada una de sus caras brillantes parecía tener el rostro de cada uno de mis seres queridos arrebatados por la muerte. Quería arrojarlo fuera de mi vista, pero sabía que Bhim había peleado duro para quitárselo a Ashwatthama, principalmente para consolarme a mí. Para complacer a Bhim entregué la gema a Yudhisthir y le dije que la colocara en su corona. La cogió, pero en su rostro había una extraña lasitud, y me di cuenta de que la aceptaba solo porque pensaba que me daría satisfacción. Me sentí mareada; tuve la sensación de que el tiempo se agitaba alrededor de mí como el viento riza la superficie del agua. Vi que así viviríamos durante las próximas décadas, arrastrándonos a nosotros mismos de una actividad a otra, con la confianza de que el meticuloso cumplimiento del deber nos brindara mutuamente alguna pequeña dosis de felicidad. Pero la tranquilidad que ofrece el deber cumplido es tibia en el mejor de los casos. La felicidad, como un pájaro saltarín que va de rama en rama, continuaría siéndonos esquiva. Las últimas palabras de Duryodhan a Yudhisthir aún resuenan en mis oídos: «Voy al cielo para disfrutar de todos sus placeres con mis amigos. Tú gobernarás un reino habitado por viudas y huérfanos, y despertarás todas las mañanas con el dolor de la pérdida. ¿Quién es el verdadero ganador, entonces, y quién el perdedor?».

38

Pira

Constante, despiadado, cada vez más intenso, el hedor nos envolvió mientras nos dirigíamos renuentes al campo de batalla para ocuparnos de nuestros muertos. Apreté los labios con fuerza para no vomitar. En el lugar en que antes los soldados habían establecido sus fuegos para cocinar, se estaban encendiendo en ese momento piras funerarias..., tantas que el paisaje que teníamos ante nosotros estaba cubierto con una nube de humo. Me picaban los ojos. Los *chandala,* cuya tarea consistía en quemar los cuerpos, iban de fuego en fuego, agitando sus garrotes y gritando a los dolientes que se mantuvieran a distancia. Vestidos solo con taparrabos, con la cara surcada de hollín y sudor, parecían los guardianes del infierno. Pero cuando los miré al pasar junto a ellos, una extraña visión se presentó a mis ojos. El campo de batalla estaba lleno de formas blancas. En mi estado de confusión y adormecimiento me parecieron esos pájaros de las nieves, esas aves grandes y sin alas, de los que los poetas a veces hablan, y que viven en la frontera más septentrional y lejana del mundo, donde ni la hierba ni el grano crecen. Se movían con aire vacilante, como criaturas que se han perdido en una tormenta y salen de ella para encontrarse en un terreno extraño y terrorífico. De tanto en tanto emitían agudos gritos sin palabras. Necesité un momento para reconocer lo que estaba viendo. No eran aves, sino viudas que habían viajado desde Hastinapur e Indra Prastha y quién sabe desde cuántas otras ciudades de Bharat. Se habían congregado allí para hacer lo que la naturaleza nunca requiere de las aves o las bestias, pues solo nosotros los humanos nos imponemos obligaciones tan dolorosas a nosotros mismos: identificar a nuestros muertos y realizar los ritos fúnebres.

Pronto quedó claro que les resultaría imposible cumplir con la primera de esas tareas. Los reyes y los comandantes que habían muerto en los duelos, aunque destrozados, eran identificables. Pero los hijos y los maridos de estas mujeres —los soldados rasos, que son las primeras bajas en cualquier guerra— habían sido aniquilados por *astras*, o aplastados hasta convertirlos en una masa informe por carros de guerra y bestias en estampida que pasaron sobre ellos. No quedaba nada de esos cuerpos más que montones de carne pudriéndose.

Cuando las mujeres se dieron cuenta de que no podrían ver los cadáveres de sus seres queridos por última vez, enloquecieron en su desesperación. Algunas lanzaban maldiciones tan injuriosas sobre las cabezas de mis maridos que me estremecí. (Extrañamente, no maldecían a Duryodhan. Tal vez, en sus mentes, la muerte lo había eximido. O tal vez no hay satisfacción en maldecir a alguien que no puede escuchar). Otras trataron de matarse con las armas que hallaban desparramadas en el campo de batalla. Algunas se lanzaron a las piras llenas de cuerpos. Sus gritos atormentados mientras sus blancas vestimentas se carbonizaban y se volvían negras eran más insoportables que todos los gritos de muerte que había yo escuchado en la batalla. Mi propia desesperación cedió al ver su agonía.

Un horrorizado Yudhisthir ordenó a los guardias que impidieran a las mujeres que se hicieran daño, que las condujeran ante él. No fue fácil. Enloquecidas de miedo y dolor, las mujeres se enfrentaban a los guardias con la poca fuerza que les quedaba. Algunas se arrojaban al fango ensangrentado y se negaban a moverse. Otras trataban de escapar. Las había que llamaban a los espíritus de sus maridos muertos para que las salvaran. No confiaban en Yudhisthir. No querían estar en ningún lugar cerca de él. ¿No era él quien había llevado a la muerte a sus maridos? ¿No era él quien las había dejado viudas? ¿Quién sabía lo que podría hacerles a ellas entonces?

En un primer momento los guardias se quedaron sorprendidos de la ferocidad del ataque de las mujeres. Trataron de razonar con ellas. Cuando vieron que era inútil, recurrieron a la fuerza. ¿Cuánto tiempo unas mujeres desarmadas pueden resistir a un batallón? Finalmente fueron reunidas ante un estrado improvisado donde Yudhisthir les aseguró que no tenían nada que temer. Les juró que no sufrirían ninguno de los males que caían sobre las mujeres de una ciudad derrotada. Les ofreció comida y agua, y un lugar seguro para descansar mientras alguien se ocupaba de los muertos.

Pero las mujeres gimieron y maldijeron, su dolor fue reemplazado por la rabia. ¡No querían su caridad! Después de haberles quitado todo, ¿acaso pensaba que podía apaciguarlas con algo tan mísero como unos refrigerios? Se golpearon los pechos y le pidieron que las asesinara a ellas también y de esa manera les evitaría la desolación de la viudez y sus interminables humillaciones. Si era demasiado cobarde para matarlas, le gritaron, por lo menos debía permitirles morir de manera honorable en las piras de sus maridos. «¡Queremos morir!», gritaron algunas de las más exaltadas. «¿Qué hombre se atreve a enfadar a los dioses negándonos aquí el derecho a morir como esposas fieles?». Se apartaron del grupo y corrieron hacia las piras. Otras las siguieron, gimiendo mientras corrían. Amenazados con la cólera divina, los guardias trataron de detenerlas, pero sin demasiado entusiasmo; muchos de ellos se retiraron, negándose a intervenir. Pronto, si no se hallaba una solución, se produciría una estampida, seguida por el suicidio en masa.

Horrorizado, Yudhisthir observaba lo que estaba ocurriendo. Si hubiera sido una batalla, habría sabido qué tipo de orden debía dar a sus hombres. Pero ante aquello se sintió perdido, paralizado por la culpa y la compasión ante la antigua y terrible tradición que las mujeres habían invocado. Pude ver en su rostro una preocupación adicional: la muerte trágica de tantas mujeres al comienzo mismo de su gobierno sería una mancha sobre su reinado, un *karma* devastador con el que él iba a tener que cargar. Pero ni él ni mis otros maridos supieron cómo evitarlo.

Cuando subí al estrado improvisado, mi intención fue solamente estar junto a Yudhisthir, que parecía encontrarse muy solo. Pero, para mi sorpresa, las mujeres dejaron de luchar para llegar a las piras y se volvieron hacia mí. ¿Fue la sorpresa de ver a una mujer allí? ¿O conocían mi historia, toda la historia hasta la última noche sangrienta, pues así de rápido pueden viajar las noticias? Me preguntaba si estarían pensando que yo merecía todo lo que me había pasado. Recordé en ese momento, incluso antes de que la guerra comenzara, la ocasión en que una mujer me había hecho la señal contra el mal de ojo. ¡Cuánta más razón tenían para odiarme en ese momento aquellas mujeres! Se me humedecieron las palmas de las manos al mirar sus rostros endurecidos. Me ardían los ojos, pero no podía llorar. Desde la muerte de mis hijos, las lágrimas me habían abandonado. Mi boca estaba tan seca como si estuviera rellena de algodón. Sabía que si me quedaba allí mucho más tiempo, sería incapaz de pronunciar una sola palabra. Y esa oportunidad única, ese momento especial en que yo tenía su atención, se perdería.

Anteriormente, nunca me había dirigido a una multitud, aunque recordaba que el tutor de Dhri había hablado, larga y detalladamente, de la importancia de las palabras poderosas. Había dicho que estas constituían la más aguda y más sutil de las armas. Era fundamental que los gobernantes las usaran correctamente, dominando a la audiencia con la entonación apropiada, arrastrando sus corazones como el maestro de música hace con las cuerdas de su laúd, fascinándolos hasta que obedecieran ciegamente al que hablaba.

Pero aun habiendo sido yo capaz de semejante manipulación, no quería hacerlo, no con las imágenes de mis muertos queridos todavía flotando delante de mis ojos. En cambio, empecé demasiado rápido, demasiado fuerte y sin saber lo que iba a decir. Me encontré de pronto hablando de la pérdida que compartíamos, porque yo, también, como ellas, había perdido a un padre y a mis hermanos. Admití mi culpa por la participación que había tenido en provocar aquella guerra y les pedí perdón. Cuando hablé de los hijos, se me quebró la voz y tuve que detenerme. Les dije que a diferencia de mí, que quedaba sin hijos, ellas tenían una responsabilidad hacia sus hijos e hijas. ¿Quién los cuidaría si las mujeres se mataban? No estoy segura de lo que dije después de eso; hablé como si estuviera en un trance. Creo que dije: «A pesar del dolor, debemos vivir por el bien del futuro». Por el bien del futuro, les prometí, me iba yo a ocupar de sus hijos (pues sin duda yo no iba a tener más) como si fueran míos y me aseguraría de que nada les faltara.

Comencé a dirigirme a las mujeres como una reina podría dirigirse a sus súbditos, pero cuando las palabras se formaron en mi boca, hablé como una madre entre madres, y juntas lloramos.

Cayó sobre mí la desgarradora tarea de guiar a mis maridos hacia nuestros muertos. No había nadie más que supiera las cosas que yo ansiaba olvidar: dónde y cómo habían caído, cuáles habían sido sus gestos finales. Señalé los cuerpos destrozados: Ghatotkacha, quien en el extremo dolor de su agonía había pensado solamente en nuestro bien; Uttar y su padre Virat, que nos había protegido en nuestra desolación, sin saber cuál sería el precio final de esa hospitalidad; mi padre, con sus ojos abiertos ante la muerte una mueca de decepción en su boca, pues no vivió para ver la venganza que había planeado durante toda su vida. Al llegar al cadáver mutilado del joven Abhimanyu, les conté a mis maridos cuán valientemente había peleado incluso al verse superado por tantos guerreros experimentados y observé el orgullo que se mezclaba con la tristeza en sus rostros.

Pero a medida que continuábamos, más me confundía. ¿A cuál de los muertos debía destacar y a cuál debía ignorar? ¿Qué podía decir de Salya, tío de los Pandava, que nos había ayudado lo mejor que pudo, aunque fue engañado para que luchara a favor de Duryodhan? ¿Y de Drona, con su cuerpo decapitado enredado en su carro de guerra, que de niños les había cogido las manos entre las suyas para enseñarles a tensar sus primeros arcos? Miré la cara ensangrentada de Lakshman Kumar, el hijo de Duryodhan, con los ojos muy abiertos y sorprendidos, como si no hubiera esperado que la muerte lo estuviera buscando, y se volvió borrosa para convertirse en la cara de uno de mis hijos.

Llegamos hasta el cuerpo de Karna. Miré hacia otro lado, pero estaba tan conmocionada que creí que iba a estallarme el corazón. No soportaba la idea de que no hubiera nadie para llorar la muerte de este noble y desafortunado guerrero. Sus amigos estaban todos muertos, Kunti no podía confesar su parentesco con él y yo no podía expresar mi dolor. Mis maridos señalaron sin darle importancia la sonrisa que había en su rostro. Nakul preguntó en voz alta por qué su cuerpo no desprendía ningún hedor, como ocurría con los otros cadáveres. Arjuna habló con magnanimidad de su valor, porque es fácil elogiar a los que uno odia después de haberlos matado. Cuando Yudhisthir dijo: «Me pregunto quiénes eran realmente sus padres, y si saben que está muerto», no pude soportarlo. Caí de rodillas y sugerí a mis maridos: debéis hacer la cremación de cada uno de los guerreros muertos en Kurukshetra con los honores debidos. Debéis verter mantequilla *ghi* en el fuego para todos ellos y hacer ofrendas de arroz y agua para que sus espíritus puedan descansar en paz.

Yudhisthir estuvo de acuerdo de inmediato, pero mientras daba las instrucciones necesarias, escuchamos una voz detrás de nosotros.

—No —gritó—. No tienes derecho a tocar a mis hijos, a quienes mataste junto con sus amigos leales. No permitiré que ofrezcas oraciones por ellos y así atenuar el castigo que te aguarda en esta vida y la de más allá. Yo me ocuparé de mis propios muertos.

Era Dhritarashtra. Había sido siempre leal y valiente a pesar de su dolencia. Pero había envejecido de la noche a la mañana. Su espalda se encorvaba, el pelo le había encanecido, tenía en la frente señales de sufrimiento. Pero a Gandhari, que lo llevaba de la mano, se la veía más altiva que nunca. La cólera en su rostro, lívido como el hielo, igual que la venda que le cubría los ojos, me atemorizó más que el exabrupto de su marido. Sus años de oración y abstinencia le habían dado un gran poder. ¿Lo usaría en aquel momento para dañar a mis maridos? Toqué el brazo a Yudhisthir para advertirle... pero era demasiado tarde.

Todos saben lo que ocurrió después. De qué manera el viejo rey, con piedad en su lengua y venganza en su corazón, fingió aceptar las disculpas de Yudhisthir, su promesa de que él mismo sería un hijo para ellos. Extendió los brazos en un gesto de perdón y llamó primero a Bhim, que había matado a todos sus hijos. Pero una vez más Krishna nos salvó. Retuvo a Bhim e hizo un gesto a uno de los criados para que en su lugar sacaran la estatua de hierro sobre la que Duryodhan había descargado su odio tan a menudo. Dhritarashtra la abrazó hasta que la aplastó. Luego lloró con sincero pesar, porque escondido detrás de la cólera y la envidia, todavía quedaba algo de preocupación en su corazón por los hijos de su hermano.

Al ver eso, Krishna explicó su ardid y le recordó al rey que los Pandava habían sido empujados de mala gana a la guerra por su propio hijo.

—Lo menos que puedes hacer para compensarlos por todo lo que han sufrido injustamente a manos de Duryodhan —dijo— es perdonarlos de verdad y darles tu bendición para que sus corazones puedan encontrar la paz.

Dhritarashtra obedeció a Krishna, pero algo se quebró en él cuando tocó renuente las cabezas de mis maridos con la punta de sus dedos. Tal vez el hecho de saber que hasta su muerte tendría que comer la sal de los Pandava fue demasiado para él. A partir de ese día, habló poco y abandonó todos los lujos de los reyes. Comía solo una vez al día y dormía sobre el suelo desnudo, y aunque Yudhisthir le rogó muchas veces que él ocupara su lugar como rey en Hastinapur, nunca más entró en el *sabha* para sentarse en el trono que tanto había codiciado.

¿Y Gandhari? Fue más sabia que su marido. Sabía que sus hijos habían provocado su propia caída. Pero ni siquiera la sabiduría es suficiente para el dolor de una madre. Cuando Yudhisthir le tocó los pies, la rabia de ella se manifestó como fuego, quemándole las uñas hasta dejárselas negras. Y cuando Krishna lo arrastró para apartarlo, ella dirigió esa rabia hacia él.

—Tú fuiste el cerebro de la destrucción de mis hijos. Por eso, tu propio clan se destruirá en el espacio de un día. Durante ese día, tus mujeres llorarán igual que las mujeres de Hastinapur están llorando ahora. Entonces sabrás cómo me siento.

La miré anonadada, pero Krishna dijo, con su ecuanimidad acostumbrada:

—Todas las cosas deben terminar algún día. ¿Cómo puede ser una excepción la casa de los Yadu? —Luego el tono de su voz se hizo severo—. Pero dime, ¿no eres tú también responsable de esta guerra? ¿Quién consintió a Duryodhan cuando era pequeño, en lugar de castigarlo por las cosas que les hacía a sus primos? ¿Quién no podía soportar que tu hermano Sakuni fuera expulsado del palacio aun sabiendo que era una influencia maligna sobre Duryodhan?

Gandhari inclinó la cabeza.

Krishna continuó en un tono más amable.

—Duryodhan faltó a su palabra una y otra vez. Arrebató a sus primos lo que les correspondía por derecho propio, recurriendo a engaños... y luego, después de que estos cumplieran con todas las condiciones que les había impuesto, se negó a devolvérselo. Tú lo sabes muy bien. ¿Acaso no fue por eso por lo que, cuando Duryodhan pidió tu bendición antes de partir hacia Kurukshetra, no dijiste: «Que la victoria te acompañe»? —Gandhari estaba llorando. Krishna puso su brazo sobre sus temblorosos hombros—. En cambio exclamaste: «Que prevalezca la rectitud». Sé que fue difícil para una madre pronunciar esas palabras. Pero hiciste lo correcto. Ahora que tus palabras se han convertido en hechos, ¿cómo puedes odiar a aquellos que fueron simplemente instrumentos de la ley universal, que en última instancia debe restaurar lo que no es justo?

Entonces ella se volvió hacia él, sollozando sobre su pecho.

—¡Perdóname! Esa terrible maldición..., quiero retirarla.

—No hay nada que perdonar —dijo Krishna mientras la conducía a su tienda—. Hasta las palabras que pronunciaste forman parte de la ley.

Pero lo que recuerdo más claramente son las palabras de Krishna para el rey ciego cuando insistió en cremar a sus muertos él solo. «Los llamas "míos", y a los otros "suyos". ¡Qué vergüenza! ¿Acaso esto no ha sido la causa de tus problemas desde que los hijos huérfanos de Pandu llegaron a Hastinapur? Si los hubieras considerado a todos ellos como tuyos para amar, esta guerra nunca habría ocurrido».

¿No era también la causa de mis problemas? ¿De todos los problemas en este mundo?

Pensamos que ya habían terminado las sorpresas de aquel día, pero quedaba todavía escondido en algún remoto recoveco un último secreto. Mientras los Pandava sostenían los tizones encendidos, listos para empezar la cremación de nuestros hijos, Kunti se acercó a ellos. Sus ojos eran sombríos. Su voz denotaba una resolución silenciosa y terrible.

—Esperad —dijo—. Debéis empezar la ceremonia rindiendo homenaje a vuestro hermano mayor.

Y mientras la miraban asombrados y con creciente conmoción, les contó —aunque el relato llegara una vida demasiado tarde— la verdad sobre Karna.

39

Ceniza

Después de la guerra, las cremaciones. Después de las cremaciones, las cenizas arrojadas al Ganges. Fue allí, junto al río, con el último puñado de cenizas y arenilla deslizándose entre los dedos, cuando Yudhisthir sucumbió a la depresión. Durante quince años su vida había estado dirigida a este momento como una flecha lanzada desde el arco de un maestro arquero. Pero una vez que la flecha ha hecho añicos el blanco, ¿qué otra cosa le queda por hacer?

Aunque todos se lo rogamos, Yudhisthir se negaba a abandonar la cercanía del río e ir a Hastinapur para su coronación. Durante semanas permaneció sentado con la mirada fija en la tierra devastada donde nada crecía ya, pensando en los millones de seres cuya mortal agonía había contaminado el aire. Pero sobre todo pensaba en Karna, su propio hermano, a quien había odiado durante tanto tiempo.

Me quedé con él durante esas semanas, porque tenía miedo de dejarlo solo. Todos los días hablábamos de las mismas cosas, una y otra vez, como si su mente estuviera presa en una grieta demasiado profunda como para que pudiera abandonarla.

—¡Qué feliz me sentí cuando él cayó! —decía Yudhisthir—. En mi regocijo egoísta hice caso omiso de que ese mismo día él me había perdonado la vida... y, antes de eso, las vidas de Bhim, Nakul y Sahadev. ¿Por qué no lo adiviné? ¿Por qué ninguno de nosotros lo adivinó? Nos precipitamos a ver su cadáver. Nos reímos y gritamos nuestras felicitaciones a Arjuna, aunque sabíamos que no lo había matado conforme a las normas. ¡Ah, el pecado terrible de este fratricidio recaerá sobre mí, no sobre Arjuna, porque él solo hizo lo que yo quería que hiciera!

Mis propios arrepentimientos reaparecieron mientras él hablaba. ¡Ojalá hubiera yo dicho antes lo que sabía! ¡Cuánta pena podría haberle evitado en aquel momento! Pero no podía permitirme el lujo de que el remordimiento me dominara. Tenía que ayudar a Yudhisthir. En todos nuestros años de matrimonio, nunca lo había visto tan abatido... no, ni siquiera cuando fue humillado en la corte de Duryodhan.

Dejé de lado el gran dolor que ese pensamiento me producía.

—Actuaste así por ignorancia, no por malicia.

Pero se negó a escuchar. Me sujetó por los hombros, clavando sus dedos en mi carne, moviendo su boca desencajada.

—¿Cómo pudo mi madre, tan sabia en todo lo demás, haber guardado para sí semejante secreto? ¿Cómo puedo confiar en ella otra vez?

Hubo un tiempo en que me habría producido un cierto placer oírlo hablar de esa manera de la mujer que, más que cualquiera de sus otras esposas, había sido mi rival. Pero incluso la idea de semejante mezquindad me resultaba desagradable en ese momento. Un nudo se había desatado en mi corazón cuando vi a Kunti en el funeral de Karna. Parecía tan extenuada, tan avergonzada, tan abatida. Además, me inundó la culpa al escuchar las palabras de Yudhisthir. Yo, también, había mantenido el mismo secreto que su madre. ¿Hasta dónde llegaría su furia conmigo si lo descubriera?

—No eres tú quien debe juzgar las acciones de tu madre —dije—. ¿Quién de nosotros puede saber lo aterrorizada que ha debido de sentirse?

Pero Yudhisthir se había hundido otra vez en su pesar y no me escuchó.

Preocupados por su persistente apatía, mis otros maridos y yo lo llevamos a visitar al moribundo Bhishma. Tal vez, pensamos, una conversación filosófica con el abuelo lo animaría. Sabíamos que a Yudhisthir le encantaban esas cosas. El moribundo Bhishma dejó de lado sus propios dolores para enseñarle el arte que debía tener un monarca para gobernar. «Un rey debe saber cómo ocultar sus propias debilidades. Debe escoger a sus servidores con cuidado. Debe provocar desacuerdos entre los nobles del reino de su enemigo. Debe ser generoso con el perdón, pero no excesivamente, porque, si no, los hombres de mal corazón se aprovecharán de él. Debe mantener ocultos sus más profundos pensamientos, incluso a las personas más cercanas». Yudhisthir escuchó con mucho respeto, pero ni siquiera Bhishma pudo alejarlo de aquella desesperación que lo paralizaba.

Finalmente Krishna lo hizo volver a su tarea. Señaló que mientras Yudhisthir se dejaba arrastrar por la melancolía, los bandidos estaban aterrorizando a sus súbditos indefensos en las fronteras del reino Kuru que se desmoronaba. ¡Ah, Krishna! Había apelado a lo único que Yudhisthir no iba a esquivar o abandonar: su deber. Así pues, permitió que lo llevaran de vuelta a la ciudad para ser coronado, aunque ello no significó ningún placer para él.

No podía culparlo. Era difícil para cualquiera encontrar placer en Hastinapur. El palacio, que en los tiempos de Duryodhan había estado lleno de una vitalidad incontenible y bulliciosa, se había vuelto frío, húmedo, fúnebre. Los pocos criados que quedaban —tal vez en deferencia al anterior rey y su reina— llevaban luto y caminaban con pasos silenciosos. Les ordené que se vistieran con ropa adecuada para la coronación. Me obedecieron con temor y las vestimentas festivas colgaban sin gracia sobre sus cuerpos. ¡Cuánto extrañé en ese momento a Dhai Ma! ¡Sus ásperas maldiciones los habrían impulsado a la acción! Hice que mis propios criados bajaran las pesadas cortinas llenas de polvo y abrieran de par en par las ventanas. Llamé a mis doncellas para que peinaran mi largo y enredado cabello y lo frotaran con perfume. Todavía por todas partes podía sentirse, inexplicablemente, el olor del incienso del funeral. Al respirarlo, tuve la sensación de que me estaba hundiendo en los pantanos de la depresión que habían arrastrado a Yudhisthir. La noche antes de la coronación, estaba yo en mi ventana, sin poder dormir. Me entristecía pensar que este era el sitio donde iba a vivir el resto de mi vida. Lo que le había dicho a Bhishma hacía mucho tiempo, cuando era una joven novia, seguía siendo verdad. Aquello nunca sería un hogar para mí.

El día de la coronación, mi desafío más grande fue el de entrar de nuevo en el salón del trono. En el umbral, mis pasos perdieron el ritmo, el sudor bañó mis axilas, mi respiración se hizo irregular. Tuve que usar toda mi fuerza de voluntad para entrar en la sala que había sido el lugar de mi más grande humillación. Aquello debió de ser más difícil todavía para mis maridos. Sus recuerdos eran peores que los míos. Ver a un ser querido que sufre un dolor es más desgarrador que soportar ese dolor uno mismo. La guerra me había enseñado eso. Sin embargo, sabíamos que no podíamos hacer otra cosa. El trono de los Kuru había estado en ese *sabha* durante muchas generaciones. No podíamos cambiarlo de lugar, no en aquel momento, cuando necesitábamos la ayuda de la tradición para estabilizar un reino que se iba a pique.

Otra vez Krishna —¡quién si no!— vino a ayudarnos. Desde su propio palacio nos envió cocineros y jardineros, músicos y bailarines, incluso su elefante favorito para que Yudhisthir lo montara en la procesión real. El día de la coronación, trajo a todo el clan Yadu, y ellos, ignorando el destino que los aguardaba, nos aclamaron disfrutando con sencillez de la buena comida y el buen vino, y con sus alegres bufonadas. Sin ellos, no podríamos haber soportado los asientos vacíos que se veían a ambos lados del trono, asientos que —por respeto o culpa— Yudhisthir había dejado sin ocupar. A la derecha estaba el de Bhishma; a la izquierda, el de Drona; sobre la estrada, el trono ornamentado especialmente tallado para Duryodhan; junto a este, severo en su sencillez, la silla que Karna había ocupado.

Hastinapur después de la guerra era en gran parte una ciudad de mujeres, viudas que nunca habían imaginado que la supervivencia de sus familias dependería de ellas. Las más pobres estaban acostumbradas a trabajar, pero ahora que se encontraba sin la protección del varón eran explotadas. Las mujeres ricas, mimadas y protegidas hasta entonces, eran las víctimas más fáciles. Aparecían hombres de cualquier parte que afirmaban ser parientes para hacerse con el control de la fortuna familiar. Las mujeres se convirtieron en criadas no remuneradas. A veces eran rechazadas. Estaban demasiado atemorizadas como para acudir al rey en busca de justicia, incluso aunque hubieran sabido cómo hacerlo. Las veía mendigar por los caminos, a menudo con un niño en sus brazos. Había otras a las que no veía, pero me enteraba de lo que ocurría en las esquinas que frecuentaban por las noches, vendiendo lo único que les quedaba.

Era una situación terrible... y eso me salvó.

Yo sabía lo que era sentirse indefensa y desesperada. ¿No me había visto yo casi despojada de mi ropa y de mi honor en esta misma ciudad? ¿No había sido yo secuestrada en el bosque, y atacada en la corte de Virat cuando los hombres pensaban que estaba sin protección? ¿Acaso yo, en ese mismo momento, no lloraba la muerte de mi clan de sangre, la de todos ellos? Y si no tenía cuidado, ¿no podría yo convertirme en una de esas mujeres que vagaban por las calles con la mirada perdida, capaces solo de moverse a través de fútiles recuerdos?

Era hora de salir de mi autocompasión y hacer algo. Resolví tener una corte aparte, una donde las mujeres pudieran hablar de sus penas con otras mujeres.

En otros tiempos, lejanos y más arrogantes, habría tratado de hacerlo yo sola, pero esta vez solicité la ayuda de Kunti y de Gandhari. Aceptaron; juntas acudimos a Yudhisthir. Se preparó una sala en el palacio de las mujeres con tronos ubicados sobre estrados para las reinas viudas. Subhadra y yo nos sentamos abajo. Invité a Uttara, también, a que nos ayudara. Pensé que iba a negarse, pues estaba en los últimos meses de un embarazo complicado, pero, para mi sorpresa, aceptó. A menudo ella era la más perspicaz y veía directamente el meollo de un problema. Tal vez fue en esas sesiones donde el aún nonato Pariksit aprendió a ser clarividente en sus juicios, de modo que con el tiempo sería comparado con Rama, el más imparcial de los reyes. (Los libros antiguos nos dicen que los niños aprenden muchas cosas mientras todavía están dentro de sus madres; ¿acaso su padre Abhimanyu no había aprendido gran parte del arte de la guerra de Arjuna mientras estaba en el vientre de Subhadra?).

Solo Bhanumati se negó a unirse a nosotras. Regresó al reino de su padre, y nadie podía criticarla. Con la muerte de Duryodhan (y de Karna, dijo una voz en mi cabeza), ¿qué le quedaba a ella en el palacio que la había hecho sentir siempre como una intrusa? El día en que partió, cuando subió a su carruaje vestida de blanco, la frente desnuda, sus brazos libres del tintineo de los brazaletes que tanto le gustaban en otros tiempos, levantó la cabeza por un momento para enviarme una provocativa mirada de odio. Ante eso, la culpa —nunca demasiado lejana— me atravesó el corazón. ¡Cómo había cambiado la guerra a la niña ingenua que había sido, deseosa de complacer, feliz con las cosas más pequeñas! Por el bien de esa niña —y del hombre al que ambas amamos en silencio, aunque quizá de manera diferente— rogué para que encontrara algo de paz en el hogar de su infancia.

El tribunal de justicia por sí solo no era suficiente para ayudar a las mujeres. Yudhisthir nos había dado su autorización, pero eso era todo lo que podía permitirse ofrecernos. Los fondos de Hastinapur se habían agotado con la gran guerra. Pero si no teníamos el poder de hacer cumplir nuestras decisiones, ¿quién las obedecería?

Nos sentimos perdidas hasta que Uttara vino a nosotras —eso fue unos pocos días antes del nacimiento de Pariksit—, seguida de dos criadas que llevaban un cofre. Sorprendidas, reconocimos su rica ornamentación: contenía sus joyas de boda. Levantó la tapa y dijo:

—Ya no las necesito para nada. Usadlas para ayudar a quienes son más desafortunadas que yo.

La venta de esas joyas nos permitió contratar escribas para interpretar la ley y una guardia real para ejecutar nuestras sentencias. Por sí sola, no habría sido suficiente, pero la acción de Uttara nos impulsó a todas nosotras. Escarbamos por todas partes, juntando nuestras propias joyas, ropa y accesorios del palacio que no eran esenciales. Kunti me sorprendió donando objetos a los que se había aferrado todos estos años, y que habían pertenecido a Pandu. Todo eso nos permitió mantener a las indigentes en sus propias casas y comprar la mercancía necesaria para que empezaran sus propios negocios. Con el tiempo el mercado de las mujeres se convirtió en un próspero centro comercial de la ciudad, pues las nuevas propietarias se enorgullecían de sus productos y eran astutas pero justas en sus tratos. Preparamos a aquellas que mostraron interés en convertirse en institutrices para niñas y niños. E incluso en los últimos años del reinado de Pariksit, cuando el mundo había entrado ya en la Cuarta Edad del Hombre y Kali, el espíritu oscuro, se había apoderado de todo con sus negras garras, Hastinapur seguía siendo una de las pocas ciudades donde las mujeres podían seguir adelante con su vida cotidiana sin ser molestadas.

40

Serpiente

Esta es la naturaleza de la pena: a menudo se desvanece con el tiempo, pero de vez en cuando se queda alojada bajo la superficie de las cosas, como una obstinada espina debajo de una uña, haciéndose sentir cada vez que uno la roza. (Muy bien lo sabía yo, pues cualquier hecho insignificante y casual podía reactivar en mí el recuerdo de un par de ojos lejanos). En el caso de Yudhisthir, la espina se hundía cada vez más con el paso del tiempo, sin dejar de supurar. En la corte era justo y compasivo. En los aposentos reales, era amable y poco exigente. Pero las muchas vidas que habían sido destruidas debido a lo que él consideraba su ambición absorbían por completo sus pensamientos. Incluso después de que Hastinapur volviera a convertirse en una ciudad próspera a la que mucha gente llegaba para quedarse a vivir, como había ocurrido en otro tiempo con Indra Prastha, nunca lo vimos sonreír.

Fue necesario el nacimiento de Pariksit para cambiar esa situación.

Era un día tormentoso cuando Uttara comenzó a sentir los dolores del parto. Kunti dijo que el cielo lloraba porque sabía lo cruel que era el mundo para un niño sin padre, y como el parto se alargó durante varias horas, añadió que quizá el bebé lo sabía y por eso se mostraba reacio a nacer.

Me mordí los labios para contener una réplica mordaz a tales palabras negativas, pero Yudhisthir dijo:

—¡Madre, estás equivocada! Mientras tenga aliento en mi cuerpo, este niño nunca sentirá la falta de un padre.

Sorprendió a todos al entrar en la cabaña donde se estaba produciendo el alumbramiento, un lugar que la tradición prohibía a los hombres. Colocó su mano sobre la frente de Uttara como uno podría hacer con una hija y pronunció el nombre de Pariksit (pues Krishna ya había decidido cómo se iba a llamar). ¿Fue como respuesta a este tierno deseo por lo que el bebé llegó poco después? Aun antes de que hubiera recibido el baño ritual, Yudhisthir lo levantó en sus brazos y le besó la frente. Cuando pude ver la expresión de su rostro —de ternura, de alivio—, me di cuenta de que ya no tendría que preocuparme por él.

Mis otros maridos, también, colmaron a Pariksit con el amor paternal frustrado contenido en sus corazones. Preocupados por su propio destino incierto, tuvieron poco tiempo para pasar con sus propios hijos. Cuando finalmente pensaron que podrían disfrutar de la compañía de estos jóvenes, nuestros hijos les fueron arrebatados. Se juraron no permitir que eso ocurriera otra vez. Pero más que por eso, quizá, lo cuidaban aún más porque habíamos estado muy cerca de perderlo.

Desde la época en que Pariksit llevaba pañales, mis maridos pasaron horas planeando su educación. Estaban decididos a convertirlo en el rey perfecto, un monarca en cuyas manos podrían dejar Hastinapur sin preocuparse, el que redimiría los pecados cometidos por ellos con su bondad. Apenas echó a andar, Bhim empezó a enseñarle los primeros movimientos de lucha; Arjuna hizo construir para él un arco del tamaño apropiado para un niño; Nakul lo sentó sobre su caballo favorito y lo hacía pasear por el patio; Sahadev le enseñó cómo hablar con los animales, y Yudhisthir le contaba historias sobre las vidas de los santos. Para la ceremonia de asignación de nombre, invitaron a todos los sabios importantes y repartieron más riqueza de la que podían permitirse. Le rogaron a Vyasa que oficiara en la ceremonia y luego lo acosaron para que les revelara cuál sería el futuro del niño, hasta que se vio obligado a decir que Pariksit sería un rey fuerte y virtuoso.

Pero antes de partir, Vyasa me llevó aparte.

—Vigila el carácter del niño —me dijo—. Lo meterá en problemas si no tiene cuidado.

Se me secó la boca.

—¿Qué quieres decir?

Vyasa se encogió de hombros.

—Solo lo que he dicho. El mal carácter del niño podría ser su perdición.

Comencé a sentir un latido en la cabeza. Ahí estaba la historia repitiéndose de nuevo. Pero esta vez no iba yo a dejar que los acertijos de Vyasa arruinaran la vida de Pariksit. Le cogí por el brazo, aunque sabía que era de lo más inapropiado que una mujer tocara a un sabio.

—Habla con claridad por una vez.

Al mirarme a los ojos Vyasa debió de ver que no iba a soltarlo hasta que me respondiera.

—Muy bien —dijo—. Llegará un día, un día de verano sofocante no muchos años después de que tú hayas desaparecido, en que Pariksit, todavía un hombre joven, irá de cacería. Separado de sus hombres, se perderá en la selva. Sentirá más hambre y más sed de la que nunca haya sentido en su vida. En ese momento encontrará por casualidad el *ashram* de Samik el sabio y lo verá sentado en la entrada de su cabaña. Le pedirá agua. Pero el sabio estará demasiado sumido en su meditación como para oírlo. Pariksit, al creer que el sabio lo desaira, se pondrá furioso. Muy cerca de ahí encontrará una serpiente muerta y la arrojará alrededor del cuello del sabio para luego marcharse.

»El sabio seguirá sin darse cuenta de nada. Pero su hijo, al regresar al *ashram* por la noche, se sentirá indignado por ese insulto a su padre. Hombre irascible, recogerá agua bendita con la mano y usará el poder de toda una vida de penitencia para pronunciar una maldición: "Que el hombre que hizo esto a mi padre muera en siete días mordido por una serpiente". Al despertar de su trance, Samik se sentirá consternado. Pero la maldición será demasiado poderosa como para contrarrestarla. Hará lo único que puede hacer: enviar una advertencia al rey sobre su inminente final.

—¡No puedes detenerte ahora! —grité cuando mi corazón se serenó lo suficiente como para poder hablar—. ¿Qué ocurrirá después?

Vyasa se encogió de hombros.

—Aquí el sendero se bifurca, como ocurre con frecuencia con los destinos. Pariksit podría sentirse dominado por el deseo de venganza. Podría destruir la ermita del sabio y todo lo que en ella hubiera, y luego sumergirse en una vida disipada hasta morir. O podría darse cuenta de lo equivocado de su conducta, pedir perdón, poner sus asuntos en orden, y pasar sus últimos días en compañía sagrada. ¡Todo dependerá de cómo lo eduques! En todo caso, es mejor que organices un matrimonio temprano para él si quieres que el linaje Pandava continúe.

Pude darme cuenta, por el tono de su voz, que aunque de alguna manera estaba preocupado, no consideraba que el tema fuera particularmente dramático. Para él era como observar un juego para ver cuál podría ser el resultado. Tal vez sea así como uno se siente cuando se ha pronosticado la muerte de millones de seres humanos. Su indiferencia me puso furiosa.

Vyasa aprovechó mi distracción para soltarse de mi mano, que se había aflojado.

—Ah, sí, una cosa más. No le cuentes esto a nadie.

—¿Por qué? —grité—. ¿Y por qué no se lo dijiste a mis maridos? Ellos también tienen que saber acerca de este terrible final que nos espera a la familia para que puedan tomar precauciones.

—Solo le cuento a la gente lo que puede soportar. Conocer el destino de Pariksit ahora, precisamente cuando se está recuperando de su prolongado abatimiento, podría destruir a Yudhisthir. Y sus hermanos no podrían soportarlo. Pero tú..., siempre he sabido que eras más fuerte que tus maridos.

Antes de que pudiera recuperarme de mi sorpresa ante esa declaración, desapareció.

Quise pedir consejo a Krishna, pero ya rara vez nos visitaba. Tal vez tenía que ocuparse de su reino, descuidado durante tanto tiempo. Tal vez no quería que dependiéramos demasiado de él. Tal vez sentía que había terminado lo que tenía que hacer por nosotros. De modo que seguí lo que mi buen juicio, a veces inestable, me dictaba. Observaba con atención a Pariksit, disciplinándolo cada vez que daba señales de encolerizarse. Para esto estaba sola. Kunti y Gandhari lo adoraban, e incluso Subhadra, que había sido mucho más firme con su propio hijo, no podía negarle nada. ¿Cómo iba yo a criticarlas? No habría ningún otro niño en el palacio durante sus vidas. Y en cuanto a Uttara, él era lo único que la aferró a la vida cuando Abhimanyu murió.

Insté a mis maridos, por lo menos, a que fueran firmes con Pariksit, pero solo conseguí que me acusaran de dureza excesiva; «muy poco apropiada para una abuela», dijeron. Colmaron a Pariksit con todos los lujos que dictaba su imaginación. Infinidad de criados se movían a su alrededor. Estaba siempre en un regazo principesco. Yo dudaba de que siquiera conociera el significado de las palabras «hambre» o «sed».

Cuando les señalé que una crianza más severa —como la de ellos mismos— prepararía mejor a Pariksit para ser un rey, sonrieron con indulgencia. Yudhisthir dijo:

—Déjalo disfrutar de su infancia, Panchaali. No recuerdo un solo día en que mi madre no nos recordara que era nuestra obligación que nuestro padre muerto se sintiera orgulloso.

Los otros asintieron con la cabeza.

Sahadev observó:

—En cada momento de nuestra vida, sabíamos cuál era nuestro objetivo.

Nakul dijo:

—Todo lo que aprendíamos, cada conversación que manteníamos... solo tenía ese propósito: ayudar a Yudhisthir a reclamar el reino de nuestro padre.

Bhim añadió:

—Nunca pude comer cosa alguna sin pensar que ese alimento debía hacerme tan fuerte como para arrebatar el reino de manos de Duryodhan cuando llegara el momento.

Arjuna dijo:

—Nunca tuve una noche de sueño ininterrumpido. Me levantaba en la oscuridad mientras todos los demás estaban descansando para practicar el tiro con arco..., ya que de otra manera podríamos no ganar.

—¿Quieres que Pariksit crezca de ese modo? —preguntó Yudhisthir.

Amordazada por la advertencia de Vyasa, ¿qué otra cosa podía decir yo?

Tanta complacencia habría arruinado a otro joven. Pero Pariksit era un niño introspectivo, de voz suave, con ojos soñadores. Aunque sus tíos llenaron su vida con lujosos juguetes y diversiones, él prefería la sencillez y la tranquilidad. Para mi sorpresa, a pesar de ser yo tan rigurosa, me quería y con frecuencia me buscaba. ¡Pero tal vez sea vanidad de mi parte creerlo así! Tenía el don —como su tío abuelo Krishna— de prestar toda su atención y ser cortés con cualquiera que estuviera con él, haciéndole sentir que lo amaba de manera especial. De todos modos, disfruté de sus conversaciones, que estaban llenas de una sabiduría que iba más allá de su edad. Un sutil eco de simpatía resonaba entre nosotros. Aparte de Dhri durante mi infancia, nunca había encontrado a nadie que comprendiera de manera tan instintiva mis sentimientos... y los aceptara. A veces un fuerte impulso me empujaba a confiarle a ese muchacho cosas que nunca había podido decirle a nadie... sí, incluso mis sentimientos respecto de Karna. Pero siempre me mordía la lengua para detenerme. No tenía derecho de abrumar a un niño con mis veladas confesiones. Especialmente a un niño con su futuro. ¡Un futuro que no sería fácil!

Pariksit tenía un hábito que me intrigaba: cada vez que se encontraba con alguien nuevo, se acercaba a él y lo miraba atentamente a los ojos. Una vez le pregunté a qué se debía aquello.

—Estoy tratando de encontrar a alguien —dijo tímidamente—. No sé quién es. Era la persona más hermosa que jamás he visto... pero no era realmente una *persona*. Era diminuto, pequeño como tu pulgar. Su piel era de un color azul hermoso y brillante. Estaba delante de mí y detrás de él se alzaba una inmensa llamarada... sonreía... el fuego se desvaneció. Tal vez fue solo un sueño.

Lo miré asombrada, miré a este niño a quien el esquivo Misterio que yo había estado tratando de comprender toda mi vida había visitado. El diminuto ser que él describía era muy parecido al Ser Cósmico mencionado en las escrituras. ¿Podría ser que hubiera visto a Krishna con esa apariencia, el equivalente infinitesimal de la visión que había abrumado a Arjuna en Kurukshetra?

Subhadra nos había contado, una y otra vez, que Krishna había salvado la vida de Pariksit cuando el *astra* de Ashwatthama llegó para destruirlo. Ella estaba convencida de que lo hizo porque era divino. Yo creía la primera parte, pero mi habitual incredulidad no podía aceptar la segunda. Tener poderes especiales no lo convertía a uno en un dios necesariamente. Y, sin embargo, una parte de mí anhelaba creer, aunque solo fuera por la serenidad que podría brindarle a mi corazón atormentado.

Esperaba impaciente la llegada de Krishna para ver lo que Pariksit haría. Confiaba en su inteligencia, en la claridad de su visión infantil. Si reconocía a Krishna como su salvador, mis dudas quedarían satisfechas. Pero cuando Pariksit vio a Krishna, lo trató exactamente igual que a sus otros tíos abuelos, salvo que se mostraba más reservado con él debido a que no lo había visto tanto. Hizo una reverencia y repitió las palabras formales de bienvenida, pero pronto superó su timidez y se sentó cerca de él, examinando con minuciosidad los muchos y rebuscados obsequios que Krishna le había traído de Dwarka, y describiendo con deleite las travesuras de su mono.

Ya dije que Pariksit era un elixir para nuestros corazones. Pero no era exactamente así.

A medida que pasaba el tiempo, el rey ciego se volvió más solitario. Rara vez abandonaba sus aposentos, donde se paseaba de un lado a otro sin descanso, repasando las cuentas de oración, aunque eso no parecía ayudarle demasiado. En otras ocasiones se sentaba delante de las ventanas que daban a Kurukshetra, y allí se quedaba hasta mucho después de la caída del sol, cuando las criadas traían las lámparas que él no podía ver. Cada vez que lo visitábamos, parecía haberse encogido un poco más. Suspiraba con frecuencia, dejando escapar algunas recriminaciones. Aunque se mostraba correcto con mis maridos, no podía perdonarlos por estar vivo cuando sus hijos ya eran solo cenizas. Podía yo sentir cómo brotaba su resentimiento hacia ellos, un humo aceitoso y negro, que salía de cada poro de su cuerpo. Seguramente también estaba resentido por la existencia de Pariksit, porque a través de él el linaje de Pandu continuaría floreciendo mientras que el suyo ya había desaparecido. Pandu, a quien él había siempre envidiado por conseguir lo que debió haber sido suyo por derecho propio: el reino, las esposas más hermosas, la popularidad y la aclamación. Incluso su muerte había sido conmovedora, meteórica, muy diferente de la vacuidad que se acercaba cada día más a un doliente Dhritarashtra. Pariksit debió de detectarlo, pues aunque sentía cierto cariño por Gandhari, se negaba a acompañarnos a las habitaciones de Dhritarashtra. Cuando lo obligábamos, permanecía detrás de nosotros, obstinadamente mudo, y escapaba en cuanto podía.

Solo Yudhisthir, con su habitual inocencia, se sintió sorprendido y consternado cuando Dhritarashtra anunció que se había hartado de la vida de palacio. Era demasiado doloroso, dijo entre suspiros. Había demasiados recuerdos. (¿Lanzó una mirada acusadora hacia mis maridos?). La muerte se cernía sobre él, y deseaba prepararse para ella trasladándose a una ermita en la selva. Yudhisthir le rogó que lo reconsiderara, pero él se mantuvo airadamente inflexible. Pero tal vez yo no sea imparcial. Tal vez fuera cierto que quería preparar su corazón para el siguiente mundo.

Sin duda eso era cierto en el caso de Gandhari. Cuando anunció que lo acompañaría, tras la venda, su delicado austero rostro ascético resplandecía con convicción. Yo lamentaba perderla. Ella había atravesado el dolor para llegar a la sabiduría. Observarla me daba la esperanza de que quizá algún día yo también pudiera realizar ese viaje. Cuando me sentía agobiada por el recuerdo de mis seres queridos muertos, iba a sus habitaciones y me sentaba junto a ella. Ella ponía su mano sobre mí, y de algún modo me calmaba.

Pero lo que nos sorprendió el día de la partida fue ver a Kunti junto a Gandhari, cogiéndola del brazo para poder guiarla. Se despidió de nosotros y no hubo súplica que la hiciera cambiar su decisión.

—Madre —reaccionó Yudhisthir—, ¿por qué quieres dejarnos ahora, cuando hemos conseguido recuperar finalmente el reino de nuestro padre? ¿No es eso lo que has deseado toda la vida? ¿No quieres ver a tu biznieto sentado algún día en este trono?

Sahadev, su favorito, se arrojó a sus pies.

—¿Estás enfadada con nosotros?

Sonrió, sacudió la cabeza y nos dio a todos sus bendiciones. Permitió que mis maridos la acompañaran a la ermita para que no se preocuparan demasiado. Pero no explicó su decisión. Decidió en cambio seguir siendo como siempre un enigma para sus hijos.

¿Sería poco correcto de mi parte pensar que ella sabía que, al hacer tal cosa, permanecería en sus mentes mucho más tiempo después de muerta?

Durante meses mis maridos lamentaron la partida de Kunti, hablando y hablando de ella, tratando en vano de comprenderla. Me preguntaron cuál podría haber sido la causa, pero yo lo ignoraba. En los últimos años, mi consideración por ella había crecido. (Kurukshetra me había curado del ansia de controlarlo todo. Quizá la había curado también a ella, porque ya no trataba de imponerme su voluntad). Y aunque ella, como todos nosotros, lloraba por sus muertos, me parece que había aceptado la pérdida. Después de todo, había tenido más suerte que la mayoría: cinco de sus seis hijos habían sobrevivido.

Comprendí sus motivaciones muchos años después, cuando mis maridos y yo comenzamos nuestro propio viaje final.

41

Juncos

Sin aliento, el mensajero cayó al pie del trono. Sus ropas —antes blancas en señal de duelo— estaban rotas y sucias de tierra. El pelo enmarañado y los ojos prominentes le daban un aspecto de loco. Movía el pecho agitado mientras trataba de hablar, pero ninguna palabra salió de su boca, solo gritos guturales que no podíamos comprender. Pero lo reconocimos por el emblema que llevaba: era un mensajero real de Dwarka, la ciudad de Krishna.

Yudhisthir, preocupado, pidió agua y pociones para serenar al mensajero. Habló tartamudeando, las noticias salían vacilantes y entrecortadas de su boca, como un mendigo que sabe que será inoportuno. El clan de Yadu había sido aniquilado. Balaram estaba muerto. Nadie sabía dónde estaba Krishna, pero era poco probable que estuviera vivo. De la noche a la mañana, Dwarka se había convertido en una ciudad de duelos, llena —como Hastinapur después de la guerra— de niños y viudas. Pero esto era más terrible, porque estábamos en tiempos de paz, por lo que nuestras mentes no estaban preparadas para semejante tragedia.

Una parte de mí se negaba a creer tan devastadoras noticias, pero otra parte, sombría y pesimista, sabía que era verdad. ¿Acaso no había estado yo esperando, en lo más profundo de mí, precisamente una calamidad semejante desde que fue pronunciada la terrible maldición de Gandhari en los campos llenos de muerte de Kurukshetra? Al principio cada vez que miraba a Gandhari, lo recordaba y me estremecía, la odiaba. Todos los días yo hacía ofrendas de flores y agua, y también oraba por la seguridad de Krishna. Pero los años pasaron —diez, veinte, veinticinco— sin que nada ocurriera. Gandhari se fue encorvando y se volvió afable y de maneras suaves; pasaba cada vez más tiempo en sus devociones. Lentamente, la maldición se fue deslizando hacia las más remotas regiones de mi mente, donde se desvanecen todas aquellas cosas que pudieron ser y no sucedieron. A medida que Gandhari y yo nos fuimos haciendo amigas, esperé por su bien que ella, también, se hubiera olvidado de ello. ¡Resulta ridículo ser el autor de una maldición que prometía la aniquilación solo para que resulte ser un mero chisporroteo como el de un petardo húmedo!

Pero una vez más la muerte había atrapado a un ser querido precisamente cuando yo creía que estaba seguro. ¡Resultaba irónico que la maldición de Gandhari se cumpliera cuando ella había dejado atrás su cólera y estaba definitivamente en paz!

Mi mente no podía asimilar el hecho de que Krishna no existiera, que ya no aparecería repentinamente, como era su costumbre, con su sonrisa burlona, para ocuparse de cualquier cosa que en ese momento estuviera preocupándome. Un inmenso vacío se abrió debajo de mis pies, listo para devorarme. Recordé la pena que había sentido en el *yagna* cuando creí que Sisupal lo había matado, pero este anonadamiento era peor. Sin embargo, no había tiempo para dejarse llevar por el dolor. Ni siquiera tiempo para realizar ceremonias por los muertos. Había rumores de que los bandidos ya se estaban reuniendo alrededor de Dwarka. Si atacaban, ¿quién iba detenerlos? Yudhisthir envió a Arjuna a la ciudad que Krishna había construido con tal dedicación al borde del océano. Su misión era descubrir quién había provocado la matanza y castigarlos como correspondía. Luego iba a traer a las mujeres y los niños a Hastinapur.

—No podemos calmar su pena —dijo Yudhisthir—, pero por lo menos podemos brindarles un refugio.

Mientras esperábamos, los rumores revolotearon alrededor de nuestras orejas como polillas al atardecer. (Más adelante íbamos a descubrir que había pizcas de insidiosas verdades en cada uno de ellos). Los guerreros de Yadu habían muerto a causa de la maldición de un santón. Una enorme serpiente había salido del mar para devorarlos cuando iban a visitar los jardines de placer de Prabhas. Los juncos de la costa se convirtieron en flechas gracias a una maga demoníaca. Estas los alcanzaron en su vuelo matándolos al más leve contacto. Los Yadu habían bebido un vino con drogas que, al enloquecerlos, hizo que se volvieran unos contra otros. Un trovador ambulante que nos visitó relató en sus cantares que a Krishna lo mató en un bosquecillo un cazador que lo confundió con un venado, pero esto era tan descaradamente imposible que lo castigamos y lo expulsamos casi sin darle nada a cambio de su arte.

Todos los días enviábamos a nuestros criados a los tejados del palacio para ver si veían a Arjuna, pero todos los días regresaron sacudiendo la cabeza. ¿Por qué necesitaba tanto tiempo el más grande guerrero viviente en Bharat para realizar una tarea que, aunque triste, era bastante simple? Entre nosotros había señales preocupantes que anunciaban que el orden del mundo se estaba desmoronando. Los búhos chillaban sin motivo a cualquier hora del día, y el cielo se llenaba de humo aunque no hubiera fuego. Al llegar al altar para venerar a las deidades, el sacerdote de palacio encontró huellas de lágrimas secas en sus mejillas de piedra. Al amanecer, en lugar del canto de los gallos, escuchábamos los gritos de las criaturas de la noche: coyotes y chacales hembras. En el día, cuando desde la terraza de las mujeres vi que unos cuervos atacaban a un águila, picoteándola hasta que huyó, supe que Krishna realmente había abandonado este mundo.

Cuando regresó, durante unos instantes nadie reconoció a Arjuna. El pelo se le había puesto blanco. Tenía el rostro demacrado, y las costillas se le marcaban con intensidad bajo la piel. Su mirada saltaba de un lado a otro, lo que nos hizo recordar al mensajero de Dwarka. Se tambaleaba sobre sus pies y hablaba con la voz quebrada, pidiendo que la muerte se lo llevara. Antes de que Yudhisthir pudiera sujetarlo, se desplomó desmayado. Fue en ese momento cuando nos dimos cuenta de que no había traído a nadie consigo.

Cuando recuperó el conocimiento, Arjuna dijo:

—¡Se mataron entre sí, los muy locos! No sé qué locura cayó sobre ellos. Todos los hombres del clan de Yadu habían ido a pasar un día de placer a Prabhas. Quizá bebieron demasiado. Tal vez el sol era demasiado fuerte. Empezaron a insultarse por la participación que cada uno había tenido en la guerra, aunque Krishna les había hecho prometer que nunca volverían a hablar de ello. Pronto, todos empezaron a ponerse de un lado o de otro. Comenzó una pelea... ¡y no terminó hasta que todos hallaron la muerte! Todos menos el auriga de Krishna. Él fue quien me contó todo esto. También me contó que los Yadu no llevaban armas... estaban ahí de vacaciones, después de todo. Arrancaron los juncos que crecían en la costa y se los lanzaron unos a otros, pero los juncos se convirtieron en jabalinas..., ¿podéis comprenderlo?..., y atravesaron sus corazones.

Y continuó:

—No, Balaram no murió allí, ni tampoco Krishna. No participaron en la pelea, pero tampoco trataron de detenerla. No comprendo por qué. Podrían haberlo hecho fácilmente. Todos los respetaban.

»No sé. Tal vez estaban disgustados por la locura de unos hombres que habían sido alguna vez grandes guerreros. Tal vez sabían que había llegado el momento de que las cosas terminaran. Balaram caminó hasta una playa desierta donde entró en trance. Daruk vio que el soplo de su vida salía por su boca en forma de una serpiente blanca que luego entró en el mar. Krishna lo vio, también. No lloró, aunque había amado a Balaram con gran devoción, a pesar de sus desacuerdos. Le dijo a Daruk que regresara a la ciudad y enviara mensajeros a los Pandava. "Diles que salven a las mujeres, si pueden". Había un bosquecillo en las cercanías. Se recostó, escondido a medias por la hierba alta. Allí fue donde lo alcanzó la flecha del cazador. Sí, ¡lo mató un simple cazador, a nuestro Krishna, el que me había deslumbrado con su inmensa forma cósmica una vez! Yo tampoco lo habría creído si no hubiera visto su cuerpo con mis propios ojos.

»¿Podéis imaginar el pesar en Dwarka? Las esposas de Krishna se arrojaban a mis pies, gritando: "¡Devolvédnoslo, no podemos vivir sin él!". Lo envolvimos en seda amarilla, su color favorito. Todavía estaba sonriente (¿recordáis aquella sonrisa?) cuando puse su cuerpo sobre la pira. Me temblaban las manos cuando golpeé el pedernal. Cuando las llamas se alzaron, muchas de sus esposas se arrojaron al fuego. No, no lo impedí. Si yo no hubiera estado obligado por el honor a traeros estas noticias, habría hecho lo mismo. Toda mi vida estuvo junto a mí, guiándome, soportando mi ignorancia. ¿Cómo puedo explicaros lo que se siente al seguir en el mundo cuando él no está ya aquí?

»Reuní a los demás y me puse en camino hacia Hastinapur. Apenas habíamos atravesado las puertas de la ciudad cuando escuchamos un gran rugido detrás de nosotros. Al volvernos, vimos una gigantesca ola marina que se precipitaba hacia la ciudad. Aplastó las hermosas cúpulas doradas de Dwarka. Nada queda allí ahora, salvo los remolinos de espuma y algas de mar.

»Lo peor todavía estaba por venir. Mientras avanzábamos por la selva, los bandidos nos atacaron. Cogí mi Gandiva, pero no pude tensarlo. Traté de invocar un *astra*. Pero ni siquiera el más simple de los cánticos para convocar a alguno de ellos me vino a la mente. Recordé a mi hermano Karna, la manera en que lo maté, y me pregunté si ese no sería mi castigo. Pero había más. Con la muerte de Krishna, mi espíritu, o como se llame eso que me había hecho grande, se había desvanecido. Los bandidos se apoderaron de las mujeres y de su oro sin que yo pudiera detenerlos. ¡Yo, que en mis tiempos había hecho huir una falange entera de guerreros con una sola flecha! Las mujeres gritaban llorando: "¡Sálvanos, sálvanos!". Nada pude hacer. Verdaderamente, me ha llegado la hora de morir.

Arjuna lloraba mientras hablaba. Nunca lo había visto llorar. Las lágrimas formaron un charco en las hendiduras, debajo de sus ojos. Le temblaba la barbilla, con su barba canosa sin afeitar. Me resultó imposible soportar esa imagen. Yudhisthir también estaba llorando. Como todos los demás. Lloré con ellos, mi corazón roto por la pérdida. Me di cuenta de que, al igual que para Krishna, el propósito de la vida de mis maridos había terminado. Habían purgado el mal de la tierra; habían cambiado el curso de la historia; habían criado a un niño para que fuera un rey que supiera manejar las riendas del gobierno con firmeza y a la vez con suavidad.

En ese momento Yudhisthir cogió a Arjuna por los hombros, que le temblaban, aquellos huesos que destacaban bajo piel flácida. Dijo:

—Hermano, tienes razón. Ha llegado el momento de que tú y todos nosotros muramos.

42

Nieve

Me detuve debajo del arco de la puerta principal de la ciudad, de sus antiguas, antiquísimas piedras, y me volví para mirar Hastinapur una última vez, como despedida. Sus avenidas bordeadas de árboles reverberaban en una bruma de calor como si fuera una escena salida de un sueño. Dos veces antes había yo abandonado esta ciudad. ¡Qué diferente había sido cada una de ellas!

La primera vez yo era una novia ingenua cuyo corazón estaba rebosante de todas las cosas que deseaba: aventura, amor, reinar, un palacio que pudiera considerar propio. Me aseguré de llevar mis ropajes más finos y todo el oro que poseía para que los ojos de los observadores quedaran encandilados. Me aferraba con fuerza a un costado del carruaje tan adornado y poco práctico que Dhritarashtra nos había dado para ocultar mi nerviosismo, pues quería que el pueblo de la ciudad me recordara heroica, majestuosa. La mujer en torno a quien la historia iba a girar. Quería que inventaran historias sobre la hermosa Panchaali, que lloraran porque los estaba abandonando en busca de algo mejor.

La segunda vez salí caminando, vestida con las prendas más humildes que una criada pudiera llevar. El pelo suelto sobre la cara, que ya comenzaba a enredarse. Ya no poseía ninguna joya —mi marido las había perdido todas a los dados—, pero mis ojos brillaban como diamantes. Mi rostro estaba tenso por el odio y el recuerdo. ¿Acaso no había sido yo dueña del palacio más hermoso del mundo, que Duryodhan nos había arrebatado con engaños? Iba con la barbilla alta. Quería que el pueblo de la ciudad recordara la manera en que había sido humillada, la maldición que yo había pronunciado. Quería que retrocedieran bajo mi mirada, feroz como un latigazo, sabiendo que los súbditos deben, al final, pagar por los pecados de los gobernantes.

Pero ese día, como mis maridos, vestía túnicas hechas con corteza de árbol, atuendo de aquellos que han renunciado a la vida mundana. No tenía oro. Había regalado todas mis joyas. Es más, aparte de lo que llevaba puesto, no poseía nada. Detrás de mí, Pariksit lloraba, y su nueva esposa, y Uttara y Subhadra, y más lejos atrás (como yo había deseado alguna vez tan amargamente) escuchaba los lamentos del pueblo de Hastinapur, apenados al perdernos. Pero yo ya no necesitaba sus lágrimas. Me desconcertó pensar que cuando era una mujer joven hubiera creído que tal cosa pudiera hacerme feliz. No quería nada, ni siquiera de Pariksit, a quien había llegado a amar más de lo que nunca amé a mis hijos. Envié buenos pensamientos a la ciudad, pero me sentía extrañamente ajena a ella, a todo lo que había sido mi vida hasta ese momento. De pronto me impresionó lo breve que era la vida comparada con todo lo que me rodeaba: los edificios de mármol, los árboles en flor con colores como de fuego, los adoquines pulidos por las pisadas de generaciones de hombres, la niebla azulina de las montañas distantes. Quizá así fue como se sintió Kunti, como una diminuta barca que se mecía sin amarras a orillas de un océano inmenso, mientras esperaba con un vago interés hacia dónde la llevaría la corriente. ¡Había una inesperada libertad al descubrir que uno no era tan importante como siempre había supuesto!

Pero al terminar de atravesar los portones, un traidor viento me trajo el olor de los jazmines nocturnos, ese viejo perfume de mi jardín en el Palacio de las Ilusiones... y, con él, el pesar. ¿Por qué no los había plantado ahí en Hastinapur? Como las estrellas de fuegos artificiales que el mago de la corte había encendido en la noche de la coronación de Pariksit, ese único pesar explotó en mi corazón, llenándolo con una lluvia de chispas encendidas. Supe que no estaba lista para abandonar mi vida. ¡Qué asombrosa me parecía con sus victorias, sus aventuras, sus momentos de gloria! Incluso la vergüenza que había golpeado como hierro candente, marcando la venganza en mi cerebro, parecía de pronto valiosa en su singularidad. ¡Quería volver a vivirlo todo... con más sabiduría esta vez! Quería poner mi mano sobre el brazo de Yudhisthir y pedirle que esperara otro año, un mes, incluso un día. No le había enseñado a la esposa de Pariksit a preparar mangos encurtidos con el ingrediente secreto que los mantendría frescos durante una década. No había elogiado a Uttara por la fortaleza que ahora mostraba. No le había pedido perdón a Subhadra por las muchas maneras en las que la había torturado. ¡Y Pariksit! ¡Cuánto tenía que decirle! Debí haberle confesado todos los errores que yo había cometido y que no deseaba que él repitiera. Debí haber desobedecido a Vyasa y haberle advertido de los peligros que se ocultaban en su futuro. Pero era demasiado tarde. Ya Yudhisthir se había adelantado en su marcha, su rostro inmutable como el cristal, con mis otros maridos siguiéndolo, fieles a él, como lo habían sido toda la vida.

Incluso entonces pude haber cambiado mi decisión. Me habían pedido que me quedara. Pariksit aseguraba que me necesitaba para que lo guiara, especialmente una vez que mis maridos hubieran partido. Las mujeres lloraban diciendo que me extrañarían. Me preguntaban por qué tenía que irme. Si era una vida religiosa lo que yo ansiaba, podía vivirla allí mismo, en Hastinapur. ¿Acaso no tenían templos y sacerdotes? ¿Acaso no se celebraban regiamente en esta ciudad los festivales sagrados? ¿Acaso los sabios más famosos no nos visitaban con regularidad? Mis maridos, también, me pidieron que me quedara. Temían por mi seguridad. El sendero que iban a seguir, ascendiendo hacia los lugares más recónditos y secretos del Himalaya, era demasiado traicionero. Ninguna mujer jamás lo había intentado. Si caía junto al camino, me advirtió Yudhisthir, ellos no podrían detenerse a ayudarme. Tal era la ley implacable de ese viaje final que mis maridos habían decidido emprender.

Cuantas más personas trataban de disuadirme, más firme era mi decisión. Tal vez ese haya sido siempre mi problema, rebelarme contra los límites que la sociedad dictaba para las mujeres. ¿Pero cuál era la alternativa? ¿Sentarse entre abuelas encorvadas, chismosas y quejumbrosas, masticando hojas picadas de nogal de areca con encías sin dientes mientras se espera la muerte? ¡Intolerable! Prefería morir en la montaña. Sería algo rápido y limpio, un final digno de la canción de un bardo, mi última victoria sobre las otras esposas: «Ella fue la única esposa que se atrevió a acompañar a los Pandava en esta aventura final y temible. Cuando cayó, no lloró, sino que solo levantó su mano en una valiente despedida».

¿Cómo podía resistirme a ello?

Los sabios nos guiaron hasta la base del Himalaya. Allí nos dejaron, porque solo a aquella persona que haya dejado el mundo para siempre se le permitía emprender el camino que se extendía más allá. Poco sabíamos de él aparte de su nombre, que parecía ominoso (aunque Yudhisthir lo repitió con placer): *mahaprasthan*, «el sendero de la gran partida». No teníamos idea de qué era lo que nos esperaba. Incluso Arjuna, el que más había viajado de mis maridos, no había pasado por esos lugares antes. Los sabios nos habían dicho que el camino terminaba en un pico sagrado, un lugar en el que la tierra se encuentra con la morada de los dioses. Allí, aquel que fuera suficientemente puro podía avanzar apartando el velo que separaba los mundos y entrar en el cielo. Las escrituras aseguraban que era la más gloriosa de las experiencias. Pero a aquellos que no eran tan puros, nos advirtieron los sabios, se les impediría seguir más allá de cierto punto. La montaña se aseguraría de que así fuera.

Con melancólico deleite, hablaron de las avalanchas, de los cráteres escondidos y de las bestias de la nieve, devoradoras de carne humana.

Cuando oyó hablar del velo que se podía atravesar, los ojos de Yudhisthir centellearon con un interés que no había visto en ellos desde hacía mucho tiempo. Yo sabía lo que él quería: ¡entrar en el cielo con su carne humana! Era el último de los objetivos poco prácticos que había perseguido toda su vida, con nosotros a remolque. Quise señalar que llevábamos ropa ligera, hecha de corteza. Nuestros pies estaban desnudos. No teníamos provisión de comida, como era costumbre cuando uno emprendía el *mahaprasthan*. No contábamos con medios para protegernos en caso de que las bestias de la nieve resultaran ser auténticas. (Yudhisthir había declarado que las armas eran una señal del ego y convenció a mis otros maridos para que las abandonaran). Estaba claro que no duraríamos lo suficiente como para llegar a ningún pico, fuera este sagrado o no. Eso no me preocupaba demasiado. Había aceptado que probablemente moriríamos en la montaña. (Había oído decir que morir por congelamiento era menos doloroso que algunas otras muertes, y no demasiado diferente de flotar en el sueño). Pero lo que me molestaba era que cuando cayéramos, nuestro fracaso sería atribuido no a una limitación física sino a una flaqueza moral.

El sendero era angosto y poco frecuentado, lleno de afiladas rocas y cubierto de nieve dura y nieve a medio derretir. ¡Parecía que no eran muchas las personas deseosas de abandonar el mundo! En unas pocas horas, mis pies estaban lacerados, aunque debido al frío no sangraban. Ni tampoco me dolían demasiado. Ya había empezado a perder la sensibilidad en mis pies. Pero mis otros sentidos se fueron aguzando. Nunca había sido yo particularmente amante de la vida salvaje y prefería la belleza contenida y en orden de mi jardín. La naturaleza, con la que me había encontrado a menudo en mi vida errante, siempre me había parecido mi enemiga, cuyo único propósito era el de aumentar mi incomodidad. Pero aquel día no podía apartar mis ojos de aquellos picos, del modo en que la luz se deslizaba y vibraba al recorrerlos, volviéndolos de diferentes tonos dorados a medida que el día declinaba. Había un dulzor punzante en el aire. Lo respiraba a grandes bocanadas, reteniéndolo hasta que me dolían los pulmones, y así y todo no me parecía suficiente. ¿Olía como el incienso que Vyasa había echado una vez al fuego para hacerlo hablar?

Sacudí la cabeza para que se me despejara. Sabía que el aire enrarecido de las montañas podía hacer que uno tuviera alucinaciones. De todas maneras seguía oliendo el incienso, y al mismo tiempo escuchaba trinos de aves, aunque estábamos a demasiada altura como para encontrar alguna. Llamé a mis maridos para preguntarles si notaban algo. Solo entonces me di cuenta de que iban mucho más adelante. Arjuna era el que más se había alejado, explorando el sendero para descubrir algún peligro; lo seguían de cerca Nakul y Sahadev. Pero Bhim y Yudhisthir, que iban conversando y a paso más pausado, me oyeron y se detuvieron. Bhim se volvió —se iba a acercar a mí para brindarme apoyo—, pero Yudhisthir puso una mano severa sobre su brazo. Le estaba recordando la ley. Una vez en el sendero, no se podía retroceder sobre sus pasos, pasara lo que pasase.

Me puse furiosa. Las reglas eran siempre más importantes para Yudhisthir que el sufrimiento humano..., o el amor humano. Supe en ese momento que solo él llegaría a la puerta del cielo, porque de todos nosotros solo él era capaz de liberarse de su humanidad. Quise decirle esto, un último arrebato que recordaría incluso en el cielo. Pero las amargas palabras se disolvieron en mi boca como los picos lejanos se estaban diluyendo en el anochecer. ¿Qué sentido tenían, aun cuando yo tuviera razón? En la montaña más cercana, la nieve se había vuelto del color del loto que una vez le había hecho arrancar a Bhim para mí. Tuve la esperanza de que lo reconociera y se regocijara de lo que habíamos sido: el hombre más fuerte del mundo, que por amor se precipitó al peligro; la mujer nacida del fuego cuya mirada tenía el poder de hacerlo arder hasta la imprudencia. Era un buen recuerdo con el cual terminar una vida.

Cuando di el paso desde el sendero hacia el aire, oí que mis maridos gritaban. Mientras caía, detrás de mí se produjo un confuso alboroto. Bhim, imaginé, estaría riñendo con Yudhisthir, tratando de pasar junto a él para llegar a mí. Pero Yudhisthir se impondría, como ocurría siempre, porque Kunti, en sus esfuerzos por asegurar su supervivencia, había entrenado a los hermanos menores para que lo obedecieran sin cuestionarlo. Bhim estaba sollozando. ¿Llorarían los otros cuando se enteraran? ¡Seguramente hasta el insensible Yudhisthir derramaría algunas lágrimas! ¿Acaso no había estado yo junto a él todos estos años, en los buenos tiempos y en los malos? Pero no. Pude oír que susurraba palabras de consuelo, recordándole a Bhim su objetivo principal. Eso me enfureció tanto como me mortificó. Tal vez fue por eso por lo que, cuando me vino este pensamiento, no traté de eliminarlo: «Karna nunca me habría abandonado de esa manera. Se habría rezagado y habría sostenido mi mano hasta que ambos muriéramos. Él habría renunciado al cielo por mí con alegría».

No caí lejos. Apenas algunas brazadas de distancia debajo del sendero había un saliente rocoso tapizado de nieve. Aterricé allí. Me había quedado sin respiración, y tenía el brazo izquierdo retorcido debajo de mi cuerpo, pero —quizá debido al frío, o porque yo había escogido mi destino deliberadamente— no sentía mucho dolor. Podría haber trepado hasta el sendero de alguna manera... pero ¿para qué? ¿Para escuchar otro de los sermones de Yudhisthir? Mejor quedarme echada allí, en relativa paz, y concentrarme mejor en mis últimos pensamientos.

Tal vez el aire de la montaña llevaba los ruidos más lejos que lo habitual, o tal vez imaginé las palabras. Pues aunque ya debían de haberse alejado mucho más para entonces, pude oír a Bhim y a Yudhisthir que hablaban.

—¿Por qué habrá caído? —preguntaba Bhim, con una voz áspera debido a las lágrimas—. ¿Por qué no pudo seguir caminando un poco más? ¿Fue porque sus fuerzas de mujer la abandonaron?

Y Yudhisthir respondió, con esa voz imparcial suya:

—No, Bhim. Fue porque aunque tenía muchas buenas cualidades, tenía un defecto muy importante. Como también lo tiene cada uno de vosotros. Como ella, tú caerás cuando llegues al nivel más allá del cual ese defecto no puede continuar.

—¿Panchaali? —exclamó Bhim—. ¡No lo creo! Vaya, si era la más devota de las esposas. —Sonreí con mis labios entumecidos al oír sus palabras, el generoso Bhim que había olvidado las muchas veces que yo lo había reprendido, los muchos apuros en los que lo había metido—. ¿Qué defecto podría haber tenido?

—Se casó con todos nosotros. Pero amó a un hombre más que a todos los demás.

—¿Quién era? —Podía escuchar la ansiedad en el susurro de Bhim.

En ese momento, si pudiera haber escogido dónde caería el amor, se lo habría dado a Bhim. Me consolé con esto: por lo menos había mantenido ocultos mis sentimientos ante mis maridos. Les había ahorrado el dolor de saber quién era el que ocupaba mis pensamientos más íntimos a lo largo de estos años, cuya admiración yo anhelaba, cuyas burlas me habían herido más. Y ante cuya muerte todos los colores desaparecieron de mi mundo.

—Fue... —dijo Yudhisthir, e hizo una pausa.

¡Él lo sabía! La reserva de la que me había enorgullecido..., él no se había dejado engañar por ella. Perdido como estaba en su mundo de ideales, nunca le había considerado demasiado perspicaz. Pero lo había juzgado mal. Mi corazón se contrajo mientras esperaba oír lo que él iba a revelar. De lo que me iba a acusar. Me sorprendí al darme cuenta de lo tensa que estaba. Había estado equivocada al pensar que yo no quería nada más del mundo. Aunque no los volvería a ver nunca más, la opinión final de mis maridos de pronto era sumamente importante para mí.

Yudhisthir dejó escapar sus palabras con prisa.

—Arjuna. Fue Arjuna. A él lo quería más.

Me había salvado. ¡Él había escogido la generosidad antes que la verdad y pronunciado la segunda mentira de su vida, por el bien de mi reputación!

Así pues, en mi última hora, Yudhisthir demostró que me había amado todo el tiempo. Al hacerlo, me dejó a la vez agradecida y avergonzada por las muchas amargas palabras que le había dirigido, y por aquellas que había dejado enconadas adentro.

Bhim dio un suspiro resignado.

—No puedo criticarla realmente, supongo —dijo—. Siendo él tan gran guerrero, y tan guapo, también. ¡Vaya, ni siquiera las bailarinas celestiales en la corte de Indra podrían resistirse a él!

¡Qué fácil era su perdón cuando se trataba de mí, qué magnánimo! Deseaba haber podido decirle cuánto lo admiraba. Y a mis otros maridos también..., cada uno tenía su fortaleza, su ternura. Nakul con sus bromas, Sahadev con su consideración, Arjuna, que nunca había vacilado en interponerse entre nosotros y el peligro. Cuando tuve la oportunidad de darles las gracias, la desperdicié ventilando mi insatisfacción. Pero ya era demasiado tarde.

—¿Cuáles son los defectos que harán que nosotros también caigamos? —preguntó Bhim.

—El de Sahadev es el orgullo por sus conocimientos; el de Nakul es la vanidad por su propia hermosura; el de Arjuna es su ego de guerrero, y el tuyo es tu incapacidad para controlarte cuando estás enfadado.

Yudhisthir habló con su serenidad de siempre, pero en esta ocasión pude percibir tristeza detrás de ella. Había sido una vida solitaria la que él había llevado durante todos estos años, apartado incluso de aquellos a quienes más amaba debido a su pasión por la rectitud. ¡Qué tonta había sido por dejar que eso me enfureciera, por desear que abandonara sus rígidos y absurdos principios! La rectitud era parte de su naturaleza. No podía prescindir de ella, así como un tigre no puede prescindir de sus rayas. Y debido a ella iba a seguir adelante, abandonando a sus seres más queridos en el momento de su muerte, hasta la soledad final, para ser el único ser humano en la corte de los dioses.

43

Fuego

El último de los pasos estaba más allá del alcance de mi oído. La luz sobre las colinas se desvanecía, ¿o era mi visión la que se iba debilitando? Mi cuerpo, también, parecía ir debilitándose, y algunas de sus partes se alejaban flotando: pies, rodillas, dedos, pelo. Se me ocurre pensar que, al igual que todas las casas donde he residido, este cuerpo —mi último y tambaleante palacio— también está empezando a fallarme.

¿Cómo he de pasar estos últimos momentos de mi vida? ¿Debo recordar mis errores y hacer un acto de contrición? No. ¿Qué sentido tenía torturarme a mí misma en aquel momento? Además, ¡he cometido tantos errores, que ni siquiera podría pasar más allá de mi infancia! ¿Debo perdonar a aquellos que me hicieron daño? ¿Debo pedir perdón a aquellos a los que yo hice daño? Una tarea loable, pero agotadora, sobre todo porque ya están todos muertos. Tal vez debo recordar a las personas a las que amé y enviarles una plegaria, porque las plegarias son una de las pocas cosas que pueden viajar de este reino a ese otro, cercano y amorfo. Dhai Ma, con sus bromas atrevidas, sus ruidosas y afectuosas regañinas, que en su lecho de muerte se había sentado erguida, llamándome a mí en su delirio. Dhri, con sus cejas concienzudas y la risa sobresaltada, mi primer compañero, que fue asesinado debido a una guerra que yo ayudé a provocar. Mis muchachos, que crecieron sin una madre; la manera en que me recibieron después de mis años en la selva, el respeto cauteloso en sus ojos por la leyenda en que yo me había convertido. Pariksit, con su mirada inquisidora, a quien yo no le había respondido a su pregunta para dar por terminada su búsqueda; le fallé al no advertirle acerca de las calamidades que lo esperaban. Y Karna, que nació con mala estrella, que se sentaba solitario en medio de una corte de lujo, cuyos ojos estaban llenos de una amargura que yo había instalado allí. Dividido en dos partes, su amor por mí y su odio, se había sacrificado antes que ceder a la tentación de Kunti que le había prometido que, también él, podía ser el marido de Draupadi. ¿Se sentiría Karna vengado en este momento si supiera que en la hora de mi muerte pensé en él, en lugar de en mis maridos, preguntándose otra vez, una última vez, si en mi *swayamvar* yo había hecho una mala elección?

Pero aquellos rostros se alejan en un remolino, incluso mientras los evoco... Tal vez porque los he herido, porque de alguna manera los he traicionado. Se fusionan entre sí, luego se pierden en la negrura que ha cubierto el cielo y me quedo sola. ¡Me quedo sola para morir en una colina de hielo! ¡Yo, cuya vida había sido un constante prestar atención a las necesidades de mis cinco maridos..., qué irónico que en mis últimos momentos de necesidad ninguno de ellos estuviera conmigo!

Hace mucho tiempo les pregunté a los espíritus del fuego de Vyasa: «¿Encontraré el amor?». Y me aseguraron que lo hallaría. ¡Pero me mintieron! Había obtenido gloria, sí; respeto y miedo, sí; incluso admiración. Pero ¿dónde estaba el amor que había anhelado desde que era niña? ¿Dónde estaba la persona que me aceptara completamente y me quisiera con todos mis defectos? La autocompasión (esa emoción que siempre he despreciado) atraviesa todo mi ser, lo que queda de él, llevándose consigo mis heroicas resoluciones al darme cuenta de ello.

Empieza a llover, si uno puede dar ese nombre a las agujas heladas que me perforan la cara..., la única parte de mi cuerpo que permanece conmigo. Para distraerme del dolor concentro mi mente en cómo Krishna amaba la lluvia, en la ocasión en que visité Dwarka y él me llamó para invitarme a un balcón empapado y mostrarme los pavos reales que bailaban bajo la torrencial lluvia.

—Ya era hora de que pensaras en mí —me dice.

Asombrada, trato de volverme hacia esa voz amada y familiar, pero ya no puedo mover la cabeza. Me parece vislumbrar, con el rabillo del ojo, un resplandor amarillo. ¿O es simplemente la fuerza de mi deseo?

—¡Así que ahora piensas que me has imaginado! Quiero que sepas que soy totalmente real. ¿Pero qué estás haciendo ahí, tendida en la nieve en esa posición extraña y tan poco digna de una reina?

—Estoy tratando de rezar —le digo con la poca dignidad que me queda—. Pero el problema es que no puedo recordar una sola línea.

—¡Probablemente no conocías demasiadas plegarias!

Tiene razón. Nunca he sentido demasiada inclinación por los rituales. De todas maneras, quiero regañarlo —como tantas veces lo hice— por su inoportuna ligereza. Pero el enojo requiere demasiada energía.

—Estoy muriéndome, en caso de que no te hubieras dado cuenta —le digo, en un tono que, para mí, es demasiado suave—. Si no me concentro en rezar, es muy probable que sea arrastrada a los fuegos del mundo inferior..., si es que existen. ¿Existen? Tú debes saberlo, ya que estás muerto.

—Existen y no existen —me responde—, tal como yo estoy muerto y no lo estoy. —Advierto que no ha perdido su viejo hábito de hablar con acertijos—. Pero no pienses en los fuegos del infierno ahora. Y, si no puedes recordar una plegaria, no dejes que eso te preocupe. Piensa en cambio en algo que te haga feliz.

Repaso mi vida. ¿Qué era lo que me ponía contenta? ¿Qué me hacía experimentar la paz? Porque supongo que esa es la clase de felicidad a la que Krishna se refiere, no el desenfrenado sube y baja de la rueda de la pasión con la que he girado todos estos años, un día encantada, perturbada el siguiente. Ciertamente ninguno de los hombres ni de las mujeres que estuvieron cerca de mí me dieron alegría... ni yo a ellos, si tengo que reconocer la verdad. Incluso mi palacio, con sus extrañas y hermosas fantasías, ese palacio al que de alguna manera amé más que a cualquiera de mis maridos, ese palacio que era mi orgullo más grande, en última instancia solo me trajo dolor.

Percibo un ligerísimo toque sobre mi cabeza. Debe de ser la mano de Krishna, imagino —porque no puedo verla— que se mueve en una caricia tranquilizadora, como la que una madre podría hacer para tranquilizar a un niño con fiebre. Aunque esto, también, es algo que sobre todo imagino ya que no tuve madre y delegué la mayor parte de los cuidados maternales de mis propios hijos en otras mujeres.

—No puedo recordar —le digo (las palabras comienzan a anudarse en mi boca). Pronto, lo sé, me será imposible darles forma. No quiero morir con la pregunta que me ha intrigado y todavía está encerrada dentro de mi pecho, de modo que pregunto—: ¿Por qué Bhishma no me ayudó en el *sabha* aun cuando veía lo mucho que yo sufría?

—¡Vaya saltos que da tu mente, como un mono ebrio! Bhishma tenía un respeto demasiado profundo por las leyes de los hombres. Eso lo paralizó. No estaba seguro de si tú ya eras propiedad de Duryodhan, en cuyo caso no tenía derecho a intervenir. Pero a veces uno tiene que abandonar la lógica y dejarse llevar por el instinto del corazón, incluso si contradice la ley.

Quiero corroborar sus palabras, pero un letargo traicionero se está apoderando de mí. Reconozco las señales, y aunque todo este tiempo he resuelto ser valiente, descubro que estoy repentinamente aterrorizada ante esta disolución en la nada. «No me sueltes», trato de decirle a Krishna. Por alguna razón que no comprendo del todo, es crucial que siga tocándome cuando muera. Pero no puedo pronunciar ninguna palabra.

—No te preocupes —dice como si me hubiera escuchado—. Concéntrate. Tienes una tarea por delante. Echa otra mirada a tu vida. ¿Estás segura de que no puedes recordar un solo momento de felicidad?

E, inesperadamente, lo recuerdo.

Estoy al lado del carro de guerra de Krishna, en las puertas de Hastinapur, alcanzándole una bebida fresca, agua de coco, antes de que parta hacia Dwarka. Me quejo de que apenas lo vemos últimamente, que tal vez estábamos mejor cuando vagábamos por la selva porque entonces nos visitaba más a menudo. Él me dice: «Vosotros me necesitabais de otra manera entonces. ¡Pero en mi corazón continúo estando igualmente contigo!». Cuando sonríe, se forman arrugas en el borde de sus ojos, hay hebras blancas en su pelo, las primeras huellas suaves de la edad, adelantadas por la guerra a la que se dejó arrastrar por amistad. Una oleada de amor se apodera de mí, por más que finjo fastidio. «No dejes pasar tanto tiempo la próxima vez», le digo. «No lo haré», me responde. «Vendré cuando no me estés esperando». Lo veo marcharse. El sol de invierno cae suave como un chal sobre mis hombros. Si alguien llegara a preguntarme en ese momento, qué era lo que yo deseaba, mi respuesta sería «nada».

Ignoro que esa será la última vez que le diga adiós.

Siguen apareciendo otros recuerdos, caen como hojas secas en el viento. No están en un orden especial, pues ahí estoy, una niña en el patio del palacio de mi padre, persiguiendo una mariposa que se escapa, transpirando y al borde de las lágrimas, hasta que Krishna alarga una mano. La mariposa se posa en ella y en silencio la extiende hacia mí. Y yo, con una comprensión superior a la que corresponde a mi edad, no me apodero de ella sino que le acaricio con suavidad, solo una vez, las polvorientas alas amarillas.

Aquí hay otra. Es en Indra Prastha, en nuestro gran salón, donde Krishna está fingiendo leer las palmas de nuestras manos, las de mis maridos y las mías, y, cuando llega mi turno, me hace doblar de risa, avergonzada al predecir que tendría ciento cincuenta hijos. Y ahora aparece una en la que yo misma le he preparado una comida para él, después de haber rechazado los servicios de nuestros muchos cocineros —algo que ni siquiera hago para mis maridos—, y él se está quejando (falsamente, por supuesto) de que la comida está demasiado salada. Y allí estoy mostrándole mi jardín, que es el jardín más hermoso de la tierra, que sería perfecto salvo por el hecho de que no he podido encontrar, en ningún lugar, una planta de jazmines de la noche para plantar. Él sonríe y extiende el puño cerrado, y cuando yo misma se lo abro, aparece dentro una sola semilla. La plantaré, y se convertirá en todo un macizo de jazmines de la noche.

He aquí el momento más melancólico, cuando me voy de Kampilya rumbo a Hastinapur después de mi matrimonio. De repente me asusta dejar los muros contra los que me había rebelado todos aquellos años como si hubieran sido mi prisión; temo cambiar la compañía de mi muy querido hermano por la de maridos que son extraños para mí. Krishna me coge de la mano —el gesto me resulta familiar, aunque estoy segura de que nunca lo ha hecho antes— y me conduce al carruaje de Yudhisthir. Me ayuda a subir, susurrando que aquello será una gran aventura... y, al oírselo decir, en eso es precisamente en lo que se convierte el viaje. Otra imagen. Muchos años más tarde, después de que el *Rajasuya yagna* se hubiera empañado con la sangre de Sisupal, estamos sentados envueltos en la tristeza. Pero Krishna no permitirá que sigamos tan desanimados. Golpea las manos y ordena a los criados que traigan lámparas, más lámparas. En su halo brillante, él me asegura —aunque les habla a mis maridos, es a mí a quien mira— que Sisupal es el responsable de su propia muerte, que a lo largo de todo el incidente nosotros actuamos de manera honorable, que si había alguna maldición posterior, esta caería sobre su cabeza y no sobre la nuestra.

Y he aquí una imagen que había olvidado todo este tiempo:

El año que viví ocultando quién era, estaba yo una noche en un balcón pequeño que rara vez se usaba en el palacio de la reina Sudeshna. Me había escapado a ese lugar en busca de un momento de paz, lejos de las continuas exigencias de ella, de la mirada lujuriosa de Kichaka que recorría mi cuerpo con más audacia cada día. No había visto a mis maridos desde hacía días, ni siquiera esos vislumbres tan fugaces y distantes que me dejaban muy frustrada. Todavía tenía que vivir varios meses de este modo, sola y atribulada. La desesperación me enturbiaba el corazón como si fuera tinta. En mi confusión, yo me preguntaba si todo ese sufrimiento me había sido enviado como castigo porque, en el fondo más remoto de mi corazón, había sido infiel a mis maridos. Tal vez sería más fácil arrojarme de ese balcón, poner fin a todo en ese mismo momento. Sería solamente una tragedia menor. Mis maridos llorarían un tiempo en secreto, pero cuando viviendo de incógnito terminara nuestro año, se quitarían de encima su pena y se ocuparían de cumplir con su destino.

El balcón daba a una calle estrecha frecuentada principalmente por vendedores y criadas que iban presurosos de una gran casa a otra. Pero, aquel día, pasaba por allí un grupo de jinetes, forasteros por su vestimenta. Tal vez estaban perdidos. Extendí mi velo cubriendo parte de mi cara, como acostumbran a hacer las mujeres en esta ciudad. No valió la pena haberme molestado. Ocupados como estaban hablando sobre qué camino seguir, aquellos hombres ni siquiera advirtieron mi presencia. Hablaban con el acento de mi pueblo natal. La nostalgia me sacudió cuando los escuché, y tuve que refrenar el deseo inoportuno —y peligroso— de gritar un saludo. Habían ya pasado todos delante de mí, cuando el último hombre me miró. ¡Era Krishna!

Aquello era imposible... pero allí estaba él, con una pluma de pavo real moviéndose alegremente en su turbante. Ni habló ni hizo gesto alguno. Pero un torrente de consuelo me recorrió entera cuando intercambiamos miradas. Durante los siguientes meses esa mirada permanecería conmigo, tan palpable como una mano afectuosa apretada entre las mías, recordándome que no había sido olvidada. Me dio la fortaleza que necesitaba para sobrevivir, para resistir y cometer actos de desesperación que podrían habernos desenmascarado a todos nosotros.

Es en este momento cuando me doy cuenta de que él siempre estuvo presente, a veces en un primer plano, a veces confundido con las sombras de mi vida.

Cuando me creí abandonada, él se ocupaba de reconfortarme..., pero lo hacía de manera tan sutil que muchas veces yo ni me daba cuenta. Me amaba incluso cuando yo actuaba de la manera menos amable. Y su amor era totalmente diferente de cualquier otro amor en mi vida. A diferencia de estos, su amor no esperaba que yo actuara de cierta manera. No se convertía en desagrado o en enojo o incluso en odio, si yo no reaccionaba como él esperaba. Eso me curó. Si lo que yo sentía por Karna era un fuego abrasador, el amor de Krishna era un bálsamo, como la luz de la luna sobre un terreno baldío. ¡Qué ciega debía de estar para no reconocer el valioso obsequio con que contaba!

Tengo solo una pregunta ahora, un gran deseo. Quiero recordar la mismísima primera vez. El momento en que él entró en mi vida..., ¿qué ocurrió entonces? ¿Cuáles fueron sus primeras palabras para mí? ¿Cómo comenzó este amor, el único amor que está aquí para sostenerme en el momento de mi muerte?

¿Cómo haré para preguntar con estos labios congelados?

Pero él comprende. Siento su aliento, tibio y perfumado con un olor que no conozco, sobre mi frente. Y el recuerdo viene.

El color rojo me rodeaba, aunque no me encontraba en una habitación. Las paredes se ondulaban, producían calor. Yo no tenía cuerpo, ni nombre. Sin embargo yo sabía quién era yo. Alguien me habló de un modo alentador, con una voz familiar que me decía que era mi turno en ese momento. Debo seguir para cumplir con mi deber. Pero me resistía. Era tan cómodo estar en ese lugar. Tan seguro y poco exigente. También, estaba preocupada por la enormidad de mi tarea.

—¿Puedo realmente cambiar la historia? —pregunté—. ¿Y qué pasará con los pecados que voy a cometer, que serán la causa de tanta devastación?

La voz era tan apacible como un arroyo que zigzaguea por entre los guijarros.

—Trata de recordar que eres el instrumento y yo el hacedor. Si puedes atenerte a esto, ningún pecado puede tocarte.

—Instrumento —repetí—. Hacedor. —Parecía bastante simple, aunque yo sospechaba que se volvería más complicado en cuanto el juego comenzara. Pregunté—: ¿Y si lo olvido?

A lo que él replicó:

—Seguramente lo olvidarás. La mayoría lo olvida. Esa es la cautivadora broma que el mundo te gasta. Sufrirás por eso... o soñarás que estás sufriendo. Pero no importa. En el momento de tu muerte yo te lo recordaré. Eso será suficiente.

Una fuerza me empujó hacia delante, cariñosa pero implacable. Sentí que me deslizaba a través de aquella rojez, tomando forma a medida que avanzaba. En ese momento tenía brazos y piernas, joyas alrededor del cuello. Estaba envuelta en tela de oro. Hacía cada vez más calor. Tuve que apresurarme. El humo del fuego me hizo toser y tropezar. Debajo de mis pies, la piedra estaba resbaladiza por la mantequilla *ghi* que los sacerdotes habían vertido sobre las llamas durante cien días, el aire acre tenía un olor que no había percibido antes. El nombre de ese olor me vino cuando salí, mareándome: «Venganza». Mi hermano me cogió de la mano para que no me cayera.

Todo se está convirtiendo en nieve, en polvo, incluso mi cerebro. Pero con mi última fuerza formulé un pensamiento: «¡Aquel era el fuego *yagna* del que salí para entrar en este mundo! ¿Estabas allí conmigo incluso entonces, antes de que yo naciera?».

Siento que se sonríe. Se alegra de que yo me haya dado cuenta a tiempo.

—No me he olvidado de nada, ¿verdad? ¿No he hecho un lío con todas las cosas?

Hay otra pregunta que quiero hacer, pero es difícil concentrarme porque los pensamientos me atraviesan como agua por un cedazo.

—Hiciste lo que tenías que hacer. Interpretaste tu papel a la perfección.

—¿Incluso cuando me puse furiosa? ¿Cuando sentí odio en mi corazón? ¿Cuando amé al hombre equivocado? ¿Cuando torturé a los que estaban más cerca de mí? ¿Cuando hice daño a tantas personas?

—Incluso entonces. No les hiciste tanto daño. ¡Mira!

Por encima de mí hay luz... o más bien falta de oscuridad. Las montañas se han desvanecido. El aire está lleno de los hombres... no exactamente hombres, ni mujeres, pues sus cuerpos, sin sexo, están resplandecientes. Sus rostros no tienen arrugas y están en calma, ajenos a las diferentes pasiones que los caracterizaban en vida, pero con un poco de esfuerzo reconozco a cada uno. He aquí a Kunti y mi padre, terminando una conversación. Y allí está Bhishma, flotando amigablemente al lado de Sikhandi y Dhai Ma. Duryo-

...an está colocado entre Drona y mi hermano, todos ellos riéndose como si acabaran de escuchar una chanza. Cuatro de mis maridos se encuentran aquí (Yudhisthir todavía debe de estar afanándose sendero arriba), junto con Gandhari, que mantiene cerca a Sahadev como uno haría con un niño pequeño. Dispersos detrás de ellos hay muchos otros, innumerables, borradas ya de sus cuerpos las heridas que acabaron con ellos en Kurukshetra, sus rostros muestran la satisfacción de unos actores que han desempeñado con éxito sus papeles en un gran drama.

—¿Esto es real, o estoy viendo cosas?

Krishna da un suspiro burlón.

—¡Escéptica hasta el final! Es real, por cierto, aunque «ver» no es exactamente la palabra para ello. Vas a tener que aprender todo un nuevo vocabulario para todas las situaciones por las que tendrás que pasar en breve. Por ahora, solo déjame decir que cada persona experimenta este momento de manera diferente.

—¿Estoy muriendo? —pregunto... con admirable sosiego, creo.

—Podría llamarse de ese modo.

Estoy a la espera de que el miedo me arañe la espina dorsal con su uña helada, pero me sorprende su ausencia. ¿Es porque este momento es tan diferente de lo que siempre supuse que era la muerte?

—Uno también podría llamarlo despertar —continúa Krishna—. O el intermedio, como cuando termina una escena en una pieza teatral y la siguiente no ha comenzado todavía. Pero mira...

Delante de mí flota una forma alta y delgada, y sobre su pecho y sus orejas refulge el oro. Se inclina ha-

cia delante y extiende su mano. La expresión
rostro serena, afectuosa, alegre, no se la había
nunca. Vacilo, preguntándome qué pensarán mis
ridos, y luego me doy cuenta de que no importa.
no somos marido y mujer; ni es Karna (si todavía
puedo usar ese nombre para este ser con ojos felices y
pacientes), que ya no representa lo prohibido. Puedo
cogerle del brazo a la vista de todos. Si lo deseo, puedo abrazarlo con todo mi ser.

Pero primero —pues dentro de un momento la
curiosidad humana será irrelevante— debo hacerle a
Krishna la pregunta que se me había escapado antes,
la pregunta que me ha atormentado toda mi vida.

—¿Eres de verdad divino?

—¿Nunca terminarás de hacer preguntas? —se ríe
Krishna. Como las campanitas de bronce atadas alrededor de los tobillos, ese sonido quedará conmigo incluso cuando haya desaparecido mi oído—. Sí, lo soy.
¡Y tú también lo eres, lo sabes!

Trato con fuerza de comprender qué quiere decir.
Sé que es fundamental que lo comprenda. Pero sus palabras me desconciertan. No me siento divina. Con este
cuerpo que se va diluyendo y mis pensamientos que se
van deshilachando, siento que soy menos que nada.

Krishna me toca la mano. Si uno puede llamar
mano a esos pinchazos de luz que están apareciendo
en forma de dedos y palma. Al ser tocada por él algo
se rompe, una cadena que estaba ligada con la forma
de mujer se desmorona sobre la nieve abajo. Me siento alegre, expansiva e incontenible... pero siempre fui
así, ¡solo que nunca lo supe! Estoy más allá del nombre, del género y de los esquemas que aprisionan el

.. Y, sin embargo, por primera vez, soy realmente Panchaali. Alargo mi otra mano hacia Karna... ¡de qué manera sorprendentemente firme me aprieta! Por encima de nosotros nuestro palacio espera, lo único que alguna vez he necesitado. Sus murallas son espacio, su suelo es cielo, su centro está en todas partes. Nos ponemos de pie; las formas se agrupan alrededor de nosotros dándonos la bienvenida, disolviéndose y formándose y disolviéndose otra vez, como luciérnagas en una noche de verano.